Maggie Hall

SOCIETY

Der Kreis der Zwölf

© Andrew Hall

DIE AUTORIN

Maggie Hall widmet sich ihrem Faible für ferne Länder und außergewöhnliche Abenteuer, sooft sie kann. Sie hat schon mit Tigerbabys in Thailand gespielt, in Italien gelernt, Pasta zu machen, und ist im Zug durch Indien gereist. Wenn sie nicht gerade quer durch die Welt unterwegs ist, lebt sie mit ihrem Mann und ihren Katzen in Albuquerque, schaut Football, zeichnet und schreibt in ihrem Blog über Jugendbücher.

Mehr über cbj auf Instagram unter
@hey_reader

Maggie Hall

SOCIETY
Der Kreis der Zwölf

Aus dem Amerikanischen
von Doris Attwood

cbt

Für Andrew.
Ohne dich gäbe es dieses Buch nicht.

MIX
Papier aus verantwortungsvollen Quellen
FSC® C014496
FSC
www.fsc.org

Verlagsgruppe Random House FSC® N001967

1. Auflage 2019
Erstmals als cbt Taschenbuch August 2019

Die Originalausgabe erschien 2015 unter dem Titel
»Conspiracy of Us« bei G. P. Putnam's Sons,
einem Verlag der Penguin Random House, New York

Übersetzung: Doris Attwood
Umschlaggestaltung: Suse Kopp, Hamburg
unter Verwendung der Abbildungen von
© iStockphoto (Ostill; CaoChunhai);
© Getty Images (Ray Kachatorian);
© Plainpicture (Millennium; Gabriel Stauffer)
MP · Herstellung: eR
Satz: KompetenzCenter, Mönchengladbach
Druck: GGP Media GmbH, Pößneck
ISBN 978-3-570-31094-6
Printed in Germany

www.cbj-verlag.de

KAPITEL 1

DAS BLATT PAPIER hätte alles Mögliche sein können.

Der Scheinwerfer hinter mir leuchtete erst säuregrün auf, dann pink, und erlosch anschließend wieder. Das Pink brannte immer noch auf meiner Netzhaut und verlieh der zusammengefalteten Seite, die ich mit der Faust umklammerte, einen rosigen Glanz.

Ich starrte ein paar Sekunden lang darauf und faltete sie dann wieder auseinander.

Das fünfzehn mal fünfzehn Zentimeter große Blatt Papier war gerade aus Jack Bishops Tasche gefallen.

Jack Bishop war der Neue, der Anfang der Woche auf die Lakehaven High gewechselt war. Er war während der Stellprobe hier aufgetaucht, obwohl er der letzte Mensch war, den ich für einen Theaterfan gehalten hätte.

Er hatte auf sein Telefon geschaut, war über den Beleuchtersteg geeilt und lief nun über die Bühne darunter, seine Schritte hallten im ganzen Theater wider. Sein weißes T-Shirt färbte sich unter dem nächsten Scheinwerfer erst orange, dann blau – ein heller Punkt in der Dunkelheit.

Ich vergewisserte mich, dass mich niemand beobachtete, und strich das Papier wieder glatt.

Es war ein Foto. Ein Foto von einem Mädchen mit langen dunklen Haaren und ebenso dunklen Augen, die auf irgendetwas außerhalb des Bildes fokussiert waren.

Das Mädchen war ich.

KAPITEL 2

ICH SAH JACK NACH, bis er verschwand.

Auf der anderen Seite des Beleuchterstegs lehnte sich Lara Sanchez – Lichtregisseurin des Frühjahrsstücks und diejenige, die mich gezwungen hatte, heute herzukommen – über die versammelten neuen Theatertechniker, um ihnen zu demonstrieren, wie einer der anderen Scheinwerfer funktionierte. Sie brachte die komplette Konstruktion zum Wackeln.

Ich krallte mich so angestrengt an dem Maschendraht fest, dass meine Finger ganz weiß wurden, und schaute noch einmal auf das Foto. Meine Lippen waren leicht geöffnet und mein Kopf zur Seite gedreht, so, als würde ich mich mit jemandem unterhalten. Er musste es online gefunden haben. Lara postete immer tonnenweise Fotos. Dass Jack Bishop sich die Mühe gemacht hatte, nach einem von ihnen zu suchen, bedeutete … Na ja, es gibt schließlich nicht allzu viele Gründe, warum ein Typ ein Foto von einem Mädchen mit sich rumträgt.

Plötzlich fiel mir auf, wie schal die Luft hier oben war. Heiß. Stickig. Ich hielt mich zwar besser, als ich vermutet hatte, aber eine Entschuldigung, um wieder nach unten zu klettern, würde ich sicher nicht ausschlagen.

Ich rappelte mich auf. »Tut mir leid«, flüsterte ich Lara zu, während ich über Beine und Rucksäcke stieg. »Entschuldigt mich.« Ich blieb erst stehen, als ich wieder festen Boden unter den Füßen hatte. Ich klopfte meine Jeans ab, steckte das Bild in meine Umhängetasche und stieß die schwere Theatertür auf.

Korridor B sah nach der neonhellen Bühne besonders grau aus, aber Jack, der die Turnhalle schon halb erreicht hatte und immer noch auf sein Telefon schaute, wirkte, als würde er von einem Spot angestrahlt.

Seit er am Montag in der Lakehaven angefangen hatte, war Jack nicht nur eingeladen worden, dem Komitee für das Schuljahrbuch beizutreten, sondern auch der Hälfte aller Sportmannschaften der Schule – und dazu, EmmaBeth Porter an die Wäsche zu gehen. Und das waren nur die Angebote, die ich zufällig mit angehört hatte.

Ich hingegen hatte die komplette Woche damit verbracht, gegen das Kribbeln in meinem Magen anzukämpfen, das angefangen hatte, als er sich im Soziologiekurs neben mich gesetzt hatte. Und das noch schlimmer geworden war, als er mich in Mathe angelächelt hatte. Und dann war er auch noch bei der Stellprobe aufgekreuzt, was bedeutete, dass ich in der letzten halben Stunde nur auf das

Tattoo auf seinem Unterarm gestarrt hatte, anstatt aufzupassen.

Ich war aber nicht nur von seinen Unterarmen fasziniert und von seinen dunkelgrauen Augen, oder von dem Grübchen in seiner rechten Wange. Er war geradezu *lächerlich* attraktiv – nicht hübsch, aber gut aussehend auf eine beinahe gemeißelte Weise, wobei sein Kiefer eher einem Winkel glich als einer Kurve und nicht eine Strähne seines espressofarbenen Haars am falschen Platz hing – und vielen hätte das schon völlig gereicht.

Aber für mich war da noch mehr. Jack war neu in der Schule, genau wie ich. Und genau wie ich hatte er sämtliche Einladungen dankend abgelehnt. Ich hatte nie gesehen, dass er sich länger als ein paar Minuten mit jemandem unterhielt. Aber im Gegensatz zu mir schien er trotzdem sehr selbstbewusst zu sein. Es war … als interessierte ihn das alles nicht wirklich.

Ich dagegen gab nur vor, dass es mich nicht interessierte. Freunde. Jungs. Ein Leben zu haben. Manchmal glaubte ich wirklich, ich hätte den Dreh raus, aber dann schlich ich mich aus der Stellprobe, weil ein kleiner, verräterischer Teil von mir unbedingt herausfinden wollte, ob dieser Typ, den ich jetzt seit einer Woche beobachtete, mich auch beobachtet hatte.

Jack wandte sich abrupt nach rechts und ging durch den Ausgang auf den Schulhof.

Ich hätte aufhören sollen, ihm zu folgen. Was bezweckte ich überhaupt damit? Aber als ich die Stelle erreichte, an der er abgebogen war, hörte ich eine Stimme, die trotz des Prasselns der Regentropfen im ganzen Korridor widerhallte. »Warum sollte er hierherkommen?«

Ich blieb abrupt stehen, ein wenig verwirrt. Vorsichtig lugte ich durch die Tür, die einen Spalt offen stand. Vielleicht war es ja jemand anders.

War es nicht. Zwar konnte ich nicht mehr sehen als seinen linken Arm, aber es war definitiv Jack. Ich erkannte sein Kompass-Tattoo, Norden zeigte auf den Boden.

»Hast du eine Ahnung, wann?«, fragte er, und ich versuchte, mir einen Sinn zusammenzureimen. Falls mich meine Ohren nicht täuschten, sprach Jack mit britischem Akzent.

Er schaute sich um und ich zuckte zurück und drückte mich ganz flach gegen die Spinde.

»Nein, ich hab ihn noch nicht gesehen. Gibt's nicht was Wichtigeres, worüber wir uns Sorgen machen sollten?« Er verstummte kurz. »Was wollen die Dauphins denn von *ihr?*«

Ihr? Meine Hand sauste auf die Außentasche meiner Umhängetasche, in die ich das Foto gesteckt hatte.

»Sir?« Jacks Stimme verwandelte sich von angespannt in verwirrt. »Selbstverständlich«, fuhr er fort. »Prioritätsstufe eins. Ich verstehe.«

Ich schüttelte den Kopf. Natürlich sprach er nicht von mir. Aber wovon sprach er dann?

»Ich erledige es gleich heute Abend«, fügte Jack nach einer Pause hinzu. »Ja, Sir.«

Er musste aufgelegt haben, denn er fluchte leise, und seine Schritte platschten auf dem regennassen Gehweg davon.

Ich ließ mich gegen die Spinde sinken. Die letzten Worte der Unterhaltung liefen noch einmal in meinem Kopf ab. *Prioritätsstufe eins, Sir.*

Vielleicht einer seiner alten Lehrer. Ein strenger britischer

Großvater. Es ging mich zwar nichts an, aber die Unsicherheit in Jacks für gewöhnlich so ruhiger Stimme hatte mich genauso sehr verstört wie sein Akzent.

Ich steckte mir eine Strähne meines dunklen Haars hinters Ohr, holte das Foto noch einmal heraus und betrachtete mein Gesicht im trüben Neonlicht.

Moment mal.

Ich schaute genauer hin. Dieses Foto war im Garten vor meinem Haus aufgenommen worden. Ich erkannte die stachelige Kiefer wieder.

Ich konnte mich nicht daran erinnern, dass Lara dort Fotos gemacht hatte, und *ich* postete nie Fotos im Netz.

Aber wenn das der Fall war, woher hatte Jack es dann?

KAPITEL 3

»AVERY JUNE WEST!« Ich schreckte auf. Ich hatte so lange über das Bild nachgedacht, dass ich jetzt zu spät zur nächsten Stunde kommen würde. Ich drehte mich um und sah, wie Lara durch den Flur auf meinen Spind zuhüpfte, wobei ihr Haar mit den blau gefärbten Spitzen hin und her schwang. »Mann, vielen Dank, dass du mich hast sitzen lassen. Was hast du denn für ein Problem?«

Aus irgendeinem Grund wollte ich ihr nichts von Jack erzählen. »Ich hab dir doch gesagt, dass ich kein Fan von Höhen bin«, erwiderte ich stattdessen.

Ich drehte an meinem Zahlenschloss, rüttelte am Griff und schlug mit der Handfläche auf die Ecke der Tür. Sie sprang auf. Wenn man mitten im Schuljahr als Neue dazustieß, bedeutete das auch, dass man nehmen musste, was übrig war. Spinde bildeten da keine Ausnahme.

»Und wir waren uns einig, dass Beleuchterin deshalb genau das Richtige ist, schon vergessen?« Lara zog eine Packung Fruchtgummischnüre aus ihrem Rucksack und bot sie mir an. Ich schüttelte den Kopf. »Und außerdem kannst du auf die Art mit mir abhängen. Wenn du beim Bühnenbild dabei wärst, müsstest du dich für den Rest des Jahres mit Amber Leland rumschlagen – igitt!«

Ich griff nach meinem Buch über antike Zivilisationen. »Ich werde dir nicht fürs Bühnenbild den Laufpass geben.«

Auf dem Weg zum Geschichtskurs erzählte mir Lara, dass Amie Simpson suspendiert worden war, weil sie mit dem Hausmeister Zigaretten geraucht hatte, und dass ihr Date jetzt keine Begleitung für den Abschlussball mehr hatte, weshalb sie auch ihre Reservierung zum Abendessen in die Tonne treten konnten.

»Du solltest einfach mitkommen«, sagte sie und deutete mit einer langen roten Gummischnur auf den Tisch des Abschlussballkomitees. »Ich weiß, dass du gesagt hast, du willst nicht hingehen, aber du könntest Amie ersetzen.«

Ich betrachtete das Abschlussballposter. Das Motto lautete *Eine Nacht in Hollywood.* »Ich glaube nicht, aber trotzdem danke.«

Ich ging nicht auf Schulbälle. Genau wie Klubs – und ganz besonders wie sehr süße, sehr faszinierende Jungs – waren sie nicht Teil des PLANS. Und ich war wild entschlossen, mich hier in Lakehaven, Minnesota, an den PLAN zu halten.

»Dein Pech«, sagte Lara. »Im Olive Garden gibt's unbegrenzt Grissini.«

Ich klinkte mich mental aus, als Molly Mattison zu uns

gerannt kam und fragte, ob sie sich Laras Lieblings-Federohrringe ausleihen durfte.

War die ganze Idee mit dem PLAN ein wenig zynisch von mir? Sicher. Irgendwie armselig? Definitiv. Aber mir war schon vor Jahren, in einem Umzugswagen zwischen Portland und St. Louis, klar geworden, dass ich mich gefühlsmäßig nicht mehr so reinhängen durfte. Der PLAN hatte funktioniert, genau wie diesmal auch. Lara war nett, aber wir würden uns nie besonders nahestehen. Ich hatte heute die Beleuchterin gegeben, damit sie und meine Mom mich endlich in Ruhe ließen, aber ich hatte mir diese spezielle Aufgabe auch deshalb ausgesucht, um eine gute Entschuldigung zu haben, wenn ich scheiterte. Vielen Dank, Höhenangst.

Die Sache ist die: Einsam zu sein ist, als würde man ohne Mantel durch die Kälte spazieren. Es ist zwar ungemütlich, aber irgendwann spürt man es nicht mehr. Wenn man sich allerdings erst mal daran gewöhnt hat, *nicht* einsam zu sein, dann ist der Schock, wenn es wieder passiert, so groß, als würde einem um sechs Uhr früh an einem Dezembermorgen in Minnesota die Daunendecke weggerissen.

Lara verstummte und kniff die Augen zusammen.

»Was?«, fragte ich, aber dann sah ich es selbst. Jack kam den Flur herunter auf uns zu. Es war völlig unmöglich, dass er mir nach Hause gefolgt war und mich heimlich fotografiert hatte. Lara musste das Foto gemacht haben.

»Der Typ ist einfach nur lächerlich«, sagte Lara.

Im Gegensatz zu allen anderen Mädchen der Schule zeigte sie kein Interesse an Jack. Sie hielt ihn für einen Snob. »Zu sehr Marc O'Polo«, fügte sie hinzu und hatte damit nicht ganz unrecht. Er schlenderte mit den Händen in den Hosentaschen den Korridor entlang, und in seinem maßgeschneiderten Hemd mit hochgekrempelten Ärmeln sah er aus, als käme er direkt von einem Fotoshooting.

»Ja«, bekräftigte ich. »Lächerlich.« Ich verdrehte die Goldkette meines Medaillons zwischen den Fingern und warf einen letzten Blick über meine Schulter, während die Schulglocke läutete und wir zum Geschichtskurs eilten. Ein paar Sekunden später blieb Jack auf der Türschwelle stehen. Seine Augen trafen meine, bevor er sich auf seinen Platz setzte. Nervös zeichnete ich die Linien in meinem Heft nach.

Jack war mit mir in diesem Kurs, in Mathe und in Soziologie, wo wir in den letzten paar Stunden zusammen für ein Projekt zu »Familien in Amerika« eingeteilt worden waren. Das bedeutete, dass er nun alles über mein Leben wusste, was es zu wissen gab, von den ständigen Umzügen wegen des Jobs meiner Mom bis hin zu meinem Dad, der uns verlassen hatte, als ich noch ganz klein gewesen war. Ich war immer noch überrascht, dass ich ihm überhaupt so viel erzählt hatte. Er war allerdings nicht annähernd so mitteilsam gewesen. Ich fand, er hätte zumindest die schnieken britischen Verwandten erwähnen können, die ihm übers Telefon mysteriöse Aufträge erteilten.

»Miss West? Avery?«

Ich schreckte auf und mein Stift kullerte klappernd vom Tisch. Ich hatte noch nicht mal mitbekommen, dass der Unterricht bereits angefangen hatte.

»Können Sie die Frage für uns beantworten?«, fragte Mrs Lindley.

»Ähm …« Ich sah Lara an. Sie zeigte auf ihre Notizen, aber ich konnte ihr rosafarbenes Gekritzel nicht lesen. In meinem eigenen Heft, in dem *ich* mir Notizen hätte machen sollen, prangte nur eine Skizze von Jacks Kompass-Tattoo. Ich bedeckte sie schnell mit meinem Ellenbogen.

»Die Diadochen, Miss West, aus der Lektürehausaufgabe für gestern Abend. Können Sie uns erklären, welche Rolle sie im Leben von Alexander dem Großen spielten?«

Ich hatte meine Lesehausaufgaben gemacht. Ich machte meine Lesehausaufgaben immer. Ich mochte vielleicht nicht gut im Umgang mit Menschen sein, aber ich war gut in der Schule. In diesem Moment hatte ich jedoch einen völligen Blackout.

»Alexander der Große hat einen Großteil der antiken Welt erobert. Ähm, von Griechenland bis nach Indien«, antwortete ich, um Zeit zu schinden, während ich die Seiten durchblätterte und hoffte, dass die richtigen Worte mich einfach anspringen würden.

Mrs Lindley verzog die Lippen, so, als habe sie auf etwas Saures gebissen.

»Die Diadochen waren Alexanders Nachfolger«, sagte eine tiefe Stimme drei Reihen entfernt. Ich drehte mich um. Jack starrte mich direkt an. Seine Stimme klang wieder wie immer, ohne den geringsten Anflug eines britischen Akzents.

Mrs Lindley sah mich mit hochgezogener Augenbraue an.

»Alexander hatte keine blutsverwandten Nachkommen, deshalb hat er sein Reich seinen zwölf Feldherren hinterlassen«, fuhr Jack fort. Mrs Lindley seufzte und wandte ihre Aufmerksamkeit ihm zu.

»Vielen Dank, Mr Bishop, dass Sie uns gezeigt haben, was passiert, wenn man seine Hausaufgaben gemacht hat. Diesmal werde ich darüber hinwegsehen, dass Sie sich nicht gemeldet haben. Können Sie uns auch sagen, in welchem Jahr Alexander der Große gestorben ist?«

Als Jack all ihre Fragen beantwortet hatte, schaute er wieder zu mir.

Ich wandte mich schnell wieder meinen Notizen zu. Ich wünschte, er hätte das nicht getan. Das Letzte, was ich gebrauchen konnte, war noch ein Grund, ihn zu mögen. Ich riss die Zeichnung von seinem Tattoo aus meinem Heft, zerknüllte sie und steckte sie in meine Tasche.

Nach dem Unterricht wartete ich auf Lara, die ihre Bücher einpackte. Ich schaute absichtlich nicht zu Jack hinüber, aber als ich Schritte auf uns zukommen hörte, während der Rest der Klasse aus dem Zimmer strömte, wusste ich genau, wer es war.

Jacks dunkles Haar hatte sich aufgrund der Luftfeuchtigkeit ein wenig gewellt und er hatte sich seine Leinentasche lässig über die Schulter gehängt. Ich fummelte an der Spitzenborte am Saum meines Tanktops herum.

»Hey! *Du* hast mich bei der Stellprobe auch einfach hängen lassen«, sagte Lara und pikte Jack ihren Zeigefinger in die Brust. »Ihr seid unhöflich, alle beide.«

»Ja, tut mir leid.« Jacks Stimme klang tief und rau, so als würde sie über Kies scheuern. »Aber ich musste ans Telefon gehen. Mein Großvater ist krank.«

Oh. Die Spannung, die sich in meiner Brust gebildet hatte, ohne dass es mir wirklich bewusst gewesen war, löste sich wieder. Ich widerstand dem Drang, ihn zu fragen, wo in England sein Großvater lebte – und erinnerte mich dann selbst zum wiederholten Mal daran, dass mich das eigentlich alles gar nicht interessieren sollte. Weder Jacks Privatleben noch die Tatsache, dass er, selbst wenn er mit Lara sprach, mich anschaute.

Lara rümpfte auf eine Art die Nase, die entweder *Tut mir leid* oder *Igitt, alte Leute* bedeuten konnte. »Das ist ja echt scheiße«, sagte sie. Sie drehte sich wieder zu mir um, während ich meine Tasche auf die Schulter schob. Im nächsten Moment wandte sie sich wieder zu Jack, weil er sich immer noch nicht verzogen hatte. Dann drehte sie sich erneut zu mir. Und sah mich mit den unsubtilsten erhobenen Augenbrauen aller Zeiten an. »Oh. Okay. Mir ist gerade wieder eingefallen, dass ich losmuss. Was … erledigen. Ave, komm doch nach der Schule bei mir vorbei, wenn du Lust hast, auch wenn du nicht zum Abschlussball gehst. Wir machen uns die Nägel.«

Ich hätte sie umbringen können, aber stattdessen befreite ich nur die Haarsträhne, die unter dem Riemen meiner Tasche gefangen war, und lächelte sie mit zusammengebissenen Zähnen an.

»Ich glaube, du hast das hier verloren.« Jack reichte mir meinen Stift, als Lara sich von uns entfernte. »Er ist unter mein Pult gerollt.«

»Danke.«

Er ging neben mir aus dem Klassenzimmer und verlangsamte seine langen Schritte, um sie meinen anzupassen. Er war wahrscheinlich nur ein wenig größer als der Durchschnitt, aber ich musste trotzdem meinen Hals recken, um zu ihm hochschauen zu können. Im selben Moment sah er mich aus dem Augenwinkel an.

»Und danke auch für vorhin«, sagte ich schnell, »aber ich *hab* den Text gelesen. Irgendwann hätte ich mich auch wieder an die Antwort erinnert.«

»Oh.« Zwischen Jacks dunklen Augenbrauen bildeten sich tiefe Falten. Sie waren ebenso ausdrucksstark, wie der Rest von ihm unerschütterlich war. »Tut mir leid.«

»Nein, schon okay.« Ich führte wieder die einzelnen Schritte durch, die nötig waren, um meinen Spind zu öffnen. »Ich meine ja nur, dass ich nicht wirklich gerettet werden musste. Aber ich weiß es zu schätzen.«

Er lächelte mich schüchtern an, so als würde die Sonne durch einen Panzer scheinen. Ich beschäftigte mich damit, meine Bücher in meine Tasche zu packen.

»Eigentlich wollte ich mit dir reden, Avery«, sagte Jack.

Mein Mathebuch fiel das letzte Stück der Strecke in meine Tasche und landete mit einem dumpfen Plumps.

»Können wir irgendwo hingehen ...?« Sein Telefon brummte und er atmete frustriert aus. »Eine Sekunde.«

Während er die Nachricht las, schloss ich den Reißverschluss meiner Tasche. Mich interessierte nicht, was er zu sagen hatte, redete ich mir selbst ein. Kein bisschen. *Kein bisschen.* Meine schwarzen Stiefeletten quietschten auf dem feuchten Fliesenboden, während im Korridor die letzten Planungen für den Abschlussball widerhallten und die Endgültigkeit der Spindtüren, die vor dem Wochenende noch ein letztes Mal zugeknallt wurden.

Vielleicht wollte er ja etwas wegen der Hausaufgaben fragen. Oder vielleicht würde er auch etwas furchtbar Arrogantes sagen, sodass ich Lara würde recht geben müssen und ihn endlich ein für alle Mal vergessen könnte.

Ich wagte es, den Blick zu heben, und Jacks Augenbrauen bogen sich bedrohlich nach unten, während er eine Nachricht tippte. Es war derselbe Ausdruck, den er auch gehabt hatte, als er vorhin die Stellprobe verlassen hatte.

»Geht's deinem Großvater gut?«, erkundigte ich mich.

»Meinem ...« Er kniff für eine Sekunde die Augen zusammen und nickte dann. »Ihm geht's gut. Aber ich wollte ... ähm. Heute Abend.« Er verlagerte sein Gewicht auf das andere Bein. »Lara hat erwähnt, dass du nicht zum Abschlussball gehst?«

Ich krallte meine Faust um den Riemen meiner Tasche.

»Ich gehe eigentlich nicht auf Schulbälle«, erwiderte ich. Meine Stimme war eine Oktave höher als normalerweise.

»Oh.« Jack und ich waren wie Spiegelbilder, wie zwei Inseln in einem wirbelnden Fluss aus Menschen. »Das verstehe ich«, sagte er. »Du ziehst andauernd um. Wenn es sowieso nicht lange hält, ist es dann überhaupt die Mühe wert, richtig?«

Ich sah mit scharfem Blick zu ihm hinauf. Es war völlig ausgeschlossen, dass der perfekte, makellose Jack Bishop den PLAN verstand.

»Es ist nur so ... ich hab mich gefragt ...« Jack rieb sich mit dem Daumen seiner anderen Hand das Kompass-Tattoo an seinem Unterarm und es wirkte wie eine nervöse Angewohnheit. Dann sah er mich unter seinen langen Wimpern hervor an, und seine grauen Augen glänzten so unerträglich hoffnungsvoll, dass ich förmlich auf dem dreckigen Flurboden zerfloss. »Ich wollte nur mal hören, ob du vielleicht doch hingehen willst. Mit mir.«

Der Rest des Schuljahrs flog wie im Schnellvorlauf an

mir vorbei. Wir würden zum Abschlussball gehen. Uns vielleicht sogar einen Gutenachtkuss geben. Im Unterricht nebeneinandersitzen, Hand in Hand durch die Flure gehen. Jemanden haben, der wusste, wie es war, neu zu sein, wenn alle anderen sich schon seit dem Windelalter kannten. Und schließlich, auch wenn ich noch so angestrengt versuchte, es nicht zu tun, würde ich mich ihm gegenüber völlig öffnen.

Ich spulte noch ein wenig weiter vor. Vielleicht würde es nach einem Monat passieren, vielleicht nach einem Jahr, aber letzten Endes würden wir wieder umziehen, und diesmal wäre ich nicht die Einzige, die jemanden verlor.

Ich schloss die Augen. Es wäre besser für ihn, wenn er eine andere fragen würde, ob sie mit ihm zum Abschlussball ging – eine Cheerleaderin oder ein Mädchen aus dem Schulchor, oder irgendjemanden, der nicht so verkorkst war wie ich. Und für mich wäre es besser, zu vergessen, dass er überhaupt existierte.

Meine Augen öffneten sich mit einem Flattern wieder, aber ich konnte ihn nicht ansehen. »Danke«, sagte ich zu seinen Füßen. »Aber ich glaube nicht.« Ich wandte mich ab und trottete davon, bevor er sehen konnte, wie das sorgfältig geflickte Loch in meinem Herzen wieder ganz weit aufriss.

KAPITEL 4

ICH WAR SO in Gedanken versunken, dass ich in Lakehaven auf dem Weg von der Schule nach Hause beinahe über eine rote Ampel fuhr. Ich stieg aufs Bremspedal und kam vor *Frannie's Frozen Yogurt* zum Stehen, wo eine Fußgängermenge über die Kreuzung strömte.

Ich ließ den Kopf gegen die Nackenstütze sinken. Es war schon okay. Alles gut.

Nein zu sagen war richtig gewesen, auch wenn mich noch nie vorher jemand gefragt hatte, ob ich mit ihm zu einem Schulball gehen wollte. Auch wenn es *Jack Bishop* war, der mich gefragt hatte. Aber es war schon okay.

Ich legte meine Stirn auf dem Lenkrad ab. Ich wünschte, die Ampel würde sich beeilen und endlich umspringen, damit ich nach Hause fahren und diesen Tag hinter mich bringen konnte.

Endlich leerte sich der Fußgängerüberweg, aber als ich mich seufzend aufsetzte und mit dem Fuß sachte aufs Gaspedal drückte, trat noch eine weitere Person auf die Straße.

Ich stieg wieder auf die Bremse, aber der Typ ging einfach weiter, als sei es ihm völlig egal, dass ich ihn beinahe angefahren hätte. Er war groß, hatte glattes, schmutzig blondes Haar und sein Friseurbesuch war seit ein paar Wochen überfällig. Außerdem war er so dünn, dass ich ihn als mager bezeichnet hätte, wenn unter seinem T-Shirt nicht seine strammen, muskulösen Arme hervorgelugt hätten. Er stammte nicht von hier – da war ich mir ganz sicher.

Seine graue, enge Jeans hatte er sich in die halb zugebundenen Stiefel gesteckt und die Tasche quer über die Brust gehängt – für einen Typen war es gar nicht so leicht, so rumzulaufen, ohne dass es gewollt, aber nicht gekonnt cool aussah, es sei denn, er war ein trendiger Hipster aus der Großstadt, aber von denen hatten wir in Lakehaven keine. Auch wenn ich vielleicht noch nicht jeden hier mit Namen kannte, war mir mittlerweile doch jedes Gesicht aus der Schule vertraut und ich war mir sicher, dass ich mir eins, das *so* aussah, auf jeden Fall gemerkt hätte.

Der Junge ließ seinen Blick unaufgeregt hin und her wandern. Er blieb kurz an drei Neuntklässlern hängen, die aus dem Frozen-Yogurt-Laden kamen, dann an einer Gruppe von Cheerleadern, die Kleidersäcke aus der Reinigung dabeihatten, an einem Fahrrad fahrenden Mädchen – und dann an mir.

Der Typ blieb stehen.

Er stand einfach da, mitten auf der Straße, mit einem breiten Lächeln im Gesicht. Es war kein freundliches Lächeln.

Es war das Lächeln eines hungrigen Löwen, der nach Blut dürstete und bereit war, sich auf seine Beute zu stürzen, und es kribbelte so unbehaglich in meinem Bauch, dass ich auf den Sperrknopf für die Türen drückte.

Das Auto hinter mir hupte.

Der Typ korrigierte den Sitz seiner Umhängetasche, trottete den Rest des Weges über die Straße und drehte sich um, um mir nachzusehen, als ich davonfuhr.

Zu Hause angekommen knallte ich die Eingangstür zu und schob energisch den Riegel vor. Das Geräusch hallte in dem stillen Haus wider.

Ich wünschte, ich wäre doch zu Lara gegangen. Sie hatte drei Schwestern und ihre Tante und ihr Onkel wohnten mit ihren Kindern direkt nebenan. Mit all dem Gekreische und Gekicher der kleinen Kinder und den Erwachsenen, die in der Küche Wein tranken und uns mit der Schule, Jungs und dem College aufzogen, explodierte ihr Haus förmlich vor Leben.

»Mom?«, rief ich. Die einzige Antwort waren das unregelmäßige Klappern der Waschmaschine und das leise Gemurmel von Stimmen aus dem Fernseher.

Ich warf meine Tasche auf den Küchentisch und schüttelte meine Jeansjacke ab. Die Story, über die schon gestern Abend berichtet worden war, war immer noch in den Nachrichten: Eine Autobombe in Dubai hatte neun Menschen getötet, darunter auch ein saudischer Prinz.

Ich schaltete den Fernseher aus. Die Nachrichten waren zu deprimierend. Meine Mom war besessen davon, aber mir kam es wie reine Zeitverschwendung vor, da wir ohnehin nichts tun konnten, um etwas daran zu ändern, was passierte.

Ich schlenderte durch die Küche, machte erst ein paar Schränke auf und dann den Kühlschrank und holte schließlich Pistazieneis und gefrorene Pfefferminzplätzchen aus dem Gefrierschrank.

Der Typ auf der Kreuzung konnte ein Austauschschüler sein, aber ich nahm an, dass ich dann schon von ihm gehört hätte. Vielleicht war er ja der Cousin von irgendjemandem und wohnte gar nicht in der Stadt. Oder er begleitete nur ein Mädchen zum Abschlussball.

Ich stellte die Eiscreme auf den Tisch und blätterte durch den Stapel mit Post. Als ich eine Postkarte entdeckte, ließ ich den Rest fallen. Istanbul – ein Bild von einer Moschee mit hoch aufragenden Türmen. Die war neu.

Ich drehte sie um und lächelte, als ich die vertraute, akkurate Handschrift erkannte.

Avery,

ich hoffe, Dir und Deiner Mutter geht's gut. Istanbul ist wunderschön. Dir würden all die Farben auf den Märkten gefallen, die Stoffe und die Lichter auf dem Fluss. Erinnerst Du Dich noch an den Gyros-Stand in der Nähe vom Copley Square in Boston, den Du so gern mochtest? Hier gibt's an jeder Straßenecke einen. Die ganze Stadt riecht einfach köstlich.
Charlie lässt Dich grüßen.
Alles Liebe,
Fitzpatrick Emerson

Mr Emerson hatte in Boston direkt neben uns gewohnt, als ich acht war. Das war gleich nach unserem ersten Umzug gewesen und wir waren seither nie länger an einem Ort geblieben. Mr Emerson hatte ganz graues Haar und eine runde Brille, ein schallendes Lachen und immer eine Schüssel mit Gummibärchen – der klassische Bilderbuch-Opa, den ich nie gehabt hatte.

Ich hatte immer geglaubt, das Leben wäre einfacher, wenn wir nur *irgendeine* Familie hätten. Brüder und Schwestern als angeborene Freunde, Cousins und Cousinen, denen ich E-Mails schreiben konnte, oder eine Tante, mit der wir den Sommer verbringen würden – irgendjemand außer Mom und mir. Mr Emerson war zwar nicht wirklich mit uns verwandt, aber er war das Beste, was wir in Sachen Familie vorweisen konnten.

Ich fuhr mit dem Finger über die türkische Briefmarke auf der Postkarte und las die Nachricht noch einmal. Charlie war Mr Emersons Enkel, und ich schwöre, dass Mr Emerson versucht hat, uns zu verkuppeln, seit wir Kinder waren. Ich hatte Charlie Emerson bisher nur auf Fotos gesehen, aber jedes Mal, wenn Mr Emerson mir schrieb, erzählte er mir von seinen Abenteuern – und dass er mit Charlie über mich gesprochen hatte.

Ich drehte die Postkarte wieder um und betrachtete das Foto genauer. Die Hagia Sophia. Ich erinnerte mich daran, was Mr Emerson mir darüber beigebracht hatte, als ich noch klein gewesen war. Dass man »Hagia« eigentlich »Aya« aussprach und dass der Name »Heilige Weisheit« bedeutete.

Ich freute mich, dass er nun, als pensionierter Lehrer,

endlich reisen konnte. Und ich freute mich, dass ich ihm immer noch so wichtig war, dass er mir Postkarten schickte. Er war der einzige Mensch nach mehr als zwölf Umzügen, der länger als ein paar Monate den Kontakt zu uns aufrechterhalten hatte.

Die Tür zum Waschraum knarrte, und meine Mom steckte den Kopf durch den Spalt, ein Stirnrunzeln im Gesicht. »Hi, Schätzchen. Hast du meinen grünen Stift gesehen? Ich schwöre, dass ich ihn gerade noch in der Hand hatte.«

Ich zeigte auf ihren Kopf, wo der Stift in einem zerzausten Haarknoten steckte. Sie tastete danach, seufzte laut und zog ihn heraus. Ihr weiches blondes Haar fiel in Wellen auf ihre Schultern. »Man sollte meinen, dass ich das irgendwann lerne, oder?«

»Sollte man meinen.« Ich tauchte einen Keks in mein Eis und biss ab. Meine Mom war eigentlich nicht der gedankenlose, schusselige Typ. Es war eher so, dass sie genug damit zu tun hatte, unser Leben zu organisieren, und dabei unwichtige Dinge – wie etwa der Überblick über ihre Schreibgeräte – auf der Strecke blieben. »Oh, dein Mineralwasser war aus«, sagte ich. »Ich hab dir einen Kasten mitgebracht. Steht auf der Theke.«

Meine Mom kam zu mir und drückte mir einen Kuss auf den Kopf. »Was würde ich nur ohne dich machen, Tochterherz?«

»Du hättest immer Durst und könntest dir nichts mehr aufschreiben«, antwortete ich. Ich schlang die Arme ganz fest um ihre Taille.

»Hey«, sagte sie mit einem Anflug von Besorgnis in der

Stimme, als ich sie nicht sofort wieder losließ. »Alles okay?«

»Ja«, versicherte ich ihr. Mir war gar nicht bewusst gewesen, wie dringend ich eine Umarmung gebraucht hatte. »Alles bestens.«

Ich ließ sie los, aber sie beugte die Knie und schob mich zur Seite, um sich halb zu mir auf den Stuhl setzen zu können. Sie blickte auf Mr Emersons Postkarte, griff aber nicht danach, und ich fragte mich, ob sie glaubte, dass ich deswegen bedrückt war. Nicht, dass sie mich jemals direkt danach fragen würde. Wir hatten früher viel über die Umzüge gesprochen und darüber, wie einsam ich mich fühlte, aber irgendwann hatten wir den Punkt erreicht, an dem es die ganze Sache nur noch schlimmer machte. Jetzt sprachen wir nur noch über alles andere, aber der Unterton war dabei so deutlich, dass er praktisch als Untertitel hätte durchgehen können.

»Lief die Theaterprobe heute gut?« Sie hakte sich bei mir ein. *Ich dränge dich zu diesen Dingen, weil wir uns dann vielleicht beide besser fühlen,* lautete in diesem Fall der Untertitel.

Ich legte den Kopf an ihre Schulter. »Es war genauso schlimm, wie ich es dir prophezeit habe. Vielleicht sogar noch schlimmer.« *Ich weiß, dass du sowieso nicht geglaubt hast, dass ich die Sache durchziehe.*

»Schätzchen, jeder tut sich mit neuen Sachen schwer.« Meine Mom strich eine Haarsträhne aus meinem Gesicht. »Macht dir irgendwas Bestimmtes Sorgen?«

»Ähm, ja. *Runterzufallen.*« Ich erschauderte, als ich an den schaukelnden Beleuchtersteg dachte. »In den Tod zu stürzen.« Das entsprach sogar in gewisser Weise der Wahrheit.

»Oh, mein Liebling.« Sie setzte sich auf und nahm mein Gesicht in ihre Hände, wie sie es immer getan hatte, als ich noch klein gewesen war.

Alle behaupteten, dass wir uns ähnlich sahen. Wir hatten das gleiche dicke Haar mit den sanften Wellen – auch wenn ihres blond war –, die gleiche schmale Figur und die gleiche kleine Stupsnase. Meine Augen waren jedoch größer und dunkler – besonders mit den braunen Kontaktlinsen –, und durch meine sehr dunklen Augen in meinem sehr blassen Gesicht sah ich extrem jung aus. Ihre Augen schienen jemandem zu gehören, der älter war als der Rest von ihr, hauptsächlich wegen der tiefen Sorgenfalten dazwischen.

»Ich weiß, dass du Angst hast, zu fallen, aber manchmal muss man einfach loslassen.« *Und ich spreche nicht nur von deiner Höhenangst,* stand im Untertitel.

Ich weiß, aber ich will nicht darüber sprechen, dachte ich.

Meine Mom stand auf. »Tee?«

Ich nickte. Sie füllte den Teekessel mit Wasser und stellte ihn auf den Herd. Die Herdplatte klickte ein paarmal, bevor sie zum Leben erwachte.

Sie nahm zwei Teebeutel aus dem Schrank und rieb sich mit einem lauten Seufzen die Stirn, das in dem stillen Raum widerhallte.

Ich hörte auf, den Boden meiner Eisschüssel auszukratzen. »Alles in Ordnung?«

»Hast du heute den mysteriösen neuen Jungen wiedergesehen?«, fragte sie. »Jack, richtig?«

Ich zuckte zusammen. Aber sie war nicht die Einzige, die das Thema wechseln konnte. »Mr Emerson ist in Istanbul. Cool, oder?«

Meine Mutter ließ die beiden Tassen in ihrer Hand scheppernd auf die Theke sinken. »Ja«, erwiderte sie und schob sie ein Stück auseinander. »Ich hab die Postkarte gesehen. Klingt, als sei es eine faszinierende Stadt.«

»Mom, was ist los?« Irgendetwas machte ihr ganz offensichtlich Sorgen und es war nicht die Postkarte.

»Gar nichts.« Ihr falsches Lächeln kehrte zurück. »Es war nur ein langer Tag. Und ... okay, Schätzchen ...« Sie blickte sehnsüchtig auf den Teekessel, so als könnte er sie retten, seufzte dann noch einmal schwer und setzte sich gegenüber von mir an den Tisch. »Wir müssen uns unterhalten.«

Ich wusste schon, was sie sagen würde, bevor sie den großen braunen Briefumschlag überhaupt aus ihrer Laptoptasche gezogen hatte.

»Ein neues Mandat«, sagte ich tonlos. Ich hätte es wissen müssen.

Ich erinnerte mich noch genau daran, wie ich das Wort zum ersten Mal gehört hatte. Meine Mom war für das Militär tätig, aber nicht wirklich *beim* Militär. Sie trug keine Uniform oder so, aber sie arbeitete für sie und erledigte Verwaltungsaufgaben in verschiedenen Städten im ganzen Land. Manchmal musste sie sich an einem Standort nach neuen Büroräumen umsehen und der Job dauerte nur ein paar Monate, und manchmal war es eher ein Schreibtischjob, den sie von zu Hause aus erledigen konnte, dann blieben wir länger.

An jenem Tag war ich neun gewesen und wir wohnten in Arizona. Ich hatte mir in die Hand geschnitten. Als ich ins Haus ging, um mir ein Pflaster zu holen, hörte ich meine Mom am Telefon.

»Es ist nicht so, dass ich gehen will. Ich hasse es, ihr das anzutun«, sagte sie, und ich blieb stehen, um zu lauschen. »Natürlich ist es wegen des Mandats. Warum wohl sonst?«

Als sie die Tür hinter mir zuknallen hörte, legte sie den Hörer auf.

»Was ist ein Mandat?«, hatte ich sie gefragt, und sie griff in ihre Handtasche und holte einen großen Umschlag heraus, der genauso aussah wie der, den sie jetzt in der Hand hielt. Es war ihre neue Auftragsliste, die uns in eine neue Stadt, in ein neues Leben schickte. Das Wort *Mandat* hing seit jenem Tag ständig über unseren Köpfen.

Ich hätte erleichtert sein müssen, den Umschlag jetzt zu sehen. Vor allem in der letzten Woche war ich gefährlich nahe daran gewesen, Lakehaven tatsächlich zu mögen.

Der Teekessel sprudelte und pfiff kurz darauf und Mom schenkte Wasser in die beiden Tassen ein. Sie stellte die mit dem Eiffelturm vor mir ab, und ich schloss die Hände darum, obwohl sie eigentlich zu heiß war. »Wohin?«

»Maine. Unser neues Haus liegt direkt am Wasser und die Sommer sollen dort wunderschön sein!«, verkündete sie viel zu fröhlich.

Ich tauchte den Teebeutel ein. »Wann?«

Meine Mom lehnte sich auf die Theke. »Ich hab den Umzugswagen für Sonntag bestellt.«

»Sonntag?« Ich ließ den Beutel fallen und der Tee schwappte über den Rand der Tasse. In zwei Tagen? »Mom! Ich bin keine acht mehr. Es gibt ein paar Dinge, die ich nicht so schnell zurücklassen kann. Zum Beispiel … muss ich mir ein Zeugnis für meine Leistungskurse fürs College ausstellen lassen. Eine neue Schule wird mich am Ende des Schuljahrs ohne Unterlagen auf keinen Fall noch in einen Vorbereitungskurs fürs College lassen. Und ich muss mir die Wettervorhersage für Maine anschauen, damit ich die richtigen Sachen in die richtigen Kartons packen kann. Und …« Ich konnte einfach nicht aufhören, an das Bild in meiner Tasche zu denken. An Jack. »Andere Sachen.«

»Es tut mir leid, Schatz. Nächstes Mal versuche ich, dich früher vorzuwarnen, aber im Moment ist es eben, wie es ist.«

Ich schob meine Tasse über den Tisch. Wenn wir wirklich in zwei Tagen abreisten, vielleicht verstieß es dann ja gar nicht gegen den PLAN, wenn ich mit Jack ausging. Ein Abend bedeutete schließlich nichts Festes. Es bedeutete nur, dass ich mein Leben ein kleines bisschen genoss. »Ich glaube, dann gehe ich heute Abend zum Abschlussball.«

»Nein!«

Ich sah sie scharf an. Die einzige Situation, in der meine Mom je ihre Stimme erhob, war, wenn sie das Abendessen hatte anbrennen lassen. Nun stand sie wie erstarrt hinter der Küchentheke und starrte mich mit so weit aufgerissenen Augen an, als hätte ich ihr einen Fallschirmsprung vorgeschlagen.

»Ich muss für ein paar Tage die Stadt verlassen und schon heute Abend abreisen«, fügte sie hastig hinzu. »Es wäre mir lieber, wenn du zu Hause bleibst.«

Hin und wieder musste sie vor den Umzügen noch ein paar Dinge in der Zentrale erledigen, aber sie benahm sich deswegen sonst nie so merkwürdig. »Vor einem Monat wolltest du mich noch zwingen, mir ein Kleid zu kaufen«, erinnerte ich sie.

Sie griff nach einem Schwamm und wischte über die Theke. »Und du hast dir keins gekauft, weil *du* nicht hingehen wolltest, weißt du noch?«

Vor einem Monat hatte ich auch noch nicht kurz vor dem nächsten Umzug gestanden. Vor einem Monat hatte Jack noch nicht hier gewohnt. »Ich hab noch mein altes lila Spitzenkleid. Das ziehe ich an.«

Mom schürzte die Lippen. »Ich will mir keine Sorgen um dich machen müssen, solange ich nicht da bin. Auf der Straße werden lauter betrunkene Teenager unterwegs sein. Und was, wenn du dich aussperrst?«

»Ich hab mich in meinem ganzen Leben noch nie ausgesperrt.« Ich fuhr mir mit beiden Händen durchs Haar. »Und der Abschlussball ist in der Schule. Ich kann in zwanzig Minuten zu Fuß dort sein, wenn du nicht willst, dass ich fahre.«

Sie warf den Schwamm ins Spülbecken. »Avery June West, *versprich* mir, dass du heute Abend zu Hause bleibst.«

Ich muss erschrocken ausgesehen haben, denn sie holte tief Luft und atmete dann langsam wieder aus. »Pack deine Sachen. Entspann dich. Du kannst in Maine zum Abschlussball gehen!« Meine Mom sprach nur mit Ausrufezeichen, wenn es eigentlich gar nichts Aufregendes gab. »Dann bist du in der Examensklasse. Der Abschlussball der Examensklasse ist sowieso viel lustiger!«

Ich schnappte mir meine Sachen und ignorierte ihren flehenden Blick. »Von mir aus.«

»Avery, es tut mir leid …«

»Nein, ehrlich, schon okay«, sagte ich mit zusammengebissenen Zähnen. Das war genau der Grund, warum ich nie etwas zu nahe an mich heranließ. Am Ende wurde immer alles zerstört, so oder so. Ohne ein weiteres Wort schlurfte ich in mein Zimmer davon.

KAPITEL 5

ICH WARF MICH auf meine zerwühlte Bettdecke. Ich würde *nicht* in Maine zum Abschlussball gehen. Nächstes Frühjahr wären wir schon längst wieder woanders. Immer schon am nächsten Ort, in der Zukunft – dort würde mein Leben stattfinden. Ich kramte in meiner Tasche herum, bis ich das Bild wiederfand, und neben ihm die zerknüllte Zeichnung von Jacks Tattoo. Ich strich die Falten glatt.

Der Kompass kam mir vage bekannt vor, so als hätte ich ihn schon mal in einem Film gesehen oder so. Jetzt würde ich es nie erfahren. Ich zeichnete die Süd- und Ostspitze zu Ende und drückte so fest mit dem Stift auf, dass ich ein Loch ins Papier riss.

Mein Telefon piepste.

Falls du deine Meinung änderst, ich gehe immer noch zum Abschlussball. Hoffe, wir sehen uns da.

Jack.

Ich starrte auf die Nachricht. Er war nicht sauer. Es war ihm wichtig genug, es noch mal zu versuchen. Ein Abend. Es war nur ein einziger Abend. Warum war meine Mom bloß so übertrieben ängstlich?

Ich möchte so sehr Ja sagen, dass es wehtut, tippte ich ein und löschte es dann wieder. *Ich werde versuchen, mir nicht vorzustellen, wie EmmaBeth Porters Zunge den ganzen Abend über in deinem Hals steckt,* tippte ich stattdessen und rümpfte die Nase. Igitt. Bereits misslungen. *Bring mich einfach gleich um,* schrieb ich, warf das Telefon in Richtung Kopfteil des Bettes und sah zu, wie es zwischen zwei Kissen rutschte.

Ich ließ mich auf den Rücken fallen und blickte an die senfgelbe Decke hinauf. Bei den ersten paar Umzügen machen das neu Einrichten und Renovieren noch Spaß. Andere Farben aussuchen, seinen ganzen Schnickschnack auspacken. Beim zwölften Mal lässt man die ganzen zerbrechlichen Sachen eingepackt und die kotzbraune Farbe bleibt an den Wänden.

Wer weiß? Vielleicht war es ja ein Zeichen, dass meine Mom dagegen war, dass ich zum Abschlussball ging. Jack wirkte zwar nett, aber beinahe stalkermäßig ein Foto mit sich rumzutragen, war schon irgendwie eigenartig. Und dieses Telefonat war auch eigenartig gewesen. Je mehr ich darüber nachdachte, desto weniger fand ich, dass es geklungen hatte, als unterhalte er sich mit einem kranken Verwandten.

Andererseits hätte ich vielleicht besser verstanden, dass man einer praktisch Fremden nicht alles über seine Familie erzählen will, wenn ich selbst eine gehabt hätte.

Vielleicht wäre ich nicht so ein einzelgängerischer Freak, der sich selbst dazu zwingt, von allen das Schlimmste zu denken, wenn meine Mom nicht so oft umziehen müsste.

Vielleicht, vielleicht, vielleicht.

Vielleicht spielte aber auch nichts davon eine Rolle, weil wir sowieso übermorgen abreisen würden.

Ich horchte, um sicherzugehen, dass meine Mom nicht gerade den Flur entlangging, beugte mich dann über die Bettkante und zog eine Schuhschachtel unter dem Bett hervor, die ich hinter ein paar Winterklamotten versteckt hatte. Ich machte sie auf und warf erst meine Zeichnung von Jacks Tattoo und dann das Foto von mir hinein.

Ich wollte den Deckel der Schachtel gerade wieder zuklappen, hielt dann aber inne. Ich holte die obersten Erinnerungsstücke heraus: Einladungen zu Partys, auf die ich nie gegangen war, ein Bild von mir mit einer Nachbarsfamilie. Auf dem Boden der Schachtel klapperte der Ring mit dem Unendlichkeitszeichen für den kleinen Finger aus der achten Klasse, als ich den PLAN für Missy, Alina und Kathy verworfen hatte. Wir hatten uns die Fabelhaften Vier genannt und uns versprochen, uns jeden Tag SMS zu schicken, wenn ich umgezogen war. Das hatte ungefähr sechs Wochen lang angehalten.

Etwa in der Mitte des Stapels steckte ein Blatt Papier, das ich aus einem Notizblock gerissen und auf dem ich sämtliche Alexander Masons aufgeschrieben hatte, die ich bei Google gefunden hatte und die vielleicht, möglicherweise, mein Dad sein könnten.

Meine Mom und er waren im College zusammen gewesen, und als sie mit mir schwanger geworden war, war er abgehauen. Als ich noch kleiner war, hatte ich mich immer gefragt, ob ihm wohl eines Tages bewusst werden würde, dass er einen Fehler gemacht hatte. Dass er uns doch wollte und dass wir ein ganz normales Leben führen würden, voller Lachen und Feiertagsbraten und kitschig-glücklichen Familienmomenten wie aus der Handywerbung. Die Eltern meines Dads lebten nicht mehr, und er hatte sonst keine Familie, aber ich hatte mir immer vorgestellt, dass ich vielleicht Geschwister haben würde, wenn er doch wieder ein Teil unseres Lebens wurde.

Diesen Wunsch habe ich schon vor langer Zeit begraben. Ich strich mit einem Finger über mein Medaillon. Ich hatte das einzige Foto, das ich von ihm besaß, herausgenommen, und nun beschützte der verblasste goldene Filigranschmuck nur noch ein Bild von mir und meiner Mom. Das Foto von meinem Dad blickte aus der Schachtel zu mir herauf. Es war klein und verschwommen, aber man konnte trotzdem erkennen, dass ich mein dunkles Haar und meine blasse Haut von ihm hatte, und ich wusste auch, dass ich seine Augen hatte. Man hätte meine natürliche Augenfarbe beinahe als tiefblau bezeichnen können, aber das stimmte nicht ganz. Tatsächlich waren meine Augen violett.

Als ich noch kleiner war, hatten die anderen Kinder mich immer damit aufgezogen, dass ich Kontaktlinsen trug, um cool zu sein. Normalerweise wäre das keine große Sache gewesen, aber da ich sowieso schon so merkwürdig war und keine Freunde hatte, brachte es mich beinahe um. Doch es hat meine Mom und mich auch auf eine Idee gebracht. Da ich ohnehin so schlechte Augen hatte – und wahrscheinlich auch, weil sie sie an meinen Dad erinnerten, auch wenn sie das nie zugegeben hätte –, schlug sie mir farbige Kontaktlinsen vor. Und seither habe ich dunkelbraune Augen.

Ich warf alles wieder in die Schachtel und schob sie zurück unters Bett – machte sie dann aber noch einmal kurz auf, um die Kompasszeichnung wieder herauszuholen.

Selbst wenn der PLAN langfristig das Richtige war, was war schon ein einziger Abend? Ein einziger Ball? Eine einzige Verabredung mit einem einzigen Jungen? Der heutige Abend konnte eine winzige Erinnerung werden, die kein »Was wäre wenn?« war.

Ich konnte meine Mom in der Küche hören, wie sie die Schränke über dem Spülbecken öffnete. Ich wusste, wie es klang, wenn sie das Besteck zu Bündeln zusammenfasste, in Geschirrtücher wickelte und es in der Schüssel der Küchenmaschine verstaute, genau, wie sie es immer getan hatte. Als Nächstes würde sie die Backsachen und die Reinigungsmittel einpacken und ich würde mein Zimmer, das Badezimmer und den Waschraum übernehmen. Dann würden wir diese Kisten neben die anderen stellen, die wir nach dem letzten Umzug nie ausgepackt hatten.

Ich fasste einen Entschluss.

Ich angelte mein Telefon zwischen den Kissen hervor, tippte schnell eine Nachricht ein, sprang vom Bett und ging in die Küche. Ich schnappte mir ein paar der zusammengefalteten Umzugskartons, die meine Mom aus dem Keller hochgeholt hatte. »Du hast wahrscheinlich recht«, sagte ich, und ihre schmalen Schultern entspannten sich. »Ich fang mal an, meine Klamotten zusammenzulegen.«

Für den Rest des Nachmittags war ich eine richtige Bilderbuchtochter. Ich packte mein Zimmer zusammen, saugte

Staub und machte sogar Tiefkühllasagne zum Abendessen warm. Dann wartete ich, bis meine Mom sicher auf dem Weg zum Flughafen war, schlüpfte in mein Kleid, steckte mein Haar mit ein paar Klammern hoch und ging zur Haustür hinaus.

KAPITEL 6

DIE TURNHALLE ROCH nach billigem Aftershave und hungriger Energie: einer Mischung aus gedrängten Körpern, rückenfreien Kleidern und den euphorischen Gesichtern, die überall in der Dunkelheit aufblitzten. Die Stroboskopblitze fielen auf die Luftschlangen an den Wänden, die wie bei einem Feuerwerk in einer Explosion aus Licht erstrahlten, und trafen auch die dunkelsten Ecken des Raumes.

Der Strudel aus Körpern in Edelsteinfarben, Glitzer und perfekt gebügelten schwarzen Anzügen teilte sich und strömte an mir vorbei, als ich am Rand der Tanzfläche stand, körperlich anwesend, aber in Wahrheit von nichts ein Teil. Manchmal fragte ich mich, ob sie alle überhaupt wussten, wie gut sie es hatten: Die Mädchen, die mit ihren Freundinnen im Kreis zusammenstanden und aus vollem

Hals mitsangen; die Mädchen, die ihre Arme um den Hals ihres Freundes geschlungen hatten; und diejenigen, die sich von ihrer großen Schwester die Haare hatten frisieren lassen, bevor ihr Dad ein kitschiges Abschlussballfoto von ihnen geknipst hatte.

Am anderen Ende der Turnhalle entdeckte mich Lara und sprang winkend auf und ab, die blinkenden Lichter wurden von dem glitzernden blauen Tüll ihres Kleides reflektiert. Ich winkte zurück und verspürte einen überraschend heftigen Stich bei dem Gedanken, auch sie verlassen zu müssen. Dabei hatte ich mich so sehr angestrengt, keinen von ihnen zu nahe an mich heranzulassen. Ich hielt einen Finger hoch, um ihr mitzuteilen, dass ich in einer Minute bei ihr sein würde.

Ich bahnte mir einen Weg vorbei an der Schlange beim Fotografen, der gerade die Hand eines Jungen auf der Hüfte eines Mädchens platzierte, und zog den Saum meines Kleides nach unten. Ich hatte es in der neunten Klasse für die Hochzeit eines Nachbarn bekommen. Es war schön, mit Flügelärmeln und hübscher lavendelfarbener Spitze, aber definitiv zu unauffällig für einen Abschlussball. Ich hoffte, dass Jack das egal war.

Vorausgesetzt, dass ich ihn jemals ausfindig machte. Er hatte mir nicht auf meine Nachricht geantwortet. Es wäre typisch für mein Glück, wenn er sein Telefon ausgeschaltet hätte und die SMS erst morgen fand.

Fünfzehn Minuten später hatte ich die gesamte Turnhalle einmal und ein zweites Mal umkreist. Beiläufig auf die Tanzfläche gespäht. War an den Toiletten und am Wasserspender vorbeigeschlendert. Hatte mir ein Glas Punsch am

Büfett geholt, nur für den Fall, dass er dort wartete. Fünfmal mein Telefon kontrolliert. Mich mit Lara und ihrem Begleiter unterhalten. Aber immer noch kein Jack.

Ich zeichnete mit der Fingerspitze ein Muster auf das abgenutzte Leder meiner Umhängetasche. Es war schon okay. Wahrscheinlich war es so ohnehin besser.

Ich warf einen letzten Blick auf die menschengroßen Oscar-Statuen aus Pappmaché, spürte, wie der Bass der Tanznummer durch meine Füße vibrierte, und trank einen Schluck von dem viel zu süßen roten Punsch. Dann drehte ich mich Richtung Ausgang – und prallte mit einem Mädchen aus der Examensklasse in einem gelben Kleid zusammen.

»Tut mir leid …« Ich verstummte, als ich sah, dass ich mich komplett mit Punsch eingesaut hatte. Perfekt.

Aber das Mädchen blickte wie gebannt auf etwas, das ich nicht sehen konnte, und bemerkte mich gar nicht. Auch ihre Freundin, die mit ihr tanzte, starrte in dieselbe Richtung.

Ich stellte mein Glas weg, tupfte mir das Kleid mit einer Serviette ab und schlüpfte zwischen zwei Jungs hindurch, die Smokings und zu viel Parfüm trugen, um zu sehen, was los war. Ich blieb wie angewurzelt stehen.

Es ging weniger darum, *was* hier los war, sondern *wer*.

Der Typ von der Kreuzung.

Er stand gegen die Wand der Turnhalle gelehnt, einen Fuß lässig über dem anderen, während ihm sein blondes Haar über die Augen fiel. Er war einen Kopf größer als alle anderen um mich herum und musste mindestens ein oder zwei Jahre älter sein als wir alle.

Als wollte er genau das bestätigen, blies er eine Rauchwolke aus dem Mundwinkel und trat die Zigarette dann aus, direkt hier, auf dem Boden der Turnhalle. Kein Wunder, dass ihn alle anstarrten. Warum hatte ihn eigentlich noch keiner der Lehrer erwischt? Aber es schienen gar keine in der Nähe zu sein.

Der Typ ließ seinen Blick weiter durch die Menge schweifen. Bis er an mir hängen blieb. Sein Gesicht verzog sich wieder zu diesem langsamen, trägen Grinsen.

Ich hielt den Atem an, als er sich ohne Eile von der Wand abstieß, und das Stroboskoplicht schien sich viel zu schnell zu bewegen. Die Hälfte der Leute auf dem Ball beobachtete, wie er mich beobachtete. Verwechselte er mich vielleicht mit jemandem?

Ein langsamer Song begann in dem Moment, als er vor mir stehen blieb. »Avery West.«

Ich wich einen Schritt zurück. Woher kannte er meinen Namen? Er hatte einen leichten ausländischen Akzent – russisch vielleicht? Das hätte zu seinem wilden blonden Haar und den hohen, markanten Wangenknochen gepasst. Er ließ meinen Namen exotisch klingen, wie den eines Bond-Girls. *Ay-veery.*

»Wie schön, dich zu sehen, Süße«, fuhr er fort, nahm mir mit einem Stirnrunzeln die Serviette aus der Hand und ließ sie auf den Boden fallen. »Ein Tanz?«

Er legte seine kühle, selbstsichere Hand in meine, bevor ich überhaupt die Chance hatte, darauf zu antworten.

»Ähm«, stammelte ich. Er drückte seine andere Hand auf meinen unteren Rücken und zog mich zu sich heran. EmmaBeth Porter, die in unserer Nähe tanzte, glotzte mit einem Ausdruck zwischen ihm und mir hin und her, der irgendwo zwischen angewidert und so eifersüchtig lag, dass sie sich beinahe übergeben musste.

Ich strich mir eine dunkle Haarsträhne aus dem Gesicht, die sich aus einer der Klammern gelöst hatte, und starrte zu ihm hinauf. »Tut mir leid, aber ich glaube nicht, dass ich dich kenne.«

»Tust du auch nicht.« Er lächelte. »Und was noch viel interessanter ist: *Ich* kenne *dich* auch nicht. Warum erzählst du mir nicht einfach, wer du bist, damit wir diese kleine Scharade überspringen können?«

Er drückte meine Hand.

EmmaBeth und ihr Tanzpartner hatten sich Richtung Bühne bewegt, auf der sich bereits der letztjährige Abschlussballkönigshof versammelt hatte, und mich und den Typen von der Kreuzung allein am hinteren Ende der Tanzfläche zurückgelassen. Obwohl er eigentlich nur Sachen gesagt hatte, die ich nicht verstand, wollte ich mit einem Mal auf gar keinen Fall mehr allein mit ihm sein.

»Ich bin mir nicht sicher, wovon du da eigentlich sprichst«, erwiderte ich und versuchte, meine Hand zu befreien. Er drückte sie noch fester, und in meinem Kopf läuteten sämtliche Alarmglocken. »Ich gehe jetzt …«

»Stellan«, hörte ich eine leise Stimme hinter mir.

Der Typ von der Kreuzung – Stellan – verdrehte die Augen. »Oh, gut«, sagte er. »*Du* bist hier.«

Ich riss meine Hand aus Stellans Griff, drehte mich um und war unglaublich erleichtert, als ich Jack sah.

Er trug einen perfekt sitzenden schwarzen Anzug über einem strahlend weißen Hemd und einer schmalen Krawatte. Er erwiderte meinen Blick nur flüchtig und schaute dann an mir vorbei zu Stellan. Sein Blick verfinsterte sich. Aber sogar das brachte das tiefe Grübchen in seiner rechten Wange zum Vorschein.

»Lass sie los, Stellan«, sagte er. Sein britischer Akzent war wieder da. »Avery, komm her.«

Ich war sowieso schon halb auf dem Weg zu ihm, hielt jedoch inne, als ich seinen Befehlston hörte. Ich blickte zwischen den beiden hin und her. Im Vergleich zu Jacks schlankem, aber kräftigem Körperbau war Stellan größer, kantiger und beinahe mager, wie man es auch von diesen ätherischschönen Laufstegmodels kannte. Und während Jack aussah, als wollte er jemanden verprügeln, hatte Stellan nur dieses herablassende Lächeln im Gesicht, das Erwachsene gerne aufsetzten, wenn sich Kinder um ein Spielzeug stritten.

Ich schlang die Arme um meinen Körper. »Was ist hier los?«

»Also, wer ist sie?«, fragte Stellan Jack und knöpfte seine graue Anzugjacke auf. »Wenn du nicht hier wärst, würde ich annehmen, ich hätte das falsche Mädchen. Sie ist so … gewöhnlich.«

Ich schaute auf mein punschgetränktes Kleid und meine billigen Riemchensandalen hinunter.

»Nicht, dass du nicht hübsch wärst.« Stellan grinste schief auf mich herab. »Das bist du.« Er wandte sich wieder an Jack. »Wie ich sehe, ist *dir* das auch aufgefallen. Und so ein zartes kleines Ding. Ich könnte sie mit einem Finger in zwei Teile zerbrechen.«

Jack knurrte aus tiefster Kehle, aber Stellan lachte nur. »Du machst es mir viel zu leicht.«

»Entschuldigt bitte, aber ich stehe direkt neben euch«, mischte ich mich ein. »Und das Ganze hier ist wirklich …« Bizarr? Er musste mich doch für jemand anders halten, oder? Aber woher kannte er dann Jack? »Jack, lass uns gehen …«

Stellan stellte sich zwischen uns und lockerte seine Krawatte. Mir wurde schlagartig klar, dass er das nicht tat, weil es so bequemer war. Er machte sich für einen Kampf bereit. Stechende Alarmsignale bohrten sich durch meine Verwirrung. Vielleicht war es an der Zeit, sich von der Vorstellung zu verabschieden, dass Jack mein Date für den Abschlussball war.

Ich schob mich von den beiden weg.

»Was willst du denn überhaupt von ihr?«, fragte Jack. Seine Stimme klang leise und bedrohlich, und es lag nicht ein Hauch der Unsicherheit darin, die ich gehörte hatte, als ich ihn vor einer Weile beim Telefonieren belauscht hatte. »Es gibt überhaupt keinen Grund für dich, hier zu sein.«

Ich blieb stehen. Die Erinnerung an das Telefongespräch kehrte wieder zurück. Er hatte den Anrufer gefragt, was er von »ihr« wollte. Und wann »er« kommen würde. Und hatte von »heute Abend« gesprochen.

»Jetzt mal ehrlich, Jack, was ist hier los?«, fragte ich, aber meine Worte wurden vom elektronischen Kreischen eines Mikrofons übertönt.

»Und jetzt ist es an der Zeit, euch mitzuteilen, wer euer neuer Abschlussballkönigshof ist!«, verkündete eine der älteren Cheerleaderinnen. Die Mitglieder des Königshofs vom vergangenen Jahr reihten sich links und rechts mit Schärpen und Kronen in der Hand neben ihr auf.

»Als wäre das nicht offensichtlich«, antwortete Stellan, und eine Locke seines blonden Haars fiel ihm ins Gesicht. »*Wir* wollen sie, weil *ihr* sie wollt. Und wir würden gerne wissen, warum.«

Jack starrte ihn unerbittlich an. »Wie ich schon gesagt habe, geht euch das gar nichts an.«

»Oh, aber es geht uns sehr wohl etwas an, wenn Alistair Saxon einen Hüter losschickt, damit er Highschoolkurse am anderen Ende der Welt besucht, während alle anderen Familien ihre Ressourcen für wesentlichere Aufgaben einsetzen.«

Ich hatte das Gefühl, in einer fremden Sprache fernzusehen. Ich wollte Jack gerade dazu auffordern, mir alles zu erklären, als Stellan fortfuhr: »Der Grund, warum *ich* hier bin, ist, dass ich herausfinden will, warum dieses Mädchen für die Saxons wichtiger ist als das Mandat.«

KAPITEL 7

DAS VERTRAUTE WORT traf mich wie ein Schlag ins Gesicht. »Moment mal«, warf ich ein. »Hast du gerade *Mandat* gesagt?«

Jack funkelte Stellan finster an und Stellan verdrehte die Augen. »Es kann uns niemand hören. Entspann dich. Und *sie* muss davon wissen, deshalb spielt es sowieso keine Rolle.«

Ich wusste von dem großen braunen Umschlag auf unserem Esszimmertisch, aber ich bezweifelte ganz stark, dass die Arbeitsaufträge meiner Mutter irgendetwas mit zwei Fremden zu tun hatten, die sich beim Abschlussball der Lakehaven High um mich stritten.

»Unsere diesjährige Abschlussballkönigin«, verkündete die Cheerleaderin auf der Bühne, »ist EmmaBeth Porter!« Ihre Freundinnen, die die komplette Bühne säumten, kreischten in den höchsten Tönen. Ein lautes »Buuuuuh« ertönte vom Rand der Tribüne, auf der die Kiffer-Fraktion saß, gefolgt von einem Chor aus Gelächter.

Stellan steckte die Hände in die Hosentaschen und hätte dabei durchaus lässig gewirkt, wenn der Rest von ihm nicht ausgesehen hätte wie eine dicht gewickelte Sprungfeder. »Also, hat sie Informationen zur Suche?«

»Zu was?« Ich kam mir furchtbar klein vor, als ich zu den beiden hinaufblickte. Es half auch nicht, dass sie mich komplett ignorierten und dass ich in der Unterhaltung mindestens zwei Schritte hinterherhinkte. »Was ist das Mandat?«

»Oder ist sie eine Spionin?«, fragte Stellan. »Benutzen die Saxons jetzt schon amerikanische Teenager als Spione?«

»Eine *Spionin?*« Ich schaute mich um. »Ist hier irgendwo eine versteckte Kamera oder so?«

»Natürlich ist sie keine Spionin.« Gereizt presste Jack die Lippen zusammen. »Sie hat nichts mit dem Mandat zu tun. Man hat mich geschickt, um sie zu suchen, weil sie mit den Saxons verwandt ist.«

Ich atmete langsam aus. Wenigstens ergab das einen Sinn. »Okay, dann hast du tatsächlich die Falsche«, sagte ich. »Ich hab keine Verwandten.«

Jack schaute zu mir herunter. Sein finster angespannter Kiefer sah aus, als würde er jemand ganz anderem gehören als dem Typen, der meine Geschichtsnote gerettet hatte, aber dann wurde sein Blick wieder weicher. »Doch, Avery, hast du.«

»Ich glaube, das wüsste …« Aber ich unterbrach mich, als mir das winzige, medaillongroße Bild in meiner Andenkenkiste wieder einfiel. Ich spürte, wie mir die Gesichtszüge entgleisten.

Jack senkte die Stimme. »Im Unterricht hast du mir erzählt, du hättest keine Familie. Deine Mutter hat vielleicht keine, aber dein Vater schon.«

Ich musste meine Lippen befeuchten, um die Worte aussprechen zu können. »Machst du Witze?«

»Nein«, antwortete er ruhig.

Mein Blickfeld verfinsterte sich an den Rändern und mir wurde ein wenig schwindelig. Man musste mir das auch angesehen haben, denn Jack legte eine Hand um meinen Ellenbogen.

Ich blinzelte zu ihm hinauf. Konnte das wahr sein? Mein *Vater* suchte nach mir? Nach sechzehn Jahren interessierte sich mein Vater tatsächlich für mich?

»Wo ist er?«, fragte ich und wirbelte herum. »Ist er hier? Und wer bist *du*?« War Jack eine Art Privatdetektiv?

Stellan, der bis eben seine Fingernägel studiert hatte, hob den Blick und seufzte schwer. »So faszinierend das auch sein mag, es interessiert mich nicht. Ich habe den Befehl, das Mädchen zu finden und mitzunehmen, und genau das werde ich jetzt auch tun.« Er packte meinen Arm mit eisernem Griff.

»Was? Nein!« Ich versuchte, meinen Arm loszureißen.

Jack stürzte sich auf mich, während Stellan unter seine Jacke fasste. Etwas Silbernes blitzte im schummrigen Licht auf. Ich musste zweimal hinsehen.

»Oh, mein Gott«, flüsterte ich. Stellan hatte ein Messer von der Größe eines kleinen Schwerts gezückt. Ich wich zurück, aber er ließ mich nicht los.

»Ich hatte gehofft, es würde nicht so weit kommen.« Ich konnte ein Lächeln in seinen Worten hören.

»Nein, hast du nicht«, entgegnete Jack durch zusammengebissene Zähne.

»Du hast recht. So ist es viel unterhaltsamer.«

Das Mikrofon kreischte. »Und jetzt der Abschlussballkönig der Lakehaven High!«

Ich konnte nicht aufhören, auf das Messer zu starren. Jack stellte sich vor mich. »Ich lasse nicht zu, dass du sie mitnimmst.«

»Oh, richtig – du willst sicher noch zur Verkündigung des Abschlussballkönigs hierbleiben. Dieses Jahr hast du vielleicht echte Chancen.« Stellan zog mich langsam mit sich und presste das Messer in meine Seite.

»Hör auf!« Endlich erwachte ich aus meiner Trance und versuchte, mich aus seiner Hand zu befreien, wobei ich allerdings auf das Messer aufpassen musste. »Lass mich los!«

Als sich ein paar neugierige Augenpaare zu uns umdrehten, hörte ich auf, mich zu wehren. Sosehr ich auch von Stellan wegwollte, ich wollte trotzdem keine Szene machen. Ich musste hören, was Jack über meinen Vater zu sagen hatte.

»Hey.« Ich zerrte an Stellans Jacke. Wenn Jack ein Detektiv war, was war dann Stellan? Er neigte den Kopf zu mir, schob mich jedoch weiter am Rand der Tanzfläche entlang und am DJ-Pult vorbei. »Wenn du mich nicht loslässt, dann schreie ich, und dann werden sie dich verhaften.« Ich hoffte, selbstsicherer zu klingen, als ich mich fühlte.

Eine Gruppe lachender, schubsender Jungs torkelte an uns vorbei und schaute uns neugierig an. Mit einem Seufzen versteckte Stellan das Messer.

In derselben Sekunde riss ich meinen Arm los und rannte zu Jack, der uns gefolgt war. Er schob mich hinter seinen Rücken und überprüfte die Ausgänge: Es gab den Haupteingang und den Notausgang hinten. »Am leichtesten kommen wir durch die Seitentüren raus«, sagte ich keuchend. »Aber bist du wirklich ganz sicher, dass du die Richtige hast? Der Name meines Vaters ist Alexander Mason.«

Jacks Schultern spannten sich an.

»Was?«, flehte ich. »Hör endlich auf, so kryptisch zu sein. Sag mir einfach, was hier los ist.«

»Avery, ich ...« Er schaute mich über seine Schulter hinweg an, behielt jedoch auch Stellan weiter im Auge, der irgendetwas in sein Telefon tippte, während eine Lehrerin auf ihrer Kontrollrunde in unserer Ecke der Sporthalle vorbeikam. Jack atmete aus und drehte sich zu mir um. »Es tut mir so leid, aber ich weiß nicht viel über deinen Vater. Ich arbeite nicht für ihn. Ich arbeite für seine Familie. Er ist ... wie es scheint, ist er vor einiger Zeit gestorben. Seine Familie wusste bis vor Kurzem gar nicht, dass es dich gibt. Es tut mir leid, dass ich derjenige bin, von dem du es erfährst.«

Verstorben. Auf der Bühne stand das neue Abschlussballkönigspaar und winkte, und die Gesichter der beiden verschwammen zu einem künstlich strahlenden Grinsen.

Mein Vater war tot. Ich spürte, wie sich etwas in mir verschob, so als würde ein Schlüssel in einem Schloss ein Klicken weitergedreht oder eine Kompassnadel in eine neue Richtung rotieren. Ich war nicht mehr das Mädchen, das von seinem Vater verlassen worden war. Ich war das Mädchen, dessen Vater tot war.

»Bist du sicher?«, flüsterte ich.

»Das hat man mir zumindest erzählt.«

Es hätte nicht so wehtun sollen, als sei er eine reale Person. Für uns war er schon seit langer Zeit tot gewesen. Aber trotzdem brannten nicht geweinte Tränen in meiner Kehle. Mir war gar nicht bewusst gewesen, wie sehr ich noch immer den geheimen Wunsch gehegt hatte, ihn eines Tages kennenzulernen, und jetzt würde er sich niemals erfüllen.

Aber wenn Jack die Wahrheit sagte, dann hatte er doch eine Familie.

Stellan warf der weißhaarigen Lehrerin, die inzwischen keine drei Meter von uns entfernt mit dem sehr großen und einschüchternden Coach der Footballmannschaft plauderte, tödliche Blicke zu. Für ein paar Minuten war ich in Sicherheit. Ich setzte mich an einen verlassenen Tisch voller Glitter, Luftschlangen und leerer Punsch-Becher und spielte mit einem sternenförmigen Konfettischnipsel. »Wollen sie meine Mom auch kennenlernen?«

»Mir wurde aufgetragen, speziell *dich* zu kontaktieren.« Jack zog den Stuhl neben mir zu sich heran. »Ist es möglich, dass deine Mutter nicht will, dass du von ihnen weißt?«

Ja. Das war mehr als nur möglich.

Ich hatte nie ein Geheimnis daraus gemacht, dass ich mir wünschte, dass wir noch jemanden hätten – und sie hatte nie ein Geheimnis daraus gemacht, dass sie wegen meines Dads sehr verbittert war. Es musste einfacher für sie gewesen sein, mir zu erzählen, er hätte keine Familie, als mir zu verbieten, sie kennenzulernen. Brennende Wut kochte in mir hoch. Ein Teil von mir hätte sie am liebsten sofort angerufen und angeschrien. Wegen ihres Jobs umzuziehen war eine Sache. Eine komplette Familie zu verheimlichen eine ganz andere.

»Du hast gesagt, ich habe Verwandte?«, fragte ich. Stellan beobachtete uns immer noch. Ich kehrte ihm den Rücken zu und drehte mich zu Jack um. »Entfernte Verwandte? Geschwister? Cousins?«

Jack hob hilflos die Hände. »Es sind eine ganze Menge Familienmitglieder. Ich bin mir nicht sicher, welche von ihnen mit dir verwandt sind.«

»Warum haben sie nicht einfach angerufen, wenn sie mich sehen wollten?« Ein neues, lauteres Lied begann und ich lehnte mich ganz dicht an Jack.

»Sie waren sich nicht sicher, was deine Identität betrifft, deshalb haben sie mich geschickt, um die Informationen zu verifizieren«, erwiderte er.

Und dann wurde mir mit einem Schlag alles klar. Jack Bishop war an der Lakehaven High, um mich auszuspionieren. Die ganze Zeit über – wenn er im Unterricht neben mir gesessen hatte, wenn wir über unsere Familien gesprochen hatten, während er dieses Foto mit sich herumtrug – hatte er mich nur *überwacht*. Gott, er hatte mich wahrscheinlich nur gefragt, ob ich ihn zum Abschlussball begleiten wollte, weil die Person am Telefon ihm gesagt hatte, dass Stellan heute Abend hier sein würde. Nach allem, was er mir gerade sonst noch erzählt hatte, hätte das zwar eigentlich keine Rolle spielen sollen, aber ich konnte ihm mit einem Mal trotzdem nicht mehr in die Augen schauen. Ich wollte nicht, dass er die Flut der Beschämung sah, die in meinen Augen aufstieg.

Ich sprang abrupt auf, ging um den Tisch herum und strich dabei mit den Fingerspitzen über die Stuhllehnen.

»Und wer ist dann *er*?« Ich deutete auf Stellan. »Und was ist das überhaupt für eine Familie, die lieber so was macht, anstatt mich *anzurufen*? Oder mir 'ne Mail zu schicken? Oder mir einen Brief auf edlem Briefpapier zu schreiben?«

»Sie regieren deine Welt, Schätzchen.« Stellan schlenderte zu mir und steckte sein Telefon in die Innentasche seiner Jacke. Ich stellte fest, dass die beiden Lehrer verschwunden waren.

Jack sprang auf. »Stellan.« Er ließ seinen Blick zu der Gruppe von Schülern wandern, die ganz in unserer Nähe tanzten. »Nicht jetzt.«

»Dann gehören sie der *Regierung* an?« Ich hatte mir meinen Dad immer als ganz normalen Typen vorgestellt, der vor der Verantwortung weggelaufen war, Vater zu sein, aber vielleicht war seine Familie ja reich und mächtig und sie hatten meine nicht reiche und nicht mächtige Mom mit ein bisschen Schweigegeld vertrieben, damit sie sich nicht um sein uneheliches Balg kümmern mussten.

»Hey«, hörte ich eine kichernde Stimme. Drei der Abschlussballprinzessinnen stürzten sich förmlich auf Stellan und präsentierten stolz die Schärpen auf ihrer künstlich gebräunten Haut und ihren mit Pailletten besetzten Kleidern. »Gehst du auf die Brickfield?« Jessa Marin, die ein blassrosa Kleid mit großzügigen Aussparungen in der Taille trug, klimperte mit den Wimpern und berührte seinen Arm.

Jack legte eine Hand auf meinen Rücken und schob mich in Richtung Tür. Ich schüttelte ihn ab. »Wo sind sie?«, wiederholte ich. »Wenn ich einverstanden bin, sie kennenzulernen, wo gehen wir dann hin?«

Als er nicht antwortete, drehte ich mich um und sah,

dass er stehen geblieben war und sein Gesicht vom kühlen blauen Lichtschein seines Telefons erhellt wurde.

»Was ist?«, fragte ich.

Stellan beobachtete uns über die Köpfe der drei Mädchen hinweg, während Jack jemanden anrief. Über die Musik hinweg konnte ich nur den sehr gedämpften Piepton einer Mailbox hören, die den Anruf entgegennahm. Jack fluchte leise. »Ruf mich zurück«, sagte er und warf zuerst Stellan und dann mir einen unbehaglichen Blick zu.

Ich verschränkte die Arme über der Brust. »Und was ist jetzt wieder los?«

»Ich könnte dich dasselbe fragen«, sagte er leise und steckte das Telefon in die Brusttasche seiner Jacke. »Lass uns gehen. Schnell.«

Ich wickelte mir das Medaillon um die Finger. »Ich weiß wirklich nicht, ob das eine gute Idee ist …«

Jack drehte sich zu mir um. »Es tut mir leid, Avery. Ich wollte nicht, dass es so läuft, aber sie wollen dich kennenlernen. Und du willst sie doch sicher auch kennenlernen. Ich verspreche dir, dass alles gut gehen wird. Dafür werde ich sorgen.«

Wenn ich das hier machte, dann sicher nicht wegen irgendwelcher Versprechen, die er mir gab. Ich wünschte, ich hätte meine Mom anrufen können, aber ich konnte mich ganz offensichtlich nicht darauf verlassen, dass sie mir die Wahrheit erzählte.

Mein Leben ein bisschen genießen. Ging es heute Abend nicht darum? Aber das hier wäre mehr, als nur mein Leben ein bisschen zu genießen. Das hier konnte mein Leben völlig verändern.

»Na schön«, erwiderte ich. Ich ließ das Medaillon los und meine Fingerspitzen kribbelten. »Okay.«

Jack steuerte sofort wieder auf die Tür zu.

Stellan löste sich aus der Mädchentraube und ging uns nach.

»Wird er uns angreifen?«, wollte ich wissen und warf einen Blick über meine Schulter zurück. »Solltest du nicht die Polizei rufen oder so?«

Jack antwortete nicht, aber als wir am Fotografen vorbeikamen, wurde er langsamer und holte sein Telefon wieder hervor. Sein Blick huschte von seinem Handy zu den Türen der Sporthalle, wieder zurück zum Handy … und dann zu mir. »Nein, er wird dir nichts tun. Er würde Schwierigkeiten bekommen, wenn er dir irgendwas antäte.« Er schaltete sein Telefon aus, rieb sich mit der anderen Hand den Unterarm und fluchte erneut, diesmal jedoch nicht besonders leise. »Geh mit ihm.«

Ich starrte ihn an. »Wie bitte?«

Jack fuhr sich mit beiden Händen durch sein dichtes dunkles Haar und warf Stellan einen schmerzerfüllten Blick zu. »Erzähl ihm nichts.«

»Was? Auf keinen Fall. Was stand in dieser Nachricht?« Ich verfiel langsam in Panik. »Er arbeitet doch noch nicht mal für meine Familie, oder?«

»Für dich ist das praktisch dasselbe«, murmelte er. »Die Saxons werden morgen dort eintreffen und ich auch. Bis dahin passiert dir nichts.«

Er hob seine Stimme, als Stellan sich uns näherte. »Wenn du solche Schwierigkeiten machen musst, dann gehört sie dir«, verkündete er. »Wir holen sie uns später.«

Ich funkelte Jack böse an. Zuerst spionierte er mich aus und jetzt ließ er mich auch noch im Stich? »Du kannst nicht einfach *entscheiden*, dass er mich haben kann«, sagte ich. »Sag mir, wo ich meine Familie finden kann, dann fahre ich selbst zu ihnen. Ich hab ein Auto.«

Stellan lachte. »Sie ist lustig«, sagte er, aber als er sich zu mir umdrehte, fiel das Lächeln aus seinem Gesicht. »Hör zu, wenn du wirklich diejenige bist, von der er behauptet, dass du sie bist, dann wirst du sie noch früh genug kennenlernen, und alle werden glücklich sein.«

Ich warf Jack tödliche Blicke zu und er flehte mich mit den Augen an. Wie es schien, hatte er mir über die ganze Sache die Wahrheit gesagt. Wenn ich mit Stellan mitgehen musste, um meine Familie kennenzulernen, dann würde ich das wohl auch tun.

»Okay?«, erwiderte ich unsicher.

»Na, endlich.« Stellan schubste mich Richtung Hinterausgang.

Und dann erinnerte ich mich wieder an etwas. Jack hatte gesagt, er würde mich *morgen* wiedersehen. »Wo gehen wir hin?«, fragte ich Stellan. Wenn wir bis nach Minneapolis oder noch weiter fuhren, dann würde meine Mom mich definitiv umbringen.

Wir traten auf den Parkplatz hinaus, und Stellan öffnete die Beifahrertür eines kleinen schwarzen Autos, das auf dem Parkplatz des Direktors stand. Ich stieg ein. »*Tu parles français, chérie?*«, fragte er und knallte die Tür zu.

KAPITEL 8

DAS FLUGZEUG STIEG höher, und ich klammerte mich so verkrampft an den Armlehnen fest, dass mir die Fingernägel wehtaten, so als würde es mich retten, falls wir wirklich vom Himmel fielen.

Frankreich. Wir waren unterwegs nach Frankreich. Innerhalb weniger Stunden hatte sich für mich alles verändert: von einem Umzug nach Nirgendwo, Maine – hierher. Visionen vom Sommer in Europa mit exotischen, wohlhabenden Verwandten tanzten durch meinen Kopf. Ich wusste, dass ich damit ein wenig voreilig war – wahrscheinlich wollten sie nur ihre Neugier befriedigen und würden mich dann mit einem Schlüsselanhänger als Souvenir wieder nach Hause schicken.

Aber Stellan hatte mich nicht zu einem normalen Flughafen gebracht. Wir saßen in einem Privatflugzeug, das schöner war als jedes Haus, in dem ich je gewohnt hatte. Und nicht nur das: In dem Moment, als ich gehört hatte, dass wir nach Frankreich flogen, hatte ich Stellan verkündet, dass ich keinen Reisepass besaß.

Er hatte mir erklärt, das spiele keine Rolle.

Ich hatte angenommen, dass ich mich verhört hatte. Aber die Tatsache, dass ich ohne Reisepass auf dem Weg nach Europa war, spielte. Tatsächlich. Keine. Rolle.

Ich legte meine Stirn an das kühle Flugzeugfenster und starrte in die endlose Finsternis hinaus, die nur von den blinkenden weißen und roten Lichtern der Tragflächen durchbrochen wurde.

Stellan brachte mich nach Paris, Jack hatte einen britischen Akzent, und sie konnten mich ohne Reisepass in ein fremdes Land schmuggeln. *Sie regieren deine Welt,* hatte Stellan gesagt.

Ich sah ihn an. Er hatte sich, sobald wir abgehoben hatten, auf einer der elfenbeinfarbenen Ledercouches ausgestreckt und war eingeschlafen. Er schnarchte leise, und das weiße T-Shirt, das er unter seinem Anzughemd trug, spannte sich jedes Mal, wenn er einatmete, über seiner Brust. Eine seiner Hände lag auf seinem Bauch und hob und senkte sich mit dem sanften Rhythmus seiner Atmung. Seine andere Hand umklammerte den Griff des Messers – oder Dolches oder Schwertes oder was auch immer es war –, sogar im Schlaf.

Es gab noch andere Couches, und auch mein Sitz ließ sich so weit zurückklappen, dass ich mich hinlegen konnte, aber ich konnte jetzt unmöglich schlafen, nicht mit dieser heftigen Mischung aus Angst und Aufregung, die durch meinen Körper pulsierte. Immer wieder schlug ich die Beine übereinander, nur um sie kurz darauf wieder zu öffnen, und mein Fuß konnte einfach nicht aufhören zu wackeln.

Wie war meine Mom nur da hineingeraten? Durch den Sohn eines Aristokraten, der im Ausland studierte und sich in eine Bürgerliche verliebte? Oder durch einen mächtigen Politiker, der ein junges Mädchen verführte und sie dann wieder fallen ließ, als sie schwanger wurde? Wieso hatte ich keine Ahnung davon gehabt, dass das Leben meiner Mutter die reinste Seifenoper war? Und was, wenn überhaupt, hatte das *Mandat* damit zu tun?

Plötzlich wackelte das Flugzeug stark und ich schnappte erschrocken nach Luft. Stellan setzte sich auf und rieb sich mit dem Handrücken die Augen, einen Hauch von sanfter Verschlafenheit im Gesicht, und der blonde Schopf seines zerzausten Haars ließ ihn eine Sekunde lang weniger einschüchternd wirken.

Ich hatte erwartet, dass Stellan bei Licht – und ohne dass ihn der halbe Abschlussball anstarrte, als sei er ein griechischer Gott – weniger grandios aussehen würde, aber ich hatte mich geirrt. Während Jack immer perfekt gestylt war, sah Stellans Haar aus, als würde er es sich selbst schneiden, außerdem hatte er in seinen Klamotten geschlafen. Und trotzdem war er auf beinahe unglaubliche Weise attraktiv, so als würde er von innen erstrahlen.

Nun, mir persönlich war es völlig egal, ob er *wirklich* ein griechischer Gott war. Ich traute ihm nicht über den Weg. Und das wäre auch der Fall gewesen, wenn er mich nicht vor ein paar Stunden mit einem Messer bedroht hätte.

Er bewegte seinen Hals knackend von einer Seite zur

anderen, stand auf und streckte die Arme über dem Kopf aus, wobei sein Hemd nach oben wanderte und seine gut definierte Taille entblößte.

Ich wandte die Augen ab, aber er erwischte mich trotzdem auf frischer Tat und grinste hämisch. »Wir landen bald. Ich mache mich ein bisschen frisch«, sagte er und betrachtete mich abschätzig. »Du solltest vielleicht das Gleiche tun.«

Ich versteckte die Füße unter meinem Rock. Ich wusste, dass ich selbst für eine kleinstädtische Tanzveranstaltung kaum präsentabel aussah, geschweige denn für ein Treffen mit Regierungsbeamten in Paris, aber das war schließlich nicht meine Schuld. Ich hatte keine Zeit gehabt, dieses mit Punsch befleckte Kleid auszuziehen, mir das Gesicht zu waschen oder sonst irgendwas. Ich konnte von Glück sagen, dass ich zumindest eine Haarbürste und Kontaktlinsentropfen in meiner Handtasche hatte.

»Was ist das Mandat?«, fragte ich und stellte dabei eine Fassade der Tapferkeit zur Schau, die ich gar nicht wirklich fühlte, die ich jedoch zeigen musste, wenn ich ihm auch nur irgendwelche Informationen entlocken wollte. Ich war meinen Fragenkatalog schon einmal durchgegangen, als wir den Abschlussball in seinem Auto verlassen hatten, aber Stellan hatte mich einfach ignoriert und die ganze Fahrt über offiziell klingende Telefongespräche auf Französisch geführt.

Er griff in eines der Gepäckfächer. »Nichts, das dich betrifft.«

Ich presste die Lippen zusammen. »Du hast was von einer Suche gesagt. Kannst du mir wenigstens sagen, wonach du suchst?«

Er holte einen kleinen Lederbeutel heraus und warf ihn auf seinen Sitz. »Wonach suchen denn immer alle?« Mit einem Funkeln in den Augen beugte er sich ganz dicht zu meinem Ohr hinunter. Ich spannte mich an. »Nach einem Schatz«, flüsterte er.

Sämtliche Luft entwich pfeifend meinen Lungen und ich sah ihn stirnrunzelnd an. Er lachte.

»Ist meine, ähm …« Das Wort fühlte sich immer noch seltsam an. »Stammt meine Familie aus England?«, fragte ich.

Er nahm ein zusammengelegtes Hemd aus der Tasche. »Die *Saxons* stammen aus England, vielleicht sind sie ja deine Familie.«

Ein Lächeln zuckte um meine Mundwinkel. Meine Verwandten hatten einen britischen Akzent. »Aber du arbeitest nicht für sie?«

Er streckte einen dünnen Arm nach oben aus, um die Springerstiefel herauszuziehen, die er getragen hatte, als ich ihm zum ersten Mal begegnet war. Sie knallten mit zwei dumpfen Schlägen auf den Boden. »Ich vertrete eine andere Familie aus dem Kreis.« Durch die Spitze meines Kleides strich ich mit den Fingern über das cremefarbene Leder des Sitzes. »Und was genau ist das?«

Stellan hielt inne, drehte sich um, legte eine Hand auf das Gepäckfach und baute sich vor mir auf. »Der Kreis der Zwölf?«

Ich schüttelte den Kopf.

Er kniff die Augen zusammen. »Sie behaupten, dass du zur Familie gehörst, aber du kanntest deinen Vater nicht und du weißt nicht, was der Kreis ist.«

Ich presste die Lippen fest zusammen. Jack hatte mich gewarnt, ihm nichts zu erzählen. Ich glaubte zwar nicht, dass ich überhaupt irgendetwas zu erzählen hatte, aber Stellan schien seit dem Ball besonders neugierig zu sein, deshalb wollte ich nichts riskieren.

Er schüttelte die Falten aus dem sauberen Hemd und zog dann das aus, das er momentan trug. Ich versuchte, ihn dabei nicht zu beobachten, aber mir blieb die Luft im Halse stecken, als er sich umdrehte, um die Tasche wieder zu verstauen.

Ein Netz aus Narben erstreckte sich über seinen gesamten Rücken. Sie sahen schrecklich aus, lang und leicht erhaben, aber ganz anders als alle Narben, die ich bisher gesehen hatte. Sie waren nicht mehr frisch wie damals bei Joshua Metcalf, der in der zehnten Klasse einen Autounfall gehabt hatte, aber auch keine alten wie die am Bein meiner Mom, die sie sich zugezogen hatte, als sie als kleines Kind vom Pferd gefallen war.

Die hier waren durchsichtig, und sie verschwanden unter zwei Tattoos, beide schwarz, die durch das Narbengewebe darunter topografisch aussahen. Eine zeigte ein Schwert, begann zwischen seinen Schulterblättern und wanderte an seiner Wirbelsäule hinunter. Die andere sah aus wie eine Sonne und befand sich direkt darüber.

Ich starrte auf meine Kopfstütze. Dasselbe Sonnensymbol war auf jeden einzelnen Sitz gestickt und in den Spiegel hinter der Bar sowie in sämtliche Türen des Flugzeugs graviert. In der Mitte befand sich ein großer Kreis, von dem die Strahlen abgingen.

Meine Augen huschten wieder zu Stellan zurück, zu den

Narben, dem Sonnen-Tattoo und dem Schwert, bis er die Badezimmertür mit einem lauten Knall hinter sich schloss. Ich ließ mich auf meinem Sitz zurückfallen.

Der Kreis der Zwölf. Vielleicht gehörten sie ja doch nicht der Regierung an, sondern waren eine Gruppe krimineller Familien aus Europa. Eine französisch-britische Mafia. Gab es eine französisch-britische Mafia? Vielleicht war diese Sonne ja ihr Symbol. Und diese Narben waren … eine Art Brandmal? Oder nur eine alte Verletzung?

Und dann war da noch Jacks Tattoo, das allerdings anders aussah. Also … rivalisierende Familien?

Der aufgeregte Teil von mir gab dem nervösen Teil von mir nach, und ich vergrub mein Gesicht in den Händen, nicht sicher, ob ich weinen oder lachen oder schreien sollte. Ich beschloss, meine Haarklammern herauszunehmen. Mir tat der Kopf weh.

Da Stellan das Badezimmer besetzte, schaute ich durch die Reihen der kristallenen Flaschen in den Spiegel hinter der Bar. Ich war völlig durcheinander und sah noch schlimmer aus, als ich mich fühlte. Abgesehen von dem schmutzigen Kleid war meine Wimperntusche ganz verschmiert und mein Haar eine einzige Katastrophe.

Ich befeuchtete eine Cocktailserviette und wischte einen Teil der dunklen Ringe unter meinen Augen weg, bevor ich mich um mein Haar kümmerte.

Die Badezimmertür öffnete sich mit einem Klicken, und ich ließ die Haarnadel fallen, die ich in der Hand hielt.

»Schreckhaft«, bemerkte Stellan und schloss die Tür leise hinter sich. »Angst vorm Fliegen? Ich hätte stattdessen das große Flugzeug mitbringen sollen. Weniger Turbulenzen.«

Das hier war das *kleine* Flugzeug?

Stellan zog den Knoten einer schmalen schwarzen Krawatte fest und griff über mich hinweg, um eine Espressomaschine einzuschalten. »Kaffee?«

Ich machte einen Schritt zur Seite und schielte zu den Espressotassen hinüber, die er auf die Theke stellte. Ich wollte ihn zum Reden bringen. Wenn er schon keine meiner Fragen direkt beantwortete, vielleicht würde er dann wenigstens aus Versehen etwas Nützliches ausplaudern. »Ich hätte dich eher für den Wodka-am-Morgen-Typ gehalten«, erwiderte ich und beobachtete seine Reaktion.

Er füllte Kaffeepulver in die Maschine. »Warum das denn?«

»Ich würde gern behaupten, es liegt daran, dass dein Akzent russisch klingt und das nun mal das gängige Stereotyp ist.« Ich ließ eine Haarnadel ins Waschbecken fallen. »Aber in Wahrheit ist es nach allem, was ich bisher von dir gesehen habe, schlicht und ergreifend das, was ich von dir erwarten würde.«

Er füllte eine der kleinen Tassen und stellte sie mit einem kurzen Lachen vor mir ab. »*Halb*russe«, sagte er mit ebendiesem leichten Akzent. »Die andere Hälfte ist schwedisch, also tu dir bitte auch keinen Zwang an, was die beleidigenden Wikingervergleiche angeht. Davon abgesehen haben sie meinen Lieblingswodka in diesem Flugzeug gar nicht.«

Er nippte an seinem Espresso und blickte schweigend aus dem Fenster auf die Ausläufer des rosafarbenen Sonnenaufgangs, die sich über den Himmel erstreckten. So weit der Versuch, ihn zum Plaudern zu bringen.

»Dann seid du und Jack was? Leibwächter?« Ich stellte

mich wieder ans Spülbecken und konzentrierte mich auf den Spiegel.

Er lächelte. »Hat dir schon mal jemand gesagt, dass du wie eine von diesen Puppen aussiehst?«, fragte er. »Eine … *kuklachka*. Wie heißt das auf Englisch? Mit der weißen Haut und den großen Augen.«

»Eine Porzellanpuppe.« Mein blasser Teint und mein dunkles Haar hätten schon völlig gereicht, aber wenn man dann noch die dunklen Augen und meine Wangen dazunahm, die viel zu schnell und viel zu oft erröteten – auch in diesem Moment war ich mal wieder wild entschlossen, dafür zu sorgen, dass sie das *nicht* taten –, war wohl nicht mehr daran zu rütteln. Er war nicht der Erste, der diesen Vergleich gezogen hatte. »Warum interessiert es die Familie, für die du arbeitest, ob ich mit irgendwem anders verwandt bin?«, wollte ich wissen und versuchte, die Unterhaltung wieder in die andere Richtung zu lenken.

»Eine hübsche kleine Porzellanpuppe«, sagte er. »Das bist du. *Kuklachka*.«

Ich war mir nicht sicher, ob er wirklich irgendetwas von mir wollte, aber wenn er glaubte, er müsste nur sein Hemd ausziehen und so tun, als seien wir auf irgendeiner bizarren Urlaubsreise, um mich so aus der Fassung zu bringen, dass ich ihm geheime Informationen verriet, dann lag er falsch. Er brachte mich damit nur ein ganz kleines bisschen aus der Fassung.

Ich schüttelte den Gedanken ab und erinnerte mich selbst daran, dass mir irgendetwas an ihm immer noch ein unbehagliches Gefühl gab, auch wenn er sich seit dem Abschlussball anständig benommen hatte, und das bedeutete auch, dass es total verkorkst gewesen wäre, zuzulassen, dass er mit mir flirtete – ganz zu schweigen davon, dass ich darauf einging. Aber wenn er versuchte, mich dazu zu bringen, alle Vorsicht über Bord zu werfen, dann konnte ich dasselbe auch bei ihm tun.

Ich zog noch ein paar Haarnadeln heraus und ließ sie klappernd in den Mülleimer unter dem Spülbecken fallen. Die nächste Nadel steckte fest – sie war mit Haarspray betoniert. Ich zog noch fester daran und zischte durch meine zusammengebissenen Zähne, als ich mir dabei ein paar Haare ausriss. Es würde mir auch nicht helfen, meine Nerven an meiner Kopfhaut abzureagieren.

»Hier.« Stellan stellte seine Espressotasse ins Spülbecken, betrachtete mein zerzaustes Haar und schob meine Finger mit seinen beiseite.

Ich duckte mich weg. Das ging ein bisschen zu weit. »Auf gar keinen Fall.«

Er nahm meine Hände von meinem Kopf. »Es wirft ein schlechtes Licht auf mich, wenn du da auftauchst und aussiehst, als wärst du in eine Kneipenschlägerei verwickelt gewesen.«

Ich drehte mich weg und er seufzte tief. »Ich werde dir nicht wehtun.«

»Wenn ich wüsste, was du mit mir vorhast, dann würde ich mir vielleicht nicht solche Sorgen machen, dass du mich mit einer Haarnadel erstechen willst«, sagte ich leise. Ehrlich gesagt machte ich mir gar keine Sorgen – wie es schien, war es seine Aufgabe, mich unversehrt abzuliefern. Ich wollte nur nicht, dass er glaubte, er hätte mich irgendwie eingeschüchtert.

Er ignorierte mich und drückte meine Hände fest an meine Seiten.

Ich war zu erschöpft, um noch weiter zu protestieren. Und wer weiß? Vielleicht war es ja gut für mich, wenn er dachte, er hätte mich eingeschüchtert. Außerdem hatte er recht: Durch die festsitzende Nadel sah es aus, als hätte ich einen Flügel auf dem Kopf. Er befreite sie mit überraschender Behutsamkeit und schob meine Hände weg, als ich versuchte, wieder zu übernehmen.

»Was ich mit dir vorhabe, willst du wissen? Also, ich kenne dich ja kaum«, sagte er, befreite auch die letzte meiner Locken und fuhr auf der Suche nach weiteren Nadeln vorsichtig mit den Fingern durch mein Haar. Er betrachtete mich abschätzend im Spiegel. »Aber ich bin mir sicher, dass mir schon irgendwas einfallen würde. Ich weiß deine Begeisterung jedenfalls zu schätzen.«

Ich schenkte ihm nicht die Befriedigung, die Augen zu verdrehen, aber mein unpassenderweise allzeit aktivierter Errötungsmechanismus verriet, dass mir die Doppeldeutigkeit durchaus nicht verborgen geblieben war. Er lachte kurz und rückte den In-Ear-Hörer in seinem rechten Ohr zurecht.

Wir durchbrachen eine Wolkenschicht und unter uns breitete sich eine weitläufige Stadt aus. Ich schob mich an Stellan vorbei und schaute zum Fenster hinaus.

Wenn das hier echt war, dann würde ich schon bald meine Familie treffen. Menschen, die meinen Vater gekannt hatten. Zum allerersten Mal in meinem Leben Menschen, die *mich* kennenlernen wollten. Aber ich konnte nicht anders: Ich musste an Stellans Narben denken, an die Tattoos und daran, was das für Menschen sein mussten, die ein Mädchen tatsächlich von seinem Abschlussball entführten und nach Frankreich verfrachteten, und mein Herz seufzte schmerzvoll.

»Bitte nehmen Sie Ihre Plätze ein«, bat die Stimme des Piloten aus den Lautsprechern in der Kabine. »Wir werden in zwölf Minuten landen. *Bienvenue à Paris.*«

KAPITEL 9

PARIS SAH AUS wie ein Film über Paris.

Die meisten Orte tun das nicht. New York sieht nicht überall so aus wie der Times Square, und man kann vom Strand in L. A. aus nicht den Hollywood-Schriftzug sehen. Der einzige Ort, an dem ich je gewesen war und der sich selbst in einem Film hätte spielen können, war der Las Vegas Strip, über den wir bei unserem Umzug von Texas nach Oregon gefahren waren.

Aber Paris war nicht nur die weiße Kuppel von Sacré-Cœur auf einem Hügel in der Ferne oder der Eiffelturm – der *Eiffelturm!* –, der mit jeder Sekunde größer wurde. Es waren die vielen Details.

Der ganzen Stadt schien schon vor langer Zeit ein Farbkonzept verpasst worden zu sein, denn all die grauen Dächer, cremefarbenen Gebäude und gusseisernen Balkone ergänzten sich in perfekter Harmonie. Die Brücke, über die wir rumpelten, war von Reihen dunkler Straßenlaternen gesäumt, die aussahen, als stammten sie direkt von einem Filmset, während goldene Statuen an beiden Enden über die Seine wachten. Es fühlte sich irreal an, so als würde jeden Moment eine Filmcrew auftauchen und mich daran erinnern, dass das hier nicht mein Leben war.

Das Auto rollte langsam aus und blieb stehen.

Stellan stieg aus und ging um den Wagen herum auf meine Seite. Er stand aufrecht vor mir, sein Haar glatt, die Anzugjacke zugeknöpft, und wirkte sehr offiziell. Ich konnte mich nicht beherrschen, am Saum meines Kleides herumzuzupfen. Mit einem Mal fühlte ich mich sehr klein, sehr fehl am Platz und sehr nervös. Ich strich über die filigrane Goldverzierung an meinem Medaillon, als der Chauffeur meine Tür öffnete, und staunte darüber, dass ich einen Chauffeur hatte, der mir die Tür öffnete. Ich fühlte mich wie Dorothy, die aus ihrem kleinen Haus in das Land Oz tritt.

Ein Tourbus, der mir die Sicht versperrt hatte, rollte weg – und ich traute meinen Augen nicht, als ich die Glaspyramide auf dem weitläufigen Vorplatz erkannte. »Der Louvre?«, fragte ich überrascht. Das Gebäude war mir dank zahlreicher Bilder vertraut.

Aber anstatt auf den Haupteingang an der Pyramide zuzugehen, knirschten Stellans Stiefel über den feinen Kies auf einen der Seitenflügel des Gebäudekomplexes zu. Er murmelte etwas in das Mikrofon, das an seinen Ohrhörer angeschlossen war, und schaute sich zu mir um. »Kommst du?«

Ich beeilte mich, zu ihm aufzuschließen, und die Riemen meiner Abschlussballschuhe gruben sich in meine Fersen.

»Können wir später vielleicht ein bisschen Sightseeing machen?«

Stellan blieb stehen. »Sehe ich aus, als wollte ich den Fremdenführer für dich spielen? Wir machen hier kein Sightseeing. Hier findet ein informelles Treffen statt und ich muss dich da hinbringen. Unbekannte jugendliche Familienmitglieder sollen nur gesehen, aber nicht gehört werden, verstanden? Oder in diesem Fall«, fügte er leiser hinzu, »vielleicht lieber noch nicht mal *gesehen,* bevor sie sich frisch gemacht haben, aber das lässt sich wohl nicht ändern.«

Ich drückte meine Tasche ganz fest auf den Fleck auf meiner Brust und folgte ihm. Es war ein wundervoller Morgen. Paris im Frühling – was man darüber sagte, war eindeutig wahr. Wir gingen an der Seite des Louvre entlang, vorbei an Touristen, die Fotos machten und auf den breiten frühlingsgrünen Rasenflächen Eis aßen. Eine Gruppe von Kindern spielte fröhlich kichernd in einem Heckenlabyrinth Fangen. Ich konnte den Eiffelturm immer noch sehen, weit entfernt vor dem mit Wolken gesprenkelten Himmel.

Stellan blieb vor einer unauffälligen Doppeltür stehen, zu deren beiden Seiten Männer in Habachtstellung standen. Einer von ihnen sagte etwas auf Französisch zu ihm und hielt uns dann die Tür auf, und Stellan winkte mir zu, ihm zu folgen. Ich holte tief Luft, um mich zu beruhigen, und trat dann ein.

Das Erste, was ich sah, war ein Maschinengewehr.

Ich wich automatisch zurück, aber es war nur eine Sicherheitskontrolle. Der Wachmann, der die Waffe schräg vor seinem Körper hielt, bedeutete mir, durch einen Metalldetektor zu gehen, und eine streng wirkende Frau auf der anderen Seite tastete mich ab. Das tiefe Gemurmel mehrerer Unterhaltungen und die Hintergrundmusik eines Klaviers lockten uns aus der nahen Eingangshalle an.

Die Musik wurde lauter, als wir durch einen hohen Türbogen traten, der mit roten Samtvorhängen drapiert war. Zahlreiche Menschen tummelten sich in einem großen Salon, der mit mehr rotem Samt und Gold dekoriert war als jedes Kostümdrama im Fernsehen. Obwohl es noch vor Mittag war, fühlte ich mich unglaublich underdressed.

Das hier sah mir nicht nach einem Mafiatreffen aus. Ich nahm allerdings an, dass Regierungsbeamte den Louvre problemlos für einen feierlichen Brunch beanspruchen konnten. Ein grauhaariger Mann mit einer Brille mit Drahtgestell sprach Stellan an, als wir an ihm vorbeigingen. Stellan lächelte ihm nur angespannt zu und gestikulierte in Richtung eines Korridors, aber ich konnte mich nicht beherrschen, noch einmal über meine Schulter zurückzublicken. Der Mann sah genauso aus wie Edward Anders. Mit anderen Worten: wie der Vizepräsident der Vereinigten Staaten. Dieser Mann war zwar kleiner, als ich mir Anders vorgestellt hätte, aber die Ähnlichkeit war geradezu unheimlich.

Ich beeilte mich, wieder zu Stellan aufzuschließen, als er einen kleineren Salon betrat, dessen Wände dieselbe goldgesäumte rote Samtbrokattapete zierten und in dem dieselben, vor Kristall triefenden Kronleuchter hingen. Zum zweiten Mal an diesem Morgen traute ich meinen Augen nicht, als ich auf einer Bank Padraig Harrington sitzen sah, der in ein Gespräch mit einem Mann mit weißem Turban vertieft war. Diesmal war ich mir sicher, dass er es war.

Padraig Harrington war der berühmteste Golfspieler der Welt und in der Klatschpresse fast genauso bekannt für seine Eskapaden wie für die unverwechselbare Narbe an der Seite seines Gesichts, die er im Augenblick mir zuwandte.

Lara wäre tot umgefallen. Sie war besessen von Promiklatsch. Ich starrte ihn immer noch an, als Padraig Harrington seinen Blick durch den Raum schweifen ließ und mich ertappte. Er grinste und zwinkerte mir zu. Ich spürte, wie meine Wangen glühend erröteten.

»Erzählst du mir noch mehr über den Kreis?«, fragte ich Stellan. Wenn das dort Padraig Harrington war, vielleicht war der andere Mann dann ja wirklich der Vizepräsident. Aber was würde das bedeuten? War das Ganze hier eine Benefizveranstaltung eines französischen Politikers? Ich hätte nie gedacht, dass ich eine Verbindung zu jemandem haben könnte, der auf solche Veranstaltungen ging. »Mit welchen von diesen Leuten bin ich verwandt?«

Stellan hielt einen Finger hoch, während er in das kleine Mikrofon an seinem Kragen sprach. Obwohl er sein blondes Haar zurückgekämmt hatte, fiel es ihm ins Gesicht. »Ich habe eben erfahren, dass die Saxons morgen eintreffen. Ich habe die Anweisung, dich hierzubehalten, bis man mir etwas anderes sagt.«

Ich ließ die Schultern ein wenig hängen. Wenn sie schon so interessiert waren, dass sie sogar ein Privatflugzeug schickten, hatte ich gehofft, dass sie auch jemanden schicken würden, der mich hier begrüßte.

Moment mal. »Hast du gesagt, du wirst mich *hier*behalten?«, überlegte ich laut. »Und für wie lange?«

Stellan entfernte sich bereits von mir. »Willst du wirklich

alles infrage stellen, was ich sage? Allmählich wird es nervig.«

Ich wollte gerade erwidern, dass es auch allmählich nervig war, dass er mich immer noch im Dunkeln ließ, aber dann klappte ich den Mund wieder zu und sah ihm nach, als er die Treppe vor mir hinaufstieg. Sein eng anliegendes Anzughemd steckte in seiner noch immer verknitterten schwarzen Hose, aber an ihm wirkte sie, als müsste sie so aussehen. Stellan war jetzt anders als noch im Flugzeug. Der neckische Unterton war aus seiner Stimme verschwunden. Vorhin hatte ich schon nichts aus ihm herausbekommen, und mir wurde klar, dass mir das nun, da er sich im Arbeitsmodus befand, erst recht nicht gelingen würde.

Wir gingen an einer Reihe kleiner Zimmer vorbei, die vom Hauptflur abgingen. Die ganze Party vibrierte förmlich vor Macht und Wohlstand, aber wenn ich es nicht besser gewusst hätte, hätte ich gesagt, dass die Leute hier auch … paranoid wirkten. Die Gäste warfen ständig Blicke über ihre Schultern, während sie sich unterhielten, und man musste kein Experte für Körpersprache sein, um ihr angestrengtes Lächeln und ihre angespannten Gesten zu erkennen. Ich fragte mich verwundert, worum es bei diesem Treffen eigentlich ging.

Stellan blieb vor einem der Zimmer stehen, an dem mehrere Leute anstanden und darauf warteten, mit einer hochschwangeren Frau mit blassem, aber atemberaubendem Gesicht und einem strengen blonden Dutt zu sprechen.

Ein schlankes Mädchen, das eine schwarze Hose und ein schwarzes Jackett trug und ein Klemmbrett in der Hand hielt, tauchte aus dem Inneren auf. Bei meinem Anblick kniff sie die Augen zusammen und schloss die Tür vorsichtig ein Stück. Sie war wahrscheinlich ungefähr in meinem Alter, aber mindestens fünfzehn Zentimeter größer. Außerdem schien sie teils asiatischer, teils europäischer Abstammung zu sein und hatte große, mandelförmige Augen, ein glatten blonden Pagenkopf, der ganz offensichtlich gefärbt, aber perfekt gesträhnt war, und einen dichten Pony. Da ich gerade erst Padraig Harrington gesehen hatte, nahm ich an, dass sie eine französische Schauspielerin oder ein Model war, deshalb war ich überrascht, als Stellan sagte: »Ich bringe sie in ein Zimmer im dritten Stock. Sind sie vorbereitet?«

»Natürlich«, erwiderte das Mädchen mit unerwartet rauer und gelangweilter Stimme. Sie machte sich nicht die Mühe, zu verbergen, dass sie mich von oben bis unten begutachtete. Dann runzelte sie die Stirn und fragte etwas auf Französisch.

»Avery ist ein Gast«, antwortete Stellan auf Englisch. »Eine entfernte Verwandte der Saxons. Sie wartet hier, bis sie eintreffen. Was machst du da?«

Das Mädchen tippte auf das Klemmbrett. »Einen Überblick über die Geschenke bei der Babyparty behalten. Man hat uns schon einiges versprochen: Kunstwerke, hoch qualifizierte Militärs, die Olympiade im nächsten Jahr …«

»Ihre *Assistentin* sollte darüber am allerwenigsten Witze machen«, sagte Stellan und schaute zu der blonden Frau hinüber. »Das ist wichtig für unser aller Zukunft.«

»Nichts von dem, was ich gesagt habe, war ein Witz.« Das Mädchen bedachte ihn mit einem zuckersüßen, falschen Lächeln. Stellan legte als Antwort seine Stirn in Falten, und sie verdrehte die Augen und verschwand wieder durch die Tür.

»Was war das denn?« Ich musste mich beeilen, um mit Stellans langen Schritten mitzuhalten.

»Elodie wollte wissen, wer du bist. Es ist ungewöhnlich, auf einer Veranstaltung wie dieser auf Fremde zu treffen.«

»Sie hat trotzdem Witze gemacht, stimmt's?«

Stellan lachte kurz. »Ich muss noch ein paar Sachen erledigen, deshalb bringe ich dich jetzt auf dein Zimmer. Bitte bleib dort, bis ich dich holen komme.«

Zu meiner Überraschung führte er uns nicht aus dem Louvre hinaus, sondern noch tiefer in das Labyrinth aus Gängen hinein, das sich neben dem vorderen Salon erstreckte. »Ich soll hier übernachten?«

»Die Dauphins wohnen hier, und für den Moment bist du ihr Gast, also: ja.«

»Sie wohnen hier. Im Louvre.«

»Das hab ich doch gerade gesagt.«

Vielleicht war es doch besser, wenn ich meine Familie nicht sofort kennenlernte. Ich war anscheinend nicht in der Lage, auch nur einen zusammenhängenden Gedanken zu fassen, geschweige denn einen ganzen Satz zu bilden. Es half auch nicht unbedingt, dass ich letzte Nacht nicht mal eine Sekunde geschlafen hatte. Allmählich begann ich, mich zu fragen, ob das alles vielleicht nur ein sehr lebendiger Traum war.

Mit einem letzten Blick auf die Party folgte ich Stellan und schaute mir alles genau an, woran wir vorbeikamen. Gemälde, Wandteppiche und Bücherregale zierten sämtliche Wände auf dem Weg nach oben. Ich strich mit dem Finger über eines der Regale, an denen wir vorbeigingen, und mein Blick blieb an einer Reihe von Büchern hängen, alle dunkelviolett und jedes mit einem anderen filigranen goldenen Symbol auf dem Buchrücken verziert. Auf dem Buch ganz links befand sich die Sonne aus dem Flugzeug und von Stellans Tätowierung. Darüber war ein anderes Symbol zu erkennen, das aussah wie eine Sternenexplosion, deren lange Strahlen einem dunklen Zentrum entsprangen, begleitet von einem Schlagwort in mehreren Sprachen: *Herrschaft durch Blut*. Unter der Sonne stand in kleineren Buchstaben und nur auf Französisch und Englisch: *Licht in der Dunkelheit*.

Ich verlangsamte meine Schritte und betrachtete den Rest – ein Olivenzweig, eine Art Rad und viele andere, darunter auch der Kompass von Jacks Tattoo auf dem dritten Buch von hinten. Sie alle zeigten denselben Schriftzug, *Herrschaft durch Blut*, und die Sternenexplosion, aber unter Jacks Kompass stand außerdem: *Kenne den Weg*. Ich zählte schnell durch. Zwölf Bücher insgesamt.

Der Kreis der Zwölf, hatte Stellan sie genannt. Die Saxons waren ein Teil, die Dauphins ein anderer, und ich nahm an, dass die anderen Familien den Rest bildeten. Immerhin ergab das ein bisschen Sinn.

Ein dunkelhaariger älterer Mann kam aus einem Zimmer am Ende des Korridors, nickte uns im Vorbeigehen zu und ich wurde erneut langsamer. Er war nicht berühmt, aber ich konnte trotzdem nicht aufhören, ihn anzustarren. Seine Augen.

Man hätte sie beinahe als tiefblau bezeichnen können, aber das waren sie nicht, nicht ganz. Nein, sie waren dunkelviolett. Sie hatten genau dieselbe Farbe wie meine Augen.

Ich hatte noch nie in meinem ganzen Leben jemanden gesehen, der tatsächlich genau dieselbe Augenfarbe hatte wie ich. Der Mann verschwand wieder im Partygetümmel. Bestimmt war er mit mir verwandt. Ich musste mir auf die Lippe beißen, um das Lächeln zu unterdrücken, das sich auf meinem Gesicht ausbreiten wollte.

Die Suite, in die Stellan mich führte, bestand aus mehreren Zimmern und wirkte weniger nobel als der Rest des Hauses, aber das mit marineblauem Brokatstoff bedeckte Hochbett und der kristallene und goldene Kronleuchter sahen antik und ziemlich kostbar aus. Die Luft in dem Raum war ein wenig muffig, aber die Kissen fühlten sich seidig und frisch unter meinen Fingerspitzen an.

Stellan deutete nach drinnen. »Ruh dich aus, wasch dich. Ich komme später wieder.«

Er verschwand, und ich blieb allein zurück, in einer Suite, die dreimal so groß war wie mein Zimmer in Lakehaven. Wahrscheinlich so groß, wie unsere ganze Wohnung in New York gewesen war. Ich trat ans Fenster, öffnete die marineblauen Vorhänge und enthüllte den Blick auf den Vorplatz des Louvre. Unter dem Fenster erstreckte sich ein langer Balkon nach links und rechts, so weit mein Auge reichte, und in der Ferne ragte der Eiffelturm über der Pariser Skyline empor.

Ich starrte eine gute Minute lang aus dem Fenster, dann durchwühlte ich meine Tasche. Nachdem ich eine ungeöffnete Packung Pfefferminzbonbons, meine unliebste Sonnenbrille und ein Büchereibuch beiseitegeschoben hatte, das ich gestern auf dem Nachhauseweg hatte abgeben wollen, fand ich schließlich mein Handy. Kein Signal, was ich mir eigentlich hätte denken können, da es sich um ein amerikanisches Handy handelte. Nach einer kurzen Durchsuchung des Zimmers entdeckte ich ein unauffälliges Festnetztelefon, das sich auf einem Schreibtisch in der Ecke versteckte und neben dem eine Karte lag, auf dem die Landesvorwahlen für internationale Gespräche verzeichnet waren. Ich wählte die Nummer meiner Mom. Ich würde nicht zulassen, dass sie mich dazu zwang, wieder nach Hause zu kommen, aber ich fühlte mich langsam doch ein wenig mies. Sie machte sich wahrscheinlich schon Sorgen, weil ich den ganzen Abend nicht ans Telefon gegangen war. Vielleicht dachte sie ja, ich hätte mich zum Abschlussball geschlichen und einen Autounfall gehabt, oder sogar, dass ich die Nacht mit irgendeinem Kerl verbracht hatte.

Nicht, dass ich vorgehabt hatte, die Nacht nach dem Abschlussball mit Jack zu verbringen, falls der Abend nach Plan verlaufen wäre. Aber selbst jetzt, wo ich wusste, dass sein Interesse an mir rein beruflicher Natur gewesen war, errötete ich bei dem Gedanken daran ärgerlicherweise noch immer.

Meine Mom ging nicht ans Telefon.

Ich rechnete kurz nach und stellte fest, dass es in den USA noch vor Sonnenaufgang war. Anschließend rief ich sie noch zweimal an, nur für den Fall, dass sie noch schlief. Aber vielleicht hatte sie ihr Telefon ja auch stumm geschaltet. Oder ihr Akku war leer.

Nur für den Fall, dass sie bereits zu Hause war und mein Verschwinden bemerkt hatte, rief ich auch auf unserem

Festnetzanschluss an, aber als sie wieder nicht abnahm, versuchte ich es noch einmal auf ihrem Handy.

»Hey«, sagte ich, als sich ihre Mailbox meldete. »Ich bin's. Mir geht's gut, mach dir keine Sorgen. Ich bin in … Frankreich. Tut mir leid«, fügte ich automatisch hinzu, unterbrach mich dann jedoch selbst. »Nein, es tut mir nicht leid. Ich will wirklich unbedingt die Familie von meinem Dad kennenlernen, und ich weiß, dass du das wahrscheinlich nicht willst, aber gib mir nur einen Tag, okay? Mein Telefon funktioniert hier nicht, deshalb kannst du mich nicht erreichen. Ich ruf dich später wieder an. Ich habe eine Menge Fragen.«

Ich legte auf und zitterte dabei ein wenig, halb schockiert, dass ich das gerade wirklich gesagt hatte, und halb vor Aufregung. Ich hatte es geschafft. Ich war hier. Sie würde meine Nachricht erhalten und ein paar Tage lang wütend auf mich sein. Ich war sechzehn Jahre lang belogen worden. Hatte geglaubt, ich hätte niemanden, obwohl ich in Wirklichkeit eine Familie hatte.

Ich blickte in den Pariser Morgen hinaus und dachte über das Wort nach, immer wieder. *Familie.*

KAPITEL 10

EIN DONNERN HALLTE in meinem Kopf wider und ich schrak hoch, saß kerzengerade im Bett.

Wo war ich?

Warmes Nachmittagslicht strömte durchs Fenster herein und ließ die Bettdecke aus Knautschsamt erstrahlen, auf der immer noch der Abdruck meines Kopfes zu sehen war, und dann erinnerte ich mich wieder. Nachdem ich versucht hatte, meine Mom anzurufen, hatte ich geduscht – und anschließend war mir aufgefallen, dass ich seit vierundzwanzig Stunden nicht geschlafen hatte. Deshalb hatte ich mich nur für eine Minute hingesetzt, bevor ich meine Erkundungstour beginnen wollte …

Ich hörte das Donnern erneut. Jemand klopfte an meine Tür.

»Eine Sekunde«, rief ich mit träger, verschlafener Stimme.

Ich rieb mir die Augen mit meinen ausgetrockneten Kontaktlinsen und machte die Schlafzimmertür auf.

»Wenn ich gewusst hätte, dass Duschen angesagt ist, dann hätte ich ein Handtuch mitgebracht.« Stellans Blick huschte über meinen mit einem Mal viel zu kleinen weißen Bademantel.

Hitze kroch über meine Haut. Ich zog den Bademantel enger zu und sah ihn stirnrunzelnd an, um die Tatsache zu verbergen, dass ich – erfolglos – versuchte, ihn mir nicht unter der Dusche vorzustellen. Er machte das mit Absicht, ermahnte ich mich selbst. Aber es würde nicht funktionieren. »Kann ich dir irgendwie helfen?«

Das Grinsen, das sich langsam auf seinem Gesicht ausbreitete, verriet mir, dass er genau wusste, was ich dachte. »Ich schätze, wir verschieben die Dusche auf ein andermal. Jetzt geh ich erst mal ein Abendkleid für den Ball mit dir kaufen. Ein Willkommensgeschenk.«

Ich blinzelte. »Für was?«

»Den Ball.« Er hatte sein Anzughemd aus der Hose gezogen und die Ärmel hochgekrempelt, und als er mit seinen langen Fingern auf den Türrahmen trommelte, konnte ich sehen, wie die Muskeln an seinen Unterarmen zuckten. »Morgen Abend. Es gibt ein Fest zur Feier der neuen Babys der Dauphins.«

»Babys.« Ich erinnerte mich wieder an die schwangere Frau im unteren Stock, die bei ihrer Babyparty die Olympiade als Geschenk bekommen hatte.

»Madame Dauphin erwartet Zwillinge«, erklärte Stellan, als müsste das ohnehin offensichtlich sein.

»Und sie veranstalten einen Ball als Babyparty. Und ich

brauche ein … Abendkleid.« Ganz offensichtlich war mein Hirn noch nicht ganz wach.

»Madame Dauphin hat es gern, wenn ihre Gäste ein gutes Licht auf sie werfen.« Er warf einen verächtlichen Blick auf mein Abschlussballkleid, das inzwischen als zerknülltes Häuflein in einer Ecke lag. Ich machte den Mund auf, um zu protestieren, aber ehrlich gesagt hatte er recht.

»Sollte ich nicht hier warten, bis Jack auftaucht? Oder die Saxons?«

»Muss ich dir das wirklich noch mal erklären? Alistair Saxon soll morgen eintreffen. Du triffst sie schon noch früh genug. Ich hab noch andere Sachen zu erledigen, also falls du nicht das da tragen willst, schlage ich vor, dass du dich anziehst. Im Schrank findest du was.« Er zeigte auf eine Tür in der Ecke, die, wie ich vorhin festgestellt hatte, zu einem riesigen, gut sortierten begehbaren Kleiderschrank führte.

Er verschwand wieder und ich rief noch einmal meine Mom an. Sie ging noch immer nicht dran, an keinem Telefon. In Kombination mit dem Schock, hier zu sein, der mich allmählich richtig traf, spürte ich ein Nervenflattern in der Magengegend. Am liebsten hätte ich mich unter der Bettdecke zusammengerollt und das Zimmer nicht mehr verlassen, bis meine Familie hier war.

Aber es war auch nicht so, dass ich etwas gegen Shoppen hatte. Das würde vielleicht sogar Spaß machen. Es war nett von den Dauphins, dass sie mich hier aufgenommen hatten, und ich konnte die Vorzüge ebenso gut genießen, solange ich konnte, bevor meine Mom herausfand, was ich getan hatte, und mich einsperrte, bis ich achtzehn war.

Ich durchsuchte den Schrank nach einem Outfit, mit

dem ich auf eine Shoppingtour für ein Ballkleid gehen konnte. Eine Shoppingtour für ein Ballkleid. Ich lächelte. Das war etwas, wovon ich nie gedacht hätte, dass es mal auf mich zutreffen würde.

Ich schlüpfte in ein marineblaues Sommerkleid mit weißen Streifen, schnappte mir ein ähnlich gestreiftes Karamellbonbon von einer Schale mit Süßigkeiten auf dem Schreibtisch – ich war am Verhungern – und ging in den Flur hinaus, um Stellan zu suchen. Ich kam an einer Bibliothek vorbei, deren Tür einen Spalt offen stand. Die schwangere blonde Frau, von der ich annahm, dass sie Madame Dauphin war, saß mit vier Männern an einem Konferenztisch. Als ich vorbeiging, sprang mich ein Wort förmlich an.

»… über das Mandat«, sagte einer der Männer. Ich stolperte über meine eigenen Sandalen.

»Irgendwelche Neuigkeiten?«, erkundigte sich Madame Dauphin.

Ich presste mich ganz dicht an die Wand neben dem Türrahmen.

»Die Mikados behaupten, eine Spur zu haben, aber das ist unwahrscheinlich«, antwortete einer der Männer.

»Und die Louvre-Ausstellung hat auch nichts gebracht?«

»Noch nicht«, sagte eine andere Stimme. »Cecile, uns läuft die Zeit davon. Wenn wir keine weiteren Informationen über das Mandat finden …«

»Dann entscheiden wir selbst über die Vereinigung und hoffen, dass der Rest intelligent genug ist, sich hinter uns zu versammeln, auch wenn der Eine noch nicht bestätigt ist. Wir können diese Gelegenheit nicht an uns vorbeiziehen lassen. Aber unterdessen suchen wir weiter nach dem

Grab. Sosehr einige Familien das auch glauben wollen, das Mandat hat nichts mit Zauberei zu tun«, fügte Madame Dauphin verächtlich hinzu. »Wir leben in der modernen Welt. Niemand ist sich sicher, ob überhaupt etwas passieren wird.«

Es folgten zustimmendes Gemurmel und anschließend einige Momente der Stille, die schließlich von einer zögerlichen Stimme durchbrochen wurde. »Und wir müssen uns als vereinte Front präsentieren, wenn wir uns gegen den Orden stellen wollen. Macht ihr euch ihretwegen momentan nicht auch besondere Sorgen? Die jüngsten Angriffe … Sie scheinen so viel zu wissen. Sie haben sogar von dem Mädchen erfahren, dem Baby.«

»Was willst du damit sagen?«, fragte ein anderer Mann. »Glaubst du, dass jemand Informationen durchsickern lässt?«

Es folgte eine angespannte Pause. Das Karamellbonbon, das an meinen Zähnen klebte, schmeckte widerlich süß.

»Es spielt keine Rolle, wie sie es herausfinden. Ihr habt gehört, was Alistair Saxon gesagt hat. Er ist der Ansicht, der Orden sollte vollkommen vernichtet werden, nur für den Fall«, erwiderte jemand anders. »Und es klingt, als würden ihm inzwischen viele andere zustimmen.«

Madame Dauphin räusperte sich. »Falls wir uns entscheiden, dafür zu stimmen, dann wird uns das leichter fallen, wenn wir das Grab bereits gefunden haben. Wollen wir uns nun also wieder dem eigentlichen Thema zuwenden?«, fügte sie kalt hinzu. »Monsieur Dauphin hat uns neue Erkenntnisse zu Ägypten geschickt. Wenn ihr euch Seite drei anschaut …«

Ich nutzte die Gelegenheit, als alle den Blick senkten, um an der Tür vorbeizuhuschen. Dabei schaute ich hinein und entdeckte ein weiteres bekanntes Gesicht.

Einer der Männer, die gesprochen hatten, war der französische Präsident.

Das Mandat. Der Orden, was auch immer das war. Alistair Saxon – jemand aus meiner eigenen Familie. Der französische Präsident. *Angriffe*.

Es klang nicht, als hätten sie sich für eine Benefizveranstaltung versammelt. Ich dachte an all die paranoiden Blicke während der Party zurück, und beinahe hätte ich darüber vergessen, dass ich in einer Limousine saß und an der Seine entlangfuhr. Ich versuchte, meine Besorgnis über Politik abzuschütteln, die nicht mein Problem war, und stattdessen zu genießen, dass ich mit Freunden meiner Familie in Paris auf Shoppingtour für ein Kleid ging. Und besonders, dass ich plötzlich »Freunde meiner Familie« sagen konnte.

Stellan saß auf dem Sitz mir gegenüber und betrachtete mich ausführlich, von meinem Sommerkleid bis zu meinen weißen Wedges-Sandalen. Ich folgte seinem Blick hinunter zu dem abblätternden auberginefarbenen Nagellack auf meinen Zehen, der in Verbindung mit diesen lässigen, aber ganz offensichtlich teuren Klamotten fehl am Platz wirkte. Ich zog meine Füße an den Sitz zurück.

»Also, Avery West«, begann Stellan. »Ich hab über dich nachgedacht. Du weißt tatsächlich nichts über deine entfernte Verwandtschaft?«

Ich hob den Blick von den Händen in meinem Schoß. »Ich glaube, das haben wir bereits geklärt.«

»Warum warst du dann so schnell bereit, mitzukommen?« Stellan lehnte sich nach vorne. Zum ersten Mal fiel mir auf, dass seine Augen dunkelblau waren, mit kleinen Goldsprenkeln um seine Iris.

Ich runzelte die Stirn. »Ich ...«

»Was für eine Art von Mädchen lässt einfach alles zurück, für Leute, die es nicht mal kennt?«, fuhr er fort und kniff die Augen zusammen.

»Wenn du aufhören würdest, mich dauernd zu unterbrechen, würde ich es dir vielleicht erzählen.«

»Bitte, nur zu.« Stellan streckte seine langen Beine lässig in meinen Fußraum aus, und ich ignorierte sie mit Zen-mäßiger Selbstbeherrschung. Zum wiederholten Mal fragte ich mich, was er eigentlich vorhatte. Vielleicht war er einer von diesen Typen, die ein nicht interessiertes Mädchen als Herausforderung betrachteten, aber ich hatte das Gefühl, dass noch mehr dahintersteckte.

»Ich wollte meine ...«

»Ja, ja, du wolltest deine Familie kennenlernen. Dein Vater war der lange verschollene Enkel eines Cousins zweiten Grades. Aber das ist noch nicht alles. In Wahrheit wolltest du eine Veränderung.« Er faltete die Hände hinter dem Kopf. Ich machte den Mund auf, um ihn zurechtzuweisen, weil er mich schon wieder unterbrochen hatte, aber dann kam das, was er gesagt hatte, erst bei mir an.

»Eine Veränderung«, fuhr er mit einem langsamen Lächeln fort, als er mein Gesicht sah. »Einen Weg hinaus aus dem ›Schmerz deines Daseins‹.«

Schmerrz. Durch Stellans leichten Akzent klang es besonders gewichtig, wie eine uralte Prophezeiung. Ich lehnte mich unwillkürlich nach vorne.

»*Toska*.« Er beugte sich ebenfalls vor. »Das ist ein russisches Wort. Es gibt in keiner anderen Sprache eine Übersetzung dafür, aber nach allem, was ich bisher gehört habe, kommt *Schmerz* ihm am nächsten. Eine Sehnsucht. Das Gefühl, dass etwas fehlt, und selbst wenn du dir nicht sicher bist, was es ist, sehnst du dich danach. Bis tief in dein Mark.«

Ich schnappte scharf nach Luft.

Stellan stützte sein Kinn auf seiner Hand ab und betrachtete mich, so als würde er auch die Dinge verstehen, die ich nicht aussprach.

Woher er wusste er das? Wie kam es, dass er das Gefühl der Leere in meiner Brust so genau beschreiben konnte? Ich lehnte mich wieder nach hinten und verschränkte die Arme, weil es mir vorkam, als könnte er direkt in mich hineinsehen. »Ich sehne mich nach gar nichts«, sagte ich abwehrend. »Und ich habe keine Ahnung, wovon du da sprichst.«

Ich rutschte, so weit ich konnte, von ihm weg und lehnte mich ans Fenster. Wir standen an einer Ampel, und draußen auf dem gepflasterten Weg am Seineufer fuhr eine Gruppe lachender Mädchen auf Fahrrädern an uns vorbei. Mir war bewusst, dass Stellan mich immer noch beobachtete. *Toska*. Der Schmerz.

Hinter dem Pfad, durch die blühenden Bäume, konnte ich mehrere Menschen auf dem Deck eines weißen Ausflugsbootes sehen, das faul auf dem Fluss kreuzte. Die Sonne wärmte mein Gesicht trotz der sterilen Kühle des klimatisierten Fahrzeugs.

»Es war Nabokov, der diese Übersetzung für *toska* geprägt hat«, sagte Stellan nach einer Minute. Ich hörte, wie er sich in seinem Sitz zurücklehnte. »Nabokov ist …«

Ich atmete langsam aus. »Ich weiß, wer Nabokov ist«, sagte ich, ohne mich umzudrehen. »Ich hab *Lolita* gelesen.«

Stellan legte die Füße auf meine Sitzbank. »Hast du?«

Ich rutschte noch weiter weg. »Warum denn nicht?«

»*Lolita* ist kein Kinderbuch.«

»Was denkst du denn, wie alt ich bin?«

»Ich weiß genau, wie alt du bist. Sechzehn, und nächsten Monat wirst du siebzehn. Am vierzehnten Juni.«

Jetzt drehte ich mich doch um. »Woher weißt du …?«

»Einen Meter achtundfünfzig groß.« Er betrachtete mich erneut von oben bis unten und ich richtete mich automatisch auf. »Siebenundvierzig Kilo.«

»Woher weißt du …?« Ich steckte meinen Rock unter die Beine. »Das ist unheimlich. Warum weißt du das?«

»Könntest ein bisschen mehr Fleisch auf den Rippen vertragen, wenn du mich fragst«, fügte er hinzu und beugte sich über den Sitz, um eine seiner schmalen Hände um meinen kompletten Oberarm zu schlingen.

»Fass mich nicht an.« Ich riss mich los. »Dann gehört Stalking also auch zu deinem Job? Hast du dich in meine Führerscheindaten gehackt oder so?« Nach allem, was bisher passiert war, hätte ich eigentlich nicht überrascht sein sollen.

»Warum sollte ein unschuldiges Ding wie du *Lolita* lesen? Stehst du auf ältere Männer?« Er hob eine Augenbraue.

»Was ist bloß los mit dir?« Ich zog die Füße auf den Sitz und versteckte sie unter meinem Kleid.

»Ah. Dann wohl ein Vaterkomplex«, sagte er und nickte wissend mit dem Kopf. »Ich schätze, das hätte wohl offensichtlich sein müssen, als du sofort zugestimmt hast, mit fremden und ziemlich bedrohlichen Männern mitzugehen, die du nicht mal kanntest.«

Ich spürte, wie ich errötete. Okay, ja, ich hatte ganz offensichtlich einen Vaterkomplex, aber der hatte nichts mit meinen literarischen Vorlieben zu tun. Ich suchte angestrengt nach einer gewitzten Retourkutsche, aber er hatte mich kalt erwischt. »Du bist ein Arschloch«, sagte ich stattdessen. »Ich hatte mich schon durch die komplette Kinderbuchabteilung der Bücherei gelesen, als ich sieben war, deshalb …«

Stellan kurbelte sein Fenster ein paar Zentimeter hinunter und testete die Brise mit den Fingerspitzen. Draußen sauste ein Auto vorbei, das kleiner war als ein Golfmobil. »Deshalb hast du *Lolita* gelesen?«

»Deshalb hab ich einfach alles gelesen«, blaffte ich ihn an. Es ging ihn überhaupt nichts an, dass ich den Großteil meiner Kindheit über nur eingebildete Freunde gehabt hatte.

»Alles? Oder nur Romane?«

»Alles.« Ich wandte mich wieder zum Fenster. Wie konnte ich bitte schön noch deutlicher machen, dass diese Unterhaltung beendet war?

Stellan trommelte mit den Fingern auf den Sitz. »Kennst du Aristoteles? ›Wer ein guter Herrscher sein will, muss zuvor beherrscht worden sein‹.«

Ich ignorierte ihn.

»Dann ist das ein Nein? Und mit ›alles‹ meinst du eigentlich nur verzwickte Liebesgeschichten?«

Ich spannte meinen Kiefer an. »Ja, ich hab Aristoteles gelesen. Und wie man sieht, hast *du* die großen Philosophen nur gelesen, um eine Entschuldigung für dein wichtigtuerisches Namedropping zu haben.«

»Das funktioniert bei Mädchen besser, als du denkst«, erwiderte er und zwinkerte mir zu.

»Würg.« Ich lehnte meine Stirn gegen das Fenster.

»Und ich lese auch nicht nur Philosophen.« Er stupste mich mit dem Stiefel in die Hüfte. »Mir hat *Lolita* wegen der Lollis gefallen.«

Schließlich drehte ich mich um und schob seine Stiefel von meinem Sitz. Wir fuhren an einem Gebäude vorbei, das aussah, als sei es ein Regierungsgebäude. Hohe Bogenfenster waren von in Stein gehauenen Girlanden umringt, und eine Reihe von Statuen hielt vom Dach aus Wache. Aber andererseits sah fast jedes Gebäude, an dem wir bisher vorbeigekommen waren, so aus. Man könnte ein tolles Spiel daraus machen. Gebäude in Paris: bedeutendes Nationaldenkmal oder Wohnkomplex?

»Was ist mit Geschichte?«, fragte Stellan. »Wie viel weißt du über Alexander den Großen?«

»Was hat das denn mit irgendwas zu tun?« Er machte mich streitlustig. Sosehr ich auch versucht hatte, ihn zu ignorieren, und obwohl ich wusste, dass er es mit Absicht tat, nervte er mich trotzdem.

Ich deutete auf die Umrisse des Messergriffs an seiner Seite. »Also, warum die versteckten Waffen? Wovor muss man an einem Wochenende Angst haben, an dem sich berühmte Leute zu einem Ball und ein paar Besprechungen treffen?«

Er neigte den Kopf zur Seite. »Nicht mal ein Mädchen aus einer Kleinstadt in Minnesota sollte so naiv sein.«

»Was ist der Orden?«, wollte ich wissen. Dieses Spiel konnte man auch zu zweit spielen. Er wich meinen Fragen aus und ich ignorierte sein Ausweichen.

Das Lächeln verschwand aus Stellans Gesicht. »Nichts, worüber du dir Sorgen machen müsstest, *kuklachka*.« Er legte den Kopf zur anderen Seite. »Es sei denn, natürlich, du wüsstest etwas, was ich nicht weiß.«

Der Wagen blieb stehen und schnitt jede weitere Unterhaltung ab. Wir befanden uns auf einer breiten Straße, die von in voller Blüte stehenden Bäumen gesäumt war. Sie war zu beiden Seiten von Geschäften flankiert, und der Eiffelturm ragte viel näher vor uns auf, als mir bisher bewusst gewesen war. Meine Gereiztheit verflog und ein aufgeregter Schauer durchfuhr mich.

Bis gestern war ich nie außerhalb der Vereinigten Staaten gewesen. Und heute war ich zum Shoppen in Paris. Ich öffnete meine Tür, bevor der Chauffeur sie erreichte, und folgte Stellan aus dem Auto und die Straße hinunter.

Dann bogen wir zu der Treppe ab, die zu einem der Läden führte, und ich blieb wie erstarrt mit einem Fuß auf der ersten Stufe stehen. In geschmackvollen goldenen Buchstaben stand auf dem cremefarbenen Gebäude der Schriftzug PRADA.

KAPITEL 11

EIN JUNGER MANN öffnete die Tür, die tief liegenden dunklen Augen hinter seiner Drahtgestellbrille trugen leichte Schatten. Seine Schuhe klapperten im Stakkato-Rhythmus, als er uns an den Schaufensterpuppen vorbeiführte, die im vorderen Fenster Wache standen. Wir folgten ihm über den Boden mit schwarz-weißem Schachbrettmuster in einen Empfangsraum, in dem der schwere Duft von Stargazer-Lilien und Reichtum in der Luft hing.

»Wo sind denn alle?«, flüsterte ich Stellan zu. Niemand stöberte durch die Regale mit butterweichen Lederhandschuhen, und nicht ein einziger gelangweilter Freund saß auf den weißen Ledersofas und las eine Zeitschrift.

»Madame Dauphin kauft lieber alleine ein«, erwiderte Stellan. »Und auch für ihre Gäste lässt sie den Laden schließen.«

Ich holte ganz tief Luft. Prada, in Paris, hatte geschlossen. Für mich. Damit ich mir ein Ballkleid aussuchen konnte. Es war lächerlich. Und extravagant. Und … unglaublich. Die Familie meines Vaters und der Rest des Kreises waren mit Abstand das Interessanteste, was mir in meinem ganzen Leben jemals passiert war.

Ein paar Minuten später war Stellan verschwunden, um seine Besorgungen zu erledigen, und ich stand in einer opulenten schneeweißen Umkleidekabine mit einem Hauch von Gold und Magenta vor einer Spiegelwand. Ich streckte die Arme zur Seite aus, während ein großes Mädchen namens Aimee mit schockierend rotem Haar ein Maßband eng um meine Hüften schlang. Ich dachte daran zurück, wie ich mein lila Abschlussballkleid im Schlussverkauf bei Macy's gekauft hatte und musste beinahe laut lachen.

»Kommt Madame Dauphin oft hierher?«, fragte ich und tat, als sei ich in der Lage, eine ganz normale Unterhaltung zu führen.

Elisa, ein zierliches junges Mädchen mit dunklen, kurz geschnittenen Haaren, nickte und hielt Stoffe in verschiedenen Farben an meine Haut. »Jede Woche.«

»Hat sie dieses Wochenende auch schon andere Gäste vorbeigeschickt?«, wollte ich wissen.

Aimee öffnete den Reißverschluss meines Sommerkleids und gab mir mit einer Geste zu verstehen, dass ich es ausziehen sollte.

»Ja. Sie sind heute unser letzter Termin. Und die Einzige unter fünfzig«, fügte Elisa hinzu, und Aimee schlug mit dem Maßband nach ihr. »Ist doch wahr! Madame muss mit den modischen Vorlieben der anderen jungen Damen bereits einverstanden sein. Ich möchte Sie nicht beleidigen«, wandte sie sich wieder an mich, »aber Sie sind kein regelmäßiger Gast bei den Familienfesten, hab ich recht?«

Ich schüttelte den Kopf.

Aimee senkte verschwörerisch die Stimme. »Verraten Sie es uns. Wer sind sie? Madame Dauphin könnten wir das niemals fragen. Sind sie nur reich oder Diplomaten oder …?«

»Aimee!«, warnte Elisa, und ich presste die Lippen zusammen. Selbst wenn ich ihre komplette Geschichte gekannt hätte, hatte ich das Gefühl, dass ich auf eine solche Frage lieber nicht antworten sollte. Aber sie brachte mich ins Grübeln. Wenn die Dauphins in die französische Politik involviert wären, wüssten Aimee und Elisa bestimmt davon.

»Was für Kleider probieren wir an?«, fragte ich, und damit hatten ihre Fragen ein Ende.

Kurz darauf streiften sie mir Abendkleider über und halfen mir wieder heraus, als sei ich eine Puppe. Kleider, die ebenso sehr Kunstwerke wie Kleidung waren. Eines war ein hübsches Kleid mit roten Federn, das an den Hüften aber eine komische Figur machte, ein anderes ein steifes, architektonisches Werk in Kobaltblau, das Aimee liebte.

Eines der Kleider war schwarz und modern, ein anderes wunderschön und weiß mit einem üppigen Rock, sodass es auch als Brautkleid hätte durchgehen können. Elisa bevorzugte ein graues Chemisenkleid, aber das Oberteil war zu transparent, während ein anderes Kleid zu kurz und zu pink war und zu sehr nach Achtzigerjahre aussah.

Sie alle waren unglaublich, aber ich hatte das Gefühl, nur

Verkleiden zu spielen, bis Elisa ein glänzendes Silberkleid über meinen Kopf streifte.

Das Kleid sah aus wie eine glitzernde Sturmnacht. Ich strich das Haar von meinen Schultern, um die zarten, durchsichtigen Träger sehen zu können, die in der schimmernden Rohseide verschwanden, die meine Brust bedeckte und sich eng an meine Hüften schmiegte. Ich drehte mich, um den Rücken zu betrachten, der bis zu meiner Taille in einem tiefen V ausgeschnitten war. Eine kurze Schleppe umspielte meine Füße.

Plötzlich hatte ich das Gefühl, auf einen Ball gehen zu müssen.

Elisa kicherte, und mir wurde bewusst, dass mein Mund offen stand.

»Gefällt es Ihnen?«

Ich nickte. Mir fehlten die Worte.

»Dann legen wir es mal beiseite«, sagte Aimee.

Sie zogen mir das silberne Kleid wieder aus, und ich kämpfte gegen den Drang an, es noch einmal zu berühren, bevor Elisa es an die gegenüberliegende Wand hängte. Das nächste Kleid war auffälliger, als ich es mir normalerweise ausgesucht hätte – golden und mit aufwendigen Perlenstickereien und Pailletten bedeckt –, und zunächst schenkte ich ihm kaum Beachtung. Ich konnte meine Augen einfach nicht von dem silbernen Kleid abwenden. Aber als sie mir das goldene über den Kopf zogen und das Licht im Spiegel auf mich fiel, schnappte Elisa laut nach Luft. Ich erstrahlte förmlich.

Das Kleid war ganz anders als das silberne. Wenn das andere ein Sturm war, dann war dieses das Sonnenlicht. Es erstrahlte neben meinem dunklen Haar und schmiegte sich bis nach unten geschmeidig an meinen Körper, von dem tief ausgeschnittenen Neckholder bis zu dem fließenden Meerjungfrauensaum. Ich strich mit den Händen über meine Hüften, und mein Spiegelbild glitzerte.

Aimee hatte bereits ein rosa Kleid mit Spitzen-Body vorbereitet, hängte es jedoch wieder zurück auf den Bügel. »Das goldene. Oder das silberne. Wir müssen sonst keins mehr anziehen, *non?*«

Ich betrachtete mich selbst im Spiegel, schaute dann wieder zu dem silbernen Kleid und schüttelte den Kopf.

Elisa führte mich zu einem dreiteiligen Spiegel, aus dem mich in dreifacher Ausfertigung ein Mädchen anschaute, das mir überhaupt nicht ähnlich sah. Die beiden halfen mir noch einmal in das silberne Kleid, und das Mädchen im Spiegel sah nun ernsthafter und eleganter aus. Dann probierten wir noch einmal das goldene, und sie war glamouröser und atemberaubender. Ich stellte mir vor, wie ich in beiden Kleidern tanzte, denn das tat man schließlich auf einem Ball, richtig? Tanzen und mit den Menschen lachen, die ich bald kennenlernen würde. Wenn man mich meiner Familie vorstellen würde.

Toska. Das Wort hallte in meinem Kopf wider. Eine Veränderung. Eine Veränderung dessen, wer ich war und wie ich mich selbst sah. Um den Schmerz zu füllen, der niemals ganz aus meiner Brust verschwand.

Ich ertappte mich dabei, wie ich inständig hoffte, dass meine Mom mich noch bis zum Ball würde hierbleiben lassen, vielleicht sogar ein bisschen länger. Damit ich die Saxons treffen und mehr über die Familie meines Vaters und den Rest des Kreises erfahren konnte. Um das Gefühl zu haben, in diese fremde, faszinierende Welt zu gehören. Um das Gefühl zu haben, irgendwohin zu gehören, nur für eine Sekunde.

»Irgendwann musst du dich entscheiden.« Elisa lächelte. Im Spiegel schimmerten die Pailletten.

Das Goldene passte perfekt zu meiner Figur, bemerkte Elisa, und ich musste zugeben, dass es sensationell war. Aber das Silberne hatte etwas ganz Besonderes. Es gehörte zu mir. Das Silberne fühlte sich richtig an.

Aimee grinste genauso breit wie ich. Sie öffnete den Reißverschluss des goldenen Kleids, damit ich es ausziehen konnte, und folgte Elisa nach unten, um das silberne einzupacken. Ich sah ihm nach. Ich konnte einfach nicht glauben, dass es jetzt, einfach so, mir gehören würde.

Ich blieb noch ein paar Minuten vor dem Spiegel stehen und sah zu, wie die goldenen Pailletten schimmerten. Das war das einzige Mal, dass ich je so etwas tun konnte, und ich wollte, dass es so lange wie möglich dauerte.

Ich wollte das goldene Kleid gerade ausziehen, als ich Schritte die Treppe heraufkommen hörte. »Elisa?«, fragte ich. »Aimee?« Ich erhielt keine Antwort.

Für den Fall, dass es einer der Männer war, um mich nach unten zu begleiten, machte ich den Reißverschluss des Kleids wieder zu.

Die Mädchen waren nirgends zu sehen, aber der Mann, der uns hereingeführt hatte, stand jetzt am Kopfende der Treppe.

»Tut mir leid, ich bin noch nicht fertig«, sagte ich. Ich lächelte ihn an und er fasste in die Tasche seines Jacketts.

Er holte etwas heraus, das ich im ersten Moment gar nicht richtig wahrnahm. Es passte einfach nicht zu dem Marmorfußboden, den Abendkleidern und der Musik von Bach, die aus den Lautsprechern tönte. Er kam auf mich zu, und das Deckenlicht traf mit einem Funkeln auf den Gegenstand.

Dann erkannte ich es, auch wenn ich es immer noch nicht verstand.

Es war ein Messer.

KAPITEL 12

ICH STAND WIE erstarrt da, halb noch in und halb außerhalb der Umkleidekabine. Der Mann bewegte sich langsam, aber stetig auf mich zu, und der Dolch – er war kürzer als Stellans, aber breiter und bedrohlicher – glänzte in seiner Hand. Mein Spiegelbild schimmerte in den Gläsern seiner Drahtgestellbrille.

Ich stolperte zurück in die Kabine und knallte die Tür zu. Mit zitternden Händen schob ich den Riegel vor und mein Herzschlag trommelte in meinen Ohren.

Der Laden war beinahe leer und außerdem war es später Nachmittag – die perfekte Zeit für einen Überfall. Ich hoffte nur, dass er es nicht auch auf die Kleider abgesehen hatte, die bei mir in der Kabine hingen. Es waren nur ein paar, und sie konnten sicher nicht so viel wert sein wie die Kasse oder der Schmuck oder die anderen Waren unten im Laden.

Ich hielt den Atem an.

Der Türknauf wackelte.

Stille.

Dann ein Krachen.

Ich machte einen Satz nach hinten. Es krachte noch mal – eine Schulter oder ein Fuß donnerte gegen die Tür. Das dünne Holz zersplitterte in der Mitte.

Ich versuchte zu schreien, aber es kam nichts heraus.

Er würde sich sicher nicht wegen dieser paar Kleider solche Mühe machen. Wahrscheinlich wollte er keine Zeugen zurücklassen.

Und ich saß in der Falle.

»Aimee! Elisa!«, brachte ich heraus. In der Leere klang meine Stimme winzig und ich erhielt keine Antwort. Abgesehen von dem abgehackten Rhythmus meines eigenen Atems und der dahinplätschernden Musik war es im ganzen Laden totenstill. Oh, Gott. Vielleicht hatte er sie schon erwischt.

Das Wimmern, das mir über die Lippen kam, klang überhaupt nicht nach mir.

Mit einem weiteren Krachen brach der Fuß des Mannes mitten durch die Tür.

Ich wirbelte in heller Panik herum, und das Adrenalin schoss durch meinen Körper und sorgte dafür, dass ich die Kabine wieder klar vor mir sehen konnte. Den glänzenden Spiegel. Den Sessel aus rosafarbenem Samt. Die verstreut liegenden dunkelroten Federn des roten Kleids, die auf den Teppich geflattert waren und wie ein Fächer aus Blutflecken aussahen. Mein Spiegelbild – ein kleines Mädchen mit dunklem Haar, das in Wellen über seine Schultern fiel, und dessen weite, vor Panik erstarrte Augen überhaupt nicht zu seinem edlen Kleid passten.

Jemand versuchte, mich umzubringen, während ich ein Ballkleid trug. Das passierte im wahren Leben nicht. Aber ich war mir ziemlich sicher, dass ich nicht träumte und dass das hier kein Actionfilm war. Die Tür spaltete sich noch weiter und Galle stieg in meiner Kehle auf.

Wenn mir das hier schon wie im Film vorkam, dann würde ich zumindest versuchen, mich zu verteidigen.

Eine hohe Vase mit Lilien stand auf einem Tisch neben dem Sessel. Ich duckte mich hinter den Sessel und schnappte sie mir. Der verträumte Duft der Blumen umhüllte mich, als ich sie aus der Vase riss, sie auf den Boden warf und Wassertropfen auf meine nackten Füße spritzten. Ich hielt die Vase wie einen Baseballschläger hoch.

Der Mann riss einen abgesplitterten Teil aus der Tür und schuf dadurch ein Loch, das groß genug für ihn war, um hindurchzugreifen und den Riegel zu öffnen. Die Tür schwang auf.

Er stürzte sich nicht auf mich, brüllte mich nicht an und blickte auch nicht die Treppe hinunter, um sich zu vergewissern, dass niemand meine Schreie gehört hatte. Seine kalten, berechnenden Augen waren noch viel Furcht einflößender, als Wut es gewesen wäre. Wie die Augen eines Jägers. Was auch immer das hier war, es war kein einfacher Überfall.

Die schwere Vase zitterte in meinen Händen. »Lass mich in Ruhe!«, kreischte ich.

Er warf den Sessel mit einer fast beiläufigen Handbewegung um. Ich schlug so fest mit der Vase zu, wie ich konnte, und sie zerschellte seitlich an seinem Kopf, während ich mich gleichzeitig duckte.

Aber ich war nicht schnell genug. Sein Messer schnitt in meine Schulter. Ein Schrei entfuhr meiner Kehle, aber ich rannte an dem Mann vorbei und prallte schließlich gegen das kalte Glas der vom Boden bis zur Decke reichenden Spiegel auf der anderen Seite des Raumes.

Ich umklammerte meine Schulter. Blut quoll zwischen meinen Fingern hervor und tropfte auf den weißen Teppich. Das Knirschen der Schritte des Jägers auf den Vasenscherben zwang mich, den Blick wieder davon abzuwenden.

Er befand sich zwischen mir und der Tür. Beim nächsten Mal würde er mich nicht verfehlen.

Ich kroch hinter den metallenen Garderobenständer mit den Kleidern, die ich aussortiert hatte, und schaute mich panisch nach etwas um, mit dem ich mich schützen konnte. Ich fand nichts außer leuchtender Seide und Perlenstickereien, die noch vor ein paar Minuten so bezaubernd gewesen waren und sich jetzt mit ihrer Nutzlosigkeit über mich lustig machten.

Der Mann hatte den Raum bereits halb durchquert. Als letzte Ausflucht riss ich an dem Kleiderständer, um zu sehen, ob ich eine Stange oder irgendetwas anderes herausziehen und als Waffe benutzen konnte. Aber als ich mich dagegenlehnte, bewegte er sich. Er stand auf Rollen, und plötzlich kam mir eine Idee. Es war zwar keine besonders gute Idee, aber es war die einzige, die ich hatte.

Als er nur noch ein paar Meter entfernt war, packte ich die hintere Stützstange und schob den Ständer mit aller Kraft nach vorne.

Er prallte gegen den Mann. Das Metall vibrierte in meinen Händen und der komplette Ständer kippte scheppernd um.

Ich stürmte Richtung Tür, als sich ein silbernes Blitzen aus dem schillernden Stoffberg emporschlängelte. Ich wich dem Messer aus und diesmal verfehlte er mich.

Das Blut pulsierte in meinen Adern und trieb mich die Treppe hinunter.

»Hilfe! Aimee! Elisa!«, schrie ich. »Hilfe!«

Jetzt wünschte ich mir, mein Shoppingausflug wäre nicht ganz so privat gewesen. Die stummen, gesichtslosen Mannequins blickten aus dem Verkaufsraum zu mir herauf. Hinter ihnen befanden sich der Empfangsraum und die Tür, die aus dem Laden führte.

Wenn ich es hinausschaffte, konnte ich fliehen.

Die sonnendurchflutete Scheibe gab meinen Beinen neuen Antrieb. Fast da. *Fast da!*

Ein paar Stufen vom Boden entfernt blieb ich mit einem Fuß im Meerjungfrauensaum des goldenen Kleids hängen. Ich griff nach dem Geländer, aber es war zu spät. Meine Füße gehorchten mir nicht mehr und ich flog durch die Luft. Ich hatte kaum noch Zeit, einen Arm zu heben, bevor mein Kopf auf den Boden knallte.

Ein Schmerz explodierte wie tausend Glasscherben in meinem Kopf. Ich lag in einem kleinen Häuflein auf dem Boden und würgte. Die Luft wollte einfach nicht in meine Lungen fließen. *Renn!*, schrie mein Verstand. *Renn!* Mein Körper gehorchte nicht.

Ich zwang mich auf Hände und Knie und das Blut floss in einem perfekten roten Rinnsal an meinem Arm hinunter und tropfte zwischen eine schwarze Kachel und die weiße daneben. Mein Sichtfeld verschwamm an den Rändern.

»Hilfe«, sagte ich schluchzend zu niemandem. »Bitte.« Ich krallte mich an den Boden und versuchte, nicht das Bewusstsein zu verlieren. Wenn ich ohnmächtig wurde, war das mein Tod.

Das Donnern schwerer Schritte auf den Treppenstufen verwandelte den Schmerz in meinem Kopf in schiere Panik. Ich krabbelte zu einem der Sofas, klammerte mich daran fest und zog mich schwindelig auf die Beine, während der Killer das Ende der Treppe erreichte.

Der Raum drehte sich wie ein Karussell. Er stand zwischen mir und der Vordertür. Ich ließ meinen Blick hektisch durch den Laden schweifen und unter einer Treppe im hinteren Bereich flirrte eine Tür wie eine Fata Morgana.

Ich hatte Angst, zusammenzubrechen, wenn ich das Sofa losließ, aber er kam bereits vom Fußende der Treppe auf mich zu.

Ich rannte los.

Die Hintertür war eine Million Meilen entfernt.

Ich hörte einen Schrei, bevor ein paar Meter neben mir eine Vitrine explodierte und die Glasscherben meine Haut aufschlitzten. Ich schrie auf, warf mich auf den Boden und krabbelte unter einen mit einem Haufen Schals bedeckten Tisch und auf der anderen Seite wieder hervor. Mir war nicht klar gewesen, dass er auch eine Pistole hatte. Ein weiterer Adrenalinschub pulsierte durch meinen schmerzenden Körper, und ich zwang meine Beine, sich schneller zu bewegen.

Ich konnte nicht sagen, wie nahe er mir inzwischen war.

Das einzige Geräusch, das ich hören konnte, war mein eigenes verzweifeltes Atmen.

Dann waren überall um mich herum Schritte, hinter mir und beinahe bei mir. Und noch mehr Geschrei.

Er hatte mich eingeholt. Er hatte mich.

Ich wappnete mich für einen letzten verzweifelten, aussichtslosen Sprint, aber kräftige Arme packten mich von hinten.

»Lass mich los!«, brüllte ich. »Lass mich *los*!« Ich schlug auf ihn ein, vergrub meine Nägel in seiner Haut und versuchte, seine Hände von mir zu lösen, aber wir stürzten im Kampf gemeinsam zu Boden. Wenn ich nur die Pistole zu fassen bekam und sie von uns weg richten konnte … aber er ließ einfach nicht los.

Gleich würde ich sterben.

Kein Gefühl der Ruhe breitete sich in mir aus, keine Erinnerungen rauschten vor meinem inneren Auge vorbei. Seltsamerweise gehörten das einzige Gesicht, das vor meinen Augen verschwamm, und die einzige Stimme, die ich meinen Namen rufen hörte, Jack.

Dann hörte ich ein seltsames Ächzen, holte ein letztes Mal Luft und presste die Augen zusammen.

Nichts passierte.

Ich war immer noch am Leben.

»Avery!« Ich riss die Augen auf. Hatte ich meinen Namen gehört? »Avery! Hör auf! Du bist in Sicherheit!«

Ich hörte auf, mich zu wehren. Die Arme, die mich umschlangen, lockerten sich so weit, dass ich sein Gesicht klar erkennen konnte.

Es war tatsächlich Jack.

Ich hatte es mir nicht eingebildet. Wie er hierhergekommen war, wusste ich nicht, aber Jack war hier und ich war noch am Leben.

Mein Gesicht presste sich gegen seine Brust. Er wiegte meinen Kopf über dem Boden und hielt meine beiden Handgelenke mit einer Hand gepackt, während er versuchte, mich davon abzuhalten, ihm die Augen auszukratzen. Ich starrte in sein Gesicht hinauf – in seine leuchtenden silbernen Augen und auf sein zerzaustes dunkles Haar – und für eine Sekunde war ich wieder am vergangenen Montagmorgen im Matheunterricht und tat, als würde ich ihn nicht anglotzen, als er zur Tür hereinkam.

»Jack … was?«, würgte ich hervor. Wenn Jack mich festhielt, wo war dann der Killer? In dem Moment sah ich die Pistole in Jacks Hand, und obwohl ich nicht glaubte, noch einen weiteren Schuss gehört zu haben, konnte ich mir zusammenreimen, was wahrscheinlich passiert war.

Er zog mich in eine sitzende Position, betrachtete mich aufmerksam und verharrte kurz auf der Schnittwunde an meiner Schulter.

»Bleib hier.« Er ließ mich los und eilte mit erhobener Waffe davon.

Er hatte mir das Leben gerettet. Eine schwindelerregende Woge der Erleichterung schwappte durch mich hindurch, Tränen rannen über meine Wangen und ich schnappte nach Luft. *Ich war noch am Leben.*

Ich quälte mich auf die Knie, um zu sehen, wo Jack hinging, und um ihn zu überreden, wieder zurückzukommen. Ich wollte nicht allein sein.

Ich erstarrte, als ich den Kopf sah.

Der Kopf des Mannes, der versucht hatte, mich umzubringen, befand sich nicht mehr an seinem Körper. Sein Kopf befand sich auf einer Höhe mit meinem Gesicht, die Drahtgestellbrille noch immer auf seiner Nase, während Blut aus seinem abgetrennten Hals tropfte.

Ich krabbelte rückwärts, rutschte jedoch aus und fiel in eine Pfütze aus dunklem Blut. Es war das des Killers und mein eigenes.

Ich folgte einem Arm, der den Kopf zu dem dünnen, eckigen Gesicht und hellbraunen Haarschopf eines Jungen hochhob, der etwa in meinem Alter war und ihn mit emotionsloser Neugier anschaute. Er warf den abgetrennten Kopf wie eine Bowlingkugel durch den Raum und verzerrte das Gesicht, als er einen Blutfleck auf seiner Brust entdeckte. »*Merde*«, fluchte er. »Das war mein Lieblingshemd.«

Ich kam langsam wieder auf die Knie, mein goldenes Kleid war blutrot getränkt. Der Junge stand über mir und wischte Blut von einem riesigen Messer.

Er grinste mich an und ich starrte wie gebannt in seine Augen. Violette Augen, genau wie meine. Dann übergab ich mich auf seine Stiefel.

KAPITEL 13

»BLUT IST NICHT so dein Ding, wie ich sehe.« Der Junge half mir, zu dem weißen Sofa im Empfangsraum zu humpeln.

Mein Knie tat von dem Sturz die Treppe hinunter so weh, dass ich mich am liebsten zu einer Kugel zusammengerollt und geheult hätte. Aber dann wurde der Schmerz von dem dumpfen Pochen in meinem Kopf überwältigt. Außerdem quoll noch immer Blut aus meiner Schulter. Und dann die Leiche. Der kopflose Körper auf dem Boden, der widerliche Kupfergeruch und die Musik: die lächerliche Melodie von Bach, die das Blutbad untermalte wie eine perverse Parodie.

Ich stützte mich auf die Armlehne, zuckte jedoch zusammen, als ich einen kleinen, blutigen Handabdruck – meine *eigenen* Handabdruck – sah, der einen grausamen Kontrast zu dem weißen Polster bildete.

»Warum hat er versucht, mich umzubringen?«, flüsterte ich.

»Ein Irrtum, Chérie. Er war vom Orden. Muss geglaubt haben, du wärst jemand anders.«

Orden. Madame Dauphin und diese Männer hatten auch darüber gesprochen. Ich wusste, dass es sich nicht wie ein gewöhnlicher Überfall angefühlt hatte. Aber es hatte sich auch nicht wie ein Irrtum angefühlt.

Der Junge zündete sich eine Zigarette an und hielt mir dann die Schachtel hin. Ich schüttelte den Kopf. »Du bist Avery, nehme ich an. Ich bin Luc.«

Madame Dauphins Sohn. Ich hatte vorhin im Louvre mit angehört, wie jemand über ihn gesprochen hatte. Sein Aftershave war beinahe stark genug, um den Geruch des Blutes zu überdecken. Wie war es nur möglich, dass er so nonchalant war? Berühmtheiten, Politiker und Ballkleider – na schön. Für manche Leute war das das alltägliche Leben. Aber Politiker, Prada und *Mord*?

Luc blies eine Rauchschwade aus dem Mundwinkel. »Ich hab Stellan gesucht. Wo ist er, übrigens? Zum Glück hab ich dich von draußen von der Hausecke schreien gehört. Gute Lungen.«

Im hinteren Teil des Ladens war ein Tumult zu hören und Jack kehrte aus dem anderen Zimmer zurück. Er hielt Frederic, den anderen Mann, der hier arbeitete, im Schwitzkasten und drückte ihm die Pistole in die Seite, als er sich wehrte, während er Aimee und Elisa vor sich her schubste. Ich setzte mich an die Sofakante, aber im selben Moment ging die Tür auf und Straßenlärm drang herein.

Alle drehten sich um, als schwere Schritte in den Empfangsraum traten und dann ganz still stehen blieben. Stellan riss die Augen weit auf, und sein Blick huschte von der Leiche über das Blut zu mir und schließlich zu Jack, bevor er über Frederic und die Mädchen wanderte.

Dann schaute er mir in die Augen. Ich blinzelte einmal, zweimal, und dann erwachte er wie wild geworden wieder aus seiner Trance. Mit drei langen Schritten hatte er den Raum durchquert und funkelte erst Jack an und sah dann zu Frederic hinunter.

»Was ist hier los?«, wollte er wissen und brüllte dann auf Französisch: »*Qu'est-ce que s'est passé?* Was zur …?« Dann wechselte er in eine andere Sprache, die wie Russisch klang.

»Der Orden hat versucht, Avery zu töten.« Jacks stiller Zorn war beinahe noch Furcht einflößender als Stellans offene Wut.

»Versucht, sie zu töten …« Stellans Blick schoss wieder zu mir zurück. Er streckte eine Hand zu Frederic nach unten, riss an seinem Kragen und enthüllte eine Tätowierung auf seiner Brust, die einen von zwei Linien geteilten Kreis zeigte. Dann zog er seinen Dolch und rammte ihn in Frederics Brust.

Frederic hustete einmal, bevor sein Körper erschlaffte und zu Boden fiel, wo sich sein Blut mit dem Fleck vermischte, der sich dort bereits ausbreitete.

»Nein«, versuchte ich zu sagen, aber es kam nur ein ersticktes Keuchen heraus. Elisa jaulte auf. Stellan ignorierte uns beide.

»Wie zur Hölle ist das passiert?«, fragte er Jack, während er den Dolch aus Frederics Brust zog. »Wie ist der Orden hier reingekommen?«

»*Du* solltest auf Avery aufpassen.« Jack riss Aimee und Elisa an den Armen hoch und zerrte sie von der Blutpfütze weg, die sich weiter ausbreitete.

»Als hätte ich gewusst, dass sie kommen würden, um sie zu erledigen!«, verteidigte sich Stellan. »Sofern du nicht darüber gelogen hast, wer sie ist, gibt es hierfür nicht den geringsten Grund.«

Elisa sagte etwas in schnellem, schwer verständlichem Französisch. Stellan zeigte mit der blutigen Spitze seines Messers auf sie.

»Nicht!« Ich fand meine Stimme wieder und versuchte aufzustehen, musste mich jedoch an der Couch festklammern, um nicht umzukippen. »Sie hat nichts getan.«

Stellan wirbelte zu mir herum. Der hübsche, arrogante Junge, mit dem ich mich im Wagen unterhalten hatte, war jetzt ein hübscher, arroganter Junge, der mit einem Messer bewaffnet war und Blut an den Händen hatte. »Warum hat er versucht, dich umzubringen?«

»Was?«, krächzte ich ungläubig. War er etwa wütend auf *mich*? »Ich habe keine Ahnung! Warum hast du ihn umgebracht?«

Stellan stampfte durch den Raum und türmte sich vor mir auf. »Hast du den Teil mit *versucht, dich umzubringen* nicht verstanden?«

»Hat er nicht. Das war der andere Typ.« Ich versuchte, zu schreien, aber meine Stimme brach.

»Aber der hier war auch vom Orden.«

»Und warum hast du ihn dann nicht befragt? Oder ihn eingesperrt? Oder …?«

Mein ganzer Körper bebte, als ich von der kopflosen

Leiche zu dem nun ebenfalls toten Frederic und wieder zurück blickte.

»Mit Vernunft kommt man beim Orden nicht weiter«, spuckte Stellan aus. Blut tropfte von seinem Dolch, und er hielt ihn hoch, als wollte er ihn am liebsten sofort dem Nächsten in die Brust jagen.

Jack drängte sich zwischen uns und drückte die Hände auf Stellans Brust. »Hör auf«, sagte er. »Es ist die Schuld des Ordens, nicht ihre.« Nach einem kurzen Moment ließ Stellan den Arm an seine Seite sinken, wandte seinen Blick aber keine Sekunde von meinem Gesicht ab, auch nicht, nachdem Jack ihn losgelassen hatte.

Luc erhob sich und fuhr sich mit einer Hand durch sein zerzaustes Haar. Seine schmächtigen Schultern wirkten angespannter als noch vor wenigen Minuten. »Wenn ich eine Theorie vorschlagen dürfte: Der Orden hat erfahren, dass wir heute Familienmitglieder hierherbringen würden, auf dieselbe ungeklärte Weise, auf die sie auch von all unseren anderen Aktivitäten erfahren haben. Sie haben einen weiteren Anschlag geplant. Vielleicht hatten sie es sogar auf *mich* abgesehen.« Er unterbrach sich und nahm einen langen Zug von seiner Zigarette, und ich musste wieder an diese Unterhaltung denken. Der Orden. *Angriffe.* »Wie es scheint, war unser Gast nur zur falschen Zeit am falschen Ort.«

Von der anderen Seite des Raumes meldete sich Aimee wieder zu Wort.

»Sie sagt, dass diese beiden«, Luc gestikulierte mit seiner Zigarette in Richtung der Leichen, während er dolmetschte, »vor ein paar Stunden schon mal hier waren. Sie meinten, die andere Filiale des Ladens hätte sie geschickt. Die Mädchen haben sich nichts dabei gedacht, bis Frederic sie im Hinterzimmer gefesselt hat.«

Luc musste recht haben – die Männer wollten jemand anders. Aber andererseits hatte ich das auch beim Abschlussball geglaubt.

»Spielt jetzt keine Rolle mehr.« Luc drückte seine Zigarette auf einer Ausgabe der *Vogue* aus, die auf einem Beistelltisch lag. »Bringt diese Mädchen hier weg, damit wir jemanden schicken können, der sich um diese Sauerei kümmert.« Er sagte das, als hätte jemand Milch auf dem Küchenfußboden verschüttet.

Meine Hände begannen zu zittern.

Luc durchsuchte ein Regal mit korallenfarbigen Anzughemden. »Würdest du das als Rosa oder Orange bezeichnen, Chérie? Rosa ist überhaupt nicht meine Farbe, aber ich muss mich fürs Abendessen umziehen. Ich bin am Verhungern.«

Es dauerte eine Sekunde, bis bei mir ankam, was er gesagt hatte. »Was?«

»Um die Ecke ist ein zauberhaftes Bistro, und auf der Rue de Rivoli gibt's ein kleines Café«, fuhr er fort.

Auch Stellan wischte mit kaum mehr als einem Stirnrunzeln das Blut von seinem Dolch. Jack deckte zumindest die Leichen zu.

Ich blinzelte. »Was ist bloß mit euch los?«

Luc zog ein Hemd von einem Kleiderbügel und neigte den Kopf zur Seite.

»Menschen sind tot.« Mein Atem klang kratzend. »Wen interessiert's, ob das Hemd rosa ist?«

Luc breitete das Hemd auf dem Regal aus. Seine Miene

wurde weicher. »Chérie, ich entschuldige mich. Das ist alles noch neu für dich. Ich muss dir so kaltschnäuzig vorkommen. Aber du musst das verstehen – Ordensmitglieder zu töten ist nicht dasselbe, wie normale Menschen zu töten. Selbst wenn er dir nicht wehgetan hätte: Wenn du von all dem wüsstest, was sie unseren Familien angetan haben, dann würdest du es verstehen.«

Ich schüttelte den Kopf. Ich würde es nicht verstehen. Ich verstand es nicht.

Auf der anderen Seite des Raumes breitete Jack einen gemusterten Schal über dem Kopf des Killers aus und erhob sich wieder. »Du solltest dich sauber machen«, sagte er. Ich schüttelte erneut den Kopf.

»Oben ist ein Badezimmer«, sagte er mit Nachdruck. Ich biss mir fest auf die Lippe. Ich sah ihm an, dass er glaubte, ich würde jede Sekunde durchdrehen. Vielleicht hatte er sogar recht.

»Zeigst du es mir?«, flüsterte ich. Er deutete die Treppe hinauf, aber ich war wild entschlossen. Jack würde mir ein paar Antworten geben. Das musste er. »Zeig. Es. Mir.«

Er runzelte die Stirn, nickte jedoch. Auf dem Weg zur Treppe durchsuchte er einen Ständer mit geblümten Sommerkleidern und nahm eins davon vom Bügel. »Hier. Zieh das an.«

Ich hielt das Kleid mit den Fingerspitzen hoch. »Ich kann das nicht einfach ...«

»Das spielt keine Rolle.« Er stieg vor mir die Stufen hinauf.

Ich starrte auf das Kleid. Es spielte eine Rolle. Es spielte eine Rolle, dass dieses Kleid mehr kostete als meine komplette Garderobe zu Hause. Wahrscheinlich sogar mehr, als wir zu Hause für eine Monatsmiete bezahlten. Aber diesen Leuten war das gleichgültig. Es spielte keine Rolle, dass unten auf dem Boden zwei Leichen lagen und dass ich die dritte hätte sein können. Dass jemanden zu köpfen – und das in einer der schicksten Boutiquen von Paris – nichts weiter bedeutete als eine geringfügige Verzögerung der Pläne fürs Abendessen. Und dass mich jemand angegriffen hatte, direkt nachdem ich erfahren hatte, dass ich Verwandte hatte, die mit einigen der mächtigsten Menschen der Welt in Verbindung standen, und dass es sich definitiv nicht wie ein Fall von Verwechslung angefühlt hatte.

Wie viel hatte meine Mom tatsächlich verschwiegen? War es möglich, dass sie die Familie meines Vaters wegen mehr als nur verletzter Gefühle von mir ferngehalten hatte?

Jack öffnete eine Tür, die vom Flur abging.

»Bitte«, sagte er. Er hielt die Tür mit einem Arm weit auf und lugte hinein, als wollte er sich vergewissern, dass es sicher war.

»Sag mir, was hier vor sich geht. War das wirklich ein Irrtum? Luc meinte, es sei nichts weiter.«

Er schaute im Flur nach links und rechts, kaute auf seiner Unterlippe herum und sah mir schließlich in die Augen. »Mach dich frisch und dann sprechen wir über alles. Aber nein, es ist nicht nichts. Und ich glaube auch nicht, dass es ein Irrtum war.«

KAPITEL 14

DAS BLUT WOLLTE einfach nicht abgehen und nichts davon war ein Irrtum.

Überall war Kein-Irrtum-das-war-nicht-nichts-Blut. Das getrocknete Blut von meinen Händen und das frische Blut, das noch immer aus meiner Schulter quoll, nahmen unterschiedliche Rosatöne an, als sie den Abfluss hinunterflossen.

Ich blickte auf das wunderschöne goldene Kleid, das zusammengeknüllt in der Ecke lag, blutig und völlig ruiniert. An der Vorderseite war ein größerer Stofffetzen mit Pailletten abgerissen und klaffte wie eine offene Wunde auf. Irgendwann musste ich nach meiner Halskette gegriffen haben, denn es befand sich ein blutiger Daumenabdruck darauf, und an der Stelle, an der sie auf meiner Brust lag, war sie rot verschmiert.

Das Zittern, das an meinen Händen begonnen hatte,

breitete sich aus, bis mein ganzer Körper bebte und ich es nicht mehr aufhalten konnte.

Ich wusch mir die Hände, bis das fließende Wasser wieder klar war, und schrubbte auch danach noch weiter.

Ein Klopfen an der Tür erschreckte mich, und ich sah im Spiegel, wie Jack ins Zimmer schlüpfte. Die Tür fiel hinter ihm mit einem Klicken ins Schloss.

Er stellte sich am Waschbecken hinter mich und ich spürte, wie er mir über die Schulter schaute. Ich machte den Mund auf, wusste jedoch nicht, was ich sagen sollte. Stattdessen hob ich die Hände. Meine Haut war ganz pink und wund geschrubbt, und unter meinen Fingernägeln waren immer noch dunklere rote Flecken. Ich hielt sie wieder unter den Wasserhahn.

Wir standen schweigend da und sahen beide zu, wie das Wasser über meine Haut strömte, und nach ein paar Sekunden streckte auch er seine Hände unter den Wasserhahn.

Ich spannte mich an, aber er ließ nicht los. Er fuhr mit dem Daumen über meine Finger, einen nach dem anderen. Ich wollte ihm sagen, ist schon gut, mir geht's gut, ich brauche deine Hilfe nicht, aber es kam nichts heraus. Alles, was ich tun konnte, war, auf seine Hände zu starren, die so groß und stark und vernarbt waren und meine doch so sanft berührten.

»Schau mal kurz weg«, murmelte er.

Das Fenster neben dem Waschbecken war von Schmutzschlieren und Alter gezeichnet, und das Paris, das ich dahinter sah, war diesig und verzerrt und hatte keine Ahnung davon, was auf dieser Seite der Glasscheibe geschehen war. Ich ließ meinen Blick über die cremefarbenen Gebäude wandern, über die Pflasterstraße und das dunkle Eisengerüst des Eiffelturms in der Ferne und blieb dabei immer wieder an den leuchtend roten Akzenten hängen, die die neutralen Farben der Stadt durchbrachen. Die Jacke eines kleinen Mädchens, die grelle Markise eines Ladens, ein breites Blumenbeet, das eine Straßenseite säumte.

Das kalte Kratzen unter meinen Fingernägeln verriet mir, dass Jack sie mit einem Messer säuberte, was mir eigentlich hätte Angst machen müssen. Tat es aber nicht. Ich beobachtete ihn im Spiegel. Er hatte seine dunklen Augenbrauen zusammengekniffen und seine Unterlippe steckte zwischen den Zähnen. Vorhin war es mir gar nicht aufgefallen, aber unter seinem linken Auge bildete sich ein neuer blauer Fleck. Irgendwann verkündete er, ich könnte wieder hinschauen, und als ich nach unten sah, waren die roten Flecken an meinen Händen verschwunden. Mein Herz flackerte vor Dankbarkeit auf.

Dann wurde mir bewusst, dass meine Hände noch immer in seinen lagen, und ich legte sie auf meine Brust. Sie hinterließen nasse Abdrücke auf dem geblümten Sommerkleid.

Er beobachtete mich im Spiegel. »Es tut mir leid. Ich hätte dich nicht allein lassen sollen. Du hast einen ziemlichen Schock erlitten.«

Absurderweise konnte ich einfach nicht aufhören, über seinen perfekten, echten britischen Akzent nachzudenken.

»Mir geht's gut.« Ich schnappte mir ein Papierhandtuch und wandte mich vom Spiegel ab, von ihm.

Er war zu einer Apotheke ganz in der Nähe gegangen,

während ich mich umgezogen hatte, und jetzt hielt er mir ein Sammelsurium von Schmerztabletten hin. Ich nahm zwei Ibuprofen aus seiner offenen Handfläche. Er gab mir noch eine dritte, und ich sah zu, wie er den Rest in seiner Tasche verstaute. Das hier war Jack Bishop, der Neue in der Lakehaven High. In einem Prada-Laden in Paris, und er bot mir Schmerztabletten an, nachdem ich beinahe umgebracht worden war.

Ein Lachen erstickte in meiner Kehle, und beinahe hätte ich wieder komplett die Beherrschung verloren. Stattdessen setzte ich mich auf den geschlossenen Toilettensitz und schluckte die Ibuprofen trocken hinunter.

Die Musik plätscherte immer noch aus den Lautsprechern. Warum hatte sie noch niemand ausgemacht? Jemand hätte sie ausmachen sollen. »Schalt die Musik aus«, bat ich ihn.

Jack starrte mich an, die Apothekentüte in der Hand.

»Schalt die Musik aus«, wiederholte ich. »Bitte. Und kann ich mal dein Telefon benutzen?« Nach einem Augenblick reichte er es mir und ging.

Ich zwang mich dazu, ganz tief Luft zu holen.

Wahrscheinlich stand ich tatsächlich kurz davor, einen Schock zu erleiden. Ich hatte dieses schwindelige Gefühl, so als sei ich nicht ganz da, und stellte mir immer wieder vor, wie das Messer in meine Haut schnitt, diesen Geruch und das knirschende Geräusch, als der Kopf des Killers auf den Marmorboden knallte. Ich musste die ganze Zeit daran denken, dass ich gesehen hatte, wie sowohl Stellan als auch Luc einen Menschen getötet hatten, was höchstwahrscheinlich bedeutete, dass auch Jack schon Menschen umgebracht hatte. Dass meine Familie Menschen tötete. Und dass andere Menschen sie töten wollten.

Ich wählte die Nummer meiner Mom und rief dann bei uns zu Hause an. Beide Male klingelte es durch, bis es schließlich klickte und die blecherne Stimme meiner Mom auf der Mailbox zu hören war. Aber ich konnte nicht einfach eine Nachricht dazu hinterlassen, was hier gerade passiert war.

Die Musik verstummte mitten in einem Ton. Ich wünschte mir beinahe, ich hätte Jack nicht gebeten, sie abzustellen. Jetzt war es viel zu still. Ich konnte das Echo meines Atems hören. Zu schnell. Zu panisch.

Nein. Ich war noch am Leben. Es ging mir gut. Ich wünschte mir wirklich, ich könnte mit meiner Mom sprechen. Ich holte ein paarmal ganz tief Luft, atmete durch die Nase ein und durch den Mund wieder aus.

Als die Tür aufging und Jack wieder hereinkam, richtete ich mich auf. Er breitete Verbandszeug aus der Apothekentüte auf dem Waschbecken aus.

Würde jemand aus einer Mafiafamilie mir einen Verband anlegen, wenn ich verletzt war? Ich war mir nicht sicher, warum ich ihn nicht einfach ganz direkt fragte: Wer bist du? *Was* bist du? Vielleicht wollte ich es ja gar nicht wirklich wissen. Innerhalb eines Tages hatte ich mich in genau das verwandelt, von dem ich geglaubt hatte, es niemals zu werden: eine naive, hoffnungsvolle Idiotin. Trotz meiner vorsichtigen Skepsis hatte ich mir selbst eingeredet, dass das hier Spaß machte. Ich hatte den ganzen Tag über berühmten Leuten zugelächelt, Paris bestaunt und Verkleiden gespielt. Ich hatte daran gedacht, auf einen *Ball* zu gehen. Und die ganze Zeit über hatte ich wissentlich alle unheilvollen Anzeichen ignoriert, weil ich sie nicht hatte sehen wollen.

Ich strich die Falten des Kleides über meinen Knien glatt. Ich musste es einfach tun. Ich musste ihn fragen. Ich machte den Mund auf, als Jack sich zu mir umdrehte, seine grauen Augen dunkler als gewöhnlich, eine tiefe Falte zwischen den Augenbrauen.

»Wer bist du?«, fragte er.

Ich machte den Mund wieder zu. Blinzelte. »*Ich?*«

Er lehnte sich gegen das Waschbecken und schraubte den Deckel wieder auf das Fläschchen mit den Schmerztabletten. »Ich stimme dir zu, dass es kein Irrtum war. Aber du passt überhaupt nicht ins Muster und der Orden ist normalerweise vorsichtiger.«

»Muster? Sollte ich nicht eher fragen, wer *ihr* seid, wo es für euch alle scheinbar völlig normal ist, angegriffen zu werden?« Ich wollte aufstehen, aber mir wurde schwindelig. Ich setzte mich wieder und rieb mir die Beule an meiner Stirn.

»Ich wollte nur wissen, ob du mir die Wahrheit sagst«, erwiderte er ein wenig sanfter. »Bist du wirklich so ahnungslos, wie es scheint?«

Ich wollte ruhig bleiben. Ich wollte rational bleiben. Warum ergab das alles nicht genügend Sinn für mich, um rational zu bleiben? Ich klemmte meine Hände zwischen die Knie und sprach mit langsamer, gleichmäßiger Stimme. »Wovon sprichst du da? Was glaubst du denn, was ich wissen sollte?«

»Ich spreche von der Tatsache, dass ich in eine amerikanische Kleinstadt geschickt wurde, um Informationen über ein entferntes Familienmitglied zu sammeln. Ungewöhnlich, aber es kommt vor. Wenn man bedenkt, was zurzeit sonst noch alles passiert, war es auch kein Schock, festzustellen, dass die Dauphins Stellan geschickt haben, um Ermittlungen anzustellen. Aber dann, als wir gerade alles geklärt hatten und ich dich zu deiner Familie bringen wollte, habe ich diese bizarre Nachricht von meinem Mentor erhalten, der mir gesagt hat, dass ich dich mit meinem eigenen Leben beschützen soll.«

Ich drückte die Knie zusammen, bis sich meine Ringe in die Haut gruben. Es ergab alles einen Sinn: das Telefonat, das ich mit angehört hatte, Stellan beim Abschlussball, sogar diese SMS, die Jack bekommen hatte und nach der er mich Stellan überlassen hatte.

»Und jetzt kann ich meinen Mentor nicht mehr erreichen«, fuhr Jack fort. »Fitz. Ich war auf dem Weg hierher, um rauszufinden, was du über ihn weißt, und dann wirst du fast vom Orden getötet.« Er zog eine braune Flasche aus der Apothekentüte. »Sag selbst – klingt das nicht ein bisschen verdächtig?«

Mein Mund fühlte sich an, als sei er voller Sand. »Aber ich kenne dich doch gar nicht. Ich kenne weder die Saxons noch die Dauphins oder deinen Mentor. Warum sollten sich diese Ordenstypen überhaupt für mich interessieren?«

»Das ist dann wohl die Frage, stimmt's?« Jack ging mit einem Wattebausch, den er in Desinfektionsmittel getränkt hatte, vor mir in die Hocke.

»Wer sind die Saxons?«, fragte ich schließlich. »Politiker oder … etwas anderes?«

Seine Augen waren auf gleicher Höhe mit meinen, wichen ihnen aber vorsichtig aus. Er riss ein Päckchen Gaze auf. »Politiker, in gewissem Sinne, *und* etwas anderes.«

Offensichtlich genau das, was ich vermutet hatte. »Die Dauphins auch? Alle zwölf?«

Jack war so nahe, dass ich fühlen konnte, wie sich sein ganzer Körper anspannte, aber er nickte. Mit dem Wattebausch in der einen und einem Stück Gaze in der anderen Hand strich er mein Haar beiseite, und ich sah zu, wie er mit seinen rauen Fingern den Träger des gelben Sommerkleids von meiner Schulter schob und dabei aufpasste, dass er die Messerwunde nicht berührte.

Ich musste wieder an unten denken, wo ich mir nichts mehr gewünscht hatte, als dass er bei mir blieb. Ans Waschbecken und an seine Hände, die meine streichelten. Selbst jetzt wirkte sein Körper wie ein magnetisches Kraftfeld. Ich bemerkte, dass ich mich unbewusst zu ihm gelehnt hatte, und wich abrupt wieder zurück.

Ich war vielleicht aufgewühlt, aber ich war nicht hilflos. Und ich würde nicht zulassen, dass ich vollkommen von jemand anders abhing, vor allem nicht hier. Vor allem nicht von *ihm*.

»Ich brauche dich nicht«, sagte ich. Ich griff nach dem Wattebausch. »Ich meine, ich brauche dich für das hier nicht. Ich kann das selbst. Mir geht's gut.«

Er zog die Watte aus meiner Reichweite. »Das ist nicht nur ein Kratzer. Sofern du dich nicht mit Erster Hilfe auskennst, lass mich das machen.«

Ich sah auf die Schnittwunde hinunter und auf den Hautfetzen, der von ihr herunterhing. Ich erschauderte. »Na gut«, gab ich nach, aber ich saß ganz steif da, als er sich wieder zu mir beugte, und gab mir alle Mühe, mich nicht unter seinen Berührungen zu entspannen.

Die Wunde hatte inzwischen fast aufgehört zu bluten, aber sie pochte mit jedem Schlag meines Herzens. Jack drückte den Wattebausch darauf, und mir entfuhr ein Zischen, als ich das schrille Beißen des Desinfektionsmittels spürte.

Als er die Wunde gesäubert und den Verband angelegt hatte, drängte ich mich an ihm vorbei zum Waschbecken. Ich schob den Träger meines Kleids wieder hoch, machte ein Papierhandtuch nass und wischte das Blut von meiner Halskette, während Jack sich die Hände wusch.

»Was stand in der Nachricht?«, fragte ich schließlich. »In der, die dein Mentor dir geschickt hat.«

Jack holte sein Telefon heraus, drückte auf ein paar Knöpfe und reichte es mir.

Das Mädchen ist in Gefahr. Bring sie nicht zu den Saxons. Wenn es zum Schlimmsten kommt – befolge, was ich Dir hinterlassen habe.

»Das ist alles?«

Hinter mir krempelte Jack sorgfältig die Ärmel des weißen Anzughemds, das er angezogen hatte, wieder herunter, machte die Knöpfe zu und wischte sich mit gerunzelter Stirn ein wenig getrocknetes Blut – wahrscheinlich mein Blut – vom Hals. Ich fragte mich, was die Leute in der Apotheke deswegen wohl gedacht hatten. »Das ist alles«, antwortete er.

Überraschung und unerwartete Dankbarkeit schwollen glühend in meiner Brust an. Er hatte mich mit Stellan weggeschickt, um mich zu beschützen – entgegen einer direkten

Anweisung der Saxons –, und das alles nur aufgrund dieser vagen Nachricht. Vielleicht war ich ihm ja doch nicht völlig egal.

Ich las die Nachricht erneut. Dann betrachtete ich das Bild des Absenders und mir fiel fast das Telefon aus der Hand.

Ein vertrautes Gesicht schaute zu mir herauf, dessen Augen mich hinter einer kleinen, runden Brille anlachten. Ein Gesicht, das auf Jacks Telefon einfach nichts verloren hatte.

»Das ist dein Mentor?« Plötzlich fühlte sich das gekachelte Badezimmer eiskalt an.

Jack kämmte sich im Spiegel mit den Fingern durch sein dunkles Haar und nickte. »Fitz.«

Ich starrte auf das Bild. »Jack, ich *kenne* ihn. Das ist Mr Emerson.«

Mr Emerson, mein Pseudo-Großvater, dessen letzte Postkarte zu Hause auf meinem Nachttisch stand.

Jack durchquerte blitzschnell das Zimmer, riss mir das Telefon aus der Hand und betrachtete das Bild mit zusammengekniffenen Augen. »Sein Name ist Emerson Fitzpatrick.«

»Als er vor ein paar Jahren neben uns gewohnt hat, hat er sich Fitzpatrick Emerson genannt.«

Jack schaute von dem Telefon zu mir. »Das ist unmöglich«, sagte er. »Du musst ihn mit jemand anders verwechseln …«

»Nein, bestimmt nicht.« Diesmal würde ich die Möglichkeit eines Zufalls noch nicht mal in Erwägung ziehen. Ich taumelte zur Badezimmertür. »Woher kennst du ihn?«

»Er arbeitet für den Kreis, und das schon seit Jahrzehnten. Was bedeutet …«

Ich fuhr mir mit den Fingern durchs Haar und lehnte mich gegen den Spiegel, der an der Innenseite der Tür hing. »Mr Emerson hat mich *ausspioniert?*«

»Nein.« Die einsame, nachdrückliche Silbe hallte von den Wänden wider. Jack ging im Zimmer auf und ab. »Er ist einer von den Guten. Ich kann einfach nicht glauben, dass du ihn kennst.« Jack schaute mich an, abschätzend, und ich bemerkte erst, als er sich wieder öffnete, wie verschlossen er gewesen war. Es war, als würde ihm die Tatsache, dass ich Mr Emerson kannte, das Gefühl geben, dass wir im selben Team waren. Ich war mir da allerdings noch nicht so sicher.

Ich starrte auf die Kopie eines Seerosen-Gemäldes von Monet, die an der Wand über der Toilette hing. »Glaubst du, er steckt in Schwierigkeiten?«

»Er ist nicht mehr ans Telefon gegangen, seit er mir die Nachricht geschickt hat.« Jack sah aus dem Fenster und spielte mit dem falschen Obst in einem Korb, der auf dem Fensterbrett stand. Er nahm eine Zitrone und warf sie unruhig von einer Handfläche in die andere. »Ich war in seiner Pariser Wohnung, aber er war nicht da. Und er geht auch in seiner Wohnung in Istanbul nicht ans Telefon.«

Istanbul. Wie auf seiner Postkarte von der Hagia Sophia. Jack behauptete, Mr Emerson würde dort *wohnen* und hätte Boston nicht nur verlassen, um Urlaub zu machen.

Ich drehte mich um und betrachtete mich im Spiegel. »Was bedeutet das?«, flüsterte ich.

Ich starrte in meine eigenen Augen, die immer noch

blutunterlaufen und erschrocken wirkten, und plötzlich traf es mich wie ein Schlag.

»Lucs Augen«, sagte ich. »Sie sind violett.«

»Ja …« Jack drehte sich zu mir um und ließ die Plastikzitrone in seiner linken Hand ruhen. Er sah mir im Spiegel in die Augen, als hätte er die Frage in meiner Stimme gehört.

»Ist das ein Familienmerkmal der Dauphins?«

»Viele Dauphins haben violette Augen, ja.« Er legte die Zitrone zurück in den Korb.

Ich schluckte. »Ich weiß, dass du gesagt hast, ich wäre eine entfernte Verwandte der Saxons, aber ich glaube, dass ich in Wirklichkeit mit den Dauphins verwandt bin. Könnte es das sein, was Mr Emerson gemeint hat?«

Als Jack sich wieder zurückdrehte, konnte ich im Spiegel erkennen, dass sein Gesicht ganz blass war. »Warum glaubst du das?«, fragte er.

Ich drehte mich langsam um. Ich wusste zwar nicht, ob sie darüber gelogen hatten, wer meine Familie war, ob ihre Informationen einfach nur schlecht gewesen waren oder warum es überhaupt etwas ändern sollte, aber plötzlich war offensichtlich, dass es so war. Kälte kroch an meiner Wirbelsäule hinauf.

»Avery.« Jack durchquerte den Raum und baute sich vor mir auf. »Deine Augen.« Er senkte die Stimme zu einem Flüstern. »Du willst doch nicht sagen, dass deine Augen auch violett sind, oder?«

Ich wünschte mir, ich hätte zurückweichen können, aber die Tür presste sich gegen meine Schulterblätter. »Ähm. Ich trage Kontaktlinsen, aber doch. Meine richtige Augenfarbe sieht ziemlich genauso aus wie Lucs.«

Jack legte eine Hand auf seinen Mund und ließ sie dann wieder fallen. Er setzte an, um etwas zu sagen, brach dann aber wieder ab. Sein Adamsapfel bewegte sich mit jedem angestrengten Schlucken auf und ab. »Deine Augen sind violett.«

Ich nickte. Irgendetwas stimmte nicht. Irgendetwas stimmte ganz und gar nicht.

»Na ja.« Er blinzelte. »Das verändert alles.«

»Was meinst du damit?«

»Ich meine«, antwortete er, »dass ich jetzt ganz genau weiß, warum dich jemand tot sehen will.«

KAPITEL 15

»WEIL SIE DEN Dauphins schaden wollen?«, fragte ich. Draußen ertönte eine Autohupe und erschreckte mich mehr, als sie es hätte tun sollen. Ich schlüpfte um Jack herum. »Also, dann bin ich mit ihnen verwandt? Und nicht mit den Saxons?«

»Psst.« Jack öffnete die Tür, lugte in den Flur hinaus und schloss sie dann wieder. »Nein. Vielleicht. Gott, ich weiß es nicht. Mit ihnen, mit den Saxons, mit einer ganz anderen Familie … Alles, was ich weiß, ist, dass du viel, viel mehr bist als nur eine entfernte Verwandte.«

Ich schluckte schwer. »Aber wenn ich dieselben Augen habe wie die Dauphins …«

»Alle zwölf Familien des Kreises haben violette Augen.« Er wischte sämtliche Erste-Hilfe-Utensilien in die Apothekentüte und stopfte sie in seine Hosentasche. »Das hilft uns nicht.«

Ich lehnte mich übers Waschbecken und schaute erneut in meine Augen. »Wie ist das möglich …?«

»Hast du Stellan und Luc davon erzählt?«

»Nein …«

»Na gut, dann … hatte Fitz recht. Du bist in Gefahr. Durch eine Menge Leute, und besonders durch den Orden. Ich muss diese Nachricht falsch interpretiert haben. Die Saxons werden dir nicht wehtun und ich bringe dich jetzt zu ihnen.« Er nahm meine Tasche von dem kleinen Frisiertisch, auf dem er sie abgestellt hatte, als er sie vorhin aus der Umkleidekabine mitgebracht hatte, und reichte sie mir. »Gehen wir.«

Ich drückte sie an meine Brust. »Nein.« Jack blieb mit einer Hand am Türknauf stehen. »Du musst mir erst genau erklären, was hier los ist.«

Jack fuhr sich mit der Hand durchs Haar, zerzauste es und strich mit der Hand dann in die andere Richtung, um es wieder zu glätten. Ihm war anzusehen, dass er versuchte, sich normal zu verhalten, aber er sah mich mit einer Mischung aus Ehrfurcht und Entsetzen an, so als sei ich eine Art gefährliches mythisches Wesen. »Ich bin nicht derjenige, der dir das sagen sollte. Wir sollten wirklich lieber …«

»Ich gehe nirgendwohin.« Ich ließ meine Tasche wieder auf den Frisiertisch plumpsen und warf dabei ein Trio winziger Lotionsfläschchen um. »Was spielen meine Augen für eine Rolle? Warum sollte jemand versuchen, mich umzubringen? Was zur Hölle ist der Kreis?«

Nach einem Augenblick biss Jack sich auf die Unterlippe und schien zu einer Entscheidung gelangt zu sein. »Na schön«, lenkte er ein. »Okay, Avery. Der Kreis ist … wie drücke ich das aus? Der Kreis der Zwölf ist wichtig für die Welt. Wir sorgen dafür, dass Dinge passieren.«

»Also doch Politiker«, sagte ich.

»Nicht direkt, nein.« Er ging ans Fenster, dann wieder zurück zur Tür und wieder ans Fenster, wie ein Tier im Käfig. »Gut, die meisten wichtigen Regierungsvertreter sind Mitglieder der zwölf Familien, ja. Aber …«

»Die *meisten*? Manipuliert ihr Wahlen?« Meine Stimme kreischte ein wenig und Jack bedachte mich mit einem »Sch« und nickte in Richtung Tür.

»Nein«, antwortete er. »Na ja, für gewöhnlich müssen wir das nicht. Es ist schon von Vorteil, wenn die führenden Persönlichkeiten aus Regierungen, Handel und Wirtschaft zu uns gehören, aber die meisten tun das von Haus aus ohnehin.«

Mit zitternden Fingern schraubte ich den winzigen goldenen Deckel einer der Lotionen ab, schraubte ihn wieder drauf und drehte ihn wieder auf. Ein warmer Rosenduft stieg aus dem Fläschchen auf. »Handel? Wirtschaft? Was soll das heißen?«

Jack runzelte unbehaglich die Stirn. »Es wäre nicht falsch, zu behaupten, dass in unserer modernen Welt und über einen Großteil der Geschichte hinweg alle Wege zum Kreis zurückführen. Wir sind so dicht in der Gesellschaft verwoben – mit ihrer Geschichte, ihrer Vergangenheit, ihrer Zukunft –, dass dein Leben, auch wenn du gar nicht weißt, dass es uns gibt, ohne uns völlig anders aussehen würde.«

Ich atmete zitternd ein und machte die nächste Lotion auf. Zitrus. »Und wie?«

Er blickte wieder zur Tür. »Du hast doch bestimmt vom Ersten und Zweiten Weltkrieg gehört, oder?«

Ich zog angesichts dieser dummen Frage nur die Augenbrauen hoch.

»Es gibt zwölf Familien, und gemeinsam bilden sie den Kreis der Zwölf. Gelegentlich versucht eine der Familien, ihre Macht über ein gerechtfertigtes Maß hinweg auszuweiten. Die Familie Hersch – das sind die, die zurzeit in Deutschland leben – hat genau das getan und war die treibende Kraft hinter dem Ersten und Zweiten Weltkrieg.«

Ich hielt inne, den Deckel der Lotion halb geöffnet. »Du hast nicht wirklich gerade behauptet, der Kreis hätte beide Weltkriege begonnen.«

Er hob eine Hand. »Die *Familie Hersch* hat beide Weltkriege begonnen. Nicht alles, was eine einzelne Familie tut, repräsentiert uns als Ganzes.«

Ich stellte die Lotion wieder hin. Eine Familie, die aus Führungspersönlichkeiten aus Politik und Wirtschaft bestand – und sogar Wahlen manipulierte –, klang beinahe plausibel, aber während er bisher nur am Rande der Klippe »So einleuchtend, dass es einem Angst macht« entlanggewankt war, dann hatte er sich in diesem Moment in die Tiefe gestürzt.

»Avery!«, dröhnte Lucs Stimme von unten herauf. Jack und ich erstarrten beide. »Wir haben Hunger. Bist du so weit? Können wir gehen?«

Ich hatte ganz vergessen, dass Luc und Stellan immer noch darauf warteten, abendessen zu gehen, ausgerechnet. Ich öffnete die Tür einen Spalt. »Fast!«, rief ich zurück. »Gebt mir nur noch eine Minute!«

Langsam drehte ich mich wieder zu Jack um. Ich war mir nicht sicher, was schlimmer wäre – wenn er mich nur an der Nase herumführte oder wenn er das alles wirklich glaubte.

»Ich denke, ich hab von dieser Verschwörungstheorie schon mal gehört«, erwiderte ich vorsichtig. »Die Neue Weltordnung, richtig? Eine kleine Gruppe wirklich mächtiger Leute, die hinter den Kulissen die ganze Welt beherrscht.«

»Ja«, bestätigte er.

»Also ... dann willst du mir sagen, dass ihr genau das seid?« Ich konnte die Herablassung in meiner Stimme selbst hören, so als würde ich mich mit einem Kind unterhalten, das Fantasiewelt spielte.

»Genau das sind wir.« Er sah mich an, als sei er sich nicht sicher, was ich jetzt tun würde, und mir wurde bewusst, dass er sich zwischen mich und die Tür gestellt hatte und ich in der Falle saß.

Ich fuhr mit den Fingerspitzen über den feinen Damast der Tapete, um meinen festen Stand in der Realität zu sichern. »Du weißt schon, dass das alles nicht wahr ist, oder? Darum nennt man es ja auch eine *Verschwörungstheorie* und keine Tatsache.«

»Und es ist sehr praktisch für uns, dass die ganze Welt das glaubt. Hör mir zu, Avery. Ich verspreche dir, dass ich dir alles erklären werde. Aber wir müssen verschwinden, bevor Stellan und Luc ...«

Diesmal war ich diejenige, die eine Hand hob. »Dann willst du mich also wirklich dazu bringen, zu glauben, dass eine der Familien beide Weltkriege begonnen hat?«, fragte ich. »Und die anderen elf ... haben mitgemacht?«

»Natürlich.« Er ging wieder im Raum auf und ab, wie ein Professor während einer Vorlesung. »Die Familien mussten sich für eine Seite entscheiden. Du weißt ja, wie die Geschichte der verschiedenen Länder verlaufen ist. Du wusstest nur nicht, dass hinter jedem dieser Länder eine Familie des Kreises steckte. Vertrau mir, es wäre alles noch viel schlimmer gekommen, wenn wir nicht so gehandelt hätten. Und das gilt nicht nur für die Geschichte.« Er beschleunigte seine Schritte und schien jetzt richtig in Fahrt zu kommen. »Selbst jetzt sind einige der Familien im Nahen Osten ... Nun, sie sind problematisch. Und die Auswirkungen dessen sind in aller Welt deutlich zu erkennen. Manchmal nutzen bestimmte Familien ihren Einfluss auch, um den Börsenmarkt zu modifizieren. Oder Bankzinsen.«

»*Modifizieren.*« Nun, das ergab Sinn. Reiche Leute, die den Börsenmarkt manipulierten, das verstand ich. »Also, wenn trägerlose Kleider an einem Mitglied des Kreises nicht besonders schmeichelhaft aussehen, dann können sie dem auf dem Cover der *Vogue* Träger verpassen und stattdessen die populär machen?«, fragte ich und war mir selbst nicht sicher, ob ich scherzte oder nicht. Unwillkürlich warf ich einen Blick auf das blutige goldene Kleid.

»Wenn es ihnen wichtig wäre, dann ja. Absolut.« Jack rieb sich den Nacken. Ich konnte sein Kompass-Tattoo durch seinen Ärmel sehen.

»Das ist alles total verrückt, weißt du«, erwiderte ich. »Du klingst wie einer dieser paranoiden Typen im Internet, die allen verkünden, sie müssten Hüte aus Alufolie tragen. Als Nächstes erzählst du mir, dass du Kennedy umgebracht hast.«

Jack hob den Blick. »Nicht ich persönlich.«

Mir klappte die Kinnlade herunter.

»Tut mir leid. Das war nicht komisch. Aber … es gab Gründe dafür.« Jack warf mir einen beinahe mitfühlenden Blick zu. »Von außen betrachtet muss das echt absolut wahnsinnig klingen, aber es ist die Realität unseres Lebens. Unser aller Leben«, fügte er leise hinzu. »Die Welt funktioniert nicht so, wie die meisten Leute glauben. Ich sage dir die Wahrheit.«

Es schien tatsächlich vollkommen wahnsinnig. Aber ich konnte nicht anders, als wieder an meine ursprünglichen Vermutungen zu denken: Mafia oder Politiker. War das nicht ungefähr das, was er beschrieb? Eine Politiker-Mafia. Von schlichtweg immensem Ausmaß. Ich verschränkte die Arme über der Brust, teilweise, um meine Hände zu verstecken, die wieder angefangen hatten zu zittern.

»Also, was du sagen willst«, wagte ich mich weiter vor, »ist, dass Stellan beim Abschlussball nicht übertrieben hat, als er meinte, der Kreis würde die Welt regieren.«

»Avery!« Lucs Schritte stampften die Treppe herauf und ich machte den Mund schnell wieder zu.

Jack öffnete langsam die Tür. »Du kommst mit mir zu den Saxons«, flüsterte er.

Ich duckte mich vor ihn. »Tut mir leid, ich muss mich übergeben«, rief ich die Treppe hinunter. »Du willst wahrscheinlich lieber nicht hier raufkommen.«

Die Schritte blieben abrupt stehen. »Oh«, sagte Luc. »Ähm. Ist Jack noch bei dir?«

Ich funkelte Jack an und nickte Richtung Tür. Er runzelte die Stirn. »Ich sitze draußen und pass auf sie auf. Sie ist ein bisschen durcheinander«, rief er, und ich zog ihn wieder nach drinnen und knallte die Tür zu. Wir hatten beide die Wahrheit gesagt. Ich war ziemlich durcheinander und auch wirklich kurz davor, mich zu erbrechen.

»Tun wir mal für eine Sekunde so, als sei das alles wahr«, sagte ich, als Lucs Schritte sich wieder entfernt hatten. Die Musik ging erneut an und wechselte von Bach zu französischem Hip-Hop. »Warum interessieren sich diese Ordens-Typen ausgerechnet für mich? Es muss doch tonnenweise Mitglieder des Kreises geben, die wichtiger sind als ein Teenager.«

Jack setzte sich auf den kleinen Hocker vor dem Frisiertisch und stützte die Ellenbogen auf den Knien ab. »Der Orden ist eine Oppositionsgruppe. Sie glauben, dass der Kreis nicht so viel Macht haben sollte. Sie sind uns schon seit langer Zeit ein Dorn im Auge, und in jüngster Zeit haben sie ihre Bemühungen gegen uns verschärft.«

Ich stellte mich vor das schiefe Fenster und blickte nach draußen, wo das Licht allmählich verblasste, während der Nachmittag in den Abend überging.

Jack holte tief Luft und fuhr fort: »Und nun kommst du ins Spiel – mit dem sogenannten Mandat.«

Das Wort traf mich wie ein Schlag in die Magengrube. Ich schloss die Augen und hatte plötzlich das Gefühl, mein ganzes Leben lang darauf gewartet zu haben, genau das hier zu hören. Ein Schauer der Angst fuhr durch meinen Körper. »Was genau ist das Mandat?«, fragte ich schließlich.

»Das Mandat …« Jack knöpfte eine seiner Manschetten zu und dann wieder auf. »Wenn du mir den Rest nicht glaubst, dann wirst du das hier lächerlich finden, aber das Mandat ist eine Art Prophezeiung. Unter anderem gibt es uns eine Möglichkeit, den Orden zu besiegen.«

Ich starrte ihn an. »Eine Prophezeiung? Du hast recht, ich glaube dir nicht.«

»Das ist alles geschichtlich fundiert, und …«

»Wie?« Jetzt war ich diejenige, die auf und ab tigerte. »Wie soll dieses Mandat bitte aussehen?«

»›Der rechtmäßige Eine und das Mädchen mit den violetten Augen …‹«, begann Jack. »Das ist die wichtigste Zeile. Und die Zeile, die den Orden interessiert, lautet: ›Die Mittel, die größten Feinde zu besiegen‹.«

»Die größten Feinde – das ist der Orden.«

Jack nickte.

»Und darum wollen sie dieses Mädchen mit den violetten Augen töten, um das unmöglich zu machen.« Ich hatte bereits begonnen zu vermuten, dass es sich bei dem Mandat meiner Mom und dem Mandat des Kreises doch nicht um zwei verschiedene Dinge handelte. Und dass sie vor so langer Zeit, als ich gehört hatte, wie sie das Wort am Telefon aussprach, nur erfunden hatte, dass das die Bezeichnung für ihre Arbeitsaufträge war, um mich über die Familie meines Vaters im Dunkeln zu lassen.

Aber jetzt musste ich die ganze Zeit an all die Male denken, als sie sich so seltsam verhalten hatte. Als sie nervös geworden war. Und daran, dass wir dauernd umgezogen waren. Ich hatte ihre Nervosität immer ihrer Arbeit zugeschrieben, aber nachdem ich all das gehört hatte, musste ich mich fragen, ob sie nicht nur den Kreis vor *mir* geheim gehalten hatte, sondern ob sie auch alles in ihrer Macht Stehende getan hatte, um *uns* vor *ihnen* geheim zu halten, und vor dem Orden.

Ich fuhr mit dem Fuß über einen Riss in einer der Bodenfliesen. »Warum sollten sie annehmen, dass ich genau dieses eine Mädchen mit den violetten Augen bin, von dem in dem Mandat die Rede ist?«

Jacks Kiefer spannte sich an. »Die Sache ist die: Nur sehr wenige weibliche Nachkommen erben das Gen für die violetten Augen. Fast alle, die sie jemals hatten, sind männlich. Bald wird jedoch ein Mädchen mit dem Violette-Augen-Gen geboren werden, bei den Dauphins.«

»Aber …?« Ich wusste, dass noch ein *Aber* kommen würde.

»Aber bis das Baby der Dauphins auf der Welt ist, bist du das einzige Mädchen mit violetten Augen auf der ganzen Welt.«

Ich lehnte mich fest gegen das Fensterbrett. »Das ist …« Ich wollte sagen, dass das unmöglich war, aber, mal ehrlich, war es das wirklich, verglichen mit dem ganzen Rest? »Ich will nur sichergehen, dass ich das richtig verstehe«, sagte ich und fühlte mich wieder ganz zittrig. »Was du mir sagen willst, ist, dass du erstens Teil eines Geheimbundes bist, der die Welt regiert. Dass es zweitens einen gegnerischen Geheimbund gibt. Und drittens, dass ihr mich braucht, wegen meiner Augenfarbe, um die anderen aufzuhalten, die mich deswegen auch umbringen wollen.«

»Das wäre die vereinfachte Version, ja. Und jetzt verstehst du auch, warum du mit mir zu den Saxons kommen musst. Dort wirst du in Sicherheit sein.« Er machte wieder Anstalten, die Tür zu öffnen.

»Ich glaube nicht, dass ich zu ihnen will«, sagte ich zu meinem Spiegelbild.

Jack rieb sich die Schläfen. »Ich *muss* dich zu ihnen bringen. Es gibt kein Szenario, bei dem irgendetwas anderes eine gute Idee wäre, für niemanden. Du verstehst nicht, was hier sonst noch auf dem Spiel steht.«

Ich verstand, dass meine Mom und ich die ganze Zeit im wahrsten Sinne des Wortes um unser Leben geflohen waren. Um mein Leben. Und wenn man bedachte, dass ich mich jetzt selbst ins Fadenkreuz der Leute gebracht hatte, vor denen wir geflohen waren, einer mächtigen Organisation, die mich nur benutzen wollte …

Es gab noch eine Sache, die ich ihn fragen musste. »Also, willst du damit sagen, dass mein Vater *kein* Saxon war?«

»Nicht war. *Ist*. Ganz offensichtlich wurden wir falsch informiert. Die Tatsache, dass du violette Augen hast, bedeutet nicht nur, dass dein Vater noch am Leben ist, sondern auch, dass er der Kopf jeder einzelnen Familie des Kreises sein könnte.«

»Er *lebt* noch?« Ich hielt mich am Rand des Waschbeckens fest. Und wenn sie damit falschgelegen hatten, dann wusste er vielleicht nicht mal, dass ich existierte. »Warum nehmen die Saxons an, dass ich mit ihnen verwandt bin?«

»Wir erhalten andauernd neue Informationen, aus aller Welt. Ich weiß nicht, woher diese kam oder warum sie falsch war oder auch, was genau sie beinhaltet hat. Bei den Saxons wirst du trotzdem noch am sichersten sein«, fuhr Jack fort. »Ich verspreche es. Und wir können Fitz kontaktieren und herausfinden, was er mit seiner Nachricht gemeint hat.«

Mein Vater war nicht tot. Ich ließ diese Information eine Sekunde lang auf mich wirken, bevor ich wieder aus meiner Trance erwachte. Zuzulassen, dass der Kreis mich bei sich aufnahm, ohne genau zu verstehen, worauf ich mich damit wirklich einließ, wäre mehr als nur dumm. Ich konnte es mir nicht mehr erlauben, einfach blind optimistisch zu sein.

Jack stand an der Tür, so als hätte er keinerlei Zweifel daran, dass ich ihm folgen würde. Ja, ich war dankbar dafür, dass er mir endlich die Wahrheit erzählt hatte, aber das reichte nicht.

Ich musste hier weg. Ich musste meine Mom erreichen. Und überlegen, was ich als Nächstes tun sollte.

Aber wie? Jack würde mich niemals wieder gehen lassen, wenn er vor die Wahl gestellt wurde. Ich blickte zum Fenster. Das Badezimmer befand sich im ersten Stock. Zu hoch, um zu springen, aber vielleicht gab es ja eine Feuertreppe. Ich könnte ihn dazu bringen, mich kurz allein zu lassen, und einfach abhauen.

Und was dann? Meine Mom ging nicht an ihr Telefon. Ohne Reisepass konnte ich nicht in ein Taxi zum Flughafen steigen und nach Hause fliegen. Vielleicht könnte ich ja zur amerikanischen Botschaft gehen?

Aber die Botschaft war eine Regierungsorganisation. Wahrscheinlich erstatteten sie dem Kreis direkt Bericht.

Oh, Gott. Bedeutete das etwa, dass ich das alles glaubte?

Die Schritte zweier Personen kamen die Treppe herauf. Zu spät.

Jack stieß die Tür auf. Ich war überrascht, Stellan in enger Anzughose und Hemd zu sehen, ein Jackett lässig über den Arm gelegt. Das wütende Funkeln in seinen Augen war verblasst und durch finsteren Argwohn ersetzt worden. Luc trug einen hellgrauen Anzug und darunter ein lachsfarbenes Hemd. Er grinste, und sie beide rochen für das, was vorhin passiert war, viel zu gut. Hinter ihnen wartete Elodie, Madame Dauphins Supermodel-Assistentin, und tippte ungeduldig mit dem Fuß auf.

»Sie ist fertig«, sagte Jack und warf mir einen scharfen Blick zu, um mir zu sagen, dass ich den Mund halten sollte. »Aber ich bringe sie ins Hotel der Saxons. Sie muss sich ausruhen – und ihre Familie kennenlernen, sobald sie eintrifft.«

Selbst mit sämtlichen Wachleuten des Louvre hatte ich bessere Chancen, Luc, Stellan und den Dauphins – die nichts über mich wussten – zu entkommen, als Jack.

»Vielleicht sollte ich lieber bei ihnen bleiben und dich morgen wiedertreffen«, sagte ich zu Jack. Ich versuchte, meine Stimme keck klingen zu lassen. »Bei den Dauphins hab ich schließlich schon ein Zimmer und alles. So wäre es einfacher.«

Seine glühenden Augen hätten mich in Brand stecken können, aber ich wusste, dass er nichts sagen konnte.

Luc legte einen seiner schlaksigen Arme um meine Schultern. Ich konnte nicht anders, als in seine violetten Augen zu starren. »Bleib ruhig. Du kannst mit in den Klub kommen«, sagte er, als hätte sich nicht gerade die ganze Welt verändert. Für sie war es auch nicht so, nahm ich an.

Stellan stieß die Tür auf, und er und Jack traten auf den Treppenabsatz. Ich duckte mich aus Lucs Umarmung und er ging ebenfalls hinaus und ließ mich allein im Bad zurück. Wenn ich schnell handelte, konnte ich die Tür zuknallen und hätte noch eine Chance zu entkommen, bevor sie überhaupt realisierten, was passierte.

»Wo wollt ihr denn hin?« Ich ließ meine Stimme leicht klingen, aber meine Hand kroch gleichzeitig Richtung Türriegel.

»Istanbul«, antwortete Luc.

»Istanbul?«, wiederholte ich. »Ist das ein Klub?«

»Es ist eine *Stadt*«, rief Elodie von weiter unten auf der Treppe. Ich konnte hören, dass ihre Worte von einem Augenrollen begleitet wurden.

»Ich weiß, dass das eine Stadt ist«, sagte ich. Luc kicherte. »Warte mal. Du willst mir doch nicht sagen, dass ihr nach Istanbul wollt, in die Stadt. In die Türkei. Um in einen Klub zu gehen.«

»Was auch der Grund dafür ist, dass du lieber nicht mitgehen solltest«, warf Jack ein. »Du bist völlig erschöpft.«

Das war ich, aber vor allem war ich verzweifelt. Und mir war gerade eine Idee gekommen.

Istanbul. Halb in Europa, halb in Asien, das Zuhause von einigen der eindrucksvollsten Kunst- und Architekturschätze der Welt. Mr Emerson hatte mir seine letzte Postkarte aus Istanbul geschickt. Jack hatte mir erzählt, dass er dort eine Wohnung hatte. Wenn ich schon meine Mom nicht erreichen konnte, vielleicht konnte ich dann ja ihn finden. Die beiden waren im Moment die einzigen Menschen auf der Welt, denen ich vertraute.

Meine Hand fiel von der Tür.

»Der Flieger soll in einer halben Stunde starten und wir können unterwegs was essen«, sagte Luc. »Also, wenn du mitkommen willst, dann los.«

»Wenn sie mitkommt, dann müssen wir ihr ein Kleid besorgen«, rief Elodie zu uns nach oben. »Etwas Interessanteres als das, was sie hier im Laden haben.«

Ich trat auf den Treppenabsatz und ließ die Badezimmertür hinter mir zufallen.

»Istanbul klingt großartig«, sagte ich und ignorierte Jacks tödlichen Blick. »Von mir aus kann's losgehen.«

KAPITEL 16

IRGENDWO ZWISCHEN Shoppen bei Prada und dem Klubbesuch in Istanbul hatte der Rest des Adrenalins sich abgebaut. Ich zupfte an dem Verband an meiner Schulter herum, während Luc mit dem Türsteher sprach. Hunderte Leute standen in der Schlange, die sich unter einer weißen Version der Golden Gate Bridge aufreihte. Ich betrachtete jeden Einzelnen, ein wenig paranoid. Der Orden konnte mich überall finden, so viel war klar.

Irgendwie hatte ich tatsächlich angefangen zu glauben, was Jack mir über den Kreis erzählt hatte. Es ergab keinen Sinn, und genau deshalb war es das Einzige, was Sinn machte. Hier stand ich, in einem sehr teuren Kleid, nachdem ich in einem Privatjet quer durch Europa geflogen war, und musste vor ein paar äußerst mächtigen, äußerst motivierten Leuten fliehen, die mich tot sehen wollten.

Und selbst das war nur möglich, falls Stellan, Luc oder Elodie nicht vorher herausfanden, wer ich war, und mich einsperrten.

Im Flugzeug war mir außerdem klar geworden, dass ich keine Ahnung hatte, wo Mr Emerson wohnte – ich konnte ihn mir einfach nicht unter einem anderen Namen vorstellen. Ich hatte keine Adresse und noch nicht mal eine Telefonnummer. Sobald ich eine Sekunde für mich allein hatte, würde ich ihn googeln müssen und sehen, ob ich irgendetwas herausfinden konnte.

»Wenn du den Verband abmachst, wird es sich entzünden«, warnte Elodie und schreckte mich auf. Meine Reflexe waren immer noch auf »Kampf oder Flucht« eingestellt.

»Es ist alles okay.« Ich verschränkte die Arme.

Elodie betrachtete wieder ihre orangefarbenen Fingernägel. »Du hast eine *Stichwunde*. Wer weiß, wo das Messer vorher schon war?« Wenn sie mit ihrem leichten französischen Akzent und ihrer kehligen Stimme über Stichwunden sprach, klang sie sehr nach Femme fatale.

Stellan gesellte sich zu uns. Anders als noch bei unserer spitzen, aber unbeschwerten Plauderei heute Morgen hatte er seit Prada kaum ein Wort mit mir gewechselt, dafür allerdings den ganzen Flug damit verbracht, mich aufmerksam zu beobachten. Er konnte die Wahrheit zwar noch nicht kennen, aber ich wusste, dass er Luc seine »zur falschen Zeit am falschen Ort«-Erklärung dafür, dass ich die Aufmerksamkeit des Ordens auf mich gezogen hatte, nicht abgekauft hatte. Irgendwann würde er zwei und zwei zusammenzählen. Ich musste hier weg, bevor er das tat.

»Sie hat recht, *kuklachka*«, sagte er. Selbst der Spitzname hatte seinen verspielten Unterton verloren. »Der Orden – und seine Waffen – sind wirklich übel. Es ist eine Schande, dass eine *Unschuldige* zufällig in seine Angelegenheiten hineingezogen wurde.«

Ich spannte mich an, reagierte jedoch mit einem, wie ich hoffte, unverbindlichen Schulterzucken und beschäftigte mich damit, unsichtbare Fusseln von meinem Kleid zu zupfen. Einem Bandage-Kleid von Hervé Léger, wie Elodie mir erklärt hatte. Von Weitem hätte ich die Farbe als Champagner bezeichnet, aber aus der Nähe war es weiß und von schimmernden Silber- und Goldfäden durchzogen. Es war exakt das gleiche Kleid, das Krissy Silver vor ein paar Monaten bei den Grammys getragen hatte – Elodie meinte, sie habe dieses spezielle Kleid ausgewählt, weil die Sängerin und ich den gleichen blassen Teint und das gleiche dunkle Haar hätten. Ich war mir nicht sicher, ob das als Kompliment gemeint war oder nicht.

Elodie hatte das Kleid mit zehn Zentimeter hohen kupferfarbenen Louboutin-Stöckelschuhen kombiniert – sämtliche Mädchen in meiner Schule in New York waren von Louboutins förmlich besessen gewesen, und ich hätte niemals geglaubt, dass ich selbst je ein Paar an meinen Füßen tragen würde. Wir hatten uns vor den Spiegel an der Bar im Flugzeug gestellt und sie hatte meinem Haar wilde »Out of bed«-Wellen verpasst, wobei sie keinen Zweifel daran gelassen hatte, dass sie nur die Stylistin für mich spielte, weil sie mir nicht zutraute, es selbst richtig zu machen.

Elodie selbst trug ein Minikleid aus Lederimitat und hatte ihren blonden Bob halb hochgesteckt. Ihre baumelnden Ohrringe glitzerten, als Stellan ihr etwas ins Ohr flüsterte.

Dann schaute sie wieder mich an und ihre mandelförmigen Augen verengten sich. Ich gab vor, es nicht zu bemerken, aber mein Magen schlug nervöse Purzelbäume.

Da Luc uns schließlich zuwinkte, wurden mir weitere Verhöre erspart, und ich folgte den dreien an der Schlange vorbei in den Klub.

Mr Emerson war fasziniert von der Geschichte Istanbuls und hatte mir oft davon erzählt, als ich noch jünger gewesen war. Bei seiner Gründung hatte es den Namen Byzanz getragen und war dann in Konstantinopel umgetauft worden, als Konstantin die Stadt übernommen hatte. In politischer und geografischer Hinsicht war die Stadt so bedeutend, dass sie seither immer wieder von verschiedenen Herrschern erobert worden war. Erst seit sehr kurzer Zeit, seit den 1930ern, hieß sie offiziell Istanbul.

Istanbul war seit jeher eine Stadt am Scheideweg, an einer wichtigen Kreuzung gewesen. Am Scheideweg zwischen Europa und Asien. An der Kreuzung, an der sich Christentum und Islam trafen, etwa in der Hagia Sophia. An der sich das Antike und Konservative auf der einen Seite, wie in diesem berühmten Museum, und das Moderne und alles andere als Konservative auf der anderen Seite trafen, wie zum Beispiel in diesem Klub.

Ich hielt mich am Schulterriemen meiner Tasche fest und fragte mich, welchen Scheideweg die Stadt an diesem Abend wohl für mich darstellen würde.

Luc und Stellan verschwanden in der Menge. Ich spielte mit dem Gedanken, dasselbe zu tun – ich wollte im Moment zwar lieber nicht alleine sein, nur für den Fall, dass der Orden mir gefolgt war, aber ich wollte auch nicht unbedingt

Elodie als Gesellschaft. Und ich musste wirklich nach Mr Emerson suchen. Wahrscheinlich hätte das aber verdächtig gewirkt, deshalb folgte ich Elodie über die Tanzfläche und atmete die feuchte, schwere Luft ein, die durch zu viele Menschen auf zu kleinem Raum entsteht. Sie und Luc hatten im Flieger eine Flasche Champagner geöffnet, und obwohl ich nichts davon getrunken hatte, war ich mir nicht sicher, ob es möglich war, sich in einem Klub vollkommen nüchtern zu fühlen. Dank all der Lichter, aufgeknöpften Anzughemden, glänzenden, nackten Schultern und des treibenden Beats, der einem selbst dann unter die Haut ging, wenn man gar nicht tanzte, schwankte ich bereits, als wir einen hohen Stehtisch erreichten, an dem die Lichter etwas weniger grell blitzten.

Ich führte eine Bestandsaufnahme des Klubs durch – nach Gesichtern, die irgendwie zwielichtig aussahen, nach einem möglichen Ausweg, nach verdächtigen Blicken von Stellan. Ich fand ihn in der Nähe der Tanzfläche, wo bereits eine wunderschöne dunkelhäutige Brünette mit ihm flirtete. Während ich ihn beobachtete, ließ auch er seinen Blick durch den Raum schweifen und fing meinen ein. Sein Lächeln verblasste.

»Wie du siehst, bist du nichts Besonderes.« Auch Elodie sah ihn an.

Ich lehnte mich auf den Tisch, um sie über den pulsierenden Techno-Mix hören zu können. »Was?«

»Seine Liste mit Eroberungen ist ellenlang. Deine ganze Unschuld-vom-Lande-Masche hat nur Neuigkeitswert.« Sie holte eine Puderdose aus ihrer Handtasche und korrigierte eine nicht vorhandene verschmierte Stelle ihres Lippenstifts. »Er würde dich nur zum Spaß verderben.«

Obwohl das nicht mal *annähernd* der Grund dafür war, dass ich ihn beobachtet hatte, begannen meine Wangen zu glühen, als ich vergeblich versuchte, den Gedanken daran zu unterdrücken, wie es aussehen würde, wenn Stellan mich *verdarb*. Vielleicht mochte Elodie ihn ja, und ihre Unfreundlichkeit hatte nur damit zu tun, dass sie glaubte, ich wollte ihn ihr wegnehmen.

»Das ist wirklich nicht ...« Ich unterbrach mich und versuchte, mich so klar wie möglich auszudrücken. »Ich interessiere mich nicht auf diese Weise für ihn. Kein bisschen.«

Elodie verdrehte die Augen und das Kupfer auf ihren Lidern schimmerte. »*Alle* interessieren sich auf diese Weise für ihn.«

Bevor ich etwas erwidern konnte, legte sich ein Arm um meine Schultern. »Worüber plaudern wir, Mädels?«, wollte Luc wissen und grinste breit. Er hatte sein Jackett ausgezogen, den Kragen seines rosa Hemds aufgestellt und irgendwo ein grünes Leuchtstab-Halsband gefunden.

»Über den bedauerlichen Angriff heute Nachmittag«, sagte Elodie und lächelte mich süßlich an.

»Oh, El.« Er drückte meine Schulter. »Wir wollen uns hier amüsieren, schon vergessen?«

Luc war der Einzige, der sich nach der Sache bei Prada die Mühe gemacht hatte, mich zu fragen, wie es mir ging. Er hatte sich im Flieger neben mich gesetzt und mit mir über Filme, Paris und den Klub geplaudert, zu dem wir unterwegs waren, und ich wusste, dass er versuchte, mich auf andere Gedanken zu bringen. Durch seine Freundlichkeit war es noch verstörender, wie schnell er die Tatsache, dass er jemanden *umgebracht* hatte, hinter sich gelassen hatte.

Und wieder konnte ich nicht anders, als in seine Augen zu schauen, wie ich es schon den ganzen Abend getan hatte. Sie waren meinen so ähnlich.

»Es ist Zeit für mich, meinen Job zu erledigen«, sagte Elodie. Ich spitzte die Ohren. Ich hatte angenommen, dass sie nur zum Tanzen hier waren.

»Jetzt schon?«, schmollte Luc. Er stupste Elodies Schulter mit seiner an. In ihren turmhohen Absätzen war sie größer als er.

»Wir wollen doch nicht, dass er mich mit dir sieht. Ich bezweifle zwar, dass er dich erkennen würde, aber …« Elodie ließ ihren kühlen Blick durch den Raum wandern. Unter ihren Haaren lugte an ihrem Halsansatz der untere Teil einer Tätowierung hervor. Sie sah aus wie Stellans Sonnensymbol.

»Ich weiß.« Luc küsste sie auf die Wange und sie wischte sich mit dem Daumen übers Gesicht und setzte eine gespielt finstere Miene auf. »Pass auf dich auf«, sagte er.

»Alles reine Routine.«

»Dann erwarte ich, dass du wieder zurück bist, wenn wir gehen wollen, mit dem neuen Hinweis auf das Mandat in der Hand«, sagte Luc mit einem schiefen Lächeln.

Ich überspielte mein erschrockenes Nach-Luft-Schnappen mit einem Husten.

»Ich bin gleich wieder da«, sagte Luc an mich gewandt und hakte sich bei Elodie unter.

Sie entfernten sich, und nachdem ich mich vergewissert hatte, dass mich niemand beobachtete, setzte ich mich auf einen der hohen Barhocker und holte mein Telefon heraus. Im Flugzeug hatte Stellan meine internationale Roaming-

Funktion aktiviert und seine, Elodies und Lucs Telefonnummer eingespeichert – und meine Nummer auf ihren Telefonen. Nur für den Fall, dass etwas passierte, wie er behauptet hatte, aber wahrscheinlich lag es eher daran, dass er mich so besser im Auge behalten konnte. Ich wollte gerade Google aufrufen, als ich sah, dass ich einen Anruf vom Handy meiner Mutter verpasst hatte. Gott. Sei. Dank.

Ich wählte die Nummer meiner Mailbox und hielt mir mein freies Ohr mit einem Finger zu, um die Musik auszublenden. »Avery, Schatz.« Meine Mom klang verständlicherweise ziemlich angespannt. »Ja, wir müssen uns über eine Menge Dinge unterhalten, und ich wünschte, ich hätte es dir schon früher erzählen können. Bitte bleib genau da, wo du jetzt bist, und sei sehr, sehr vorsichtig. Ich komme dich holen.«

Nein. Ich hielt das Telefon fest umklammert. Sie dachte, ich wäre in Frankreich, was wahrscheinlich bedeutete, dass sie wusste, wo die Dauphins wohnten, und schon auf dem Weg dorthin war. Ich wählte ihre Nummer, aber es ging sofort ihre Mailbox dran. »Hier spricht Carol West«, sagte ihre blecherne Stimme. »Ich bin gerade nicht zu erreichen …«

Ich fluchte leise. Sie konnte nicht zu den Dauphins gehen. Vielleicht war sie durch den Orden auch in Gefahr – und sie könnte von meinem Vater erkannt werden, wer immer er auch war.

»Mom«, sagte ich, »tu das nicht …« Ich hatte eigentlich vorgehabt, ihr die ganze Geschichte auf die Mailbox zu sprechen, aber dann hielt ich inne. Was, wenn Stellan irgendwas mit meinem Telefon gemacht hatte, wenn er es zum Beispiel verwanzt hatte? Ich schaute mich im Klub um und senkte meine Stimme. Ich vertraute überhaupt niemandem mehr.

»Mom, komm nicht her«, sagte ich schlicht, mit gepresster Stimme. »Ruf mich zurück. Oder ich ruf dich wieder an. Aber *komm bitte nicht* nach Frankreich.«

Die Tatsache, dass ihre Mailbox schon nach dem ersten Klingeln dranging, bedeutete, dass ihr Telefon ausgeschaltet war. Sie saß vielleicht schon im Flugzeug. Falls dem so war, würde ich sie erst am Morgen wieder erreichen können.

Ich blickte erneut über meine Schulter. Abgesehen von ein paar Typen mit zu viel Haargel, die mich vom Nachbartisch aus schmierig angrinsten, beobachtete mich niemand. Ich googelte »Emerson Fitzpatrick«.

Zu viele Ergebnisse, und keins davon er. Ich fügte der Suche »Istanbul« hinzu. »Emerson Fitzpatrick, ehrenamtlicher Führer in der Hagia Sophia«, stand dort, mit einem Foto von seinem lächelnden Gesicht. Ich rief mir die Postkarte wieder ins Gedächtnis. Es war, als versuchte Mr Emerson, mir Hinweise dafür zu schicken, wer er wirklich war.

Aber sonst war da nichts. Kein persönlicher Telefonbucheintrag oder irgendwas. Ich beugte mich über das Telefon und klickte einen Stadtplan von Istanbul an. Wenn es sein musste, konnte ich zur Hagia Sophia gehen, mich bis zum Morgen verstecken und dann jemanden suchen, der ihn kannte. Vielleicht würde er ja sogar selbst dort sein. Aber falls ich das wirklich vorhatte, sollte ich wahrscheinlich nicht sofort versuchen, aus dem Klub zu verschwinden. Ich wollte mich nicht länger als nötig auf der Straße herumtreiben.

Ich blickte auf und sah, dass Stellan auf den Tisch zu-

»Hier in Istanbul lebt ein wohlhabender Geschäftsmann, der eine Sammlung mit griechischer Kunst besitzt. Sie infiltriert.«

Das erklärte den Trip zu einem Klub auf der anderen Seite des Kontinents. Ich fragte mich, wie oft Elodie irgendetwas »infiltrieren« musste. Das war wohl einer der Nachteile, wenn man geradezu lächerlich schön war.

»Hast du nicht gesagt, sie wäre Madame Dauphins Assistentin?«, fragte ich. »Gehört das zu ihrem Job?«

Stellan strich mit dem Daumen über einen Stapel mit Cocktailservietten. »Es gibt keine weiblichen Hüter. Aber manchmal fällt eine Aufgabe an, die besser für ein Mädchen geeignet ist.«

Ich spürte ein Stechen der Entrüstung. »Dann erledigt ihr Jungs also die wichtige Arbeit, aber ihr holt euch ein Mädchen, wenn es darum geht, jemanden zu verführen? Findest du nicht, dass das ein bisschen sexistisch ist?«

Stellan bedachte mich mit einem einseitigen Lächeln, und mein Kiefer spannte sich in Erwartung der Beleidigung an, die ihm sicher gleich über die Lippen kommen würde.

»Sicher, ein bisschen schon«, antwortete er.

Eine Sekunde lang schwieg ich überrascht. »Aber sie sieht heiß aus, während sie es erledigt, und deshalb ist es in Ordnung?«

»Ich schätze, das tut sie, aber das ist nicht der Punkt. Es stimmt schon, dass sie leichter dort reinkommt als ich, aber Elodie erledigt diesen Job hauptsächlich, weil sie mehr über Kunst weiß als irgendjemand sonst in unserer Familie – und darüber, wie man an komplizierten Sicherheitssystemen vorbeikommt.«

»Ehrlich?« Ich suchte nach Anzeichen dafür, dass er einen Scherz machte.

Er grinste nur hämisch. »Und wer ist jetzt sexistisch?«

Im selben Moment schob sich Luc zwischen uns und klatschte in die Hände. »Geht's weiter mit unserem Abend?«

Stellan erhob sich. »Ich patrouilliere.« Er warf mir einen ausgedehnten Blick zu, und ich beobachtete, wie er wieder in der Menge verschwand.

Luc bot mir seinen Arm an und ich rutschte von meinem Barhocker. Plötzlich entdeckte er jemanden auf der anderen Seite des Klubs und winkte begeistert. »Liam und Colette sind hier«, verkündete er und zerrte mich durch die Menge auf die halbmondförmige Bar zu, die an die Tanzfläche grenzte. Dahinter verbargen leuchtende Magenta-Wasserfälle mehrere Nischen in der Wand, und hinter jedem Wasserfall tanzte die Silhouette eines Mädchens, während Trockeneisrauch von ihren Füßen aufstieg.

»Du hast gesagt, Elodie sucht nach einem neuen Hinweis auf das Mandat?«, brüllte ich, während ich ihm folgte.

»Für die Entschlüsselung der Zeilen über den Einen. Du weißt schon.« Er winkte mit der Hand in die Luft, während er uns um ein Pärchen herumsteuerte, das zu einem Techno-Remix von »Somewhere Over the Rainbow« wild herumknutschte.

Wie in *der rechtmäßige Eine und das Mädchen mit den violetten Augen.* »Was genau meinst du damit, zur Entschlüsselung?«, rief ich zögerlich, weil ich es wirklich nicht wusste – und auch wenn ich ohnehin vorhatte, abzuhauen, wäre es nett, zu erfahren, wie mein Schicksal angeblich aussah.

Luc drehte sich um und bremste mich unsanft mitten auf

der Tanzfläche aus. Seine Augenbrauen hoben sich praktisch bis zu seinem Haaransatz, und mit seinem hellbraunen Haar, das er übertrieben hoch toupiert hatte, sah er aus wie eine Zeichentrickfigur. »Das weißt du nicht?«

Oh-oh. »Ich hab nur … ich war nicht wirklich dabei …«

»Soll das heißen, dass du *gar* nichts über das Mandat weißt?«

Ich dachte darüber nach, ihn anzulügen, aber das würde mir auch nichts nützen. Ich schüttelte den Kopf. »Nur ein kleines bisschen. Meine Mom wollte mir nichts erzählen.«

Wir starrten einander eine angespannte Sekunde lang an, und dann lächelte Luc, wie nur Leute lächelten, die nach ein paar Drinks alle Sorgen über Bord warfen. Er wackelte von oben herab mit dem Finger vor meiner Nase herum. »Pass bloß auf, dass dich niemand so reden hört, Chérie. Es ist seltsam, wenn jemand aus dem Kreis so uninformiert ist. Aber ich verstehe deine missliche Lage.«

Ich atmete aus.

Er nahm wieder meinen Arm. »Wir versuchen, das Mandat zu entschlüsseln, weil wir nach etwas suchen. Nach etwas sehr Wichtigem.«

Er bremste mich wieder aus, und seine tanzenden Augen forderten mich förmlich heraus, ihn zu fragen.

»Und was sucht ihr?«, fragte ich.

Er machte eine dramatische Pause und beugte sich dann ganz dicht zu meinem Ohr hinunter. »Einen Schatz.«

KAPITEL 17

ICH WICH VOR ihm zurück und runzelte die Stirn. Das hatte auch Stellan im Flugzeug gesagt, aber ich hatte es für einen Scherz gehalten. »Einen Schatz?«, fragte ich skeptisch.

»Einen Schatz!« Luc riss die Arme weit auseinander und blickte zu der Discokugel hinauf. »Wohlstand! Macht!« Er vollführte eine Pirouette, umkreiste mich und flüsterte mir von hinten ins Ohr: »Tod.«

Ich wirbelte herum. Luc lachte laut, als er die Überraschung in meinen Augen sah. Im spärlichen Licht wirkten die Konturen seines Gesichts und die Erleichterung darin noch schärfer. »Das ist schließlich das Geburtsrecht des Kreises, wo er doch im Grab unseres Vorfahren liegt.«

»Wer ist …?« Er wartete nur darauf, dass ich ihn fragte, das sah ich ihm an.

»Alexander der Große, natürlich! In seinem Grab liegt

alles, was ihn zu dem gemacht hat, der er war. Es wird den Kreis noch viel mächtiger machen und den Familien unserer Gemeinschaft unendliche Macht verleihen.« Er grinste und tippte sich an die Nasenspitze. »Es ist so herrlich seltsam, dass du das alles nicht weißt, Chérie. Dein zauberhaftes kleines Gesicht ist gerade einfach unbezahlbar.«

Luc schnappte sich meine Hand so förmlich, als würden wir bei einer Teeparty Walzer tanzen anstatt zu Trance-Music in einem Klub. »Liam und Lettie können warten. Wie ich sehe, hast du noch mehr Fragen.«

»Dann ist das Mandat also so was wie eine weltweite Schatzsuche nach dem Grab von Alexander dem Großen?«, fragte ich, während ich seinen Schritten zu der nicht walzertanzbaren Musik folgte, und das mit meinen lächerlichen Absätzen. *Eins,* zwei, drei. *Eins,* zwei, drei.

»Ja und nein.« Luc drehte mich herum. »Das Mandat ist wie eine Prophezeiung. Es geht auf ein antikes Buch zurück, das schon seit Ewigkeiten im Besitz des Kreises ist – das *Buch der Mandate.* Es enthält eine Reihe von Vorhersagen. Viele von ihnen haben sich bereits erfüllt. ›Durch die Torheit des Einen und die Loyalität der anderen wird die Welt ein zweites Mal brennen.‹ Dabei geht's um den Zweiten Weltkrieg. Es gab auch eine über den Ersten Weltkrieg. Und die Kreuzzüge. Sie waren über die gesamte Geschichte hinweg sehr akkurat. In dieser hier geht es um die Vereinigung *des rechtmäßigen Einen und des Mädchens mit den violetten Augen.* Jedenfalls ist das die wichtigste Zeile daraus. Und jetzt, wo bald ein Mädchen mit violetten Augen geboren werden wird – meine kleine Schwester –, versuchen wir, herauszufinden, wer der *rechtmäßige Eine* ist.«

Jemand rempelte mich von hinten an und ich taumelte gegen Luc. »Entschuldigung«, sagte ich. Mein Hals tat schon weh, weil ich andauernd schreien musste, um die Musik zu übertönen. »Was meinst du damit, ihr versucht, es herauszufinden?«

Luc legte meine Arme um seinen dünnen Hals, und meine Unterarme leuchteten grün im Schein seines Neonhalsbands. »Die Passage dazu, wer der Eine ist oder welcher Familie er entstammt, ist sehr vage, aber wir glauben, dass nur der *rechtmäßige Eine* – die einzige richtige Person – die Erfüllung der Prophezeiung auslösen wird. Das *Buch der Mandate* ist die Hauptquelle der Vorhersagen, aber es gab noch weitere Schriften der Orakel, die allerdings im Laufe der Zeit verloren gegangen sind und es daher nie bis ins Buch geschafft haben. Sie wurden überall auf der Welt wiedergefunden: in Museen, bei archäologischen Ausgrabungen oder in Erinnerungsstücken verschiedener Familien – durch die gesamte Geschichte hinweg. Wir hoffen, etwas zu finden, das uns genauere Hinweise zu dem Einen liefert. Und falls wir nichts finden, wird meine Familie – weil wir das Mädchen haben – den Einen für die Vereinigung auswählen und das Beste hoffen. Also, lange Rede, kurzer Sinn, und um deine ursprüngliche Frage zu beantworten: Elodie sucht nach weiteren Hinweisen zum Mandat.«

Ich fühlte mich ein klein wenig besser, jetzt, da ich wusste, dass sie noch mehr herausfinden mussten, bevor sie das Mädchen benutzen konnten. »Und der Schatz in dem Grab ist mehr als nur Geld?«

Als der nächste Song begann, schalteten sie das Schwarzlicht ein. Luc schenkte mir ein breites Grinsen, und seine

Zähne strahlten wie eine Halloween-Dekoration. »Viel mehr«, antwortete er. »Das Mandat besagt, wer immer ihn findet, wird *unverwundbar* sein.«

Irgendetwas klingelte da bei mir und mir fiel unsere letzte Schulstunde zu antiken Zivilisationen wieder ein. Es war schwer zu glauben, dass dieser Unterricht, bei dem Jack mich gerettet hatte, erst gestern stattgefunden hatte. Es kam mir vor, als sei all das eine Million Jahre von Designerkleidern und uralten Prophezeiungen entfernt.

In dem Teil über die Diadochen, den ich im Unterricht vergessen hatte, stand auch etwas über Unverwundbarkeit. Unser Buch erzählte von der Prophezeiung eines Orakels, die besagte, derjenige der Diadochen – also von Alexanders Nachfolgern –, der im Besitz seiner Leiche war, könnte niemals erobert werden. Er würde *unverwundbar* sein. Das Wetteifern um seine Leiche – und um sein Grab – war der Grund für jahrhundertelange Kriege zwischen den Diadochen gewesen.

»Moment mal, warte«, sagte ich. »Der Kreis sind die Diadochen? Alexanders Nachfolger?« Die Nachfahren der Mächtigsten der Welt vor zweitausend Jahren waren im Geheimen auch heute noch die Mächtigsten der Welt? Und die Prophezeiung, von der wir im Unterricht gehört hatten, war ein Teil des Mandats des Kreises? Kein Wunder, dass Jack Mrs Lindleys Frage hatte beantworten können.

»Kluges Mädchen!« Luc tätschelte mir den Kopf, wie bei einem Hund, der ein neues Kunststück gelernt hatte. »Was glaubst du denn, woher das Wort für *zwölf* in so vielen Sprachen kommt? *Dodici* – zwölf auf Italienisch. *Duodecim. Doce. Dodeka*. Klingt wie Diadochen, richtig?«

»Oh, wow«, flüsterte ich.

Lucs Grinsen wurde noch breiter. »Dann wird dich das hier erst recht beeindrucken: Die zwölf Monate des Kalenders. Zwölf Zoll in einem Fuß. Die Stunden eines Tages. Die Tierkreiszeichen. Die ›Zwölf‹ in all diesen Dingen entstand etwa um 300 vor Christus, genau zu der Zeit, als die Diadochen an die Macht kamen.«

Ich blickte mich in dem Nachtklub um. Ich konnte nicht fassen, dass er das alles so offen zugab, so laut, an einem so öffentlichen Ort. Es hätte uns jemand belauschen können. Aber selbst wenn – niemand hätte es geglaubt. Ich glaubte es ja selbst kaum.

»Dann ist der Orden also auch hinter dem Schatz her?«, wollte ich wissen, weil der Rest einfach zu viel für mich war, um genauer darüber nachzudenken.

»Auch hier: ja und nein. Sie wollen die Reichtümer aus dem Grab, ja. Aber abgesehen von Reichtümern und Macht soll das Grab Gerüchten zufolge auch eine Waffe enthalten. Das Mandat besagt, sie sei so mächtig, dass sie ›die größten Feinde besiegen‹ kann.«

Genau, wie Jack bei Prada gesagt hatte.

»Dann wollen sie also den Schatz – und gleichzeitig verhindern, dass der Kreis in den Besitz dieser geheimnisvollen Waffe gelangt?« So langsam verstand ich es. »Und was hat es mit den Angriffen des Ordens auf den Kreis auf sich?«

Luc schlang seine Arme enger um meine Taille. »Das jüngste Attentat gestern – der älteste Sohn des Geschäftsführers der Sony Corporation in Japan bei diesem grauenhaften Hotelbrand. Furchtbar.«

Attentat?

»Und der Sohn des russischen Premierministers. Ich habe Sergei nicht gut gekannt, aber der Flugzeugabsturz war eine Tragödie. Genau wie Malik Emirs Tod. Er war ein guter Mann. Ein Freund.« Lucs Augen funkelten. »Ich hasse es, dass die ganze Welt glaubt, es seien nur irgendwelche Kämpfer gewesen, die einen unwichtigen saudischen Prinzen getötet haben.«

Irgendetwas über den Tod eines saudischen Prinzen hatte ich auch am letzten Abend, an dem ich zu Hause gewesen war, in den Nachrichten gehört, kurz bevor Mom mir von ihrem neuen Mandat erzählt hatte. »Du kanntest ihn?« Wir tanzten inzwischen kaum noch und schwankten nur noch ein wenig hin und her, um nicht völlig stillzustehen. Wir waren direkt unter einer Bühne gelandet, und über uns winkte ein Meer aus Armen. Mit einem Mal fühlte ich mich ganz klein. »Der Orden hat ihn getötet?«

Luc nickte. »Da wir nicht wissen, wer der Eine ist, versucht der Orden, jeden auszulöschen, der es vielleicht sein könnte.«

Das war also der Grund dafür, dass er bei Prada gesagt hatte, der Orden könne genauso gut hinter *ihm* her gewesen sein. »Ist denn jedes einzelne Mitglied der zwölf Familien eine Möglichkeit? Haben sie vor, sie alle einen nach dem anderen umzubringen?«

»Ich schätze, jedes männliche Mitglied sämtlicher Familien ist eine Möglichkeit. Aber wie bei jedem Terrorakt ist es teilweise eine Abschreckungstaktik«, fügte er hinzu. »Und teilweise Erpressung. Wenn wir uns einverstanden erklären, die Vereinigung nicht durchzuführen, dann hören sie auf, uns umzubringen.«

»Oh, mein Gott«, flüsterte ich.

»Ich weiß«, sagte Luc. Er löste meine Arme wieder von seinem Hals und lotste uns von der immer voller werdenden Mitte der Tanzfläche weg. »Und natürlich können wir auch nicht zulassen, dass die Nachrichten etwas anderes darüber berichten als immer weitere Unfälle.«

»Ja«, erwiderte ich vage. Die Tatsache, dass sie bestimmen konnten, worüber die Nachrichten berichteten, überraschte mich kaum noch.

»Wie es scheint, verschärft der Orden seine Bemühungen jetzt jedoch aufgrund der Schwangerschaft meiner Mutter«, fuhr Luc über seine Schulter hinweg fort. »Wir hatten gehofft, dass sie nicht erfahren würden, dass es sich bei einem der Zwillinge um ein Mädchen handelt, aber es ist durchgesickert.«

Vielleicht hatten sie auf dieselbe Art und Weise davon erfahren wie von mir, wie immer die auch aussehen mochte. Wenn sie solchen Aufwand betrieben, um Menschen umzubringen, die *möglicherweise* der Eine waren, dann würden sie *mich* ganz sicher nicht am Leben lassen wollen. Mein Kleid, meine Haut, alles fühlte sich plötzlich viel zu eng an. Aus dem Augenwinkel beobachtete ich die Nachtschwärmer um uns herum. Dann war es also wahr. Diese beiden Gruppen, die Kriege anzettelten und Attentate auf Leute von weltweitem Rang verübten, hatten einen sehr guten Grund, auch *mich* zu wollen.

Mir wurde bewusst, dass ich nach Stellan Ausschau hielt. Weil ich Angst vor ihm hatte oder weil ich Angst vor allen anderen hatte, wusste ich selbst nicht so genau.

Luc schnappte sich ein neonblaues Getränk vom Tablett

einer Kellnerin. »Verstehst du jetzt, warum ich den Tod von zwei Ordensmitgliedern nicht betrauere?«

Verstörenderweise verstand ich das tatsächlich irgendwie. Und ich kam allmählich zu der Überzeugung, dass es vielleicht doch besser war, sich für ein paar Stunden draußen auf der Straße zu verstecken, als hierzubleiben und darauf zu warten, dass der Orden mich fand oder dass die Dauphins dahinterkamen, wer ich war.

Ich schaute mich nach einem Ausgang um, aber Luc nahm meine Hand. »Lass uns nicht mehr darüber sprechen.« Er lehnte sich verschwörerisch zu mir. »Ich bin das so leid, Süße. Lass uns lieber Spaß haben.« Sein Grinsen wirkte gezwungener als noch zuvor.

Ich studierte erneut den Grundriss des Klubs, während wir uns einen Weg über die Tanzfläche bahnten. Es gab den Vordereingang, durch den wir hereingekommen waren, und eine weitere Tür in der Nähe, die in den hinteren Teil des Klubs zu führen schien. Als wir die Bar erreichten, ließ Luc mich los.

»Hast du gesehen, dass wir Clancy Campbell gekriegt haben?«, fragte jemand mit amerikanischem Akzent.

»Ja, ja. Wir haben dafür ein Auge auf einen Dreizehnjährigen in Brasilien geworfen«, erwiderte Luc. Aus dem Augenwinkel sah ich, wie Luc dem Typen die Hand schüttelte und ihm auf den Rücken klopfte.

Ich lehnte mich über die Bar und presste meine Hände auf die kühle, glänzende Oberfläche. *Atme. Denk nach.* Ich konnte keine unmittelbare Bedrohung erkennen. Noch sollte ich besser nicht abhauen. Eine qualmende rosafarbene Rinne verlief in der Mitte der Bar, und ich hielt meine

Finger über das Trockeneis und ließ zu, dass die Kälte meinen Verstand ein wenig betäubte.

»Das wird euch dieses Jahr aber keine Meisterschaft bringen«, sagte der Amerikaner.

Luc lachte steif. »Willst du darauf wetten?«

»Du willst doch nur Guam zurückgewinnen.«

»Das war eben meine Lieblingsinsel«, jammerte Luc. »Und diese Wette war nicht fair.«

Guam? Ich drehte mich um und mein Herz geriet erneut ins Stolpern. Luc unterhielt sich nicht mit irgendeinem x-beliebigen Freund namens Liam. Er unterhielt sich mit Liam Blackstone. Und … ja: Dort an der Bar bestellte sich Colette LeGrand gerade irgendetwas Pinkfarbenes und stellte ihre berühmten Kurven in einem Spitzenkleid im Boho-Style mit tiefem Dekolleté zur Schau. Lucs Freunde, Liam und Colette, waren Liam Blackstone und Colette LeGrand. *Li-ette.* Zumindest nannte sie die *Us Weekly* so, die sie jede zweite Woche aufs Titelbild nahm.

»Oh, das ist Avery«, sagte Luc. »Sie ist eine Verwandte der Saxons, und da wir dieses Wochenende alle nett zueinander sind, ist sie heute mit uns ausgegangen.«

Ich zwang mich zu einem Lächeln in Liams Richtung. Ich war nicht daran gewöhnt, ihn angezogen zu sehen. Meistens war er in Filmen zu sehen, in denen seine Bauchmuskeln die Hauptrolle spielten. »Ihr spielt also … Fantasy Football?« Bislang waren die Jungs noch an all meinen Schulen Fans von Fantasy Football gewesen. Das Thema war so gewöhnlich, dass ich es wirklich bizarr fand, dass sich Luc und einer der berühmtesten Schauspieler der Welt darüber unterhielten.

»Schön wär's.« Colette LeGrand schob einen Arm unter Liams Jackett. Ihr leichter, melodiöser französischer Akzent war in natura sogar noch schöner. »Sie haben die Mannschaften gekauft. Ihr kleines Spielchen nimmt Liams *komplette* Zeit in Anspruch.«

Natürlich gehörten ihnen professionelle Sportmannschaften. Das war vielleicht das Normalste, was den ganzen Tag über passiert war.

»Jesse hat uns letztes Jahr beide vernichtend geschlagen«, sagte Liam. Er musste damit seinen jüngeren Bruder meinen, den Frontmann von Shadow Play, Laras Lieblingsband. »Ihm gehört Man U.«

Colette LeGrand warf ihr welliges kastanienbraunes Haar über ihre Schulter und verdrehte die Augen, so als wolle sie sagen: *Siehst du, was ich meine?* Ich schenkte ihr ein angespanntes Lächeln, noch immer ein wenig schockiert darüber, dass ich mich mit Leuten unterhielt, die ich bisher nur auf der Leinwand und in der Klatschpresse gesehen hatte, aber ich konnte nicht anders, als auch ihnen gegenüber wachsam zu bleiben. Soweit ich wusste, konnte absolut jeder ein Spion sein.

Wir blieben noch ein paar Minuten an der Bar stehen, und ich stellte mich extra so hin, dass ich den gesamten Klub im Auge behalten konnte. Colette machte mir ein Kompliment zu meinem Kleid, und ich suchte verzweifelt nach etwas Normalem, das ich darauf erwidern konnte. Schließlich entschied ich mich dafür, sie danach zu fragen, wie sie es schaffte, dass ihre Locken immer so perfekt aussahen – wenn ich mein Haar wellig trocknen ließ, sah es aus wie ein explodierter Krauskopf. Während sie es mir verriet, beobachtete ich Liam, der über ein Video auf Lucs Telefon lachte. Er und Colette schienen sich beide ganz normal zu verhalten, und ich entspannte mich ein kleines bisschen und ließ meinen Blick noch weitere Kreise ziehen. Ich bemerkte, dass Luc bereits ziemlich angeheitert wirkte. Und dass er mir überhaupt keine Aufmerksamkeit mehr schenkte – sondern stattdessen dem Barkeeper immer wieder verstohlene Blicke zuwarf. Dem Barkeeper, der sehr süß und außerdem sehr *männlich* war. Ich beobachtete ihn eine Weile lang und, ja, das war ganz eindeutig ein zartes Lächeln auf seinem Gesicht, als er den Blick des Typen einfing. Und dann fiel mir wieder ein, dass ich gesehen hatte, wie er die Leute angeschaut hatte, die vorhin neben uns gesessen hatten. Jetzt, wo ich darüber nachdachte, hatten an dem Tisch überhaupt keine Mädchen gesessen. Und Luc war definitiv ein wenig … extrovertierter als die anderen Typen. Oh. Ich wandte mich ab, damit die anderen mein plötzliches Grinsen nicht bemerkten. Nicht, dass es mich irgendetwas anging, aber ich konnte einfach nicht glauben, dass es mir vorher noch nicht aufgefallen war. Aus irgendeinem Grund fühlte ich mich dadurch, dass ich einen Blick auf dieses, wie ich annahm, kleine Geheimnis erhascht hatte – noch mehr als durch die Tatsache, dass Luc die ganze Zeit so nett zu mir gewesen war – ein bisschen besser dabei, mit ihnen hier zu sein,. So als seien sie letzten Endes auch nur Menschen, die ihr eigenes Leben lebten.

Oder dass das, wie ich mir selbst ins Gedächtnis zurückrief, während ich wieder nach Stellan Ausschau hielt, zumindest auf Luc zutraf.

Colette blickte sich ebenfalls um. »Unsere Nische ist frei.

Gehen wir uns setzen.« Sie hakte sich mit einem Lächeln bei mir unter und versuchte ganz offensichtlich, dafür zu sorgen, dass ich mich wohlfühlte. Mir wurde klar, warum sie und Luc Freunde waren.

»Warum seid ihr zwei heute Abend überhaupt ausgegangen?«, wollte Luc wissen, als wir in die Sitznische aus schwarzem Leder schlüpften. Liams sandblondes Haar glänzte im gedämpften roten Licht der Nische, und Colette zündete sich eine Zigarette an, blies Rauch gegen die Decke und schürzte dabei ihre charakteristischen vollen Lippen. »Es ist für jeden von uns gefährlich, sich in der Öffentlichkeit aufzuhalten.«

Colette zuckte mit den Schultern. »Du bist doch auch hier.«

»Ich hab einen guten Grund. Außerdem werde ich weniger schnell erkannt als du und ich habe meinen Hüter dabei. Der hat Messer.« Luc machte einen Schmollmund. »Und andere Waffen.«

Colette blickte über die Menge hinweg zu Stellan, der gerade auf uns zukam, jedoch auf halber Strecke an der Bar stehen blieb und auf sein Telefon schaute. »›Waffen‹ hat er definitiv …« Sie warf Luc ein verruchtes Grinsen zu.

Liam räusperte sich.

»Was denn? Darf ein Mädchen nicht mal gucken?« Colette klimperte mit den Wimpern und küsste ihn laut schmatzend auf die Wange. Liam rollte gutmütig mit den Augen.

»Haben euch irgendwelche Fotografen gesehen, als ihr angekommen seid?«, wollte Luc wissen.

»Ein paar.« Colette spielte mit dem Anhänger an ihrer Halskette, der, wie ich erst jetzt bemerkte, scheinbar eine ältere Kupferversion der Sonne der Dauphins darstellte.

Lucs fröhliche Miene verfinsterte sich.

»Ich lebe eben gerne gefährlich, Lucien«, neckte Colette ihn. »Wie dem auch sei, Liam ist nur ein Cousin zweiten Grades der Fredericks, genauso, wie ich nur deine Cousine zweiten Grades bin. *Du* schwebst in größerer Gefahr als wir.«

Luc signalisierte einem der Kellner mit erhobenem Zeigefinger, dass er noch einen Drink wollte. Er drehte sich zu Liam um, der – nicht besonders subtil – dabei zusah, wie ein Mädchen mit grünem Kurzhaarschnitt direkt neben unserer Nische mit einem Mädchen mit langer pinkfarbener Perücke tanzte und dabei mit einem Finger über das Drachen-Tattoo fuhr, das den Rücken ihrer Tanzpartnerin bedeckte.

»Wie ich gehört habe, habt ihr euch eines eurer Hüter entledigt«, sagte Luc.

Liam drehte sich wieder um und legte die Stirn in Falten. »Ja. Xan war ein guter Mann. Ich wünschte, mein Onkel hätte ihn nicht so hart bestrafen müssen.«

Ich ließ meinen Blick über die finsteren Mienen der drei schweifen. »Was hat er denn getan?«

»Er hat sich einem direkten Befehl widersetzt.« Luc nahm einen tiefen Schluck von seinem Drink.

Ich stützte mich mit den Ellenbogen auf die glänzende schwarze Tischplatte. »Sie haben ihn gefeuert, weil er sich einem Befehl widersetzt hat?«

Die drei wechselten einen Blick. »Gefeuert ist eine Art, es auszudrücken«, sagte Colette vorsichtig.

Moment mal. Sie wollten doch nicht etwa sagen, dass sie den Mann *getötet* hatten, weil er sich einem Befehl widersetzt hatte? Bevor ich jedoch genau das fragen konnte, tauchte Stellan plötzlich aus der Menge auf. Er nickte Liam und Colette zu und schaute dann zu dem Drink in Lucs Hand hinunter, als Luc hickste.

Luc kniff die Augen zusammen und stürzte den Rest in seinem Glas mit einem Schluck hinunter. »Ich geh mal eine rauchen.« Er schlüpfte aus der Sitznische und ließ sich am Ende der Bar etwas wackelig auf einem Hocker nieder.

»Was ist denn heute mit ihm los?«, fragte Colette. »Er benimmt sich so seltsam.«

Stellan sah zu, wie Luc sich eine Zigarette anzündete. »Es ist eine schwere Zeit für ihn, jetzt, wo die Babys bald da sind und dann das Mandat und alles.«

Die drei begannen, sich zu unterhalten. An der Bar rieb sich Luc mit einer Hand den Kopf und zerzauste sein Haar. Ich rutschte ebenfalls aus der Nische, zog mein Kleid wieder nach unten, das einfach nicht aufhören wollte, sich nach oben zu schieben, und setzte mich auf den Barhocker neben Luc.

»Hey«, sagte ich. Er blickte nicht auf und ich betrachtete die scharfe Kurve seines Kiefers und seinen kantigen, schmächtigen Körper. Abgesehen von seinen Augen sah er mir überhaupt nicht ähnlich. Aber was, wenn die Dauphins wirklich meine Familie waren? Wenn Monsieur Dauphin wirklich mein Vater war? Das würde bedeuten, dass Luc mein Halbbruder war. Ich spürte eine Welle der Zuneigung zu ihm.

»Alles okay?«, fragte ich. Es war, als hätten die beiden zusätzlichen Drinks einen Schalter bei ihm umgelegt. Er starrte mit großen, tieftraurigen Hundeaugen auf sein Glas.

»Chérie, du hast ja so ein Glück.« Er versuchte noch nicht

mal mehr, die Musik zu übertönen. Ich konnte den säuerlichen Schnapsgeruch in seinem Atem riechen, trotz der Zigarette. »Du, Colette, Liam. Ihr bekommt sämtliche Vorzüge ohne … *devoir*. Ohne die Angst.«

»Hast du Angst davor, dass ihr das Mandat vielleicht nicht richtig interpretieren könnt?«, wollte ich wissen.

»Davor, und vor allem anderen.« Er rieb sich den Nacken. »Dieses Ding. Diese Tätowierung.« Er lallte inzwischen und zerrte unbeholfen an seinem Hemdkragen. »Diese Tätowierung ist so … schwer.«

Ich konnte den Rand der Sonne sehen, an derselben Stelle wie bei Stellan, am oberen Ende seiner Wirbelsäule.

»Noch mehr als durch mein Blut«, murmelte er, »spüre ich durch dieses *Ding* das ganze Gewicht meiner Familie – unseres ganzen Hoheitsgebiets – auf meinem Rücken. Im wahrsten Sinne des Wortes.«

Er schnaubte ein betrunkenes, verächtliches Lachen über seinen eigenen Scherz, aber schon im nächsten Moment fiel seine Miene wieder in sich zusammen.

»Was bedeutet es?«, fragte ich sanft.

Er drückte seine Zigarette im Aschenbecher aus und das letzte bisschen Rauch kringelte zu den Lampen über der Bar empor.

»Jeder aus dem Kreis bekommt an seinem siebzehnten Geburtstag das Tattoo seiner Familie gestochen. Familienmitglieder, natürlich, aber auch die Hüter, die Hausangestellten … alle.« Er fuhr mit einer Fingerspitze über seine Tätowierung, so als kenne er die Linien in- und auswendig. »Sie sind physische Symbole für unsere *fidélité*. Sie stehen für unsere unverbrüchliche Loyalität. Bis in den Tod.«

»Bis in den *Tod?*« Dann hatte ich also recht gehabt, was den Typen anging, der für Liams Familie gearbeitet hatte.

Er nickte benebelt. »Will heißen: Wir schwören, für die Familie zu sterben, und erkennen an, dass Verrat mit dem Tod bestraft werden kann. Wenn man so viel Verantwortung trägt, wie wir es tun, dann muss es einen Anreiz geben, nicht aus der Reihe zu tanzen. Dazu gibt es unzählige Geschichten.«

Ich blickte auf die Tätowierung. Genau wie Stellans. Und Jacks. Ich dachte an Jack, der so verzweifelt versucht hatte, mich dazu zu überreden, mit ihm zu den Saxons zu gehen. »Zum Beispiel?«, hakte ich nach.

»Alles Mögliche.« Eine lärmende Truppe von Typen lehnte sich direkt neben mir an die Bar und bestellte lautstark mehrere Getränke. Ich rutschte noch näher an Luc heran, der es kaum zu bemerken schien. »Grant Frederick ist nicht … tolerant. Sein Hüter hat vielleicht einen Mordbefehl missachtet oder ihm vielleicht auch nur widersprochen, wenn er es besser nicht hätte tun sollen«, sagte er und verschluckte dabei einzelne Silben. »Und es gibt noch mehr. Zum Beispiel den Hüter der Rajeshs, der einem Medienunternehmen, das wir nicht kontrollieren, Informationen zugespielt hat. Oder den Hüter der Emirs, der eine Beziehung zu einem Mitglied der Familie hatte. Sie wurden erwischt … du weißt schon. *Zusammen.* Sie haben sich seiner sofort entledigt.«

Meine Gedanken huschten zu Jack zurück, als er mich gefragt hatte, ob ich ihn zum Abschlussball begleiten wollte. Wenn es dazu führen konnte, dass sich die Familie einer Person entledigte, nur, weil die mit einem Familienmitglied zusammen war, dann konnte es ihm wirklich nichts bedeutet haben.

»Einige Familien sind natürlich strikter als andere«, fuhr Luc fort, »aber man will es trotzdem lieber nicht darauf ankommen lassen. Und uns Familienmitglieder erinnern die Tätowierungen ständig daran, wo unser Platz in unserer Familie ist. Und in der Welt.« Luc ließ die Eiswürfel und die Limettenspalten in seinem leeren Glas kreisen. »Und trotzdem, trotz all dieser Macht, kann ich nichts tun. Nicht, um den Orden aufzuhalten, nicht, um neue Hinweise auf das Mandat zu finden und noch nicht mal, um zu verhindern, dass meine neue kleine Schwester zwangsverheiratet wird.«

»Verheiratet?« Das war ein ziemlich abrupter Themawechsel.

Luc lachte erneut, aber es klang furchtbar hohl. »Und natürlich findet es auch niemand seltsam, mit einem Säugling verlobt zu werden. Sie sind alle bei uns zu Hause, kriechen vor meinen Eltern auf den Knien und hoffen auf die große Chance. Ich finde es abstoßend, aber so besagt es nun mal das Mandat, und deshalb werden wir es tun.«

Ich hörte ihm nicht mehr zu. Mein Herz pochte in meinen Ohren, neben dem Beat der Musik.

Verheiratet. Das Mandat. Versprochen.

Der rechtmäßige Eine und das Mädchen mit den violetten Augen. Ihre Vereinigung.

Mit einem Mal war Luc nicht mehr der Einzige, der auf seinem Barhocker schwankte.

KAPITEL 18

LUC STARRTE MICH AN, während ich weiter auf eine Antwort wartete. »Also bedeutet Vereinigung im Mandat ›Heirat‹?« Ich konnte nur hoffen, dass ich die Sache fehlinterpretiert hatte. »Richtig? Das Mädchen mit den violetten Augen heiratet den Einen, sobald ihr herausgefunden habt, wer der Eine ist.«

»*Merde.* Warum sage ich immer wieder solschsachen?«, lallte Luc. »Ich sollte nicht so reden. Das Mandat, das ist gut. Und es ist *destin*«, fügte er hinzu und malte um das Wort herum Anführungszeichen in die Luft. »Ihre Schicksale sind miteinander verknüpft.«

Ihre Schicksale sind miteinander verknüpft – eine weitere Zeile aus dem Mandat. Ich war praktisch gekidnappt und beinahe getötet worden, und das nur, damit ich wie eine Prinzessin im Märchen *zwangsverheiratet* werden konnte?

Ich spürte, wie ich wieder zu zittern anfing. Es war, als hätte der Schock seit Prada nur unter der Oberfläche gelauert und sei von einem einzigen Faden in Schach gehalten worden, der gerade gerissen war. Ich krallte meine klammen Finger in meine nackten Oberschenkel.

Luc rülpste und stellte sein Glas ab. Die Musik wechselte zu einem harten Beat und auf der Tanzfläche sprangen alle gleichzeitig auf und ab und reckten die Hände in die Höhe.

Dann würde ich also mit demjenigen verheiratet werden, den der Kreis letzten Endes als den Einen auserkor. Falls sie das Mandat nicht entschlüsseln konnten, würden mich die Saxons vermutlich mit irgendeinem beliebigen Sohn verheiraten, der gerade verfügbar war. Auch die Dauphins würden jemanden auswählen und mit mir vereinen, falls ich zu ihrer Familie gehörte. Und falls nicht, würden sie mich vielleicht töten, damit ich ihrem kleinen Mädchen nicht sein Geburtsrecht stahl.

Meine Mom hatte die ganze Zeit über all das Bescheid gewusst. Plötzlich wusste ich ganz genau, wie sie sich gefühlt haben musste. Wie in der Falle. Gejagt.

Ich schaute hinter mich zu der Nische, in der Stellan noch immer saß und sich mit Liam und Colette unterhielt. Colette gestikulierte mit einer Zigarette, und ihre großen, verschlafenen Augen lachten, als sei sie vollkommen sorgenfrei, obwohl sie noch vor ein paar Minuten darüber gesprochen hatten, dass sie sich eines Angestellten »entledigt« hatten.

Die Musik schwoll zu sehr an und der Zigarettenrauch war zu dicht.

»Wasislos?« Luc kniff ein Auge zusammen.

Ich kletterte von meinem Barhocker. »Toilette«, sagte ich und floh.

Ich schob mich an den Körpern vorbei, die sich auf der Tanzfläche wanden, schwindelig von den Lichtern, dem schweren Bass und der Hitze. Hier musste irgendwo ein Notausgang sein.

Stellan tauchte an der Bar auf, einen Kopf größer als alle anderen.

In der Sekunde, in der ich wie erstarrt dastand und zusah, wie sein Gesicht immer wieder in den Lichtern auftauchte und verschwand, drehte er sich um und entdeckte mich. Er musste irgendetwas aus meiner Miene abgelesen haben, denn seine Augen verengten sich. Ich machte blitzschnell auf dem Absatz kehrt, stürmte zu der Hintertür, die ich vorhin erspäht hatte, und stieß sie schwungvoll auf.

Der Rauch traf mich zuerst, so intensiv, dass ich das Gefühl hatte, darin zu ertrinken. Es dauerte einen Moment, bis sich meine Augen an das gedämpfte Licht gewöhnt hatten. Der Raum glich einer langen, schmalen Höhle mit Vertiefungen entlang der Wände. In jeder von ihnen sprudelte ein dampfender pinkfarbener Wasserfall vor einem der tanzenden Mädchen, die ich schon von der Bar aus gesehen hatte.

Eine kleine Frau mit einem In-Ear-Hörer und finsterem Blick brüllte irgendetwas, packte mich am Arm und schleuderte mich in Richtung eines Wasserfalls, dem ein Mädchen fehlte.

Sie hielt mich für eine Tänzerin, die zu spät zu ihrer Schicht kam.

Ich wollte gerade wieder hinausstürzen und einen echten

Ausgang finden, aber dann öffnete sich die Tür. Stellan lugte herein. Ich konnte mit ihm gehen. So tun, als hätte ich mich auf dem Weg zur Toilette verlaufen. Aber nachdem er mich gerade hatte davonrennen sehen, würde er mich sicher nicht mehr aus den Augen lassen.

Ich sprang auf das Podest und hielt mich an der glitschigen Steinwand fest. Ich ließ mein Haar ins Gesicht fallen und schwang die Hüften zur Musik, die so gedämpft klang, als hätte ich Watte in den Ohren. *Geh weiter,* drängte ich ihn in Gedanken. *Du hast dich geirrt, als du dachtest, du hättest mich hier reinkommen sehen. Geh einfach weiter.*

Ich wagte einen Blick über die Schulter. Stellan schlenderte an den Mädchen vorbei, eine Silhouette im Rauch. Direkt hinter mir brachen seine Schritte ab. Ich schaute mich noch einmal um und seine Augen bohrten sich in meine.

»Was machst du denn da?« Er streckte eine Hand nach mir aus.

Der nächste Song begann und ein Funkenreigen explodierte hinter mir und versperrte ihm den Weg. Wenn ich abhauen wollte, dann war das meine Chance. Ich duckte mich durch den Wasserfall und hielt die Luft an, als das Wasser mein Haar übergoss und über meine Schultern floss.

Ich stand am Ende der Bar, Hunderte überraschter Gesichter schauten zu mir herauf. Ich schüttelte das Wasser aus meinen Augen und blickte mich panisch um und nach einem Moment der Stille brach die Menge rundum in Pfiffe und Gejohle aus. Ich versuchte, auf einen Barhocker hinunterzuklettern, und ein übermäßig gebräunter Playboy-Typ schien nur allzu glücklich zu sein, sein Martiniglas abzustellen und mich um die Taille zu packen. Er setzte mich inmitten seiner gaffenden Freunde ab, und ich wich mehreren grabschenden Händen aus, während ich mich aus ihrem Kreis drängte.

Ein Notausgangsschild leuchtete in einer der hinteren Ecken. Ich duckte mich unter dem Tablett einer Kellnerin hindurch, auf dem mehrere Schnapsgläser standen, und lief auf die Tür zu, so schnell ich konnte, ohne noch mehr Aufmerksamkeit auf mich zu ziehen. Sie führte in eine dunkle Straße hinaus und kühle Luft wehte über mich hinweg.

Ich knallte die Tür zu und rannte los. Ich ließ potenzielle Verstecke links liegen, die sich zu nah am Klub befanden, sprintete in eine schmale Gasse auf der anderen Straßenseite und um eine Häuserecke. Ein Nest aus schlafenden Katzen zog in einem verschwommenen Streifen aus Grau, Weiß und Orange an mir vorbei, und ich kauerte mich hinter den Müllcontainer, in dem ich sie gesehen hatte, keuchend und vor Nässe triefend. Ich zitterte heftig.

Ich hörte ein Echo in der stillen Nacht, als sich die Tür öffnete und eine Minute später donnernd wieder ins Schloss fiel.

Ich ließ meinen Kopf gegen die kalte Ziegelwand zurückkippen, klammerte mich an meinem Medaillon fest und … oh, mein Gott, der Kreis und das Mandat und die Vereinigung und zwangsverheiratet werden … Mir stieg die ganze Sache so weit über den Kopf, dass ich kaum noch die Oberfläche sehen konnte. Ich schnappte immer wieder verzweifelt nach Luft.

Vor anderthalb Jahren. Ich war fünfzehn und wir wohnten in New Orleans. Die Leere war schlimm in diesem Jahr. Lane war in der Oberstufe, hatte blauschwarzes Haar und einen Lippenring, den er immer in seinen Mund saugte, wenn er lächelte. Ich war vorsichtig, sicher, aber ich hatte geglaubt, er wolle mich nur seinen Freunden vorstellen, bis wir irgendwann allein in seiner Wohnung waren und ich Nein sagte, obwohl die »Armeetussen« eigentlich alle als Schlampen galten. Er sagte, ich solle mich selbst rauslassen. Ein Jahr zuvor, Kansas. Mila Anderson und ihre Freundinnen meinten, ich solle mich beim Mittagessen an ihren Tisch setzen, luden mich zu einer Party ein und gingen Arm in Arm mit mir durch die Schulflure, bis sie mich irgendwann mitten in der Nacht am Schnapsladen stehen ließen, als ihnen bewusst wurde, dass nicht jeder Teenager aus New York einen gefälschten Ausweis hatte.

Viel früher. Mit fünf Jahren. Chicago. Zwei Nachbarkinder sagten, ich würde mich nicht trauen, blau gefleckte Vogeleier aus einem Nest auf der Feuerleiter zu klauen. Ich kletterte hinaus, und sie knallten das Fenster zu, sodass ich festsaß. Der Boden war weit weg, und seither mochte ich Höhen nicht mehr besonders. Ich kauerte mich gegen die Gipswand und umklammerte mein Medaillon mit der Faust, und dann war plötzlich meine Mom da. Sie nahm mich in die Arme und rettete mich. Ich erinnerte mich noch genau daran, wie sie an jenem Tag gerochen hatte, nach Lavendel und Sonnenschein. Nach Zuhause.

Jetzt war ich aus einer Laune heraus einmal um die halbe Welt geflogen, wie eine leichtgläubige Idiotin, nur um herauszufinden, dass meine Familie mich, ohne mit der Wimper zu zucken, ausnutzen würde, wenn sie erst einmal erfuhr, wer ich wirklich war. Selbst mein eigener Vater würde das wahrscheinlich tun, falls ich ihn jemals fand.

Ich schnappte ein letztes Mal panisch nach Luft, blies sie durch meine zusammengepressten Lippen wieder aus und ließ das Medaillon aus meiner Hand fallen. Ich war allein, in einem nassen Cocktailkleid und Stöckelschuhen, mitten in der Nacht in Istanbul. Vielleicht war es doch nicht die cleverste Idee gewesen, meiner Panik nachzugeben und abzuhauen, aber jetzt war es passiert. Wenn ich einen Nervenzusammenbruch erleiden wollte, dann musste ich das ein andermal tun.

Als auf der anderen Straßenseite ein dröhnender Motor erstarb, schob ich mich noch tiefer in die Schatten zurück. Ich bereitete mich darauf vor, wieder wegzurennen, lugte hinaus und sah ein Motorrad auf dem Bürgersteig vor dem Lieferanteneingang stehen. Der Fahrer nahm seinen Helm ab.

Es war Jack.

KAPITEL 19

MEINE BEINE TRUGEN mich bereits über die Straße, bevor ich sie davon abhalten konnte.

»Was machst du hier?« Meine Hände zitterten immer noch, und mittlerweile gehörten auch Wut und Misstrauen zu der toxischen Mischung.

Jack wirbelte herum und starrte auf mein nasses Haar und mein, wie mir jetzt erst bewusst wurde, nasses weißes Kleid. Ich verschränkte die Arme vor der Brust. Seine Augen weiteten sich ein wenig, aber er sah nicht so überrascht aus, wie er hätte aussehen sollen.

»Steig auf.« Er reichte mir einen Helm und deutete auf den Sitz hinter ihm.

Ich stieß den Helm weg. »Du hast eine Zwangsheirat für mich geplant?«

Er ließ seinen Arm mit einem Seufzen sinken und stieg

vom Motorrad. »*Ich* persönlich habe gar nichts geplant, aber ja, das bedeutet das Mandat. Ich wollte es dir erklären, aber du bist ja nach der Sache bei Prada mit Stellan mitgegangen.«

Er wirkte verärgert, was auch mich nur noch wütender machte.

Ich strich das feuchte Haar hinter meine Ohren. »Also, bist du hier, um mich im Auftrag der Saxons zu entführen?«

»Mein Gott, Avery, nein.« Er unterbrach sich. »Zumindest nicht sofort …«

»Großartig. Perfekt.« Ich stakste in die Dunkelheit davon und meine Absätze klapperten auf dem Asphalt. Jack folgte mir. »Lass mich in Ruhe«, sagte ich über meine Schulter hinweg.

Dann blickte ich wieder zu dem Klub zurück, zu der Sackgasse, zu der menschenleeren, unvertrauten Straße. Ich schluckte schwer.

»Ich weiß, dass du wütend bist.« Jack streckte die Hände aus, als wollte er mir ein Friedensangebot machen. »Es tut mir leid, dass ich dir nicht sofort alles erzählen konnte. Wir standen ein bisschen unter Zeitdruck, falls du dich erinnerst. Aber ich nehme an, dass du nach Istanbul gekommen bist, um Fitz zu finden. Und das will ich auch.«

Er kam einen Schritt näher und ich wich einen zurück. Ein Müllauto blieb in der leeren Straße stehen und hob mit seinem mechanischen Arm einen Müllcontainer hoch. »Wie hast du mich gefunden?«

»Mit einem Peilsender, den ich dir beim Abschlussball in die Handtasche gesteckt hab«, gab er ohne Zögern zu. »So hab ich dich auch bei Prada gefunden.«

Ich warf die Hände in die Luft. »Soll das vielleicht mein Vertrauen in dich steigern?«

Er ignorierte mich und schaute sich zum Klub um. »Deinem Aussehen nach zu urteilen würde ich vermuten, dass du vorhattest, von hier zu verschwinden. Also, lass uns gehen.« Er trottete zu seinem Motorrad zurück und streckte mir den Helm wieder hin. »Ich hab dich schon zweimal gerettet, obwohl ich eigentlich direkt zu Fitz hätte gehen sollen, deshalb möchte ich jetzt gern so schnell wie möglich zu ihm.«

Ich zuckte zusammen, als hätte er mir eine Ohrfeige verpasst. »Dann geh doch. Ich hab dich nie darum gebeten, mich zu retten.«

Doch noch während ich das sagte, wusste ich, dass es dumm wäre, ihn gehen zu lassen. Jack war mit Abstand meine beste Chance, Mr Emerson zu finden.

Er legte den Helm auf den Sitz des Motorrads und trat wieder in den Lichtkegel der Straßenlaterne. »Hör mal«, begann er, »es tut mir leid. Das ist für uns beide nicht leicht, aber ich sage dir die Wahrheit: Ich werde dich nicht zu irgendetwas zwingen. Ich glaube immer noch, dass es der beste Plan ist, zu den Saxons zu gehen, aber …« Er legte eine Hand an seinen Nacken. »Ich hab ihnen noch nicht gesagt, wer du bist, okay? Sie glauben immer noch, du seist eine entfernte Verwandte und dass ich dich gerade nach einem Nachtklubbesuch abhole. Für den Moment will ich nur, dass du mit mir zu Fitz kommst, damit wir uns vergewissern können, dass es ihm gut geht, und damit er uns erklären kann, was er mit seiner Nachricht über dich gemeint hat, und dann diskutieren wir unsere nächsten Schritte. Das ist alles.«

Seine Stiefel hallten auf dem Asphalt wider, als er sich wieder zu seinem Motorrad umdrehte. Er hatte es ihnen nicht gesagt? Und ... »Hat Mr Emerson denn tatsächlich gesagt, dass er in Schwierigkeiten steckt?«

»Nein. Aber er geht immer noch nicht ans Telefon und er hat mir ein paar ziemlich seltsame Nachrichten hinterlassen.« Jacks Kiefer spannte sich auf eine Weise an, von der ich inzwischen wusste, was sie bedeutete: dass er beunruhigt war. Wenn wirklich die Möglichkeit bestand, dass Mr Emerson in Gefahr schwebte, dann musste das Vorrang haben.

»Sag mir nur eins.« Unbehaglich verlagerte ich mein Gewicht. »Mein Vater. Sicher, dass du nichts über ihn weißt?«

Jack zögerte. »Ich bin mir bei überhaupt nichts mehr sicher.«

Er blickte stirnrunzelnd in Richtung Klub, trommelte mit den Fingern auf der Zündung des Motorrads herum.

Mit Jack mitzugehen war die beste meiner begrenzten Wahlmöglichkeiten. Wir würden uns mit Mr Emerson unterhalten. Er würde mir helfen, zurück nach Paris zu gelangen und meine Mom zu finden. Und vielleicht konnte sie mir ja etwas über meinen Dad erzählen.

»Ich glaube dir«, sagte ich. »Ich vertraue dir immer noch nicht, aber ich glaube dir. Ich komme nur mit dir, damit wir uns vergewissern können, dass es Mr Emerson gut geht, und damit ich mit ihm reden kann. Nur damit das klar ist.«

»Ist klar«, versicherte er.

Ich nahm ihm den Helm aus der Hand, stülpte ihn mir über den Kopf und kletterte auf den Rücksitz des Motorrads.

✵

Istanbul bei Nacht bestand nur aus Farben, genau wie es Mr Emerson auf seiner Postkarte geschrieben hatte. Blutrote Lichter entlang des Flusses zu unserer Linken, glitzernde Straßen, die sich zu unserer Rechten erhoben, als würde die Stadt einen Hügel erklimmen. Der kalte, weiße Glanz der Kuppel einer Moschee in der Ferne, die neongrellen Fronten der Läden, die auch zu dieser nächtlichen Stunde noch nicht geschlossen hatten.

Rittlings in diesem kurzen, engen Kleid auf dem Motorrad zu sitzen, war zwar nicht ganz einfach, aber Jack hatte seine Jacke ausgezogen und sie über meinen Schoß ausgebreitet.

Meine Hüften pressten sich gegen seine, und meine Arme schlangen sich um seine Taille, zuerst noch etwas unbeholfen – vor allem, weil noch immer ein Rest von Verärgerung zwischen uns schwebte, aber auch, weil ich nicht daran gewöhnt war, dass so viel Körper-eines-anderen meinen eigenen berührte.

Ich konnte spüren, wie sich die Muskeln in Jacks Brust anspannten, wenn er abbog, und seinen Jungengeruch zwischen seinen Schulterblättern riechen. Dabei musste ich wieder an die Zeit zuvor denken, als er nur ein Junge gewesen war, den ich mochte. Es kam mir so weit weg vor, und doch so nah.

Jack schwenkte hinter einem Lastwagen aus, der turmhoch mit Obst beladen war, und ich klammerte mich noch fester an ihn. Ich hatte mir immer vorgestellt, Motorrad zu fahren wäre so, als würde man mit einem richtig schnellen Fahrrad fahren, aber das war es nicht. Jedes Mal, wenn er beschleunigte, fühlte es sich an, als würden wir runterfallen, aber dann krallte ich mich wieder mit den Fingern fest und wir flogen davon, während die rauschende Luft an meiner Kleidung, meinen Haaren und meiner Haut zerrte.

An einer Ampel blieben wir stehen, und der Duft von brutzelndem Fleisch, das sich vor einem Restaurant ganz in der Nähe an einem Spieß drehte, schwebte zu uns herüber.

»Warum glauben sie, dass *Vereinigung* ›Heirat‹ bedeutet?«, fragte ich laut. Es war ruhiger, wenn wir uns nicht bewegten, aber die Helme dämpften unsere Stimmen trotzdem. »Könnten sie sich nicht vielleicht irren?«

»Sie sind sich ziemlich sicher, was die Übersetzung betrifft«, antwortete er.

»›Ziemlich sicher‹ ist kein ausreichender Grund, um das Leben eines Menschen zu zerstören.« Um *mein* Leben zu zerstören.

Jack drehte sich zu mir um und sein Helm prallte mit einem dumpfen Schlag gegen meinen.

»Au. 'tschuldigung.« Ich zuckte zurück, er auch, und mit einem Mal nahm ich die Wölbungen seiner Muskeln, die ich durch sein dünnes Baumwoll-T-Shirt spüren konnte, viel bewusster wahr. Ich ballte die Hände zu Fäusten, aber das fühlte sich noch merkwürdiger an, also hielt ich meine Arme halb in der Schwebe. Ich hielt ihn nicht richtig fest, ließ ihn aber auch nicht ganz los.

»'tschuldigung«, wiederholte er. Ich drehte ihm das Ohrloch des Helms zu, um ihn hören zu können. »Ich wollte nicht unsensibel sein. Es ist nur so, dass das bisher alles völlig abstrakt war. Im griechischen Originalmandat steht das Wort *gamos*. Übersetzt heißt das ›Vereinigung‹ … aber es bedeutet auch ›Heirat‹.«

Oh.

Die Ampel schaltete um, und ich musste mich wieder an ihm festklammern, als wir starteten und eine breite Straße entlangflogen, die von einer Reihe Läden und Restaurants gesäumt war. An der nächsten Ampel spazierten Personen über die Straße, und ich traf den Blick eines Mädchens, das in Gewänder gehüllt war, die sie vom Kopf bis zu den Zehen und von den Handgelenken bis zu den Fußknöcheln bedeckten, sodass nur ihre strahlenden Augen zu erkennen waren. Dann sah ich die Louis-Vuitton-Tasche, die über ihrer Schulter hing, und musste über diesen für mich so eigenartigen Gegensatz lächeln, der für sie völlig normal war. Noch mehr als in Paris hatte ich hier das Gefühl, *fremd* zu sein.

Über das Donnern des Motorrads, das entfernte, tiefe Dröhnen von Trommeln und die Klänge irgendeines Saiteninstruments hinweg fragte ich: »Woher genau kommt das *Buch der Mandate* eigentlich?«

Jack lehnte sich zurück und passte auf, nicht wieder mit seinem Helm gegen meinen zu knallen. »Zu Alexanders Zeiten spielten Orakel eine wichtige Rolle – hast du zum Beispiel schon mal vom Orakel von Delphi gehört?«

Ich rutschte auf meinem Sitz hin und her und schob mein Kleid hinunter. »Ja.«

»Dieses Orakel und andere, genau wie verschiedene Seher – sie haben Hunderte von Vorhersagen getroffen«, fuhr er fort. »Diejenigen, in der es um die fernere Zukunft ging, wurden gesammelt, und aus ihnen entstand das *Buch der Mandate*.«

Ich blickte über den Fluss hinaus, auf dem zwei beleuchtete Schiffe aneinander vorbeifuhren, deren Reflektionen auf den sanften Wellen des Wassers schaukelten. »Und was ist die Geschichte zu diesem speziellen Mandat?«

Die Ampel sprang wieder um, bevor er mir antworten konnte, aber ein paar Blocks weiter blieben wir an einer belebten Kreuzung im Verkehr stecken. Die Terrasse einer nahen Bar war von gut angezogenen Leuten bevölkert, die lachten und hohe Shisha-Pfeifen rauchten, deren süßlicher Geruch durch die Nachtluft schwebte.

»Vor seinem Tod hat Alexander die Diadochen beauftragt, sein Königreich aufzuteilen«, rief mir Jack über seine Schulter hinweg zu. Ich stellte fest, dass er in einen professorenhaften Tonfall verfiel, wenn er über Geschichte referierte, so als koste es ihn Mühe, wie ein normaler Siebzehnjähriger zu sprechen. »Aber er hat sie überrascht. Anstatt zu erklären, er habe den Zwölf alles zu gleichen Teilen hinterlassen, sagte er: ›*Krat'eroi*‹. Übersetzt bedeutet das so viel wie ›dem Einen, dem Stärksten unter euch‹.«

Der Verkehr bewegte sich wieder ein paar Meter, und das Motorrad rumpelte, als Jack uns langsam weiterrollen ließ. Er sprach lauter, damit ich ihn über das Geschrei eines korpulenten Mannes in einem langen Kaftan hinweg verstehen konnte, der mit kleinen Spiegeln bestickte Decken verkaufte, die er über beide Arme drapiert hatte. »Seit damals regiert der Kreis gemeinsam, als eine Gruppe von zwölf, aber die einzelnen Familien haben nie aufgehört, bestimmen zu wollen, wer der Eine und Stärkste unter ihnen ist.«

Er betonte die Worte, als begännen sie alle mit Großbuchstaben: Wer Der Eine Und Stärkste Unter Ihnen Ist. Und dann ging mir plötzlich ein Licht auf und auf meinen Armen bildete sich eine Gänsehaut. »Der Eine. Wie in dem Mandat.«

Jack neigte den Kopf zur Seite. »Ganz genau.«

»Leute, die so mächtig sind wie der Kreis, bringt man irgendwie nicht mit einem antiken Kult in Verbindung, der an eine Prophezeiung glaubt«, sagte ich.

»So ist es auch nicht, nicht wirklich.« Wir hatten uns seit ein paar Minuten nicht mehr bewegt, und Jack richtete sich auf und blickte über den Verkehr, bevor er sich mit einem Seufzen wieder hinsetzte. »Aber wir lassen nichts unversucht, wenn es um neue Quellen der Macht geht, und dieses Grab zu finden wäre mehr, als wir jemals hatten. Angeblich enthält es viel mehr als nur Reichtümer. Und es hat Alexander zu dem gemacht, der er war. Ob es um eine Waffe geht oder um irgendwelche Anweisungen, die er hinterlassen hat, wissen wir nicht, aber es soll etwas Gigantisches sein. Und da sich bereits so viele Mandate erfüllt haben, müssen wir es versuchen. Außerdem«, fuhr er fort, »ist die Erfüllung der Vereinigung – der Eine zu sein – so bedeutend, dass es die beiden auserwählten Familien zu einer dominierenden Macht innerhalb des Kreises machen würde, ganz gleich, was auch passiert, selbst wenn wir das Grab niemals finden. Falls also niemand noch Genaueres über das Mandat herausfindet, werden die Dauphins einfach jemanden für die Vereinigung mit ihrem kleinen Mädchen auswählen und versuchen, alle anderen dazu zu bringen, ihn als den Einen zu akzeptieren, damit beide Familien an Macht gewinnen.«

Genau wie Luc gesagt hatte. Also selbst wenn sie nicht herausfanden, wer der Eine war, stimmte es, dass ich damit noch nicht vom Haken war.

Die Ampel schaltete um und wir fuhren wieder los. Diesmal bogen wir auf eine weniger belebte Straße ab. Jack berührte meine Hand, als wollte er mich warnen, und beschleunigte dann, bis die Lichter auf dem Fluss völlig verschwommen an uns vorbeirauschten. Wir hielten nicht mehr an, bis wir einen Wohnblock erreichten.

Jack bot mir seine Hand an und ich rutschte so grazil wie möglich vom Motorrad.

Er verstaute beide Helme in einem Fach unter dem Sitz, während ich versuchte, mein Haar zu bändigen, bevor wir die Straße zu einem modernen weißen Hochhaus überquerten.

»Hat der Orden auch mit dieser ganzen Alexander-Sache zu tun oder sind das zwei getrennte Dinge?« Ich trat über eine aufgerissene Stelle auf dem Bürgersteig und passte auf, dass ich nicht mit meinen Absätzen stecken blieb.

»Sie reichen genauso weit zurück wie wir«, antwortete Jack abwesend. Er holte sein Telefon aus seiner Tasche und schaute darauf, bevor wir auf den Pfad abbogen, der zu dem Wohnhaus führte. »Alexander hatte ein Kind, das sein Erbe gewesen wäre, aber der Junge ist jung gestorben. Manche Leute – hauptsächlich die, die mit Alexanders Mutter Olympias unter einer Decke steckten – waren der Ansicht, der Thron solle an ein Mitglied seiner erweiterten Familie gehen. Sie mochten die Diadochen nicht und machten es sich zur Aufgabe, sie zu Fall zu bringen. Sie gründeten den Orden, und inzwischen hassen sie uns mehr denn je. Der Kreis tut, was wir im Interesse der Welt für das Beste halten. Der Orden ist der Meinung, es sollte mehr Autonomie geben.«

So schrecklich der Orden auch sein mochte, sie hatten möglicherweise nicht ganz unrecht. Jack würde niemals schlecht über den Kreis sprechen, aber die Vorstellung, dass eine so kleine Gruppe von Leuten so viel von dem kontrollierte, was in der Welt passierte, erschien mir noch immer irgendwie falsch. Wahrscheinlich. Ich wusste einfach immer noch so wenig über sie, dass ich mir nicht sicher war, was ich denken sollte.

Jack schob mich in eine karge, aber geschmackvolle Lobby, und meine Absätze klapperten hohl auf den Bodenfliesen.

Während wir zur Treppe gingen, betrachtete ich die Farne, die Sitzgruppe und die Briefkastenanlage.

Mr Emerson holte hier seine Post ab. Hier und in Paris. Mein lieber Pseudo-Großvater, der es mir, als ich acht gewesen war, erlaubt hatte, seine Lesebrille aufzusetzen, und unzählige in Mehl gehüllte Nachmittage damit verbracht hatte, meiner Mom und mir beizubringen, wie man Kekse und Kuchen backte und hausgemachte Pastasoße kochte. Der mit der kleinen Avery über Bücher gesprochen hatte, die viel zu erwachsen für mich waren, und der mich nie wie ein kleines Kind behandelt hatte.

Der gewusst hatte, was ich war, und die Gefahr gekannt hatte, in der ich schwebte, jahrelang. Mit einem Mal war ich ein bisschen nervös, ihn wiederzusehen. Was hatte das alles zu bedeuten? Und was hatte seine SMS an Jack zu bedeuten? Ich bezweifelte nicht, dass er nur das Beste für mich wollte, aber ich konnte einfach nicht glauben, dass ich ihn nach all den Jahren zum ersten Mal in diesem Zusammenhang wiedersehen sollte. Vorausgesetzt, dass tatsächlich hier und alles in Ordnung war. Ich würde mich entschieden besser fühlen, wenn wir ihn wirklich trafen, aus vielerlei Gründen.

»Du hast gesagt, er sei dein Mentor?« Wir stiegen die

Treppe hinauf, und ich spielte mit dem Gedanken, meine Stöckelschuhe auszuziehen – aber allzu weit konnte es ja nicht sein.

»Er ist ein Tutor der Hüter.« Jack blieb auf einem Treppenabsatz stehen und wartete auf mich. »Ich vergesse immer, dass du nichts von all dem weißt. Stellan und ich sind sogenannte Hüter. Eigentlich Hüter der Schlüssel. Es bereitet uns darauf vor, später Hüter der Wache zu werden. Der Hüter der Wache ist die rechte Hand eines Familienoberhaupts. Er ist Sicherheitschef und Berater und hilft dabei, das Anwesen zu führen.«

Ich nickte. Und sie waren alle Männer, das hatte Stellan gesagt. Obwohl ein Mädchen mit violetten Augen eine so wichtige Rolle spielte, schienen Frauen in der Welt des Kreises in der Regel nur dafür gut zu sein, zwangsverheiratet zu werden, Kinder zu kriegen und als Angestellte zu arbeiten, es sei denn, sie wurden für etwas ganz Bestimmtes gebraucht, wie Elodie heute Abend.

Jack ging langsamer, als er bemerkte, dass ich den Anschluss verlor. »Tut mir leid, aber wir müssen in den vierten Stock rauf. Wie dem auch sei, jede Familie hat einen Tutor für ihre Hüter. Einer davon ist Fitz, aber im Laufe der Zeit ist er für mich eher zu einem Mentor geworden.«

Da ich Mr Emerson kannte, überraschte mich das nicht.

Jack klopfte an eine Tür auf der rechten Seite des Flurs, und als auch nach dem zweiten Klopfen niemand öffnete, holte er einen Schlüssel hervor, steckte ihn ins Schloss und schwang die Tür auf.

Das Erste, was ich sah, war Blut.

KAPITEL 20

JACK SCHUBSTE MICH in den Korridor zurück und zog die Pistole aus seinem Hosenbund. »Warte hier.«

Ich starrte auf das Blut und schlug die Hand vor den Mund. Die Szene bei Prada spielte sich erneut vor meinem inneren Auge ab. All das Blut. Das Blut des Killers. Mein Blut.

Mr Emersons Blut.

Ich duckte mich in die Wohnung, zog die Tür hinter mir zu und schloss sie ab. »Mr Emerson!«, rief ich, aber die Worte erstarben auf meinen Lippen, als ich erkannte, dass das Blut bereits getrocknet war. Das hier war nicht eben erst passiert.

Neben dem Blutfleck lag ein zerschmettertes Handy. Ich schaute mich hektisch um, aber auf den ersten Blick sah das Zimmer genauso unberührt aus, wie Mr Emersons Wohnung auch früher immer ausgesehen hatte, mit denselben klaren Linien und dunklen Farben, die er auch bevorzugt hatte, als er noch in Boston gelebt hatte. Nicht mal die Zeitschriften auf dem Couchtisch lagen durcheinander. Es hatte also keinen großartigen Kampf gegeben, aber sie hatten ihn verletzt, und jetzt war er verschwunden. Oh, Gott, wer tat so etwas nur?

»Fitz!« Ich hörte, wie sich überall in der Wohnung Türen öffneten, und eine Sekunde später stürmte Jack ins Zimmer zurück. »Ich hab dir doch gesagt, dass du draußen warten sollst«, blaffte er mich an. »Es hätte gefährlich sein können.«

»Es hätte auch im Korridor gefährlich sein können«, schoss ich zurück. »Wer hat das getan?«

»Der Orden. Sie müssen es gewesen sein, oder?« Jack setzte sich auf die harte graue Couch, vergrub sein Gesicht in den Händen, stand wieder auf und setzte sich erneut hin. »Ich hätte es wissen müssen. Ich hätte früher herkommen sollen.« Seine Augen funkelten wild, als er sich ein Kissen schnappte und es gegen die Wand schleuderte.

Ich zuckte zusammen. »Hey. Hör auf.« Ich setzte mich neben ihn, packte ihn und zwang ihn, mich anzusehen. Die Muskeln in seinem Unterarm spannten sich unter meinen zitternden Fingern an und entspannten sich dann wieder. »Denk nach. Wo haben sie ihn wohl hingebracht? Und warum sollten sie ihn überhaupt irgendwo hinbringen?«

Seine schwerfällige Atmung, unter der sich seine Brust hob und senkte, ging langsam wieder gleichmäßiger. »Ich habe keine Ahnung, wohin. Und was das Warum betrifft …«

Er blickte mich durchdringend an, und ich hatte das Gefühl, er hätte mich geohrfeigt. Natürlich.

»Es ist nicht deine Schuld«, sagte Jack und presste seine Handflächen auf die Augen. »Das hab ich nicht gemeint …«

»Sie haben Mr Emerson mitgenommen, weil sie es auf mich abgesehen haben.« Ich fuhr mir mit den Fingern durch mein verknotetes Haar. »Also, was? Wollen sie, dass ich mich ihnen selbst ausliefere? Hätten sie dann nicht eine Art Erpresserbrief hinterlassen?«

Jack nickte. »Ich hab gerade genau dasselbe gedacht. Oder …« Er setzte sich gerader auf. »Die SMS, die er mir geschickt hat.«

Er hatte recht. Ich erinnerte mich noch Wort für Wort daran. *Wenn es zum Schlimmsten kommt – befolge, was ich Dir hinterlassen habe.*

»Er wusste, dass jemand hinter ihm her ist«, sagte ich. »In der Nachricht stand, dass er uns etwas hinterlassen hat. Dir, meine ich. Er hat *dir* etwas hinterlassen.«

»Uns.« Jack stand von der Couch auf. Erst, als sich mein Oberschenkel dadurch ganz kalt anfühlte, wurde mir bewusst, dass sich unsere Beine berührt hatten. »Ich schätze, es ist inzwischen ziemlich offensichtlich, dass wir gemeinsam in dieser Sache drinstecken, ob es uns nun gefällt oder nicht.«

Ich holte tief Luft und stand dann ebenfalls von der Couch auf.

Wo würde man einen Erpresserbrief hinterlassen? Zumindest fiel er uns nicht offensichtlich ins Auge. Ich stakste durchs Zimmer und blätterte durch einen Stapel Papiere auf einem modernen dunklen Beistelltisch und studierte dann eine Pinnwand, an der ein Flyer für eine Gedichtlesung und ein anderer für eine Weinverkostung hingen, aber keine

Nachricht. Daneben stand ein Regal voller Bücher, Vasen und Bilderrahmen. Der Anblick versetzte mir einen Stich – es fühlte sich einfach falsch an, Mr Emersons Sachen aus seiner Wohnung in Boston hier zu sehen.

Jack blickte unter einen Stapel Zeitschriften auf dem Couchtisch, kniete sich dann neben das getrocknete Blut und inspizierte das Telefon.

Ich steuerte auf die Küche zu, blieb jedoch abrupt neben einem Regal stehen. Ich griff nach einem kleinen Malen-nach-Zahlen-Bild, das einen Sonnenuntergang zeigte und bei dem die Farben ganz offensichtlich nicht in die jeweiligen Felder gehörten. Zwischen Orange-, Rot- und Gelbtönen befanden sich Kleckse in Lila, Blau und Schwarz.

Ich fuhr mit dem Finger über das kleine Gemälde. Ich hatte diese anderen Farben hinzugefügt, weil die Sonnenuntergänge, die ich gesehen hatte, allesamt nicht nur orange gewesen waren. Sie hatten auch dunkle Flecken gehabt, was die Sonnenuntergänge nur umso prächtiger machte. Mr Emerson hatte das Bild geliebt, deshalb hatte ich es ihm geschenkt, als er weggezogen war.

Ich schluckte schwer. Was, wenn wir nichts finden konnten? Was, wenn ich ihm nicht helfen konnte? Würde ich mich dann selbst ausliefern? Sie würden mich töten. Aber wenn ich es nicht tat, würden sie dann ihn töten? Ich presste eine Faust auf meinen Mund.

»Avery?« Jacks Stimme riss mich zurück in die Gegenwart, und mir wurde bewusst, dass er mit mir gesprochen hatte. »Irgendwas gefunden?«, wollte er wissen, und ich konnte spüren, dass er mich beobachtete und sich fragte, was ich da eigentlich machte.

Ich schüttelte den Kopf und stellte das Bild wieder zurück ins Regal. In der Küche standen eine leere Kaffeekanne und eine saubere Tasse auf der Theke, und auf dem Abtropfregal lag eine weiße Schüssel. Kein Brief, keine Anzeichen für einen Kampf hier drin.

»Ich schau mal in seinem Arbeitszimmer nach«, rief Jack.

Ich atmete langsam aus, ließ meinen Blick ein letztes Mal durch den Raum schweifen – und sah, dass etwas unter dem Couchtisch klemmte.

Eine Armbanduhr. Meine Absätze klapperten, als ich durch den Raum eilte. Das Glas war gesprungen und es zog sich eine blutige Linie darüber.

»Jack«, rief ich.

Er kam zurück ins Wohnzimmer. Ich fuhr mit einem Finger über die Zeiger unter dem blutigen Glas. Sie standen fast genau auf sechs Uhr.

»Sie ist wahrscheinlich stehen geblieben, als …« Jack schluckte und sah zu dem Blutfleck auf dem Boden hinüber. »Als sie zerbrochen ist.« Er nahm die Uhr und legte sie auf den Couchtisch.

»Ich weiß. Wenn es hier fünf Uhr siebenundvierzig am Morgen war, wie spät wäre es dann in Lakehaven gewesen? Um wie viel Uhr hat er dir die SMS geschickt?«

Aus Jacks Miene sprach leise Erkenntnis. Er holte sein Telefon heraus. »Einundzwanzig Uhr dreiundvierzig, Ortszeit Minnesota.« Ich konnte sehen, wie er im Kopf nachrechnete. »Nur ein paar Minuten, bevor diese Uhr stehen geblieben ist.«

»Wenn er dir die SMS geschickt hat, direkt bevor das hier

passiert ist«, sagte ich, »dann muss, was immer er für dich zurückgelassen hat, hier irgendwo sein.«

»Du hast recht.« Ich konnte die neu aufkeimende Hoffnung in seiner Stimme hören, und wir eilten in den Flur und suchten alles ab, was uns in den Weg kam, bevor wir schließlich im Arbeitszimmer landeten.

Eine Reihe von Büchern – Geschichte, Philosophie und Gedichte – säumte den hinteren Teil des Schreibtischs und stand ganz ordentlich zwischen zwei Buchstützen, während direkt davor drei Stifte in einer perfekten Linie lagen, wie stramm stehende Soldaten. Außerdem befand sich ein Terminplaner auf dem Schreibtisch, ganz schief und auf einer herausgerissenen Seite aufgeschlagen.

Mr Emerson hätte diesen Terminplaner nicht aus Versehen so liegen lassen.

Ich ging direkt auf den Schreibtisch zu und nahm ihn hoch. »Dreizehnter Januar. Sagt dir das irgendwas?«

Jack schüttelte den Kopf. Ich schaute auf die benachbarten Seiten. Zahnarzttermin. Abendessen um 19:30 Uhr.

»Vielleicht hat er einfach nur eine zufällige Seite rausgerissen, zum Beispiel, um eine Nachricht zu hinterlassen. Was wiederum bedeutet, dass sie hier irgendwo sein muss.« Jack schaute in den Flur hinaus und hielt inne. Ich verstand, warum er zögerte: Obwohl wir nur nach Hinweisen suchten, fühlte es sich wie unbefugtes Betreten an, in Mr Emersons Schlafzimmer zu gehen. Ich schluckte, ging den Flur hinunter – und blieb auf der Schwelle abrupt stehen. Um den Türknauf herum war die Tür völlig zersplittert.

Jack riss die Augen auf und lief an mir vorbei ins Zimmer. Ich untersuchte die Tür etwas genauer. Man musste kein

Experte sein, um zu erkennen, dass die Tür von innen abgeschlossen und mit Gewalt geöffnet worden war.

»Schau mal.« Jack hockte auf dem Boden und hielt drei Fotos in der Hand.

Ich eilte durch den Raum, und er reichte mir einen Bilderrahmen aus getriebenem Kupfer, in dem sich ein Foto von ihm und Mr Emerson befand, dann ein gerahmtes Bild von Stellan, ausgerechnet – und schließlich eine kleine, zusammengefaltete Fotografie von mir.

»Diese Rahmen sind sonst immer in seinem Wohnzimmer.« Jack ging im Raum auf und ab und durchsuchte methodisch ein Bücherregal, eine Art-déco-Kommode und einen Nachttisch.

»Warum hat er ein Foto von Stellan?« Stellan sah darauf jünger und ernsthafter aus als jetzt und sein blondes Haar war heller.

Jacks Lippen pressten sich zu einer schmalen Linie zusammen. »Fitz arbeitet manchmal auch mit den Dauphins zusammen«, antwortete er knapp und wandte sich ab.

»Das hier bin ich«, sagte ich leise. Damals war ich neun. Wir hatten gekocht und ich war halb mit Mehl bedeckt.

Ich drehte das Bild von Jack in meinen Händen hin und her und suchte nach einer Nachricht, einem Hinweis, irgendetwas. Wie bei der Uhr verlief eine verschmierte rote Linie über das Glas. Ich wischte sie mit dem Daumen weg und wollte mich gerade wieder aufrichten, hielt dann jedoch inne. »Blut«, sagte ich.

Jack, der gerade durch die Lamellenjalousien geschaut hatte, drehte sich zu mir um. »Was?«

»Blut.« Ich sprang auf. »Genau hier. Auf dem Boden.«

Auf dem Parkettboden war es nur schwer zu erkennen, aber die Blutstropfen führten von der Stelle weg, an der wir uns befanden. Eine Spur verlief zur Schlafzimmertür, die andere zum begehbaren Kleiderschrank.

Wir eilten zum Schrank und folgten dem Blut zu einem Safe, der hinter einer Stange mit Hemden versteckt war. Ein verschmierter Blutfleck besudelte einen der strahlend weißen Hemdkragen.

»Kennst du die Kombination?«, fragte ich atemlos.

Jack nickte und drehte das Schloss hin und her, während ich über seinen Ellenbogen blickte. Die Safetür sprang auf.

Darin befand sich ein zusammengefaltetes Blatt Papier mit einem verschmierten roten Daumenabdruck auf der Vorderseite. Die Seite aus dem Terminplaner. Ich schnappte sie mir, faltete sie auf und las vor:

Findet die drei Dinge, bevor es jemand anders tut. Erzählt es niemandem. Meine kuratierte Sammlung. Beginnt dort.

Dann, so als sei ihm noch ein Gedanke gekommen:

Sie irren sich, was das Mandat angeht.

KAPITEL 21

»DAS MANDAT?«, fragte ich. »Womit irren sie sich?«

Jack lehnte sich über meine Schulter und starrte auf die Notiz. »Ich habe keine Ahnung.«

»Vielleicht haben sie ihn ja nicht nur meinetwegen mitgenommen.« Die Schuldgefühle lockerten ihren Griff ein wenig. Ich drehte mich um und drängte mich an Jack vorbei aus dem klaustrophobischen Schrank. »Vielleicht ist da noch mehr. Was könnte er denn über das Mandat wissen? Irgendwas über den Einen?«

Jack folgte mir und nahm die Nachricht mit. Er hielt sie ans Licht hoch und drehte sie hin und her. »Fitz hätte es mir erzählt, wenn er irgendetwas Derartiges gewusst hätte.«

Ich setzte mich auf die Kante einer weißen Ottomane. Wie viele Geheimnisse hatte Mr Emerson eigentlich? »Was genau steht denn in dem Mandat? Der komplette Wortlaut.«

Jack wandte seinen Blick keine Sekunde lang von der Nachricht ab, während er antwortete:

»Der rechtmäßige Eine und das Mädchen
mit den violetten Augen,
Der Eine, der durch Feuer geht und nicht verbrennt.
Das Mädchen, den Zwölfen geboren.
Ihre Schicksale sind miteinander verknüpft und werden
zum Schicksal des Kreises.
Durch ihre Vereinigung wird das Geburtsrecht
der Diadochen enthüllt.
Die Reichtümer von Iskander, die Macht des Zeus,
die Mittel, die größten Feinde zu besiegen.
Wenn sie ihm gehören, wird der Eine unverwundbar.«

Ich trommelte mit den Fingern auf die Ottomane. »Noch mal?« Er hatte es so schnell heruntergerattert, dass die Worte miteinander verschwommen waren, so als hätte er es schon tausendmal aufgesagt.

Er wiederholte das Mandat, diesmal betonter.

»Sie irren sich, was das Mandat angeht«, wiederholte ich. »Das Mädchen mit den violetten Augen kann eigentlich kein Irrtum sein. Was ist mit den anderen Zeilen?«

Jack rieb sich den Nacken. Ich sah ihm an, dass er noch immer versuchte, zu begreifen, dass überhaupt etwas, das mit dem Mandat zu tun hatte, ungewiss war. »›Die größten Feinde zu besiegen‹ scheint auch offensichtlich. Und wir wissen, was die Vereinigung ist.«

»Oder zumindest glaubt ihr das«, erwiderte ich. Es wären tolle Nachrichten für mich, wenn dieser Teil der Irrtum war.

Jack schaute mich von der Seite an. »Wie ich schon gesagt habe, ist es höchst wahrscheinlich, dass unsere Interpretation korrekt ist.«

Ich schlüpfte aus den Schuhen und streckte die Füße auf dem kühlen Parkettboden aus. »Was den Orden wirklich interessiert, ist der Eine, richtig? Sie versuchen bereits, ihn zu töten. Was steht im Mandat über ihn?« Ich versuchte zu vergessen, dass ich über jemanden sprach, den ich *heiraten* sollte. »Da ist diese Zeile mit ›durch Feuer gehen‹«.

»Das könnte alles Mögliche bedeuten«, sagte Jack und tigerte wieder auf und ab. »Aber wir stimmen insgesamt darin überein, dass damit eine sprichwörtliche Feuerprobe gemeint ist. Der Eine, der der Stärkste ist, würde auch schwierige Zeiten überstehen.«

»Wir sollen drei Dinge finden«, murmelte ich vor mich hin. »Ich frage mich, ob damit Hinweise auf das Mandat gemeint sind. Auf den Einen. Und ob er glaubt, dass sie sich damit irren.«

Jack schüttelte nur den Kopf. »Falls er etwas darüber weiß, wer der Eine ist, und es geheim gehalten hat … Ich wüsste einfach nicht, warum er das tun sollte.«

Das wusste ich auch nicht. »Im Moment spielt es auch keine Rolle, was genau er mit ›sie irren sich, was das Mandat angeht‹ gemeint hat«, sagte ich. »Er meinte, wir sollen dem folgen, was er hinterlassen hat. Über das ganze Mandatszeug können wir immer noch nachdenken, wenn wir etwas gefunden haben, aber wir müssen zuerst seinen Hinweisen folgen.«

Jack warf mir einen Blick zu. Ich konnte das Zögern von seinen Augen ablesen. Ich wusste, dass er mich eigentlich zu den Saxons fahren sollte. Je länger er mich nicht zu ihnen brachte, desto tiefer würde er in Schwierigkeiten stecken, wenn sie es erst einmal herausfanden. Aber wenn er es ihnen erzählte, würden sie verlangen, dass er mich sofort zu ihnen brachte, und dann könnten wir Fitz nicht mehr helfen.

Ich entdeckte die Kompassspitzen seines Tattoos. So, wie Jack im Augenblick dastand, zeigte die Nordspitze des Kompasses genau auf mich. Die Tätowierung war wirklich wunderschön, aber jetzt, wo ich wusste, was sie bedeutete, hatte sie auch etwas sehr Düsteres an sich. Wenn er derartige Konsequenzen zu befürchten hatte, konnte ich ihm dann jemals wirklich vertrauen?

»Denkst du, dass mit der kuratierten Sammlung die Hagia Sophia gemeint ist? Dort hat er doch ehrenamtlich gearbeitet, richtig?«, fragte ich und beobachtete seine Reaktion.

Jack tippte sich ein paar Sekunden lang mit dem Daumen auf die Lippe, ließ ihn dann wieder sinken, atmete ganz langsam aus und straffte dabei die Schultern. »Ja. Dort sollten wir anfangen.«

So misstrauisch ich war, eins glaubte ich ihm: dass er sich wirklich Sorgen um Mr Emerson machte und alles tun würde, um ihm zu helfen. Ich musste einfach nur wachsam bleiben. Ich nickte und zwängte meine schmerzenden Füße wieder in die Schuhe.

Jack war die ganze Zeit zwischen der verspiegelten Schranktür und dem ledernen Armsessel, der auf einem Teppich aus Schaffell stand, auf und ab gegangen, aber jetzt zögerte er und blieb vor mir stehen. »Glaub mir, ich verstehe, wie du dich fühlst. Wegen des Mandats. Wegen dieser ganzen Sache.«

Ich blickte auf. »Darüber mache ich mir im Moment ehrlich überhaupt keine Gedanken. Ich will nur Mr Emerson helfen.« Ich schaute zu meinen Händen hinunter, die gefaltet in meinem Schoß lagen. »Und ich glaube nicht, dass du wirklich je verstehen könntest, wie ich mich deswegen fühle.«

Er bot mir seine Hand an, um mir aufzuhelfen. »Für jemanden aus dem Kreis«, sagte er, »wäre die Vereinigung eine Riesenehre. Aber für dich … das ist nicht deine Welt.«

Er sah mir direkt in die Augen und die guten alten Schmetterlinge in meinem Bauch flatterten ganz zart mit den Flügeln. Er ließ meine Hand wieder los.

Ich schluckte und rieb mir das Gesicht. Meine Finger waren komplett mit Wimperntusche verschmiert, und mir wurde bewusst, dass ich wahrscheinlich schon die ganze Zeit wie eine klatschnasse Katastrophe ausgesehen hatte.

»Ich wasch mir das Gesicht, bevor wir gehen«, sagte ich. Ich brauchte mal eine Sekunde, in der ich nicht über das alles nachdenken musste.

Jack nickte. »Ich muss mir sowieso ein Hemd von Fitz ausleihen«, erwiderte er und rollte mit den Schultern. Das Hemd von Prada war ihm ein wenig zu eng und spannte straff über seinen Schultern. Die Schmetterlinge flatterten energischer, aber ich schüttelte sie ab. Was war bloß los mit mir? Wie konnte ich im Augenblick überhaupt daran denken, wie gut er in einem engen Hemd aussah?

Jack deutete auf das angrenzende Badezimmer und verschwand wieder im Schrank. Ich hielt kurz vor der Kommode inne, auf der er das Bild von sich und Mr Emerson abgestellt hatte. Mr Emersons Augen leuchteten hinter seiner Brille hervor, und selbst Jacks Miene wirkte weniger ernst als die, die ich gewohnt war. Sie standen allem Anschein nach vor einem schneebedeckten Berg.

»Wie alt warst du auf dem Bild?«, fragte ich. Es war so merkwürdig, dass Jack Mr Emerson zur selben Zeit gekannt hatte wie ich – es war, als hätten wir parallele Leben geführt.

»Das war an meinem vierzehnten Geburtstag.« Jacks Stimme klang gedämpft. »Fitz hat schon immer gesagt, Geburtstage seien die wichtigsten Feiertage, und dass ich machen dürfte, was immer ich wollte, wenn ich mit ihm zusammen war.«

Das hatte Mr Emerson zu mir auch immer gesagt. Zu meinem neunten Geburtstag hatte er mich und Mom in ein winziges Programmkino eingeladen, in dem wir Käsemakkaroni essen konnten, während wir uns *Der Zauberer von Oz* anschauten, meinen Lieblingsfilm. Das war mein bester Geburtstag überhaupt.

Ich ging ins Badezimmer, blickte mich jedoch noch einmal um und sah, wie Jacks weißes Hemd in der Tür auf den Boden fiel. Ich starrte es eine Sekunde zu lang an, wandte mich dann zum Waschbecken und spritzte kaltes Wasser auf meine Wangen.

»Wenn ich den ganzen Tag hätte auf der Couch liegen und fernsehen wollen, dann hätte er mich gelassen«, fuhr Jack fort. »Aber an meinem vierzehnten Geburtstag wollte ich den Montblanc besteigen.«

Ich trocknete mir das Gesicht ab und kramte die Kontaktlinsentropfen aus meiner Handtasche. Ich träufelte einen Tropfen in jedes meiner müden Augen. »Der ist in den Alpen, oder?«

»Der Gipfel der Alpen. Er hat den Saxons gesagt, es sei eine Ausbildungsreise. Er meinte, er hätte gerne seinen Enkel mit dorthin genommen, wenn er einen gehabt hätte. Es war die ganze Anstrengung wert, auch wenn ich von dem Sonnenbrand noch tagelang was hatte.«

Ich konnte eine Ecke des Fotos durch den Türspalt sehen. Ihre beiden Nasen waren leuchtend pink, aber Mr Emerson hatte ein strahlendes Lächeln im Gesicht.

Jack kam aus dem Kleiderschrank und zog sich ein weißes T-Shirt mit V-Ausschnitt über den Kopf, und meine Finger, die mein Haar gerade wieder zu einem ordentlichen Pferdeschwanz kämmten, erstarrten auf halber Strecke. Dann fanden meine Augen die Wölbungen der Muskeln über seinen Hüftknochen, und ich drehte mich schnell wieder weg und konzentrierte mich angestrengt darauf, mein Haar zusammenzubinden.

Trotzdem konnte ich aus dem Augenwinkel sehen, dass er mich beobachtete. Er nahm einen schwarzen Blazer aus dem Schrank und hielt mir einen cremefarbenen hin.

»Du solltest den anziehen«, sagte er.

Ich blickte auf mein knappes Kleid hinunter, und mit einem Schlag wurde mir bewusst, dass wir uns ganz und gar nicht mehr in einem Klub befanden. »Ja«, sagte ich und streckte die Hand aus. »Muslimisches Land und all das.«

Ich hätte schwören können, dass er rot wurde. »Die sind hier eigentlich ziemlich modern, es ist nur so, dass du … du weißt schon.« Er schaute zu seinen Schuhen hinunter, winkte jedoch mit einer Hand in die grobe Richtung meines Körpers. »Und dieses Kleid ist … wir versuchen ja, keine Aufmerksamkeit auf uns zu ziehen … und ich schätze, es wäre tatsächlich respektvoller … Ach, vergiss es.«

Er drückte mir den Blazer in die Hand.

Das letzte Mal, als ich bei ihm etwas anderes gesehen hatte als völlige innere Ausgeglichenheit, hatte er mich gefragt, ob ich mit ihm zum Abschlussball gehen wollte. War es möglich, dass diese Einladung doch nicht ausschließlich ein Mittel zum Zweck gewesen war?

»Danke«, sagte ich, schlüpfte in den Blazer und krempelte die Ärmel hoch, damit sie nicht mehr bis über die Hände reichten.

Jack beugte sich übers Waschbecken. Es fühlte sich seltsam intim an, sich gemeinsam mit ihm zu waschen. Ich hatte das natürlich schon mal gemacht, wenn ich bei einer Freundin übernachtet hatte, aber Jack wusch sich sein Gesicht ganz anders, weniger sorgfältig. Wie ein *Kerl*. Ich versuchte, nicht hinzuschauen, als er überall Wasser verspritzte und sich mit nassen Fingern durchs Haar fuhr oder als sich Wassertropfen auf seinen Wimpern verfingen.

Ich blickte wieder in meine eigenen Augen im Spiegel. »Warum die Augen? Wenn die Diadochen seine Feldherren waren und keine Verwandten, warum haben die Familien dann alle violette Augen?«

»In genetischer Hinsicht ist das zwar eigenartig, aber die vorherrschende Theorie ist, dass sie alle von Anfang an entfernt miteinander verwandt waren, und die Vermischungen untereinander haben dazu geführt, dass sich das Gen für die Augenfarbe immer dichter konzentrierte.«

Ich reichte ihm ein sauberes Handtuch. Jack rubbelte sein Haar trocken, sodass es in sämtliche Richtungen abstand. Aus irgendeinem Grund wurde mir genau in diesem Moment bewusst, warum mir das, was er über das Foto gesagt hatte, irgendwie komisch vorgekommen war.

»Warte mal. Du hast gesagt, Mr Emerson hätte seinen Enkel mit zum Bergsteigen genommen, wenn er einen gehabt hätte. Aber er *hat* einen«, verkündete ich. »Er heißt Charlie.«

Jack hielt abrupt inne und ließ ganz langsam das Handtuch sinken. Sein dunkles Haar fiel in feuchten Strähnen über seine Stirn. »Hast du gerade Charlie gesagt?«

Der berühmte Charlie Emerson. »Er hat mir immer Geschichten über seinen Enkel erzählt.« Ich ging zur Kommode zurück und griff nach dem Foto. »Wir waren ungefähr im selben Alter, und es war, als wollte er, dass wir Freunde aus der Ferne werden oder so …«

Ein paar Jahre, nachdem wir umgezogen waren, bestand Mr Emersons Charlie-Update zum Beispiel aus der Geschichte, wie er mit Charlie an dessen vierzehnten Geburtstag eine lange Wanderung gemacht hatte und sie sich beide einen Sonnenbrand geholt hatten.

Ich betrachtete Foto – Jacks pinke Haut. Der echte Jack machte den Mund auf, um etwas zu sagen, schloss ihn dann jedoch wieder.

Nein.

»Ist deine Lieblingseissorte zufällig Pistazie mit Schoko-Minz-Keksen?«, fragte Jack schließlich und warf das Handtuch ins Waschbecken.

Das war schon immer mein Lieblingseis gewesen, und Mr Emerson hatte behauptet, mein Vorschlag habe auch Charlie bekehrt. »Ist dein Lieblingsfilm *Der Pate*?«, konterte ich.

»Ja. Ich …«

Ich knallte das Foto wieder auf die Kommode. »*Du* bist Charlie Emerson?«

Er ging an mir vorbei ins Schlafzimmer, einen verdutzten Ausdruck auf dem Gesicht.

»Wie ist das möglich? Und wie konnte dir nicht klar sein, wer ich bin, wenn er mir von dir erzählt hat?«, fuhr ich fort, bevor er mir antworten konnte.

»Jack ist mein zweiter Vorname. Ich …« Er räusperte sich. »Charles war der Name meines Vaters. Aber ich kannte Fitz schon, bevor ich mich Jack genannt habe. Er hat mich immer Charlie genannt. Er hat mir nie ein Bild von dir gezeigt. Er meinte, dein Name sei *Allie*.«

Charlie Emerson war real. Er stand direkt vor mir, und dachte, mein Name sei Allie. »Er hat gesagt, du wärst sein Enkel.«

»Mir hat er gesagt, du wärst seine Großnichte.« Jack drehte sich um. »Ich fass es nicht, dass ich tatsächlich das Mädchen getroffen habe, das den ersten Teil von *Der Pate* für den besten hält. Die meisten finden den zweiten besser und liegen damit natürlich völlig falsch.«

»Was? Nein! Der zweite war viel, viel besser. Er hat dir gesagt, ich würde dir zustimmen, was den ersten angeht?«

»Hat er.«

»Hast du denn mein Lieblingseis wirklich gemocht?«

Er unterdrückte ein Lächeln »Ich hatte schon immer eine Schwäche für Kaffee-Eiscreme.«

Mir blieb der Mund offen stehen.

»Tut mir leid!«, sagte er und musste beinahe lachen. »Sieht aus, als hätte Fitz uns angelogen.«

Ein Lachen entwich meiner Kehle, und dieser Augenblick der Leichtigkeit fühlte sich so unerwartet und gut an, dass ich hätte weinen können. »Ich fass es nicht, dass du … dass wir …«

Von der anderen Seite der Wand waren Stimmen zu hören und Jack riss den Kopf hoch.

»Das sind nur die Nachbarn«, sagte ich, aber Jack legte einen Finger an seine Lippen.

»Sie sprechen englisch«, entgegnete er.

Natürlich. Es war mir nicht fremd vorgekommen, aber hier war es das. Das waren Leute, die nicht in dieses Haus gehörten.

Die Stimmen verstummten ganz in der Nähe. Am Ende des Flurs klapperte Mr Emersons Türknauf.

Jack schnappte sich den Zettel mit der Nachricht, gab mir die Fotos, damit ich sie in meiner Tasche verstaute, und dann rannten wir aus dem Schlafzimmer.

»Es muss hier sein. Wir müssen irgendwas übersehen haben«, drang eine Stimme aus dem Flur zu uns. Der Türknauf klapperte noch lauter. »Du hast doch nicht abgeschlossen, als du gegangen bist?«

»Das ist der Orden.« Jack bewegte sich in Richtung Tür und zog seine Pistole aus dem Jackett.

Ich hielt ihn fest. »Was hast du vor?«

»Ich schnapp sie mir.« Er schüttelte mich ab. »Und dann foltere ich sie, bis sie mir sagen, wo sie Fitz festhalten. Was immer auch nötig ist.«

Ich war überrascht und ein wenig verstört, als ich die Wut erkannte, die in seinen Augen funkelte. »Das können wir nicht«, flüsterte ich. »Mr Emerson hat ganz klar gesagt, dass wir diese Sachen finden und nicht zulassen sollen, dass sie jemand anderem in die Hände fallen. Wenn wir selbst geschnappt werden …«

Jack zögerte. Er schaute zur Tür zurück und strich sich mit einer Hand übers Gesicht. Schließlich steckte er die Waffe wieder weg. »Du hast recht. Ich bin nur …«

Ich nickte. »Ich weiß.«

»Aber sie haben es auch auf dich abgesehen.« Ich erkannte, dass seine logische Seite wieder die Kontrolle übernahm. »Wir können nicht riskieren, dass sie herausfinden, wer du bist. Lass uns verschwinden.« Er blickte sich im Raum um und eilte zu einem kleinen Fenster. Er schob es auf. Aus irgendeinem Grund hatte ich nicht damit gerechnet, dass das unser Weg nach draußen sein würde.

Er kletterte hindurch und ich lief zu ihm. »Gibt's denn keinen anderen Weg?« Ich lugte hinaus, schaute die vier Stockwerke bis zum Boden hinunter und kämpfte gegen das Schwindelgefühl an.

Ein Donnern im Flur. Sie hatten die Tür eingetreten. Jack schwang beide Füße auf die Feuertreppe und bot mir seine Hand an. »Nicht, wenn wir lebend hier rauskommen wollen.«

KAPITEL 22

ALS JACK MICH über die wackelige Feuertreppe zog, pulsierte das Adrenalin in meinen Adern und brachte alles in einen superscharfen Fokus. Die frische, kühle Brise der Nachtluft und den beißenden Geruch von Räucherstäbchen, der aus einer anderen Wohnung zu uns waberte. Einer meiner Absätze rutschte durch das Metallgitter, und ich stolperte, zog meine Schuhe aus, warf sie über das Geländer und sah zu, wie die legendären roten Sohlen Saltos schlugen. Ich versuchte, zu ignorieren, wie lange es dauerte, bis sie auf dem Boden landeten.

»Alles okay?«, rief mir Jack über seine Schulter hinweg zu.

»Alles okay«, antwortete ich durch zusammengebissene Zähne und konzentrierte mich darauf, nicht nach unten zu schauen. Wir rannten über den Bürgersteig. Auf festem

Boden. Auf der Aschebahn in der Schule. Nicht in fünfzehn Metern Höhe. »Mir geht's gut. Mir geht's gut.«

Die Feuertreppe schwankte jedes Mal verdächtig, wenn wir eine Stufe hinuntersprangen. Wir duckten uns unter einer Wäscheleine mit ordentlich aufgereihten Socken hindurch und befanden uns nur noch eine Etage über dem Boden, als vom Fenster der Wohnung ein Schrei zu hören war. Jack löste eine verrostete Metallleiter, die mit einem lauten Scheppern, das alles andere als ermutigend war, schwankend nach unten rutschte und dann ganz aus ihrer Verankerung fiel.

Jack fluchte.

Die Schreie von oben klangen noch aufgeregter. Zwei Männer lehnten sich aus dem Fenster. Einer war blass und hatte einen roten Haarschopf, während die Haut des anderen dunkler war – und in seiner Hand eine schwarze Pistole glänzte.

»Wir müssen springen.« Jack schwang sich über die Kante und ließ los. Er kauerte sich zusammen, als er auf dem Boden landete, rollte aber sofort herum und stand im nächsten Moment wieder auf den Beinen. »Ich fang dich auf«, rief er.

Nein. Ich konnte nicht. Über die Feuertreppe zu rennen war eine Sache – mich von ihr in die Tiefe zu stürzen eine ganz andere. Ich klammerte mich am Geländer fest und suchte verzweifelt nach einer anderen Leiter, einer anderen Treppe.

»Hey, Kleine!«, brüllte der Typ mit der Waffe. Ich hatte kaum Zeit, Erleichterung darüber zu empfinden, dass er nicht wusste, wer ich war, bevor er fortfuhr: »Ich geb dir zehn

Minuten, um was immer du aus dieser Wohnung hast mitgehen lassen wieder zu mir hochzubringen, oder ich muss dich von dieser Treppe stoßen und es mir selbst holen!« Sogar von hier unten konnte ich sehen, dass er grinste, als würde ihm die ganze Sache auch noch Spaß machen.

Nicht gut. Wirklich, ganz und gar nicht gut.

»Spring!«, brüllte Jack.

Ein Knall zerriss die Nacht.

Eine kalte Bö rauschte über meine Schulter hinweg, als würde ich auf dem Gehweg stehen, während ein Bus zu schnell an mir vorbeiraste. Ich zuckte zusammen und die Kugel schlug neben Jacks Füßen in den Boden ein, wo sie eine Staubwolke aufwirbelte. Jack stolperte zur Seite. Der einzige Gedanke, der mir durch den Kopf ging, war, dass ich nicht mal mehr Zeit für einen letzten Gedanken gehabt hätte, wenn er mich *nicht* verfehlt hätte.

»Avery!« Jacks Frustration hatte sich in Panik verwandelt.

»Geh einfach!«, rief ich. »Versteck dich! Ich komm schon allein runter!«

»Bist du wahnsinnig?«, brüllte er zurück. »Ich lass dich nicht allein.«

Ich atmete eine Lunge voll kalter Luft ein.

Über mir kletterte der Typ bereits durchs Fenster.

»Spring!«, schrie Jack noch einmal.

Auch wenn er mich nicht allein lassen würde, ich vertraute auf gar keinen Fall darauf, dass er mich auffangen würde. Drei Meter entfernt befand sich ein Stützpfosten, der bis zum Boden reichte. Ich eilte darauf zu und versuchte, das Geräusch der Schritte zu ignorieren, die über das Metall schepperten.

»Nein!«, rief Jack. »Spring!«

Ich schob die Beine über die Kante, war aber in dem kurzen, engen Kleid ziemlich unbeholfen. Jack brüllte immer noch. Ich wusste nicht, ob die Schritte näher kamen. Ich ignorierte beides und schlang die Beine um den Pfosten, als sei er eine Feuerwehrstange. Ich kniff die Augen zu, wimmerte leise und löste meinen Griff ganz langsam, bis eine meiner Hände, die ganz verschwitzt und glitschig war, abrutschte. Irgendein spitzes Teil, das aus dem Pfosten herausragte, schnitt mir den Oberschenkel auf.

Ich fiel.

»Jack!«, schrie ich, dann schlangen sich seine Arme um mich und wir fielen mit einem dumpfen Schlag auf den Boden, aber weil er mich festhielt, knallte nur mein Ellenbogen auf den Asphalt.

Ich krabbelte gerade noch rechtzeitig von ihm herunter, um zu sehen, wie der Typ mit der dunkleren Haut erneut seine Waffe erhob. »Pass auf!« Ich warf mich auf Jack und schob uns beide zur Seite, und auch der zweite Schuss verfehlte uns. Wir landeten mit einem metallischen Scheppern in einer Ansammlung von Mülltonnen und krochen hastig hinter eine entsorgte Couch, die bereits jede Katze der Nachbarschaft als Toilette benutzt haben musste. Beide Männer verschwanden wieder durchs Fenster.

»Danke«, keuchte Jack.

»Gleichfalls«, brachte ich atemlos hervor.

Erst dann spürte ich den stechenden Schmerz an der Innenseite meines Oberschenkels, direkt über dem Knie. Ein Strom aus Rot rann an meinem Bein hinunter und tropfte auf den Asphalt. Ich stieß ein Zischen durch die Zähne aus.

»Hier.« Jack kramte in der Tasche seines Blazers, bis er ein Taschentuch fand, und presste es auf die Wunde.

Ich nahm ihm das Taschentuch ab und hielt es selbst fest, während er mich auf die Beine zog. Ich humpelte neben ihm aus der Gasse, barfuß.

»Da!«, rief eine vertraute Stimme, und ich wirbelte herum und sah, wie vier Männer am anderen Ende des Blocks um die Hausecke bogen.

Wir rannten auf Jacks Motorrad zu, das auf dem Bürgersteig parkte. Er stieg auf, und ich sprang hinter ihm auf den Sitz und presste mich ganz fest gegen seinen Rücken, als wir vom Bürgersteig in den Verkehr von Istanbul davonjagten. Autos sausten in allen Richtungen an uns vorbei, und ihre Scheinwerfer und Rücklichter führten einen elaborierten Walzer zur Musik ihrer Hupen auf. Ich klammerte mich an Jack, als hinge mein Leben davon ab, denn so war es schließlich auch.

Wir brauchten nur ein paar Sekunden, um festzustellen, dass wir verfolgt wurden.

Jack schnitt einen Lastwagen. Das Motorrad geriet ins Wanken und ich rutschte gefährlich auf dem Sitz zur Seite. Ich vergrub meine Finger in Jacks Brust, und er packte mein Bein und versuchte verzweifelt, mich aufrecht zu halten. Ich drückte die Knie ganz fest gegen das Motorrad, und als ich das Gleichgewicht wiederfand, beschleunigte er erneut. Der Wind peitschte mir so hart ins Gesicht, dass ich es in der Mulde zwischen seinen Schulterblättern vergrub. Ich konnte seinen rasenden Herzschlag gleichzeitig auf meiner Wange und unter meinen Handflächen fühlen, als er durch einen Kreisverkehr rauschte und seinen eigenen kunstvollen Tanz aufführte, bei dem er über alle fünf Spuren flog und am Ende in derselben wieder hinausraste, aus der wir gekommen waren. Hinter uns waren ein Kreischen und ein Krachen zu hören, und als ich mich umschaute, sah ich eine Massenkarambolage.

Das Auto, das uns verfolgte, wich dem Blechhaufen aus.

Jack fuhr auf den Bürgersteig, scheuchte die Fußgänger auf und bog dann in eine dunkle Gasse ab. Die Pflastersteine unter uns schüttelten das Motorrad so heftig durch, dass meine Zähne klapperten, bevor wir auf die nächste Straße sausten, in der zwei glänzende weiße Straßenbahnen aufeinander zufuhren. Jack beschleunigte das Motorrad und wir flogen direkt auf sie zu.

»Jack«, sagte ich. Nein. Er konnte das nicht ernsthaft versuchen. Das war Selbstmord. Meine Finger krallten sich in sein T-Shirt. »Jack!«

In der allerletzten Sekunde schossen wir zwischen den beiden Straßenbahnen hindurch, so dicht, dass ich dem entgegenkommenden Fahrer direkt in die Augen sehen konnte. Dann sausten wir auf der anderen Seite wieder hinaus und die Straßenbahnen bildeten eine Barrikade.

Jack brachte das Motorrad in einer Gasse schliddernd zum Stehen. Wir sprangen ab, und ich wischte mir ein paar Strähnen meines Pferdeschwanzes aus dem Mund, als wir uns unter einer niedrigen Tür durchduckten und in einer völlig anderen Welt aus Farben, Geräuschen und – mir blieb die Luft weg – Gerüchen landeten.

Es war ein Markt, ein ziemlich großer, mit einer niedrigen Gewölbedecke, die sich über den Ständen erhob, die Schals, Teppiche, Gold- und Silberschmuck und bergeweise farbenfrohe Gewürze verkauften, und alles war in einen Raum gepfercht, der eigentlich viel zu klein dafür wirkte.

Obwohl es schon spät war, schlenderten Hunderte Leute über den Basar und feilschten. Zwei Ladenbesitzer saßen im Schneidersitz auf dem Boden ihrer Stände unter unzähligen bunten Lampions und blickten von ihrem Tee auf, als wir an ihnen vorbeigingen, wobei Jack mir half, so schnell zu humpeln, wie ich konnte.

Am Ende einer schmalen Nebengasse entdeckte ich die Quelle des Geruchs: Tote Fische hingen aufgereiht an der Rückseite eines Standes.

Jack zerrte mich auf die Fische zu, und ich musste würgen, aber es war der einzige menschenleere Stand überhaupt. Wir duckten uns hinein und hockten uns hinter die Verkaufstheke, wo ich mein Bein noch einmal untersuchte. Die Blutung hatte kein bisschen nachgelassen, das Taschentuch war durchgeweicht und mein Bein vom Blut ganz glitschig.

»Wir müssen es hochlegen und weiter Druck darauf ausüben«, flüsterte Jack. »Hier.«

Er holte ein Messer hervor, zerschnitt sein T-Shirt an der Taille und riss einen langen Streifen heraus. Er legte mein Bein auf sein Knie, wickelte den Stofffetzen um meinen Oberschenkel und verknotete ihn.

Ich nickte, während ich versuchte, wieder zu Atem zu kommen. Ich war mir unglaublich bewusst darüber, dass mein nacktes Bein auf seinem Schoß balancierte und was das für mein sehr kurzes Kleid bedeutete. Ich wickelte mich, so gut ich konnte, in den Blazer ein. Jack lugte durch den kalten Glasbehälter mit Fischköpfen und -innereien, und ich folgte seinem Blick. »Kannst du sie sehen?«, hauchte ich.

Aber dann sah ich sie selbst. Beinahe wären wir schnell genug gewesen. Beinahe, aber nicht ganz. Eine Gruppe von Männern mit Turbanen, die einen zusammengerollten Teppich trugen, gingen an der Einmündung zu unserer Gasse vorbei – und hinter ihnen waren alle vier Typen aus Mr Emersons Wohnung, sie glotzten direkt in unsere Richtung.

Derjenige, der wie der Anführer aussah, sah mich zuerst und grinste. Ich sprang auf. Mein Bein schrie vor Schmerzen, als wir zur Hinterseite des Marktstands hinausstürzten und dabei die – dankenswerterweise getrockneten – Fische teilten wie den Perlenvorhang, den ich mit dreizehn an meiner Schranktür gehabt hatte.

Schritte donnerten hinter uns, aber wenigstens wurde nicht geschossen. Noch nicht.

Jack schnappte meine Hand. Wir rannten um eine Ecke und mir rutschte das Herz in die Hose. Sackgasse. Ich wirbelte herum, aber es war zu spät. Keine drei Meter von uns entfernt sah ich den Anführer. Aus der Nähe konnte ich erkennen, dass er nicht viel älter war als wir. Er hatte kurze, spitze Dreadlocks und zimtfarbene Haut, und sein Gesicht wurde von einer dunklen Narbe, die von einem Auge bis zu seinem Kinn verlief, in zwei Teile geteilt. Als er uns entdeckte, verzog sein schiefes Grinsen die Narbe zu einem grotesken Grübchen.

Jack schob mich unsanft hinter sich und zog die Pistole aus seinem Jackett.

Der Rothaarige und die beiden anderen folgten Narbengesicht mit erhobenen Waffen.

»Gebt uns, was immer ihr verfluchten Bälger aus dem Safe gestohlen habt«, verlangte Narbengesicht.

Verzweifelt und wutentbrannt suchte ich nach irgendetwas, das uns ein paar Sekunden Zeit verschaffen würde. Ein Schusswechsel auf diesem geschäftigen Markt hätte in einer Katastrophe geendet. Wenn es uns nur gelang, aus ihrem Blickfeld zu verschwinden, dann konnten wir uns praktisch in Luft auflösen. Dieser Markt war der reinste Irrgarten.

Der Besitzer des Nachbarladens stand mit weit aufgerissenen Augen gegen ein Regal mit Marmeladengläsern gelehnt. Nur wenige Schritte entfernt von ihm sah ich es. Sein Stand hatte ein wackeliges Holzdach, das von Pfosten gestützt wurde, die mit einem Seil am Boden befestigt waren. Wenn mein Timing stimmte und wenn ich die Ordenstypen dazu bringen konnte, sich darunterzustellen, konnte ich das Dach über ihnen zum Einstürzen bringen und wir hätten unsere paar Sekunden.

»Gib mir die Nachricht«, flüsterte ich Jack zu.

»Wir können sie ihnen nicht überlassen«, sagte er durch zusammengebissene Zähne.

»Ich hab einen Plan.« Ich zog ihn zur Seite, sodass sich der Stand zwischen uns und dem Orden befand.

»Ich hoffe stark, dass er funktioniert«, murmelte Jack. »Linke Innentasche.«

Ich fasste um ihn herum, steckte die Hand in seine Tasche und tastete darin umher, bis ich das Stück Papier fand. Er hielt seine Pistole weiter auf die Männer gerichtet, während ich tat, als würde ich stolpern, und dabei nach dem Seil griff.

»Okay«, sagte ich, hielt den Zettel hoch und ließ meine

Stimme ein wenig zittern, so als hätte ich Angst, dass sie uns erschießen würden. Ich knuffte Jack in die Seite und gab ihm mit einer Geste zu verstehen, dass er seine Waffe senken sollte. »Hier. Holt es euch.«

Alle vier stürmten auf uns zu, und als sie nur noch ein paar Meter entfernt waren, riss ich am Seil. Der Stand bebte – und als der Rothaarige nach mir grabschte, stürzte das komplette Dach ein. Seine Finger streiften meinen Arm, als ich aus dem Weg sprang.

Was mir allerdings nicht klar gewesen war: Es handelte sich um einen Stand mit Gewürzen und das Dach musste als zusätzlicher Stauraum benutzt worden sein. Tüten voller Gewürze neigten sich nach unten, kippten um und stürzten schließlich hinab. Rot und Gelb, Zimtbraun und Safranorange regneten wie kleine Wasserfälle herab. Ich musste niesen, einmal, zweimal, dreimal, und versuchte, mich an Jacks Rücken festzuhalten, während ich mir mit der anderen Hand über die Augen wischte.

In der Sekunde, die die Männer brauchten, um zu realisieren, was gerade passiert war, sprinteten wir bereits die nächste Gasse hinunter, und mein Herz vollführte einen triumphierenden Satz.

Diesmal versuchten wir nicht, ihnen davonzulaufen. Jack duckte sich in die winzige Lücke zwischen zwei zeltartigen Ständen, zog mich neben sich und zog die Stoffe zusammen, um unsere Spuren zu verwischen. Durch wogende weiße Zeltplanen, die wir orange, gelb und rot färbten, bahnten wir uns einen Weg zur Mitte des Basars.

Schließlich blieb Jack stehen, so abrupt, dass ich gegen ihn prallte.

»Glaubst du, sie sind ...«, begann ich, aber er legte einen Finger an die Lippen und neigte den Kopf zur Seite. Der Stoff waberte von beiden Seiten gegen uns, und ich presste den Mund ganz fest zusammen.

»Ich glaube, wir haben sie abgehängt«, flüsterte Jack, und mir wurde bewusst, dass er recht hatte. *Wir* hatten sie abgehängt. Jack und ich. Charlie Emerson und ich. Wir hatten das zusammen geschafft. Ich hätte es ohne ihn nicht geschafft, und er nicht ohne mich. Wir, wir beide, waren aus einem Fenster gesprungen. Und mit einem Motorrad durch die Stadt gerast. Und entkommen. Irgendwie mochte ich dieses Wort. *Wir.*

Jack schaute zu mir herunter und seine Augen glänzten, allerdings nicht vor Sorge, wie es sonst so oft der Fall war.

»Du ...« Er brach ab und biss sich auf die Lippe.

»Was?«

»Gar nichts. Du warst ... das war großartig. Wirklich gut.« Er keuchte genauso heftig wie ich und der rot-gelb-orange Staub bedeckte seine Schultern und seine Brust.

Ich konnte ein Grinsen nicht unterdrücken. Dann musste ich ein weiteres Niesen in meinem Ärmel ersticken.

Ein Lächeln umspielte seine Lippen. »Das sind die Gewürze. Du hast sie fast in die Augen gekriegt. Er hob eine Hand an mein Gesicht, hielt dann jedoch inne, so als hätte er es sich anders überlegt. »Ähm.« Er deutete auf meine Augen.

Ich wischte mir das Gesicht ab und schaute wieder zu ihm hoch. Das Grübchen bohrte sich in seine rechte Wange.

Mit einem Mal wurde mir bewusst, dass wir zwischen

den beiden Stoffständen so dicht aneinandergepresst waren, dass wir uns praktisch in den Armen lagen.

»Komm mal her.« Zögerlich nahm er mein Gesicht zwischen seine Hände und fuhr mit den Daumen unter meinen Augen vorbei, an meinen Wangenknochen entlang und über meine Nasenspitze. »So, bitte schön«, sagte er mit seinem perfekten Akzent. »Schon besser.«

Ich wartete darauf, dass er seine Hände wieder wegnahm, aber das tat er nicht. Plötzlich wurde mir klar, wie selten mir Jack in die Augen sah. Alles andere beobachtete er so genau, verpasste kein einziges Detail und war stets auf alles vorbereitet, aber er sah fast nie *mich* an. Jetzt blickten seine Augen – dunkel und stürmisch an den Rändern, während sie zur Mitte hin zu einem schimmernden Silber verblassten – ganz tief in meine, und die Sanftheit darin überstrahlte die harten Ränder.

Ich hätte schwören können, dass er sich ein Stück auf mich zubewegte, aber vielleicht war es auch ich.

Ich leckte mir über die Lippen, beinahe unterbewusst, und jetzt schaute er mir nicht mehr in die Augen – er sah auf meinen Mund. Ich schaute auf seinen, und als sich seine Lippen teilten, begann mein Herz schnell zu flattern …

Der Stoff waberte erneut und wir erschraken beide. Jack nahm blitzschnell die Hände von meinem Gesicht. »Oh. Richtig«, sagte er. Er wich ein paar Schritte zurück und konzentrierte sich ein bisschen zu sehr darauf, den weißen Zeltstoff im Zaum zu halten.

»Ja. Richtig«, gab ich wie ein Echo zurück. Ich zog den Blazer ganz eng um mich. Hatten wir uns gerade wirklich fast geküsst? Ich schaute noch einmal auf seinen Mund und dann schnell wieder weg. Daran war nur das Adrenalin schuld. Sonst nichts.

Außerdem hallten die Worte *mit dem Tod bestraft* noch immer lautstark in meinem Kopf wider, genau wie der Gedanke an Liams Hüter, den Hüter der Emirs und an all die anderen, die zweifellos die Konsequenzen zu spüren bekommen hatten, als sie sich gegen ihre Familien gewandt hatten. Jack riskierte nicht nur seinen Job, weil er mich nicht auslieferte – er riskierte womöglich sogar sein *Leben*. Aber das tat er für Mr Emerson, nicht für mich. Oder?

»Was jetzt?«, fragte ich schnell.

Jack räusperte sich. »Ich schätze, wir gehen zur Hagia Sophia. Ich würde ja sagen, dass wir bis morgen früh warten sollten, aber die Uhr tickt. Den Saxons ist es egal, ob du in Istanbul bist und feierst, solange ich dich im Auge behalte und ich rechtzeitig zur Vorbereitung auf den Ball wieder zurück bin – natürlich mit dir.«

Ich rückte meine Handtasche zurecht. »Also, was du damit sagen willst, ist, dass wir ungefähr zwölf Stunden haben, um herauszufinden, was Mr Emerson gemeint hat und inwiefern es mit dieser einen Sache zu tun hat, die die mächtigsten Menschen der Welt schon seit Jahrhunderten zu finden versuchen?«

Jack fuhr sich mit einer Hand durchs Haar. »Genau.«

Ich blinzelte. »Dann sollten wir besser los. Ich bin mir sicher, dass du gewisse Verbindungen hast und uns Zugang verschaffen kannst, obwohl es mitten in der Nacht ist, aber ich dachte, es wäre vielleicht besser, wenn wir keine zusätzliche Aufmerksamkeit erregen.«

Er neigte den Kopf zur Seite. »Ich hab gerade genau dasselbe gedacht. Wenn irgendjemand im Kreis wüsste, was wir vorhaben, dann würden sie uns innerhalb weniger Sekunden schnappen, und sie wären ganz und gar nicht glücklich darüber. Aber wie …?«

Ich blickte auf mein Kleid hinunter. »Ich hab noch eine Idee.«

KAPITEL 23

WIR SASSEN AM Ende des breiten, von Tulpen gesäumten Weges, der zur Hagia Sophia führte. Die Postkarte war dem riesigen Bau nicht gerecht geworden. Er glühte orange in der Nacht und seine vier Minarette ragten in den Himmel wie Wachposten.

Hinter uns glänzte ihr Zwilling, die Blaue Moschee, wie ihr Spiegelbild. Mit den gepflegten Rasenflächen und den von unten beleuchteten Palmen wirkte der Anblick wie eine Szene aus Disneyland.

Ich wünschte mir, wir wären in Disneyland.

Vorsichtig zupfte ich an dem neuen Verband an meinem Bein. Wir hatten uns auf dem Weg aus dem Markt Pflaster, Schmerztabletten und Flip-Flops besorgt, und Jack hatte mir gezeigt, wie ich die Schnittwunde versorgen konnte, und gescherzt, dass ich mich wirklich gut mit Erster Hilfe auskennen würde, wenn diese ganze Sache erst mal gelaufen war. Seine Berührungen auf meinem Oberschenkel waren zaghafter als zuvor an meiner Schulter.

Er schaute auf die Uhr. »3:32 Uhr«, sagte er, und wir beobachteten zwei Wachmänner, die am Haupteingang zur Hagia Sophia vorbeischlenderten und ihre Kontrollrunde dann fortsetzten.

Er hatte sich in einem gewissen Sicherheitsabstand zu mir hingesetzt – ein Abstand, der mir sagte, dass auch er immer noch darüber nachdachte, was auf dem Markt beinahe passiert wäre. Ich konnte nicht anders, als wieder auf seinen Mund zu schauen. Jack hatte diese Art von Mund, bei der man unwillkürlich an seinen eigenen dachte – ein voller, weicher Schmollmund. Er klemmte seine Unterlippe zwischen die Zähne und auch ich presste meine Lippen zusammen und wandte mich ab.

Die Kälte des Steins der Brunnenkante kroch durch mein dünnes Kleid. Ich zitterte und schloss meine Hände um den warmen, in Folie gewickelten Döner, den wir uns unterwegs hierher an einem Straßenstand gekauft hatten. Es fiel mir im Moment schwer, auch nur an Essen zu denken, aber ich hatte seit Ewigkeiten nichts gegessen – vielleicht sogar seit zu Hause? –, und der unglaubliche Geruch des Döners, den Jack bereits verschlang, ließ meinen Magen knurren.

Ich begann, die Folie meines eigenen abzuschälen, aber dann vibrierte mein Telefon. Ich sprang auf, um es aus meiner Tasche zu fischen. Ich nahm zwar immer noch an, dass meine Mom noch bis zum Morgen in einem Flugzeug sitzen würde, aber ich wollte die Hoffnung nicht aufgeben. Es war jedoch nicht sie, sondern Stellan. Das war schon das achte Mal, dass er anrief.

Ich warf das Telefon zurück in meine Tasche. »Warum macht sich Stellan solche Sorgen, wenn die Dauphins gar nicht wissen, wer ich bin?«

Jack spannte sich an, wie jedes Mal, wenn ich Stellans Namen erwähnte. Es war offensichtlich, dass die beiden eine komplizierte Geschichte verband.

»Du bist sein Auftrag, selbst wenn er glaubt, du seist nur ein Hausgast«, antwortete er knapp und gönnte sich den nächsten Bissen. Sein weißes T-Shirt mit dem verstümmelten Saum und den verschmierten Gewürzflecken auf der Brust wirkte im Schein der Straßenlaterne orange. »Er ist für eine Position in Russland vorgesehen, wenn er sich hier beweist. Er darf sich keinen einzigen Fehler erlauben.«

»Russland? In der Nähe seiner Familie?«

Ein Eisverkäufer schob einen Karren die Straße entlang, aus dessen Lautsprechern blecherne Musik schepperte.

»In der Nähe seiner Schwester. Seine Eltern sind tot.«

Stellan hatte das nicht erwähnt. Nach allem, was ich bisher über den Kreis und die Hüter erfahren hatte, überraschte es mich allerdings nicht, dass er keine normale, glückliche Kindheit gehabt hatte. Er hatte offensichtlich bereits über diese ganze *toska*-Sache nachgedacht, lange bevor wir uns kennengelernt hatten. *Etwas fehlt,* hatte er gesagt. *Du sehnst dich bis tief in dein Mark danach.*

Ich merkte, dass Jack nicht über Stellan sprechen wollte, aber ich musste einfach fragen, wie seine Eltern gestorben waren.

»Eine Gasleitung war defekt und ihr Haus ist in die Luft

geflogen. Stellan und seine Schwester haben überlebt«, antwortete Jack. »Deshalb ist er erst später als gewöhnlich zum Kreis gekommen … Lange Geschichte.«

Wow. Das war furchtbar.

»War es der Orden?«

Jack schüttelte den Kopf. »Unfall.«

»Warum hasst ihr den Orden so sehr?«, fragte ich. Die Frage lastete schon seit Mr Emersons Wohnung auf mir. Jack hatte ausgesehen, als sei er bereit, jemandem mit bloßen Händen den Kopf abzureißen. Daraus sprach mehr als nur Wut wegen Mr Emerson.

Jack rieb sich mit einer Hand das Gesicht. »Alistair Saxon war nicht zum Oberhaupt der Familie Saxon bestimmt. Sein älterer Bruder war es. Vor fast zwanzig Jahren hat der Orden ihn und seinen Vater getötet, und das hat zu großen Umbrüchen geführt. Die Saxons hegen eine … spezielle Abneigung gegen sie. Auch schon vor den jüngsten Angriffen.«

Dann war Jack also darauf trainiert worden, den Orden zu hassen. Und es war noch nicht mal unberechtigt.

Wir saßen eine Minute lang schweigend da. Schließlich biss Jack wieder von seinem Döner ab und ich tat es ihm nach. Meine Augen flatterten vor Begeisterung, als ich das würzige Lamm, das warme Fladenbrot und die cremig-minzige Soße schmeckte. Mir war gar nicht klar gewesen, dass ich solchen Hunger hatte.

»Wie lange bist du schon bei den Saxons?«, fragte ich und ließ mir den nächsten Bissen schmecken.

Jack steckte sich den Rest seines Döners in den Mund, faltete die Folie auf die Hälfte und dann noch einmal auf die Hälfte. Er antwortete nicht sofort und ich wischte mir die

Finger an einer Serviette ab. Vielleicht war das ja ein Tabuthema.

Er faltete die Folie wieder auseinander und räusperte sich. »Ich bin bei den Saxons, seit ich vier war.«

Ich starrte ihn an. Ich hatte zwar angenommen, dass es schon eine ganze Weile her sein musste – er musste ungefähr zehn gewesen sein, als Mr Emerson angefangen hatte, mir von Charlie zu berichten –, aber die Vorstellung, dass der Kreis schon kleine Kinder trainierte, schockierte mich doch. Vor allem, wenn er sie zu Hütern ausbildete. Ich hatte gesehen, wie Stellan jemanden getötet hatte, und die Art und Weise, wie Jack mit einer Pistole umging, ließ eindeutig erkennen, dass er sich damit sehr wohlfühlte, worüber ich allerdings lieber nicht weiter nachdenken wollte. Ihre *Ausbildung* beinhaltete ganz offensichtlich sehr viel mehr, als man kleinen Kindern zumuten sollte. »Seit du vier warst?«

»Ja.« Jack starrte starr geradeaus, die Ellenbogen auf den Knien abgestützt. Eine sanfte Brise raschelte durch die Palmen.

»Warum …?« Ich verstummte und bereute die Frage sofort. Wie auch immer die Antwort lautete, sie konnte nicht gut sein.

»Meine Mutter ist bei meiner Geburt gestorben. Mein Vater hat mich weggegeben.« Er musste meine nächste Frage bereits vorhergesehen haben. »Das Geld stimmt und mein Vater hat sowieso nie Kinder gewollt.«

Ich machte den Mund auf und schloss ihn dann wieder.

Jack setzte sich aufrecht hin und wischte über einen Blutfleck auf seinem T-Shirt. Mein Blut. Schon wieder. »Alle, die für die Familien arbeiten, sind auch mit ihnen verwandt.

Für gewöhnlich angeheiratet … nicht aus der direkten Blutlinie. Nah genug für uns, um eine tief verwurzelte Loyalität zu empfinden, aber nicht so nah, dass es unangemessen wäre, uns einzustellen«, fuhr er fort, als müsste er sein Leben vor mir rechtfertigen. Mir die Entscheidungen erklären, die er noch nicht einmal selbst getroffen hatte.

»Du musst kein Mitleid mit mir haben«, fügte er hinzu, als wollte er sich verteidigen, obwohl ich gar nichts gesagt hatte. Er zerknüllte die Folie in seiner Faust. »Mir hat es nie an etwas gefehlt.«

Ich würgte einen Bissen Lamm hinunter, der in meinem Mund schon ganz ausgetrocknet war. Wenn er das wirklich glaubte, dann hatte er ein noch traurigeres, einsameres Leben geführt als ich.

»Saxon hat mich aufgenommen, als mich sonst niemand wollte«, fügte er hinzu. »Er ist das Nächste an einem Vater, was ich habe. Er und Fitz. Aber das reicht.«

Er erhob sich und ging zu einem Mülleimer in der Nähe. Ich betrachtete seinen Rücken.

Jack war so selbstbewusst, so stark und so reif, und wenn man nicht ganz genau hinschaute, war an ihm nichts zu erkennen, das auf den kleinen Jungen hindeutete, der er einmal gewesen war. Aber ich konnte es erkennen. Es lag in seinen Augen oder in der Haltung seiner Schultern. In diesen seltenen Momenten, in denen er weniger wachsam war, wirkte er ein ganz kleines bisschen verloren.

»Ich hatte nie einen Vater«, sagte ich, als er wieder zurückkam. »Ich weiß noch nicht mal, wie das ist, so was *Ähnliches* wie einen Vater zu haben.«

»Du weißt wirklich gar nichts über ihn?«, fragte Jack nach

einer kurzen Pause. »Hast du noch nicht mal ein Foto von ihm gesehen?«

Ich griff nach meinem Medaillon. »Doch, ein Bild. Aber es ist ziemlich alt und verblasst.« Ich setzte mich gerader hin. »Er schien mir irgendwie ähnlich zu sehen. Dunkles Haar, dunkle Augenbrauen. Sieht irgendeiner von ihnen so aus?«

Jack strich mit dem Daumen über seinen Kiefer. »Ich weiß es nicht. Ich meine, die meisten von ihnen haben dunkles Haar.«

Ich tütete die Gedanken an meinen Vater ein und steckte sie weg. Ich hatte schon einmal zugelassen, dass mein verzweifelter Wunsch, etwas über ihn zu erfahren, mein Urteilsvermögen außer Kraft setzte, als ich mich einverstanden erklärt hatte, mit nach Frankreich zu reisen, und ich würde es nicht noch einmal so weit kommen lassen. Momentan sagte mir mein Urteilsvermögen immer noch, dass ich Mr Emerson helfen und dann möglichst weit vom Kreis wegkommen musste, und zwar so schnell ich konnte, egal, ob ich herausgefunden hatte, wer mein Vater war oder nicht.

Jack schaute auf seine Uhr, blickte von den Wachleuten zur anderen Seite des Platzes und zu einer Gruppe betrunkener Touristen, die durch die Straße schlenderten. Hin und wieder sprühte die Gischt der Springbrunnen auf unsere Rücken.

Das Duo der gelangweilt aussehenden Wachmänner kam wieder vor uns vorbei und verschwand dann um die Seite des Gebäudes herum. Planmäßig stapfte ein weiterer Wachmann zum Vordereingang, wechselte ein paar Worte mit der Wache, die dort postiert war, und setzte dann seine Runde fort. Wenn unsere Berechnungen stimmten, würde das bedeuten, dass die Wache an der Tür für die nächsten dreizehn Minuten allein war.

»Bereit?«, fragte Jack.

Ich nickte und setzte seine Sonnenbrille auf. Die goldgefasste Pilotenbrille war viel zu groß für mein Gesicht, was absolut perfekt war.

Jack stand auf und marschierte zur Tür. Nach einer Minute schaute der Wachmann an ihm vorbei zu mir und ich hielt den Atem an. Wir setzten auf einen amerikanischen Popstar, der auf der ganzen Welt so berühmt war, dass ihn bestimmt auch dieser zufällige Wachmann kannte.

Jack winkte mich zu ihnen. Mein Herz hämmerte gegen meinen Brustkorb, und ich ging auf den Eingang zu. Ich fühlte mich sehr, sehr klein, als mir schlagartig bewusst wurde, wie riesig das Gebäude tatsächlich war. Aber ich versuchte, es mir nicht anmerken zu lassen. Krissy Silver wäre der Ansicht, sie hätte jedes Recht, hier zu sein. Sie hatte allein im letzten Jahr sechs Nummer-eins-Hits gehabt – zumindest hatten sie das bei der Preisverleihung gesagt, bei der sie dieses Kleid getragen hatte. Elodie hatte gemeint, ich sähe ihr ähnlich, und sie hatte nicht ganz unrecht – Stellan hätte sie wahrscheinlich auch als Porzellanpuppe bezeichnet. Ich konnte nur hoffen, dass der Wachmann das genauso sah. Ich warf meine Schultern zurück und setzte eine gelangweilte, arrogante Miene auf.

Der Wachmann schaute mich unter seinen ungebändigten Brauen, die tief in seine Augen reichten, zweifelnd an. Ich bedachte ihn mit einem herablassenden Lächeln.

Jack erklärte ihm auf Türkisch, dass ich nur für diese eine Nacht in der Stadt sei, dass ich sehr religiös sei und mir einige der christlichen Fresken ansehen wolle. »Sie können uns doch reinlassen, oder?«, fragte ich und klimperte mit den Wimpern, bis mir aufging, dass er das hinter der Sonnenbrille gar nicht sehen konnte. Ich sah ihr allerdings nicht ähnlich genug, um sie abzunehmen.

Jack übersetzte und der Wachmann erwiderte etwas in ziemlich barschem Ton und kratzte sich am Schnurrbart. Ich hielt den Atem an. Der Wachmann griff in seine Hosentasche.

Ich packte Jack am Arm, bereit, abzuhauen, aber er legte eine beruhigende Hand über meine und nickte in Richtung der Hand des Wachmanns. Ein Handy.

»Er möchte ein Foto für seine Tochter«, sagte Jack. »Und ein Autogramm.«

Ich atmete langsam durch meine Zähne aus und lächelte nervös für das Foto. Wir würden längst wieder verschwunden sein, wenn seine Tochter ihm erklärte, dass ich eine Schwindlerin war.

»Gehen wir rein«, sagte ich bestimmt. Jack sprach noch einmal mit dem Wachmann und er schloss die Tür auf.

Ich zitterte, als wir über die Schwelle traten. So warm die Nacht auch war, aus dem Inneren des Gebäudes strömte uns diese Kälte entgegen, die für steinerne Bauwerke typisch ist, so als wollten sie keine Wärme hereinlassen.

Der Wachmann folgte uns. Das war nicht Teil des Plans.

Sein aufgeregtes Geplapper hallte in dem höhlenartigen Raum wider, und Jack zuckte hoffnungslos mit den Schultern und übersetzte. Als Istanbul im fünfzehnten Jahrhundert von Sultan Mehmed erobert worden war, empfand er beim Anblick der Hagia Sophia solche Ehrfurcht, dass er sie nicht zerstörte, sondern stattdessen die damalige Kirche in eine Moschee konvertierte. Seit sie in den 1930ern in ein Museum verwandelt worden war, waren durch Restaurierungen einige der christlichen Wandgemälde zutage gefördert worden, die mit islamischer Kunst verdeckt worden waren, und nun war beides vertreten.

Wir traten über die Schwelle in den zentralen Raum und mein Blick ging unwillkürlich nach oben. So riesig die Hagia Sophia von außen auch aussehen mochte, im Vergleich zu ihrem Inneren war das gar nichts. Die Kuppel befand sich so hoch über uns und war so weit und offen, dass mir ganz schwindelig wurde. Die größte Kathedrale der Welt für beinahe tausend Jahre, wie uns der Wachmann erklärte.

Genau wie im Rest Istanbuls trafen an dieser Kreuzung unverkennbar zwei Welten aufeinander. Die Speere des Mondlichts, das durch die Fenster hereinfiel, ließen ein Wandgemälde von Jesus erstrahlen, das mit Blattgold umrahmt war, und die riesigen runden Tafeln darüber, die mit goldener arabischer Schrift verziert waren, wirkten viel zu neu und zu modern in dem antiken Gebäude, so als hätte sie jemand per Photoshop hinzugefügt. Ich schob die Sonnenbrille auf meinen Kopf, um die zweite Ebene besser sehen zu können, die sich an den Seiten des Hauptschiffs erstreckte und durch die hohen Bogengänge kaum zu erkennen war.

Der Wachmann drehte sich um und ich lächelte ihn an, aber er legte die Stirn in Falten.

Die Sonnenbrille. Ich schob sie mir wieder ins Gesicht, aber seine Hand bewegte sich bereits zu seinem Funkgerät. Blitzschnell legte Jack seine Hand um den Hals des Wachmanns, der in sich zusammensank.

»Was hast du getan?«, flüsterte ich.

Jack legte ihn auf dem Boden ab. »Nichts Dauerhaftes. In zehn Minuten wird er mit Kopfschmerzen wieder aufwachen. Lass uns gehen.«

Ohne die Stimme des Wachmanns war es geradezu unheimlich still, und der riesige, leere Raum wirkte noch höhlenartiger. Ich schlüpfte aus meinen Flip-Flops und ließ sie von den Fingern baumeln, damit sie nicht über den Boden klatschten und uns verrieten, während wir am dunklen Rand des Museums entlangeilten.

»Also, was ist Fitz' kuratierte Sammlung?« Selbst mein Flüstern schien ein Echo zu haben.

»Er muss ein paar Einzelstücke zusammengetragen haben. Hier.« Jack blieb vor einer Informationstafel stehen, auf der die aktuellen Ausstellungen aufgelistet waren. »Erdgeschoss … *Bronzen aus der Ming-Dynastie.* Wahrscheinlich eher nicht.«

Ich fuhr mit dem Finger über die Tafel, um in dem schwachen Licht zu sehen, wo ich war. »Art-déco, japanische Kalligrafie …«

»Was ist damit?«, sagte Jack über meine Schulter hinweg, und sein Atem wirbelte mein Haar auf. Ich ignorierte das Kitzeln in meinem Nacken.

»*Frankreich im Napoleonischen Zeitalter?* Ich denke, dass wir eher nach antikem griechischem Zeug suchen.«

»Schau mal.« Jack fasste an mir vorbei und zeigte auf die Tafel, direkt unter die Stelle, an der ich gerade gesucht hatte.

»*Kuratiert von unserem ehrenamtlichen Führer Emerson Fitzpatrick.*« Ich überflog den Rest des Eintrags. »Nordgalerie.«

KAPITEL 24

WIR RANNTEN AN dem ohnmächtigen Wachmann vorbei und eine breite, dunkle Treppe hinauf. Ich stolperte, und Jack packte mich am Arm, um mich festzuhalten, dann wanderte seine Hand zu meiner hinunter und schloss sich um sie.

»Hätte er wirklich etwas so Wichtiges an einem so öffentlichen Ort zurückgelassen?«, flüsterte ich. Ich drehte meine Hand, damit sie in seine passte, und unsere Finger woben sich ineinander, ein warmer Fleck in der Dunkelheit. Unsere Schritte fielen in einen synchronen Rhythmus, als wir die Stufen hinaufrannten.

»Wenn es etwas ist, für das sich der Kreis interessieren würde, dann ist es vielleicht sogar am besten, es vor aller Augen zu verstecken«, erwiderte Jack flüsternd. »Sie haben bereits die Sammlungen aller bekannten Museen auf der

Welt überprüft. Vielleicht hat er etwas Neues eingeschmuggelt, nachdem sie das hier durchsucht hatten. Ehrlich gesagt ist das genial.«

»Falls wir herausfinden, welchen Teil der Ausstellung er gemeint hat.« Vor uns leuchtete ein schwaches Licht, und wir erreichten schließlich den Balkon im ersten Stock, den ich bereits von unten gesehen hatte. Ich zog meine Hand aus seiner, sie fühlte sich ganz kalt an. »Sie suchen anderes Zeug im Zusammenhang mit dem Mandat, richtig? Andere Bücher und so was?«

»Oder Kunstwerke mit einem neuen Mandat oder mit einer Inschrift zu diesem hier ... Es könnte alles Mögliche sein. Und soweit wir wissen, könnte es auch gar nichts mit den Mandaten zu tun haben.«

Jack nickte mit dem Kopf nach links und ich lief nach rechts. Die einzige Beleuchtung war das Mondlicht, das zu den Fenstern über uns hereinströmte, deshalb musste ich mich ganz nahe an den Glaskasten an jeder Säule beugen, um zu erkennen, was sich darin befand, und die entsprechende Infotafel lesen zu können. Eine Porzellanbüste, ein dekorativer Teller, eine Halskette.

»Irgendwas?« Jacks Flüstern hallte in der Stille wider.

»Nein.« Nach den nächsten paar Ausstellungsstücken stieß ich ein frustriertes Seufzen aus. »Woher sollen wir denn wissen ...?« Ich verstummte.

Auf der nächsten Tafel, in der rechten unteren Ecke, befand sich etwas, das ich auf keiner der anderen gesehen hatte. »Was zur ...?«

Jack eilte mit möglichst leisen Schritten zu mir.

»Was?«, flüsterte er. Er lehnte sich ganz nahe heran und

betrachtete das dicke Goldarmband unter dem Glas an einer der Säulen. Aber es war nicht das Armband, das mich interessierte.

»Dieses Symbol«, sagte ich.

Er blickte mit zusammengekniffenen Augen auf die Tafel und plötzlich fiel mir etwas ein. Ich hatte immer noch meinen Wohnungsschlüssel in meiner Handtasche und an dem Schlüsselanhänger befand sich eine winzige Taschenlampe. Die wäre schon die ganze Zeit über nützlich gewesen.

»Was ist das?«, fragte Jack erneut. Als Antwort nahm ich das Medaillon von meiner Brust. Ich leuchtete mit der Taschenlampe darauf und dann auf die Tafel.

Dort, auf der Tafel für Ausstellungsstück J-13, *Kupferarmband*, befand sich dasselbe Symbol wie auf meinem Medaillon. Ich hatte immer gefunden, es sähe aus wie ein keltischer Knoten, aber ich hatte das gleiche Symbol noch nie zuvor irgendwo anders gesehen – bis jetzt.

Jack nahm mir das Medaillon aus der Hand. »Wo hast du das her?«

»Meine Mom hat's mir geschenkt, als ich noch klein war«, flüsterte ich.

Er ließ das Medaillon wieder auf meine Brust fallen, schnappte sich dann die Taschenlampe und leuchtete damit auf das Armband. Es war mit Edelsteinen bestückt, die aussahen wie geflügelte Wesen, und …

»Eine Inschrift«, flüsterte er. »Das muss es sein.«

Ich war mir zwar nicht sicher, was Mr Emerson von uns erwartete und was wir mit einem Armband anfangen sollten, aber wenn es eine Inschrift hatte, dann würden wir es wahrscheinlich herausfinden. »Okay, wie kommen wir da dran?«

»Das ist alarmgesichert«, sagte Jack und umkreiste die Säule.

Ich schaute hinein. Ich sah keine Stolperdrähte. »Siehst du irgendwas?«, fragte ich.

Jack überprüfte die nächste Säule. »Hier ist die Alarmvorrichtung deutlich zu erkennen. Vielleicht hat Fitz das Armband absichtlich ohne Alarmsicherung zurückgelassen.«

Ich schaute in Richtung der Treppe und erwartete, jede Minute die Schritte des Wachmanns heraufstampfen zu hören. »Versuchen wir's?«

Jack nickte.

Ich legte meine Hände an den dreißig Zentimeter großen Glaswürfel.

Zu meiner Überraschung ließ er sich ganz leicht anheben. Jack schnappte sich das Armband und steckte es in seine Hosentasche.

Ich setzte das Glas mit einem leisen *Klonk* wieder ab und hielt den Atem an. Nichts. Kein Alarm. Ein Lächeln zuckte um Jacks Mundwinkel.

Und dann explodierten kreischende Sirenen in der Dunkelheit. Sie waren so schrill, dass ich mir die Hände auf die Ohren klatschte, aber ich wusste trotzdem, was Jack mir zurief.

Lauf!

Wir rannten dieselbe Treppe hinunter, die wir heraufgekommen waren, aber auf halber Höhe ließen uns donnernde Schritte und Schreie wieder umkehren. Bevor wir es auf der Galerie auch nur drei Meter weit geschafft hatten, ertönten auch aus dieser Richtung Schreie.

Jack schnappte meine Hand, und wir blieben wie erstarrt

im Scheinwerferlicht des Mondes stehen, das Quadrate auf den Boden zeichnete. Wir saßen in der Falle. Die Schreie erreichten das Kopfende der Treppe.

Jack rannte wieder los und zog mich mit sich. Wir steuerten auf das Geländer zu, das sich über der Hauptetage befand. Ich blieb stehen und zerrte an seiner Hand. »Ich spring da nicht runter. Es muss noch einen anderen Weg geben.«

Er riss mich ganz dicht zu sich heran. Sein Gesicht war nur wenige Zentimeter von meinem entfernt und seine Augen funkelten schwarz. »Vertrau mir.«

Er kletterte über das Geländer und versteckte sich hinter einer Säule. Es auf meine eigene Weise zu probieren hatte auf der Feuerleiter nicht sonderlich gut funktioniert, und obwohl sich alles in mir dagegen sträubte, nahm ich die Hand, die er mir hinhielt, und vertraute ihm.

Vielleicht sechs Meter von uns entfernt hätte uns eigentlich ein zweites Geländer gesichert, aber ein oranges Absperrband verriet mir, warum sich dort gerade kein Geländer befand. Ich durfte einfach nur nicht nach unten schauen. Wenn ich nicht nach unten schaute, würde alles gut gehen. Nur nicht … Ich schaute nach unten.

Zwischen uns – auf dem dreißig Zentimeter breiten Absatz – und dem kalten Marmorfußboden zwei Stockwerke tiefer befand sich absolut nichts. Ich klammerte mich mit beiden Händen an Jack fest. Sein Arm schnellte herüber und riss mich zu ihm.

Ich unterdrückte einen Schrei und kniff die Augen ganz fest zusammen, und im nächsten Moment presste sich mein Gesicht gegen Jacks Brust, ich konnte sein Herz wie wild schlagen hören und einer seiner Arme war ganz eng um mich geschlungen. »Nicht bewegen«, hauchte er in mein Haar.

Das hatte ich auch nicht vor. Sekunden verstrichen und fühlten sich wie Stunden an, während die Stimmen unser Versteck umkreisten und die Lichtkegel von Taschenlampen über die Wände und den Boden unter uns tanzten.

Mehrere schwere Schritte stampften nur wenige Meter entfernt auf das Geländer zu. Jacks Finger gruben sich in meinen Rücken und ich kauerte mich noch dichter an ihn und machte uns so klein wie möglich.

Gerade noch rechtzeitig öffnete ich ein Auge und sah, wie in der Tiefe ein Taschenlampenstrahl über den Boden huschte und dann blitzschnell in unsere Richtung schwenkte. Ich spürte, wie Jacks Körper sich anspannte.

Obwohl ich selbst kaum glauben konnte, was ich da tat, ließ ich Jack los. Ich entfernte mich einen Schritt von ihm, dann noch einen. Er folgte mir, und kurz bevor das Licht uns traf, erreichten wir die andere Seite der Säule und konnten uns wieder verstecken.

Jack streckte erneut den Arm aus und ich lehnte mich dankbar an ihn.

Die Stimmen hatten sich endlich zurückgezogen, und ich wagte beinahe wieder, zu atmen, als ein Schuss durch den höhlenartigen Raum hallte. Ich erschrak so sehr, dass ich fast zum zweiten Mal in die Tiefe gestürzt wäre.

Jack lehnte sich um die Säule herum und versuchte, etwas zu erkennen.

Es folgten weitere Schreie in einer Sprache, die ich nicht verstand. Irgendetwas Schweres knallte auf den Boden. Ein zweiter gedämpfter Schuss. Zerbrechendes Glas.

»Hier! Diese Vitrine ist leer«, brüllte eine neue Stimme mit breitem, deutlich erkennbarem britischen Akzent. Jack fluchte leise. Irgendwie war der Orden uns gefolgt und sie hatten gerade sämtliche Wachleute ausgeschaltet. Sie ließen sich nicht unnötig aufhalten.

»Okay, Kinder«, rief eine andere Stimme. Narbengesicht. »Denken wir mal kurz logisch. Ich weiß nicht, wer ihr seid, und es ist mir auch egal, was wiederum bedeutet, dass es mir nicht das Geringste ausmacht, eine Kugel in euren lästigen kleinen Schädeln zu versenken. Wir wissen, dass der alte Mann irgendetwas wusste. Wir wollen nur wissen, wer der Eine ist.«

Er machte eine Pause, so als glaubte er, wir würden tatsächlich antworten. Ich blickte mit weit aufgerissenen Augen zu Jack hinauf. Genau das hatte Mr Emerson gemeint. Er wusste, wonach der gesamte Kreis – und der Orden – suchte.

»Na schön«, fuhr er fort. »Ich mache es euch ganz einfach. Gebt uns, was ihr hier und in der Wohnung des alten Mannes habt mitgehen lassen, oder er stirbt.«

Jack schnappte erschrocken nach Luft. Ich kniff meine Augen zusammen.

Würden sie ihn wirklich umbringen? Nein. Da war ich mir ziemlich sicher. Sie würden ihn am Leben lassen, um Informationen zu erhalten oder um zu verhandeln. Oder, wenn sie es herausfanden, um ihn gegen mich auszutauschen.

Ich biss die Zähne ganz fest zusammen, schaute jedoch mit einem Kopfschütteln zu Jack hinauf. Als er meine Schulter drückte, wusste ich, dass er mir zustimmte. Mr Emerson hatte ausdrücklich gesagt, dass er nicht wollte, dass es ihnen in die Hände fiel, deshalb würden wir es ihnen auch nicht geben. Zumindest noch nicht.

»Ich schau noch mal unten nach«, sagte die Stimme, die ich als die des Rothaarigen identifizierte. »Der Kommandant wird uns umbringen, wenn wir dieses Zeug an ein paar Kinder verlieren. Ich meine, er wird uns wirklich und wahrhaftig umbringen.«

Der Kommandant? Ich sah Jack mit erhobenen Augenbrauen an, aber er schüttelte den Kopf.

»Wir werden es nicht verlieren«, versicherte Narbengesicht. »Chaz, du übernimmst den Vordereingang. Jer, such das Büro des alten Mannes. Ich sehe unten nach.«

Wir warteten, bis wir ihre Schritte nicht mehr hören konnten, dann flüsterte ich: »Lass uns verschwinden.«

Jack legte seine Hände um meine Taille und hob mich über das Geländer. Er sprang nach mir darüber, und diesmal griffen wir beide gleichzeitig nach der Hand des anderen, als wir die Treppe hinunter- und zum ersten Notausgang hinausrannten, den wir sahen.

KAPITEL 25

EIN PAAR BLOCKS entfernt ließ sich Jack in einer dunklen Straße gegen eine Ziegelmauer fallen und ich lehnte mich keuchend neben ihn. Irgendwie hatten wir es wieder geschafft. Wir waren entkommen und wir hatten Mr Emersons ersten Hinweis. Ich wollte es gar nicht, aber ich begann zu lachen, vor lauter Adrenalin, vor Erleichterung, vor Entsetzen und weil das alles so lächerlich war.

Jack starrte mich einen Moment lang an, aber dann zuckte sein Mund und er grinste, während ich so herzhaft weiterlachte, dass Tränen über meine Wangen rannen.

Man hörte ja immer, intensive Erlebnisse könnten Menschen einander näherbringen, als würden sie sich schon seit Jahren kennen. Plötzlich verstand ich, was das bedeutete.

Alles fühlte sich schärfer an, stärker, intensiver und viel

zu klar, wie nach der Sache bei Prada. Als hätte ich dadurch, dass ich fast gestorben wäre, erst wirklich begriffen, wie lebendig ich war. In diesem Moment war ich so lebendig, dass es wehtat. Es dauerte eine Minute, bis die Tränen versiegten, nachdem unser Lachen verklungen war.

Ich lehnte mich mit dem Kopf gegen die raue Steinmauer und schaute nach oben. Mein Lieblingssternbild stand tief am Himmel über der Skyline Istanbuls. Die Plejaden, wie es eigentlich hieß, sahen aus wie eine Miniversion des Großen und Kleinen Wagens, deshalb nannte ich es immer den winzigen Wagen.

Der Mythos besagte, die Plejaden seien sieben Schwestern, die Töchter von Zeus. Orion liebte sie alle, aber Zeus wollte nicht zulassen, dass ein niederer Jäger sie bekam, deshalb verwandelte er seine Töchter in Sterne. Angeblich liebte Orion sie so sehr, dass er ihnen trotzdem noch jede Nacht über den Himmel folgte, und tatsächlich stand auch das Sternbild Orion nicht weit vom winzigen Wagen entfernt am Himmel. Sie erstrahlten tiefer über dem Horizont als zu Hause, aber sie waren da.

Ich hatte die Sterne schon immer geliebt, besonders den winzigen Wagen, denn ganz egal, wo ich war und wohin wir umzogen, er blieb immer derselbe. Das letzte Mal hatte ich ihn in Lakehaven gesehen, vor etwa einer Woche. Aber vielleicht war es auch schon ein ganzes Leben her.

Neben mir holte Jack ganz tief Luft.

»Was glaubst du, wie sie uns gefunden haben?«, fragte er mich im selben Moment, als ich ihn fragte: »Was ist dein Sternenwunsch?«

»Was?«, fragte er.

»Was?«, fragte ich. »Tut mir leid. Ja, ich hab keine Ahnung, wie sie uns gefunden haben.«

Jack schwieg einen Moment lang, und als ich ihn ansah, blickte auch er in den Himmel empor. »Was ist ein Sternenwunsch?«, wollte er wissen. Am anderen Ende des Blocks öffnete sich knarrend ein Garagentor, und ein weißes Auto fuhr heraus und blendete mich für eine Sekunde mit seinen Scheinwerfern, als es an uns vorüberrollte.

Ich wollte gerade anmerken, dass wir uns wieder dem Hinweis widmen sollten, aber Jack blickte noch immer zu den Sternen hinauf. »Jemand, den ich mal kannte, hat immer gesagt, ein Sternenwunsch ist das, was man auf der ganzen Welt am meisten will«, erwiderte ich, »Diese eine Sache, die man sich immer wünscht. Bei Sternschnuppen, bei Geburtstagskerzen oder wenn die Uhr 11:11 Uhr zeigt.«

Er neigte fragend den Kopf zur Seite.

»Du hast keinen?«, fragte ich. Ich stieß mich von der Wand ab und die unebenen Ziegel fühlten sich kühl unter meinen Händen an.

Er schüttelte den Kopf und verschränkte die Arme vor der Brust, die Augen weiter in den Himmel gerichtet.

Ich verschränkte ebenfalls die Arme. »Ich hab auch keinen«, flüsterte ich.

»Warum nicht?«, fragte er nach einer Weile.

»Weil es schlimmer ist, sich etwas zu wünschen, das niemals passieren wird, und dann enttäuscht zu werden, als sich überhaupt nichts zu wünschen«, antwortete ich und begutachtete den abgesplitterten Nagellack auf meinen Fußnägeln.

»Hast du deshalb zum Abschlussball Nein gesagt?«

Ich riss den Kopf hoch. Seine Augen schauten mich ganz groß an, so als sei er selbst genauso überrascht darüber, dass er mich das gefragt hatte, wie es mich überraschte, es zu hören. »Ich meine«, stammelte er, »ich wollte nicht … vergiss es. Tut mir leid.«

Er stieß sich von der Wand ab und vergrub die Hände in den Hosentaschen. »Also, du … ähm … Wie geht's dir? Ich hab dich nie gefragt, ob's dir gut geht, nach allem, was passiert ist. All das an nur einem Tag zu erfahren, und dann Fitz und dieses Chaos bei Prada …«

Ich musste über sein Gestammel grinsen. Und ich wunderte mich darüber.

»Mir geht's gut …«, begann ich automatisch. Aber das stimmte nicht. Obwohl ich eigentlich immer sagte, dass es mir »gut« ging, stimmte das fast nie. Ich war so eine Lügnerin.

»Nein«, korrigierte ich mich. »Mir geht's nicht gut. Das ist alles beschissen.« Gott, war das befreiend. »Ich bin hierhergekommen, weil ich dachte, ich hätte eine Familie, und dann werde ich fast getötet, finde heraus, dass ich für irgendein verrücktes Ritual missbraucht werden soll, und jemand, der mir mehr bedeutet als meine eigentliche Familie, wird entführt. Ehrlich gesagt war es ein ziemlicher Scheißtag.« Ich biss mir auf die Unterlippe. »Also, nein, es geht mir nicht gut.«

Das Wort hallte wie ein Echo durch die stille Nachtluft. Ich trottete die Straße hinunter. Nichts fühlen. Nichts wollen. Sich an nichts hängen. Mir geht's *gut.*

Jack holte mich ein. Ohne ein Wort streckte er seine Hand aus. Ich blieb stehen und starrte sie an.

Ich sehnte mich nach nichts. Das hatte ich Stellan gesagt und in gewisser Weise entsprach es der Wahrheit. Aber vielleicht fehlte mir ja genau das. *Zuzulassen,* dass ich mich schmerzvoll nach etwas sehnte, selbst wenn mir kein Happy End garantiert war. Es war ja nicht so, dass ich mir niemals etwas wünschte, aber ich hatte immer versucht, es zu unterdrücken. Ich hatte mich immer gezwungen, mich daran zu erinnern, was für eine miese Idee das war.

Aber ich konnte nicht mehr so weitermachen. Ich *fühlte* etwas. Ich *wollte* etwas. Ich wollte Mr Emerson retten. Ich wollte die Stimme meiner Mom hören. Ich wollte, dass Jack noch mal *wir* sagte. Ich wollte überhaupt Teil eines »Wir« sein. Ich wollte meinen Vater kennenlernen, meine Familie, obwohl ich wusste, dass ich das nicht wollen sollte. Genauso wenig, wie ich die Röte auf Jacks Wangen hätte bemerken und mich daran hätte erinnern sollen, wie viel sicherer ich mich auf diesem Vorsprung gefühlt hatte, als er seine Arme um mich geschlungen hatte. All das Wollen rauschte wie eine Welle über mich hinweg.

Ich griff nach meinem Medaillon und drehte es um. Das kleine Foto darin zeigte meine Mom und mich, nur uns, immer alleine. Uns ging es gut. Alles war *gut.* Ich betonte das Wort, zog dabei an der Halskette – und spürte, wie etwas riss.

Die Kette fiel in meine Hand, der filigrane Verschluss war verbogen und zerbrochen.

Ich starrte auf die hübsche Goldkette, die ich fast mein ganzes Leben lang um den Hals getragen hatte. Mit einem Mal fühlte ich mich ganz leicht. Ich steckte die Kette in meine Tasche und nahm Jacks Hand.

Toska. Etwas zu wollen, das man vielleicht gar nicht verstand. Wie kam es, dass andere Sprachen Dinge so viel besser ausdrücken konnten als unsere? Und wie hatte das ausgerechnet Stellan bei mir erkannt, wenn ich es nicht mal selbst gewusst hatte?

Jack ging neben mir, seine Hand fest um meine geschlungen, bis meine Atmung sich wieder beruhigte. Kurz darauf hatten wir das ruhige Wohngebiet hinter uns gelassen und befanden uns in einer größeren Straße. Der Gehweg war mit vertrockneten Kaugummiflecken übersät, und ein verriegeltes Schaufenster folgte dem anderen. Eine Ratte huschte im orangen Schein einer Laterne über die Straße. Ich räusperte mich und wischte mir mit der freien Hand über die Augen. Ich hatte gar nicht bemerkt, dass sie feucht waren. »Ich frage mich, wie uns der Orden gefunden hat. Sie sind uns nicht nahe genug gekommen, um einen Peilsender anzubringen.«

»Ich hab mich gerade dasselbe gefragt«, erwiderte Jack. »Vielleicht über unsere Telefone? Ich schätze, dafür müssten sie unsere Nummern kennen, aber mit der richtigen Technik ist so einiges möglich.«

»Das ist gar nicht gut. Soll das heißen, dass wir sie lieber loswerden sollten?« Jetzt fühlte es sich unbehaglich an, dass unsere ineinander verflochtenen Hände zwischen uns schwangen. Ich holte mein Telefon aus der Handtasche und nutzte es als Entschuldigung, meine Hand aus seiner zu lösen.

Auch Jack zog sein Telefon aus der Hosentasche. »Wahrscheinlich, schließlich könnten sie uns auch in diesem Moment schon verfolgen.«

Ich warf einen paranoiden Blick über meine Schulter, konnte aber nichts sehen außer gelegentlich vorbeirasenden Autos, die das spärliche Verkehrsaufkommen am frühen Morgen ausnutzten. Wir blieben vor einem hohen Bürogebäude stehen, an dessen Seitenwand ein Springbrunnen sprudelte.

Ich tippte eine Nachricht an meine Mom ein, dass ich mein Telefon nicht behalten konnte, und übergab es dann zögerlich Jack. Dieses Telefon hatte mich bei unseren drei letzten Umzügen begleitet.

»Tut mir leid«, sagte er und schleuderte beide Telefone gegen den Rand des Springbrunnens, wo sie zerschellten, bevor sie ins Wasser fielen.

»Ich hoffe, es waren wirklich die Telefone«, bemerkte er nach einer Weile. »Ich hoffe, es lag nicht daran, dass sie ihn zum Reden gebracht haben.«

Darüber wollte ich gar nicht nachdenken. »Wenn sie ihn zum Reden gebracht hätten, dann wüssten sie jetzt alles. Dann würden sie uns nicht mehr brauchen.«

Jack nickte. In nicht allzu weiter Ferne hallte ein tiefer, melodischer Singsang in der stillen Stadt wider. »Der Gebetsruf«, sagte Jack und schaute auf seine Uhr. »Ist es wirklich schon halb sechs? Wir sollten uns wahrscheinlich wieder unserer Aufgabe widmen.«

Ich nickte. »Das Armband ist also das erste von drei Dingen?«

Jack holte es aus seiner Hosentasche und betrachtete es. »Scheint ganz so.«

»Kann ich es mal sehen?« Ich nahm das Armband aus seiner offenen Handfläche. Es fühlte sich schwer und warm an in meiner Hand und war mit einer geschwungenen Girlande aus Worten verziert, die sich zwischen zwei Reihen mit kleinen Insekten aus Edelsteinen erstreckte.

»Ich glaube, das ist Französisch. Was steht da?«, fragte ich.

Jack nahm es wieder an sich und las: *»Er wacht über unsere Jungfrau, über der heiligen Stätte. Wohin er blickt, ist es zu finden. Wird es gefunden, werden mein Zwilling und ich alles enthüllen, aber nur dem Wahrhaftigen.«*

Ich rieb mir die Augen. Allmählich wurde mir bewusst, wie müde ich war. »Das klingt aber nicht, als hätte es etwas mit dem Mandat zu tun. Es klingt nach einem Hinweis. Vielleicht führt es uns ja zum nächsten der drei Dinge.«

Jack schaute mit zusammengekniffenen Augen auf das Armband. »Aber hier steht ›wird es gefunden‹, so als müsste man erst etwas finden und entschlüsseln.«

Ich spürte einen Anflug von Ärger auf Mr Emerson, weil er uns auf diese Jagd geschickt hatte, anstatt die Dinge einfach in den Safe zu legen und uns eine Nachricht zu hinterlassen, was sie zu bedeuten hatten. Aber ich fühlte mich deswegen sofort mies. Jeder hätte den Safe öffnen können. Er hätte uns niemals etwas so Riskantes aufgetragen, wenn es nicht wichtig gewesen wäre.

Ich sah zu, wie Jack das Armband in seinen Händen hin und her drehte, immer wieder, und ging den Hinweis im Kopf noch einmal durch. Plötzlich machte es »klick«. »Oder«, sagte ich aufgeregt, »das ›er‹ ist der nächste Hinweis und das, worauf er blickt, ist der dritte. Wir müssen annehmen, dass uns das hier in irgendeine Richtung weist, stimmt's? Vielleicht wissen wir, wohin, wenn wir rausfinden, wer ›er‹ ist.«

Jack hörte auf, an dem Armband herumzufummeln. »Du hast recht.«

»Unsere Jungfrau«, fuhr ich fort. »Glaubst du, damit ist die Jungfrau Maria gemeint? In der Hagia Sophia gibt es doch bestimmt ein Kunstwerk mit der Jungfrau Maria. Und vielleicht befindet sich darüber ja ein weiteres Kunstwerk? Das über sie wacht?«

»Wir wissen nicht, ob es sich in der Hagia Sophia befindet. Kunstwerke mit der Jungfrau Maria gibt's überall. Ich meine, vielleicht ist es ja noch nicht mal in Istanbul.« Jack seufzte. »Die Inschrift ist französisch, also …«

Wir setzten uns wieder in Bewegung. Der Duft der Räucherstäbchen und die tiefen, drückenden Klänge von Sitarmusik drangen durch das offene Fenster an der Rückseite eines Ladens zu uns.

»Das Armband sieht alt aus«, dachte ich laut und zog den Blazer enger um mich, um mich gegen eine plötzliche steife Brise zu schützen. »Selbst die Gravur. Sieht nicht aus, als hätte Fitz die selbst angebracht. Wer auch immer das eingraviert hat, ist davon ausgegangen, dass der nächste Anhaltspunkt ganz sicher zu finden sein wird. Es handelt sich also wahrscheinlich um etwas Dauerhafteres als ein Museumsstück.«

Jack drehte das Armband in seinen Händen herum, und ich sah, wie es im Scheinwerferlicht eines vorbeirauschenden Autos aufblitzte.

»Übersetzt du das noch mal?«, bat ich.

Er wiederholte es auf Englisch und las dann vor: »Auf Französisch: ›*Il veille sur notre dame, au-dessus du site sacre. Où il regarde, il se trouve. Quand il est constaté, mon jumeau et moi, nous allons révéler tout au véritable.*‹«

»Warte mal.« Ich ließ mir die Worte noch einmal durch den Kopf gehen. »Notre-Dame. Wie die Kirche in Paris?«

»›*Notre dame*‹ bedeutet nur ›unsere Jungfrau‹. Es steht hier nicht mit Großbuchstaben, aber das würde es, wenn die Kirche gemeint wäre …« Jack rieb sich den Nacken. »Aber Fitz' Wohnung in Paris liegt in der Nähe von Notre-Dame.«

»Das ist doch schon mal was, schätze ich. Aber wenn er den Hinweis nicht geschrieben hat, dann spielt es wohl keine Rolle.«

»Du hast recht. Andererseits …« Jacks Gesicht verzerrte sich unter seinem Stirnrunzeln, und ich konnte förmlich sehen, wie sich die Rädchen in seinem Kopf drehten. »Moment mal. Mir ist gerade etwas wieder eingefallen. Die Insekten auf dem Armband: Sehen die aus, als könnten es Bienen sein?«

Sie waren klein und hatten Flügel. Viel mehr konnte ich nicht erkennen. »Ich schätze schon.«

»Wir haben das aus einer Napoleonischen Ausstellung. Bienen waren Napoleons Symbol. Er hat sie auf seiner Kleidung getragen, seine Wohnsitze damit dekoriert …«

»Ein Symbol, das er getragen und dekoriert hat? Das klingt vertraut.« Ich deutete auf Jacks Tattoo.

»Oh«, sagte er. »Ja. Napoleon war ein Dauphin, aber er setzte sich gerne von den anderen Mitgliedern des Kreises ab, deshalb hat er Bienen als sein individuelles Symbol benutzt, zusammen mit dem Sonnensymbol der Dauphins.«

»Und was hat das mit der Inschrift zu tun?«, fragte ich.

Jack betrachtete das Armband erneut, las die Inschrift noch einmal und schüttelte den Kopf. »Natürlich. Weißt du noch, wie ich gesagt hab, da stünde ›heilige Stätte‹? *Sacré*, mit einem Accent auf dem *e*, bedeutet ›heilig‹. *Sacre*, ohne den Akzent, so wie es hier steht, bedeutet ›Krönung‹. Tatsächlich steht hier ›Krönungsstätte‹.«

»Und?«

»Und Napoleon wurde in Notre-Dame gekrönt.«

Mein Herz machte einen Satz. »Notre-Dame. Wir müssen zurück nach Paris.«

Zurück nach Paris bedeutete auch zurück zum Kreis. Zurück zu den Fängen dieser unglaublich mächtigen Gruppe, die mich, ohne zu zögern, wegsperren würde, wenn sie entdeckte, wer ich war.

Aber es bedeutete vielleicht auch, dass ich meine Mom wiederfand, falls sie wirklich dorthin unterwegs war. Und es bedeutete, dass ich meiner Familie näher war, welche Mitglieder des Kreises das auch immer sein mochten.

Ich blickte in den Himmel empor. »Ich hatte mal einen Sternenwunsch«, gestand ich.

Auch Jack hob den Blick.

»Mein Vater. Ich hab mir gewünscht, dass er zurückkommt, mehr als alles andere auf der Welt. Meine Mom hat mir immer erzählt, er hätte uns verlassen, als ich noch ein Baby war, aber trotzdem war er mein einziger Wunsch, als ich noch klein war.«

Wir befanden uns wieder am Wasser. Ein einsamer Fischer beugte sich über dem Fluss gegen das Geländer, seine Angel lehnte neben ihm.

»Du hast gesagt, Alistair Saxon und Mr Emerson waren beinahe wie Väter für dich.« Ich zögerte. »Wie ist das?«

Jack fuhr mit dem Daumen über die mit Edelsteinen besetzte Gravur. »Ich hab in dieser Hinsicht ja auch nicht gerade eine normale Erfahrung gemacht, weil mein richtiger Vater kein Interesse an mir hatte, aber für mich ist es das Gefühl, zu wissen, dass es jemanden gibt, der immer für dich da ist. Der dich beschützen will.«

Eine Sekunde lang bekam Jacks stählerne Fassade einen Sprung, und ich konnte einen kurzen Blick auf den Menschen dahinter erhaschen, auf ein weiteres Puzzleteil des Rätsels, wer er wirklich war. Und eine weitere Sekunde lang ließ ich den Gedanken zu, dass ich anfing, diesen Menschen zu mögen. Und dass ich mir, abgesehen von meinen eigenen Ängsten darüber, zum Kreis zurückzukehren, Sorgen um ihn machte.

Ich schaute auf den blauen Fleck unter seinem linken Auge. Er hatte ihn sich irgendwann zwischen dem Abschlussball und Prada eingefangen, und ich hätte darauf gewettet, dass er eine Strafe dafür gewesen war, dass er mich mit Stellan hatte gehen lassen. Außerdem hatte er im Laufe der Nacht ein paar offiziell klingende Anrufe erhalten, so als würden sie langsam Verdacht schöpfen.

»Luc hat mir gesagt, was ›entledigt‹ bedeutet«, sagte ich. »Und er hat mir erzählt, was mit dem Hüter der Fredericks passiert ist, und mit den Hütern der Rajeshs und der Emirs.«

Jack steckte das Armband in seine Jacke.

»Saxon würde doch nicht …?«, fuhr ich fort. »Wenn sie dich mit mir erwischen würden. Dabei, dass du mir *hilfst*, meine ich …«

Er räusperte sich. »Die Familie Emir erlaubt es ihren Hütern nicht, ihnen so nahe zu kommen, wie es bei vielen anderen Familien üblich ist, aber Rocco war anders. Er gehörte zu ihrem inneren Kreis. Er war dafür bekannt, der

Beste in dem zu sein, was er tat. Und trotzdem, in dem Moment, als sie ihn entdeckt haben … Es heißt, Emir hätte die Tochter, die mit ihm erwischt wurde, gezwungen, selbst auf den Abzug zu drücken.«

Ich schluckte. »Aber nicht alle Familien sind so.«

Jack strich mit dem Daumen über das Tattoo auf seinem Unterarm. »Ich bin mir bei allem, was ich tue, über die Konsequenzen im Klaren.«

Als eindeutig war, dass er nichts weiter sagen würde, atmete ich ganz langsam aus. Ich schätzte, es war seine Entscheidung. »Wenn der komplette Kreis bei dem Ball sein wird«, sagte ich, »glaubst du, dass mein Vater dann auch dort sein wird?«

»Ja«, sagte Jack, ohne zu zögern.

Ich ballte meine Hände zu Fäusten und sah zu, wie die ersten Sonnenstrahlen über dem Hafen von Istanbul funkelten. »Dann auf nach Paris.«

KAPITEL 26

ICH GÄHNTE, KNIFF die Augen gegen die Morgensonne zusammen und durchwühlte meine Handtasche nach meiner Sonnenbrille. Es war ein träger, diesiger Morgen in Paris, die Art von Morgen, den man eigentlich für einen Spaziergang durch einen Garten voller Tulpen nutzen sollte, gefolgt von einem Picknick neben dem gepflasterten Weg entlang der Seine. Während wir über die Brücke zur Île de la Cité schlenderten, hinter der Notre-Dame sich in den blauen Himmel erhob, ließ die Menschenmenge vor der Kathedrale erkennen, dass halb Paris dieselbe Idee hatte.

Ich wickelte Mr Emersons Blazer ganz eng um mich. So müde ich auch war, ich hatte in dem kleinen Privatflugzeug, das für Jack in Istanbul auf Abruf bereitgestanden hatte, nicht viel schlafen können. Ich hatte es mir nicht verkneifen können, zu fragen, wie viele Flugzeuge jede Familie eigentlich besaß. »Genügend«, war seine Antwort gewesen.

Auch Jack hatte nicht geschlafen. Er hatte seinen Blazer ausgezogen, ihn im Flugzeug in den Schrank gehängt und sich ein sauberes Hemd angezogen, das er dort bereitliegen hatte, aber das war das einzige Zugeständnis, das er sich für seinen eigenen Komfort erlaubt hatte. Er hatte sich während des gesamten Flugs über das Armband und Mr Emersons Nachricht gebeugt.

Und den ganzen Flug hatte er mich fast jedes Mal dabei erwischt, wie ich ihn anglotzte, wenn er seinen Blick gehoben hatte. Auch jetzt trafen sich unsere Blicke für einen Sekundenbruchteil, dann tat ich wieder so, als würde ich schlafen. Ich war mir selbst nicht sicher, warum ich plötzlich nicht mehr aufhören konnte, an ihn zu denken. Vielleicht, weil mein Gehirn inzwischen zu erschöpft war, um noch weiter über all die realen, schrecklichen, gefährlichen Dinge nachzudenken, und Jack mir, ohne dass es mir bewusst gewesen wäre, ein Gefühl der Sicherheit gab.

Jetzt schaute er wieder zu mir herunter. Wir wandten beide sofort den Blick ab, aber ich spürte, dass seine Augen schon im nächsten Moment wieder auf mir ruhten. Selbst durch sein sauberes Hemd konnte ich die Gewürze noch auf seiner Haut riechen.

Ich richtete die Augen auf Notre-Dame. »›Eine machtvolle Symphonie in Stein‹«, sprach ich meine Gedanken laut aus.

»Victor Hugo«, erwiderte Jack, schaute jedoch nicht noch einmal zu mir herunter. Stattdessen ließ er seinen Blick über den Platz schweifen. Sein Kopf wirbelte herum, als auf der anderen Straßenseite ein Schrei ertönte, aber es war nur ein kleines Kind, dessen Eltern einen Stadtplan studierten.

Notre-Dame war in echt viel beeindruckender als auf Fotografien. Die eckige Fassade war mit Fenstern, Bogen, Statuen und so vielen Details verziert, dass es Jahre gedauert hätte, sie alle zu betrachten.

»Wusstest du, dass die Kathedrale vielleicht gar nicht mehr existieren würde, wenn es *Der Glöckner von Notre-Dame* nicht gegeben hätte?«, bemerkte ich. »Mitte des neunzehnten Jahrhunderts war sie ziemlich verfallen, und das Buch hat das öffentliche Interesse an ihr wieder geweckt. Daraufhin wurde sie im großen Stil restauriert und heute sieht sie so aus.«

Jack nickte. »Damals haben sie auch einige Wasserspeier-Figuren hinzugefügt und zahlreiche andere restauriert.« Er deutete auf die Steinkreaturen, die an der Fassade hingen. Ich war nicht überrascht, dass er davon wusste. *Der Glöckner von Notre-Dame* war eines von Mr Emersons Lieblingsbüchern. »Charlie« musste es auch gelesen haben. »Tatsächlich war das nicht lange nach Napoleons Krönung. Wie du dir vorstellen kannst, hatte Frankreich – hatten die Dauphins – damals andere Sachen im Kopf, aber Notre-Dame war für sie schon immer von großer Bedeutung. Die Kathedrale wurde zum Gedenken an die frühe Zusammenarbeit des Kreises mit der katholischen Kirche erbaut, und zwar an dieser Stelle, weil dieses Gebiet eine der ersten Siedlungen des Kreises im nördlicheren Europa war. Dies ist das historische Zentrum von Paris.«

Während ich an der Kirche hinaufschaute, ertönten die Glocken in einem der Türme und verkündeten, dass es inzwischen zehn Uhr morgens war. Wir hatten nicht mehr viel Zeit und … ich blickte mich um. Als er die Dauphins erwähnt hatte, war mir wieder bewusst geworden, dass wir in Istanbul vielleicht anonym gewesen waren, dass uns hier jedoch einige Leute kannten. Der komplette Kreis befand sich nur gut einen Kilometer entfernt im Louvre.

»Ist es für dich überhaupt sicher, hier mit mir gesehen zu werden?«, fragte ich erneut.

»Siehst du, dass die Tür auf der linken Seite anders aussieht?«, fragte er zurück. Ich nahm an, damit hatte ich meine Antwort.

Über der Tür, auf die er zeigte, befand sich eine dreieckige Schnitzerei, die die beiden anderen Bogentüren nicht besaßen. »Es symbolisiert, dass der Kreis über die gewöhnlichen Leute wacht, ohne dass es ihnen bewusst wäre.«

»Dann glaubst du das also?«, fragte ich. »Dass die Welt durch den Kreis ein besserer Ort ist?«

Er zögerte nicht. »Natürlich.« Es war erstaunlich, wie sehr er ihnen zu vertrauen schien – dem Kreis im Allgemeinen und den Saxons im Besonderen. Mir schien, als könnte er am Ende nur enttäuscht werden. »Du nicht, nehme ich an?«, wollte er wissen.

Ehrlich gesagt wusste ich selbst nicht mehr, was ich glaubte.

Er steuerte uns auf eine Schlange von Touristen zu, die sich vor dem Eingang erstreckte. Wir warteten ein paar Minuten, und Jack warf ein paar Euro in den Hut eines Straßenkünstlers, der Opernarien sang. Nach allem, was wir in der vergangenen Nacht durchgemacht hatten, kam es mir fast zu leicht vor, dass wir hier einfach hinter einer

Familie mit zwei weinenden Kleinkindern in die Kirche spazierten.

Im Inneren dröhnte die Kirche vom Gemurmel Hunderter Menschen, die alle versuchten, leise zu sprechen. Schulklassen betrachteten Kunstwerke, Touristen mit Kameras knipsten Fotos der Buntglasfenster und alte Damen zündeten Kerzen an. Jack blieb neben ihnen stehen und ließ ein paar Münzen in die Sammelbüchse fallen, zündete dann selbst eine Kerze an und platzierte sie zwischen den stufenförmigen Reihen tanzender orangefarbener Flammen, die die dunkle Eingangshalle erhellten.

Er neigte kurz den Kopf zur Seite und ich folgte ihm. »Wir fangen am besten mit dem Napoleon-Ansatz an, schätze ich«, flüsterte er. »Der Hinweis sagt ›über der Krönungsstätte‹, das ist der Altar. Lass uns zuerst drum herum und darüber suchen.«

Wir gingen so nahe an den Altar heran, wie wir konnten, aber der Bereich direkt drum herum war mit Seilen abgesperrt. Das Hauptaugenmerk lag auf einem riesigen goldenen Kreuz über einer marmornen Pietà, und rundum befanden sich unzählige Nischen und Winkel, in denen man einen Hinweis hätte verstecken können. Jack ging zur Rückseite, während ich mich neben eine britische Touristengruppe stellte und den Altar, so gut ich konnte, zuerst von vorne und dann von den Seiten untersuchte. Ich zeigte auf einen Gang und machte mich daran, ihn abzusuchen, und Jack nickte mir zu und übernahm den anderen.

»›Er wacht über unsere Jungfrau‹«, sagte Jack, als wir uns wieder trafen, nachdem wir jeden einzelnen Zentimeter dieses Teils der Kathedrale untersucht hatten. »Könnte es sein, dass wir das falsch interpretieren? Es steht schließlich nicht ausdrücklich da, dass irgendwas *hier ist*. Es heißt ›wacht über‹. Aber Fitz kennt diese Kirche. Ich glaube nicht, dass er uns irgendwohin schicken würde, wo wir nicht richtig suchen können.«

Ein Wachmann kam auf uns zu und lauschte seinem Walkie-Talkie, und wir sprachen leiser weiter. »Gibt's hier eine Statue, die über etwas wacht?«, murmelte ich, als er an uns vorbeischlenderte. »Oder etwas beschützt?«

Jack schaute mit zusammengekniffenen Augen zum hinteren Teil der Kirche. »Es gibt ein paar Gemälde, die passen könnten.«

Einige Minuten später hatten wir mehrere Gemälde überprüft, die die Krönung zeigten, den heiligen Petrus, der Kranke heilte, und den heiligen Paulus, der vor einer Menge predigte. Wir hatten jede einzelne Statue untersucht, die auf das Kirchenschiff hinabzublicken schien. Nichts. Ich ließ mich in einem bunten Sonnenstrahl, der von einem Buntglasfenster gefärbt wurde, auf einen Stuhl fallen. Jack setzte sich neben mich und knöpfte seinen Blazer auf. Er legte einen Arm über die Lehne meines Stuhls und einen über den auf der anderen Seite. Er seufzte tief und starrte einen Augenblick lang zur Decke empor, bevor er seinen Blick wieder durch die Kirche wandern ließ. Er legte seine Wachsamkeit nie länger als für eine Sekunde ab.

»Vielleicht sollten wir sie uns noch mal anschauen«, sagte ich. »Wir könnten was übersehen haben.«

»Schon möglich«, stimmte er mir zu, machte jedoch keinerlei Anstalten, wieder aufzustehen, deshalb lümmelte ich mich ein wenig bequemer auf meinen Stuhl. Jack rührte sich nicht, als meine Schulterblätter seinen Arm berührten, also tat ich es auch nicht.

Ich betrachtete die Pracht der Kirche über mir: Wandteppiche, Blattgold, Kronleuchter. Aber meine Augen wurden immer wieder von dem Buntglasfenster über uns angezogen.

»Erkennst du, dass es zwölf Hauptteile sind?«, fragte Jack und deutete mit dem Kinn in Richtung des Fensters, das ich bewunderte.

Ich nickte und zählte nach.

»Sie repräsentieren die zwölf Familien. Und genau da, direkt in der Mitte? Das hier ist eine von ganz wenigen Kirchen auf der Welt, in der Tierkreiszeichen zu sehen sind.«

»Von denen es ebenfalls zwölf gibt.« Ich erinnerte mich wieder daran, dass Luc die Verbindung des Kreises dazu erwähnt hatte.

Seit ich zurückdenken konnte, las ich jeden Morgen mein Horoskop, nur so zum Spaß. Im letzten, das ich gelesen hatte, am Morgen des Abschlussballs, hatte in etwa gestanden: *Der Neumond zwingt dich dazu, impulsiv zu handeln, um deine Bedürfnisse zu erfüllen.* Ich hatte ja keine Ahnung gehabt, dass sich das am Ende als so wahr herausstellen sollte.

»Was bist du für ein Sternzeichen?«, wollte ich wissen. Für mich sah er nach einem Stier aus. Der starke, stille Typ.

»Fische.« Er setzte sich auf und legte die Ellenbogen auf die Knie. »Dreiundzwanzigster Februar. Was bist du?«

»Hmm. Ruhig, rational, aufopferungsvoll. Sowohl emotional als auch logisch«, sagte ich. Das passte sogar noch besser. Es zeigte seine beiden Seiten: die gelassene, stolze Fassade und das eher sensible Innere dahinter. »Ich bin Zwillinge. Vierzehnter Juni.«

»Zwillinge. Extrem unabhängig.« Jack knöpfte seine Manschette auf und dann wieder zu. »Schlagfertig. Übermäßig wissbegierig.« Er lächelte sanft. »Manchmal doppelseitig oder unentschlossen.«

»Oh, wirklich?«

»Einer der Köche steht auf dieses ganze Astrologie-Zeug«, erwiderte er, und ich hätte schwören können, dass seine Wangen rosa leuchteten.

Astrologie-Fan gehörte *nicht* zu den Eigenschaften, die ich bei Jack zu finden vermutet hätte. Vor allem nicht die Art von Astrologie-Fan, die mich für die Doppelseitige und Unentschlossene von uns beiden hielt. Ja, ich hatte anfangs vielleicht zugelassen, dass meine Aufregung die Oberhand über meine Vorsicht gewann, als ich nach Frankreich gekommen war, aber ich war nicht derjenige gewesen, der ein Mädchen zum Abschlussball eingeladen hatte, nur um ihm anschließend eindeutig klarzumachen, dass es nur ein Auftrag für ihn war, und später wiederum alles zu tun, um sich um dieses Mädchen zu kümmern. Hätte er mich ausgeliefert, wenn es Fitz' Hinweise nicht gegeben hätte, denen wir folgen mussten? Und warum kümmerte mich das so sehr?

Aber andererseits: warum nicht? Falsch oder nicht, vielleicht konnte ich mir gegenüber ja auch einfach eingestehen, dass ich mir wünschte, dass er sich um mich kümmerte.

Wir standen auf, um eine Touristengruppe vor uns vorbeigehen zu lassen.

»Wir sollten lieber weitermachen«, sagte ich ein wenig verlegen. »Ich frage mich, ob wir irgendwas übersehen. Ich meine, vielleicht bedeutet ›wacht über‹ ja auch, dass es sich auf der Empore befindet.« Ich deutete auf eine zweite Etage, die sich auf beiden Seiten der Kathedrale erstreckte. »Ist da oben irgendwas?«

»Keine Kunstwerke oder Statuen, soweit ich weiß.«

Ein dicklicher Tourist mit Kamera ging an uns vorbei. »Wir müssen ein Foto von den Wasserspeiern machen« sagte er mit starkem Südstaatenakzent. »Wie in diesem einen Film.«

Jack riss die Augen auf. »Die Wasserspeier. Als Kind bin ich nicht gern in die Kirche gegangen. Manchmal hat Fitz mich bestochen und mir versprochen, dass wir in den Glockenturm hochsteigen würden ... zu den Wasserspeiern.« Ein leises Lächeln huschte über sein Gesicht. »Wir haben immer Witze darüber gemacht, dass einer von ihnen aussieht wie ein Wachhund, so als würde er über die Kathedrale *wachen*. Glaubst du, das könnte er gemeint haben?«

»Wenn wir recht haben und diese Hinweise schon alt sind, dann war es nicht *er*, der sie hinterlassen hat, also ... ich weiß es nicht ...« Ich verstummte kurz. »Aber wer weiß? Es könnte auch sein, dass er dich schon vor langer Zeit auf diese ganze Sache hier vorbereitet hat, keine Ahnung. Vielleicht hat er dir die Sache mit dem Wachhund ja für alle Fälle gesagt. Es gibt nur eine Möglichkeit, das herauszufinden.«

Jack bot an, alleine nach oben zu gehen, da er gesehen hatte, dass ich mit Höhen auf Kriegsfuß stand, aber solange wir nicht gejagt wurden und es ein solides Geländer gab, war es okay für mich. Nach dem ersten Treppenabsatz kamen wir am Souvenirshop vorbei und setzten dann unseren langen Aufstieg bis ganz nach oben fort – vierhundertvierundvierzig Stufen, wie Jack mir verkündete, auf einer langen Wendeltreppe. Als wir aus dem Treppenhaus auf den schmalen Balkon traten, keuchte ich heftig. Ein Windhauch kühlte den Schweiß auf meinem Gesicht und ganz Paris breitete sich unter uns aus.

Ein paar weitere Touristen lehnten sich über die Brüstung und blickten durch das Drahtgitter, das die Aussichtsplattform wie ein Sicherheitsnetz umgab, und ich folgte Jack den Balkon entlang. Die Seine wand sich kurvenreich durch die Stadt, die Morgensonne blitzte golden in der Ferne auf – hier auf einer Kuppel, dort an einem Hausdach – und hob die Gebäude aus all dem Creme und Grau ab. Etwas weiter entfernt durchbohrte der Eiffelturm den morgendlichen Dunst.

»Da«, rief Jack. Er zeigte vom Balkon hinunter auf einen der Wasserspeier. Ein Pärchen, das ungefähr in unserem Alter war, kuschelte und küsste sich davor, während der Typ sein Handy auf Armeslänge hielt und Selfies knipste.

Wir betrachteten die beiden und schauten dann einander an. Ich hoffte inständig, dass er nicht ahnte, bei wie vielen Gelegenheiten ich gerade daran denken musste, wie wir uns beinahe geküsst hatten. Und wie es wäre, ihn wirklich zu küssen.

Er schaute auf meine Lippen.

Ich wandte mich ab, bevor meine glühenden Wangen zu offensichtlich wurden.

Jack räusperte sich. »Genau. Wir warten einfach kurz und dann …«

»Klar«, erwiderte ich schnell. »Ja.«

Als das Pärchen weg war, gingen wir zu dem Wasserspeier hinüber, vorbei an dem mit Türmchen verzierten Hauptdach der Kathedrale. Jack untersuchte den Wasserspeier und dessen Umgebung.

Plötzlich spannten sich seine Schultern an und ich lehnte mich näher zu ihm. »Das Symbol.«

Es war auf den Krallenfuß eines der Wasserspeier gezeichnet, allem Anschein nach mit schwarzem, wasserfestem Stift und immerhin so gut versteckt, dass es den oberflächlichen Blicken eines vorbeiziehenden Putzkommandos entging. Ich drückte aufgeregt Jacks Arm, ließ ihn jedoch genauso schnell wieder los.

»Er kann uns ja wohl kaum sagen wollen, dass wir den kompletten Wasserspeier klauen sollen«, flüsterte ich. »Ist da irgendwas versteckt?«

In den nächsten paar Minuten durchsuchten wir die Stelle fein säuberlich, bis uns ein Wachmann bemerkte, sich ein paar Meter von uns entfernt aufbaute und uns misstrauisch beäugte. »Im Hinweis heißt es ›wacht über‹. Was ist mit seinen Augen?«, flüsterte ich wieder.

Als der Wachmann uns den Rücken zudrehte, sammelte Jack einen Kieselstein auf und warf ihn bis an die andere Seite des Turms, wo er gegen eine Regenrinne prallte und darin hinunterkullerte. Der Wachmann schreckte hoch und eilte in die Richtung, um nach dem Rechten zu sehen. Die einzigen anderen Touristen in unserer Nähe waren drei japanische Teenager, die Peace-Zeichen in ihre Handykameras hielten. Jack kletterte auf die Brüstung, streckte seinen Arm, so weit er konnte, durch das starre Metallgitter und fasste in die Augen des Wasserspeiers. Er schüttelte den Kopf und ich ließ die Schultern hängen. Nichts. Kein weiterer Hinweis, kein weiteres Symbol, gar nichts.

»›Er wacht über unsere Jungfrau über der Krönungsstätte. Wohin er blickt, ist es zu finden‹«, sagte ich leise, als er geschickt wieder neben mich gehüpft war. »›Wohin er blickt‹.« Die Erleuchtung traf mich wie ein Stromschlag. »Jack. Wohin er blickt, ist es zu finden. Wohin blickt er?«

Wir folgten der Blickrichtung des Wasserspeiers.

»Oh, Gott«, sagte ich. »Die ganze Stadt sieht genau gleich aus.« Die harmonischen grauen und cremefarbenen Gebäude waren nicht ganz so charmant, wenn sie es einem unmöglich machten, eine bestimmte Stelle herauszupicken. Auf der anderen Seite des Turms bog der Wachmann erneut um die Ecke, um uns zu beobachten, einen missbilligenden Ausdruck auf dem Gesicht.

Ich positionierte mich direkt hinter den Wasserspeier und folgte seinem Blick so exakt, wie ich konnte. Jack stellte sich hinter mich und schaute über meine Schulter.

Im selben Moment läuteten die Glocken der Kathedrale zum zweiten Mal. Die Glockenschläge waren voll und dröhnend und direkt hinter uns. Ich schnappte nach Luft und machte einen erschrockenen Satz – unmittelbar in Jacks Arme. Er hielt mich fest, und eine Sekunde lang nahm ich nur die Wärme seines Körpers wahr, die mich gegen die Kühle der Brise schützte, während sich seine Hände sicher auf meine Schultern legten. Es war, als könnte ich so lange ignorieren, wie sehr ich ihn berühren wollte, bis es tatsächlich passierte, und dann konnte ich an nichts anderes mehr denken. Unwillkürlich lehnte ich mich an seine Brust zurück. Er hielt mich nicht davon ab. Sofern ich es mir nicht nur einbildete, zog er mich sogar noch näher zu sich heran. Es war gefährlich, wie sicher ich mich dabei fühlte. Es war gefährlich, punktum – wir befanden uns in der Öffentlichkeit, und jemand hätte uns sehen können. Ich schüttelte seine Hände ab und machte einen Schritt von ihm weg auf die andere Seite des Wasserspeiers.

Als ich erneut den Blick hob, sah ich es sofort.

»Das weiße Riesenrad da.« Ich zeigte darauf. »Dorthin blickt er. Liegt in dieser Richtung irgendwas, das von Bedeutung sein könnte?«

Jack hielt sich am Geländer fest und blickte auf Paris hinunter. »Ja, in der Tat«, antwortete er mit einem Lächeln in der Stimme. »Da ist der Louvre.«

KAPITEL 27

GLÜCKLICHERWEISE BEFAND SICH der Louvre nur ein paar kurze Blocks entfernt. Straßenverkäufer bauten entlang der Seine ihre Stände mit glänzenden Eiffelturm-Postkarten, verstaubten Secondhand-Büchern und alten Absinth-Postern auf und der hektisch vorbeirauschende Verkehr erfüllte die Luft mit Dieselschwaden.

Wir warteten darauf, dass eine Ampel umsprang, und überquerten dann eine belebte Straße zum Vorhof des Louvre. Die Glaspyramide in seiner Mitte schillerte blendend in der Morgensonne, ein moderner Kontrast zur klassischen Fassade des Museums.

»Lass mich raten«, sagte ich, während meine Flip-Flops über den sonnengebleichten Beton klatschten. »Die Pyramide wurde von einer anderen Familie aufgestellt, um die Dauphins zu ärgern.«

Ich lachte, aber Jack legte die Stirn in Falten. »Woher weißt du das?«

Ich blieb stehen und stemmte die Hände in die Hüften. »Ernsthaft?«

Jetzt grinste Jack. »Ernsthaft«, versicherte er über seine Schulter hinweg.

Ich schüttelte den Kopf und beeilte mich, um wieder zu ihm aufzuschließen. Ein flüchtiger Blick auf den Gebäudeflügel der Dauphins bestätigte ihm, dass uns niemand beobachtete, also führte Jack ein Telefonat. Er hatte sich im Flugzeug ein neues Handy organisiert und auch eines für mich mitgenommen, als läge dort einfach so ein Dauervorrat mit zusätzlicher Ausrüstung bereit. Während er mit einem der Wachmänner sprach, den er kannte, rief ich noch einmal meine Mom an. Immer noch keine Antwort.

Wir setzten uns auf den Rand eines der zahlreichen Reflexionsbecken auf dem Vorplatz und warteten darauf, dass der Wachmann kam und uns – sowie Jacks Pistole – an den Metalldetektoren vorbeischleuste. Ich rief die Website des Louvre auf und hoffte, dass sie uns vielleicht einen Hinweis darauf gab, wonach wir eigentlich suchen sollten. Ich blieb an einem Bild der *Mona Lisa* hängen. Was für eine Ironie, dass wir uns so nahe an einem der berühmtesten Gemälde der Welt befanden, aber keine Zeit haben würden, es uns anzuschauen.

»In echt ist es gar nicht so beeindruckend«, sagte Jack, als hätte er meine Gedanken gelesen. »Es ist viel kleiner, als man denkt. Ich hab mich allerdings immer gefragt, worüber sie lächelt.«

Ich ließ die Finger durch das Reflexionsbecken gleiten

und schickte kleine Wellen über die Wasseroberfläche. »Sie tut nur so«, erwiderte ich. »Das ist kein echtes Lächeln. Es ist nur das, was sie den Leuten von sich zeigen will. So schlägt sie sich durch.«

Jack blickte einen langen Moment auf das Telefon. »Warum?«, fragte er. »Warum muss sie so tun?«

»Weil es so einfacher ist«, antwortete ich. Für mich schien es offensichtlich. »Dann muss sie sich nicht mit den Menschen einlassen.«

Ausnahmsweise studierte Jack nicht die Gesichter sämtlicher vorüberziehender Passanten oder suchte die Menge mit den Augen nach möglichen Gefahren ab. Er schaute weiter auf das Handy und warf dann mir einen Blick zu. »Das glaube ich nicht«, erwiderte er schließlich. »Ich glaube, sie weiß, dass unabhängig zu sein nicht immer bedeuten muss, dass man allein ist.«

Mit einem Mal interessierte ich mich sehr für meine verknoteten Haarspitzen. »Dann wart du und Mona also Freunde?«, neckte ich ihn und hoffte, dass es unbekümmert klang. »Du kanntest sie gut genug, um ihre tiefsten Geheimnisse zu kennen?«

Er biss sich auf die Unterlippe. »Ich glaube, ich lerne sie gerade besser kennen.«

Ein Louvre-Wachmann in Marineblau rettete mich. Er lotste uns an der Menschenschlange vorbei ins Innere der Pyramide.

Ich hatte nicht erwartet, dass sie so aussehen würde. Die Pyramide diente als gigantisches Oberlicht und durchflutete die Eingangshalle des Louvre mit Sonnenlicht.

Ich sah mir die Broschüre an, die wir mitgenommen hatten. Es gab drei riesige Hauptflügel, alle mit Dauer- und Wechselausstellungen, sowie eine zusätzliche Sonderausstellung.

»Auf dem Armband steht ›mein Zwilling‹. Ich frage mich, ob wir nach Schmuck suchen«, bemerkte ich. »Das würde bedeuten, dass es etwas ist, das es schon seit *Napoleons* Zeiten gibt. Aber falls Fitz diesen Hinweis schon hatte und *dann* etwas für uns hinterlassen hat, könnte es alles Mögliche sein.«

Jacks Blick huschte über die Liste der Sammlungen. »Wir müssen einfach, so schnell wir können, nach allem suchen, was eine Möglichkeit sein könnte.«

Als wir die breite Wendeltreppe hinuntergingen, sah ich etwas, bei dessen Anblick sich mein Herz in meiner Kehle festkrallte.

Narbengesicht, der Rothaarige und der Rest der Ordensgruppe marschierten draußen an der Pyramide vorbei. Ich packte Jack und sein ganzer Körper spannte sich an.

»Wie haben die uns gefunden?«, fragte ich. »Wir haben unsere Telefone weggeworfen. Wir sind in einer ganz anderen *Stadt*.«

Eine Schulklasse drängte sich kichernd und stolpernd an uns vorbei die Treppe hinunter. Jack zog mich zur Seite und auf seinem Gesicht erkannte ich eher Besorgnis als Überraschung.

»Was?«, fragte ich, und dann fiel mir etwas ein. »Warte mal. Hat vielleicht eine der anderen Familien euer Flugzeug mit einem Sender verfolgt? Was, wenn die gar nicht vom Orden sind?«

»Die anderen Familien können unser Flugzeug tatsächlich

verfolgen«, erwiderte er leise und fügte dann hinzu: »Die da sind vom Orden. Aber wenn sie unser Flugzeug auch verfolgen können … dann wäre das gar nicht gut. Ich weiß es nicht. Wir haben jetzt keine Zeit, darüber nachzudenken.«

Wir eilten in die Eingangshalle und Jack blieb am Fußende der Treppe abrupt stehen. »Vielleicht haben sie ja auch nur gut geraten und sind deshalb hier.« Er deutete auf ein auffälliges schwarz-weiß-rotes Banner, das ins Atrium herabhing.

NAPOLEON-HALLE
SONDERAUSSTELLUNG:
ALEXANDER DER GROSSE UND
DAS ANTIKE GRIECHENLAND

»Denkst du, das sollten wir uns mal anschauen?«, fragte Jack.

»Es wäre schon ein ziemlich großer Zufall, wenn wir da nicht fündig würden.« Ich warf erneut einen Blick nach draußen, wo sich der Orden gerade an der Schlange vorbeidrängelte.

»Das muss es sein«, bekräftigte Jack. »In Paris. In der *Napoleon*-Halle. In einer *Alexander*-Ausstellung, verflucht noch mal. Die Dauphins haben diese Ausstellung zusammengetragen, weil sie nach Informationen zum Mandat gesucht haben. Welche bessere Möglichkeit könnte es geben, antike griechische Artefakte zu finden, als jedes kleine Museum auf der Welt darum zu bitten, seine Artefakte an den Louvre zu schicken? Und Fitz konnte seinen Hinweis auf dieselbe Weise verstecken wie in der Hagia Sophia.«

Ich schaute mich um. Wegen des Banners konnten wir nichts unternehmen, aber am Fußende der Treppe stand ein Schild mit einem Pfeil, der die Richtung zur Ausstellung wies. »Das ist ganz offiziell das billigste und klischeemäßigste Ablenkungsmanöver aller Zeiten, aber es verschafft uns hoffentlich ein paar Minuten mehr Zeit.« Ich drehte den Pfeil herum, bis er in die entgegengesetzte Richtung zeigte. »Lass uns gehen.«

Jack und ich rannten die Treppe hinunter, mischten uns unter die Menge und blickten uns immer wieder um. Als wir die Ausstellung erreichten, trennten wir uns.

Ich fand eine Büste von Alexander dem Großen, eine Marmorplatte unter einer dicken Glasscheibe und einen Kranz aus goldenen Reben. Als Nächstes entdeckte ich verschiedene Metallwerkzeuge und wurde ganz aufgeregt, als ich eine Vitrine mit Schmuck fand. An den einzelnen Stücken und den entsprechenden Erklärungstafeln wirkte jedoch nichts außergewöhnlich, während das Symbol auf dem Armband und dem Wasserspeier offensichtlich gewesen war.

Auf der anderen Seite des Raumes sah ich Jack, die Hände in den Hosentaschen, der sich erst für einige antike Münzen interessierte und dann für einen Teil einer Steinmauer. Als er sich umdrehte, sah ich ihn mit erhobenen Augenbrauen an und er schüttelte den Kopf.

Für die Untersuchung des nächsten Stücks würde ich eine Weile brauchen, also las ich zunächst die dazugehörige Tafel: *Elfenbein-Sarkophag, der Szenen aus dem Leben von Alexander dem Großen zeigt. Leihgabe des Archäologischen Museums Istanbul.*

Istanbul. Und in der rechten unteren Ecke der Tafel erkannte ich das verschlungene Symbol, das ich so gut kannte.

»Jack«, flüsterte ich laut. Er schlenderte zu mir herüber, als seien wir ganz normale Touristen, aber seine Augen tanzten vor Aufregung.

Ich ging vor dem Sarkophag in die Hocke, um das Wandbild darauf zu betrachten, und Jack hockte sich neben mich. »Das ist Alexander. Und Aristoteles, glaube ich – er war Alexanders Lehrer.«

Ich schaute über meine Schulter und erwartete, jede Sekunde Narbengesicht zu entdecken. Ich hätte mir gerne gesagt, dass er uns sicher nicht an einem öffentlichen Ort umbringen würde, aber auf dem Markt in Istanbul schien ihn das auch nicht gestört zu haben.

Jack schaute sich die Rückseite des Sarkophags an, bis ihm ein Wachmann vom anderen Ende des Raumes eine Warnung zubellte und er ein Stück zurückweichen musste.

Die Meute der kleinen Kinder, die wir kurz zuvor schon gesehen hatten, stürmte in den Raum, und ihre schrillen Stimmen hallten von der Gewölbedecke wider. Noch immer kein Narbengesicht.

»Da muss noch mehr sein als nur die Szenen, die hier eingemeißelt sind.« Jack starrte auf die Tafel. »Warte mal. Das Archäologische Museum Istanbul. Fitz hat dort auch ehrenamtlich gearbeitet. Hast du die ganzen Infos gelesen?«

»Welche Infos?«

Jack schnappte sich einen laminierten Ausdruck aus einem Ständer, auf dem Einzelheiten zu dem Ausstellungsstück in sechs verschiedenen Sprachen aufgeführt waren. Wir überflogen sie beide.

»Da«, sagte ich. In der Mitte des zweiten Abschnitts stand: *»Dies ist ein besonders interessanter Sarkophag«, so Emerson Fitzpatrick, ehrenamtlicher Museumsführer. »Der doppelte Boden war in der damaligen Zeit einzigartig und wurde wahrscheinlich benutzt, um Schmuggelware in einer Beerdigungsprozession zu verstecken.«*

»Doppelter Boden«, flüsterte ich.

Der Sarkophag stand auf vier gedrungenen, runden Füßen, und darunter waren fünfzig Zentimeter Luft. Wenn es im Louvre genauso leer gewesen wäre wie in der Hagia Sophia, wäre es ganz leicht gewesen, darunter nachzuschauen.

Hier würde es jedoch nicht so leicht werden.

Mein Blick huschte durch den Raum, auf der Suche nach einer Lösung. Die Gruppe mit den Kindern bewegte sich auf die goldene Krone zu.

»Vertraust du mir?«, fragte ich Jack. Ohne zu zögern, nickte er.

Ich fragte mich, wie es wohl war, jemandem so einfach sein Vertrauen schenken zu können. Ich konnte nicht leugnen, dass es sich von dieser Seite ziemlich gut anfühlte. Und deshalb wollte ich die Sache auch auf keinen Fall vermasseln.

Als sich die Kindergruppe zwischen mich und den Wachmann auf der anderen Seite des Raumes schob, ließ ich mich auf den Boden fallen und schlüpfte unter den Sarkophag.

Ich konnte von Glück sagen, dass ich nicht klaustrophobisch war. Dass über mir tonnenschwere Steine schwebten, war schlimm genug, aber es war auch zu dunkel, um etwas erkennen zu können. Der raue Stein schürfte über meine

Fingerspitzen, als ich ihn abtastete. Bisher fühlte sich die Unterseite überall gleich an, abgesehen von einem klebrigen Spinnennetz in einer Ecke.

Aber da. In der Nähe der Mitte. Eine lange Kante, die sich, als ich mit den Fingern darüberfuhr, als quadratisch herausstellte. An ihrem Rand befand sich eine flache Mulde. Es fühlte sich wie eine alte Schmuckschatulle an. Der Deckel war jedoch nicht an Scharnieren befestigt, sondern ließ sich zur Seite aufschieben.

Ich schob all meine Finger in die Mulde und zog so fest daran, wie ich konnte.

Es rührte sich nichts.

Die Schatten veränderten sich, und ich blickte zur Seite und sah Dutzende kleiner Füße, die auf mein Versteck zuströmten. Ich zog erneut an der Schiebewand.

Nichts.

Hektisch fuhr ich mit den Fingern an der Kante entlang. War das ein Verschluss?

Ja. Da war etwas. Ich bewegte das Stück Stein, so weit es ging, zur Seite und legte die Finger dann wieder an die kleine Schiebetür.

»*Regardez!*«, sagte eine Kinderstimme. »*Que fait-elle?*«

Jack sagte irgendetwas auf Französisch, hockte sich vor mich und legte eine Hand auf meinen Knöchel.

Ich riss an der Schiebetür. Diesmal öffnete sie sich quietschend.

»Meine Freundin hat sich verletzt!«, rief Jack, jetzt auf Englisch, und versuchte ganz offensichtlich, damit den Lärm zu übertönen. »Sie ist gestürzt!«

Trotz allem fiel mir auf, dass er *meine Freundin* gesagt hatte.

Er hätte genauso gut sagen können, ich sei seine Cousine oder seine Schwester.

Ein paar kleine Gesichter lugten unter den Sarkophag.

Ich steckte die Hand in die Öffnung. Zu meiner Rechten war nichts als kalter, rauer Stein. Ich tastete nach links.

Schritte donnerten über den Boden.

Meine Finger fanden etwas. Ich zog einen Lederbeutel aus dem Loch, begleitet von einer ordentlichen Menge Staub. Ich stopfte den Beutel in meine Handtasche und versuchte, nicht zu niesen.

Ein erwachsenes Gesicht tauchte auf, eine Silhouette im Licht. »*Mademoiselle!* Miss? Ist alles in Ordnung?«

Ich glitt unter dem Sarkophag hervor und mein Herz raste doppelt so schnell. Jack ging neben mir in die Hocke und half mir, mich aufzusetzen. Ich klammerte mich an ihn, als wäre ich gerade in Ohnmacht gefallen. Er lehnte sich ganz dicht zu mir. »Hast du was gefunden?«, flüsterte er und strich mir das staubige Haar aus dem Gesicht wie der perfekte besorgte Freund.

Ich nickte, und sein ganzes Gesicht erstrahlte so sehr, dass ich die komplette Schulklasse und ihre Lehrerin kaum bemerkte, die mich allesamt anstarrten und flüsterten. Dann türmte sich der Wachmann über uns auf und bellte irgendetwas auf Französisch.

Jack legte einen Arm um mich und erwiderte etwas, und ich fasste mir an den Kopf und wimmerte so überzeugend, wie ich konnte.

»Wie schon gesagt, meine Freundin hat einen *Herzfehler*«, sagte Jack, und ich ließ die Hand schnell auf meine Brust fallen.

»Aber sie kommt wieder in Ordnung«, fügte Jack hinzu. »Vielen Dank für Ihre Hilfe.«

Der Wachmann runzelte die Stirn, gestikulierte in Richtung des Sarkophags und betrachtete mich von oben bis unten. Ich war zwar in eine Jacke gewickelt, aber ich trug immer noch das knappe Cocktailkleid, hatte aufgeschürfte Beine und mehrere blutige Pflaster am Körper.

»Ich habe keine Ahnung, wie sie da druntergerutscht ist«, sagte Jack auf Englisch. Er half mir auf die Beine, etwas unsanft, wenn man bedachte, dass ich angeblich eben erst in Ohnmacht gefallen war. »Es tut uns leid, dass wir Ihnen Umstände gemacht haben. Ich bringe sie jetzt zurück in unser Hotel. Nein! Nein, wir brauchen keinen Arzt.«

Der Wachmann runzelte die Stirn und hob sein Walkie-Talkie – und von der anderen Seite des Raumes war ein vertrauter Akzent zu vernehmen.

Narbengesicht, der Rothaarige und die anderen spazierten in die Alexander-Ausstellung und waren dabei so laut, dass sich der Wachmann zu ihnen umdrehte. Jack nahm meine Hand, und wir rannten in die entgegengesetzte Richtung davon.

»*Arrêtez!*« Ich musste mich nicht umdrehen, um zu wissen, dass der Wachmann uns hatte davonrennen sehen.

»Da sind sie!« Und der Orden auch.

KAPITEL 28

JACK ZERRTE MICH an zwei großen, rothaarigen Touristen in zu kurzen Shorts vorbei und tiefer in das Museum hinein.

Die Schreie folgten uns.

Ich blickte mich verzweifelt nach einem grünen SORTIE-Schild um, das einen Ausgang markierte, aber in dieser Richtung gab es keines. Nur Toiletten.

»Zu offensichtlich«, sagte Jack und bog scharf links durch eine offene Tür in ein Büro ab. Er knallte sie zu und schloss hinter uns ab.

Ein paar Augenblicke später wackelte der Türknauf, dann donnerten Fäuste in einem wütenden Rhythmus dagegen. »Macht die verdammte Tür auf!«, brüllte Narbengesicht. Ich wich zurück und suchte nach einem anderen Ausgang.

»Sie müssen es haben, sonst wären sie nicht weggerannt«,

drang Narbengesichts gedämpfte Stimme von draußen zu uns.

Weiteres Hämmern. Ein Tritt gegen die Tür, unter dem sich der untere Teil nach innen wölbte. Es war die einzige Tür im Raum, aber es gab auch ein Fenster.

Noch mehr Schritte, die auf uns zurannten. Gemurmel, Fluchen. »Wachmänner«, sagte eines der Ordensmitglieder, und ich bildete mir ein, wieder etwas über den »Kommandanten« gehört zu haben. Schließlich sprach Narbengesicht so laut, dass wir ihn verstehen konnten.

»Falls ihr eure Meinung noch ändern und den alten Mann doch nicht sterben lassen wollt, dann habt ihr noch einen Tag«, sagte er. »Ruft in den nächsten vierundzwanzig Stunden diese Nummer an und gebt uns den Namen des Einen, oder er ist tot. Wir werden euch diese Chance nicht noch einmal geben.« Er ratterte eine Nummer herunter, und ich kritzelte sie auf ein Stück Papier, das ich in meiner Tasche fand.

Mit donnernden Schritten entfernten sie sich. Ich starrte auf die Telefonnummer in meiner Hand, aber dann erreichte uns die nächste Gruppe von Schritten und der Türknauf wackelte erneut, diesmal weniger gewalttätig. *»Sécurité!«*

Jack schüttelte den Kopf und zeigte auf das Fenster. Ich steckte den Zettel in meine Tasche. Zum Glück befanden wir uns im Erdgeschoss, in der Nähe einer Art Personalausgang. Jack half mir aus dem Fenster und sprang dann hinter mir heraus. Er schnappte meine Hand und wir sprinteten eine Rampe hinauf.

»Was war in dem Sarkophag?«, fragte Jack atemlos, als er das gusseiserne Tor aufzog, das zum Gelände des Louvre hinausführte.

»Irgendein Lederbeutel. Es hat sich angefühlt, als sei ein Buch …«

Am anderen Ende des Gebäudeflügels schwang eine Notausgangstür auf. Der Orden stürmte heraus. Wir kamen schliddernd zum Stehen.

»Sucht nach ihnen, ihr Idioten«, brüllte Narbengesicht und zeigte von uns weg. »Einer von euch geht nach vorne, der andere zum Seitenflügel. Das Mädchen trägt eine weiße Jacke, der kleine Mistkerl eine schwarze. Sie können nicht schwer zu finden sein.«

Ich bohrte meine Finger in Jacks Arm. Es war zu viel Verkehr, um über die Straße zu rennen, aber sonst würden sie uns überall entdecken.

Narbengesicht machte Anstalten, sich umzudrehen.

Jack zerrte mich wieder die Rampe hinunter, die wir eben erst hochgerannt waren. Sie machte eine Kurve, und wir landeten direkt neben der Straße, nur eine Ebene tiefer, neben einem Fahrradständer. Wir zogen uns in einen nach hinten versetzten Türeingang zurück. Ich rüttelte wie wild an der Klinke, aber die Tür war abgeschlossen.

Jack bedeutete mir, ich solle meine Jacke ausziehen, und warf sie unter einen Helm, der in einem der Fahrradkörbe lag. Er legte mir seine eigene Jacke über die Schultern und hob dann einen Strohhut vom Boden auf. Er sah aus, als hätte ihn ein Tourist über den Zaun fallen lassen. Jack verzog das Gesicht, aber er war nicht dreckig, also setzte er sich den Hut auf den Kopf und zog ihn tief über die Augen. »Mach dein Haar auf«, flüsterte er. Ich löste das Haargummi von meinem Pferdeschwanz und ließ mein Haar über meine Schultern fallen, um so wenig Ähnlichkeit wie möglich mit dem Mädchen zu haben, das sie gerade gesehen hatten.

Narbengesicht und die Stimme eines weiteren Mannes kamen näher. Falls sie hinunterschauten, wenn sie an uns vorbeigingen, waren wir erledigt. Wir waren nicht besonders gut versteckt. Jack schob mich so weit wie möglich in die Schatten zurück und hielt mich zwischen sich und der Wand fest. »Nicht bewegen«, flüsterte er. Er blickte hinter sich. »Sie werden denken, dass wir …«

Ich nickte. Für diese Tageszeit war ich ziemlich seltsam gekleidet, aber es sah auch so aus, als kämen wir gerade von einer besonders langen Nacht nach Hause und versuchten, ein ruhiges Plätzchen zum Rummachen zu finden.

Jack stand so dicht vor mir, dass seine Oberarme über meine Schultern strichen, so nah, dass mich sein Aftershave oder seine Haut, oder woher auch immer dieser süßliche Moschusgeruch an seinem Halsansatz stammte, überwältigt hätte, wenn ich nicht solche Angst gehabt hätte.

Die Schritte kamen näher. Ich spannte mich an. Ich traute ihnen durchaus zu, dass sie uns umbringen würden, um an die Sachen zu kommen. Mein Puls raste wie wild, als ich zur Straße hinaufblickte.

Jacks Lippen berührten die Haare an meiner Schläfe und sein Atem fühlte sich ganz warm an meinem Ohr an. »Alles gut«, flüsterte er. »Es wird alles gut. Sie sind fast weg.«

In diesem Moment zitterte ich nur teilweise vor Angst.

Die Stimmen wurden lauter, zogen direkt an unserem Versteck vorbei, hielten inne – und gingen dann weiter. Ich atmete aus und stellte mich auf Zehenspitzen, um über Jacks Schulter blicken zu können. Nichts. Weg. Ich sank wieder in mir zusammen, und eine Blase der Erleichterung schwoll in meiner Brust an – und dann stolperte ich. Ich fiel in Jacks Arme, und die Bierflasche, die ich umgestoßen hatte, prallte mit einem lauten Klirren gegen die Tür hinter mir.

Die Stimmen verstummten. Ich krallte mich mit beiden Fäusten in Jacks Hemd fest. Eine Sekunde lang bewegten sie sich nicht, bewegten wir uns nicht, und die ganze Welt hielt den Atem an. Dann folgten Schritte, die wieder auf unser Versteck zueilten. Jack drehte sich um, um nachzusehen. Ich hatte den besseren Blickwinkel und konnte sehen, wie ein Schatten über das Tor am oberen Ende der Rampe fiel. Wenn Jack sich noch weiter umdrehte, würden sie ihn sehen können.

Er reckte den Hals, aber ich packte sein Gesicht und riss es wieder herum. Seine Haut fühlte sich heiß an und seine zarten Stoppeln kitzelten unter meinen Fingern.

Er machte den Mund auf, aber ich schüttelte heftig den Kopf und deutete mit einem Nicken über uns. Nur zwei Jugendliche, die in einer dunklen Ecke rumknutschten. Dann würden sie sich gar nicht um uns kümmern.

Der Schatten blieb stehen. Das gusseiserne Tor quietschte in seinen Angeln und der Schatten lehnte sich über das Geländer.

Ich tat das Einzige, was mir einfiel.

Ich küsste Jack.

Ich riss sein Gesicht zu meinem herunter, hielt es zwischen meinen Händen fest und hoffte, dass sein Hut unsere Gesichter verbarg.

Oh, Gott, bitte mach, dass er nicht die Rampe runterkommt. Oh, Gott, bitte lass nicht zu, dass Jack ausflippt und sich losreißt.

Oh, Gott. Ich küsste Jack.

Irgendwie. Unsere Lippen pressten sich wie erstarrt aufeinander und wir hatten die Augen weit aufgerissen und starrten einander voller Entsetzen an. Ich hielt den Atem an. Und ich war mir ziemlich sicher, dass er dasselbe tat.

Eine Sekunde verging oder eine Minute oder eine Woche und seine Augen färbten sich mitternachtsschwarz und glänzten.

Über den Verkehrslärm hinweg hörte ich ein Schnauben. »Nur ein paar Kids, die unter einer dreckigen alten Treppe knutschen«, verkündete die Stimme und entfernte sich wieder. Es klang wie der Rothaarige. »Das sind sie nicht.«

»Dann geh und finde sie, du Arschloch«, rief Narbengesicht, und die Stimmen verklangen.

Meine Hände fielen von Jacks Gesicht und unsere Lippen trennten sich. Ich ließ mich gegen die Wand sinken, schlaff vor Erleichterung.

Jack stand immer noch über mir und blickte über seine Schulter. Als er sich vergewissert hatte, dass sie wirklich verschwunden waren, drehte er sich wieder um, aber anstatt irgendetwas zu sagen, anstatt mich auch nur anzuschauen, schloss er die Augen und stieß ein langes, zitterndes Seufzen aus.

Er wusste, dass ich das nur getan hatte, um uns zu retten, richtig? Nicht, dass ich es nicht *gewollt* hätte, aber ich versuchte sicher nicht, ihn in noch größere Schwierigkeiten zu bringen oder die ganze Sache noch komplizierter zu machen. Mein unruhiger Atem, der von den Wänden widerhallte, war das einzige Geräusch, das ich hören konnte, und es war viel zu laut. »Jack …«, begann ich, und er machte die Augen wieder auf.

Wo ich Verärgerung zu sehen erwartet hatte, sah ich alles andere als das. In seinen Augen lag etwas Wildes, und in der Art, wie sich seine Lippen öffneten, etwas Verzweifeltes. Aber er war nicht wütend. Definitiv nicht wütend. Ich klappte den Mund wieder zu.

Unsere Gesichter schwebten nur wenige Zentimeter voneinander entfernt, erstarrt, aber zuckend, wie zwei Magnete, an denen wir plötzlich so stark wir konnten ziehen mussten, damit sie einander nicht trafen.

Er wollte etwas sagen, hielt dann jedoch inne. Als ich den Ausdruck in seinen Augen sah – Angst, Verzweiflung, Sehnsucht – fiel es mir entschieden schwerer, meinen Magneten im Zaum zu halten.

Dann ließ einer von uns – oder wie beide – los.

Seine Lippen prallten auf meine.

Es ließ sich nicht mit dem gespielten Kuss vor einer Minute vergleichen. Seine Lippen fühlten sich vom ersten Moment an viel sanfter auf meinen an, und seine Hände, die sonst so vorsichtig waren, zogen mich so dicht zu ihm heran, dass ich mit seinem Körper verschmolz.

Er küsste mich. Jack Bishop küsste mich. Und ich erwiderte den Kuss, so als sei ich kurz vorm Ertrinken und er meine Luft zum Atmen. Die Krempe seines Huts drückte sich gegen meine Stirn und er schob ihn beiseite und warf ihn auf den Boden.

»Gott, Avery«, murmelte er. Er öffnete seine Lippen, und ich packte seinen Hemdkragen und zog ihn näher, näher und noch näher zu mir heran, und sämtliche Gefühle der vergangenen paar Tage – der Schmerz und die Gefahr und die Sehnsucht und die Verwirrung und die Hoffnung – vermischten sich in diesem Kuss, in seinem Mund auf meinem, und kribbelten über mein Schlüsselbein, während meine Finger unter den Saum seines Hemds wanderten, der aus seiner Hose heraushing.

Ich legte den Kopf in den Nacken und ließ seine Lippen ihren Weg an meinem Hals hinab finden. Sein Hals schmeckte nach Salz und Gewürzen, und seine Hände, meine Hände, waren überall, und ich fiel, fiel, fiel immer tiefer, nur seine Arme hielten mich noch fest.

Stimmen drangen von der Straße zu uns. Ich glaubte zwar nicht, dass es der Orden war, aber über den Verkehr und unseren Atem hinweg, der von den Wänden widerhallte, war das schwer zu sagen. Das Einzige, was ich mit Sicherheit wusste, war, dass es mir egal war. Mir war alles egal. Ich wollte nur nicht, dass er aufhörte, mich zu küssen.

Und das tat er auch nicht.

Es war nicht mein erster Kuss, aber er fühlte sich so an. Er fühlte sich so an, wie die Küsse in Filmen immer aussahen, was ich bisher immer für pure Erfindung gehalten hatte. Aber das hier war real. Und einen irrationalen Augenblick lang dachte ich, wir könnten das Mandat einfach wegküssen, den Orden und den ganzen Rest der Welt. Ein Kuss wie dieser konnte das.

Schließlich lösten wir uns doch voneinander. Nachbeben des Kusses jagten durch meinen Körper.

Jacks zitternder Atem vermischte sich mit meinem, und seine Finger schlossen sich um meine Hüften, als seien sie das Einzige, was ihn noch aufrecht hielt. Ich lehnte mich zu ihm, und meine Lippen versuchten ganz allein und blind, den Weg zurück zu seinen zu finden.

Er beugte sich noch einmal zu mir und strich mit seinem Mund über meinen. Dieser Kuss, der letzte geflüsterte Hauch seiner Lippen, machte mir am ganzen Körper Gänsehaut.

Plötzlich ließ Jack seine Hände fallen und atmete tief und zitternd ein. Ohne nachzudenken, streckte ich eine Hand aus und streichelte seinen Arm. Jetzt fühlte es sich ganz falsch an, ihn nicht zu berühren. Aber anstatt seine Arme um mich zu schlingen und mich an sich zu drücken, wie ich es erwartet hatte, zog er sich zurück.

»Es tut mir leid«, sagte er. Seine Hände ballten sich zu Fäusten. »Gott, es tut mir so leid. Ich hätte das nicht tun sollen. Ich hab alles nur noch schlimmer gemacht.«

Mein Arm fiel wie ein nasser Sack an meine Seite. Nein. Küssen machte gar nichts schlimmer. Küssen machte alles *besser*, besonders, wenn man sich so küsste. Wenn alle so geküsst werden würden, dann gäbe es keine Probleme auf der Welt.

Ich fragte mich, wie es wohl wäre, wenn Jack ein normaler Austauschschüler gewesen wäre und es keinen Kreis, keinen Orden, keine Saxons und kein Schicksal gäbe, das durch ein Mandat bestimmt wurde.

War es möglich, Nostalgie für etwas zu empfinden, das niemals wirklich passiert war? Falls ja, dann war es wie ein Schatten von *toska*. Ein Sehnen nach etwas, das man unmöglich verstehen konnte. Ein Sehnen, das ich mir endlich zu fühlen erlaubte, nur, um mir sofort wieder zu wünschen, ich hätte es nicht getan.

Jack kehrte mir den Rücken zu.

Er glättete sein Hemd und zog den Blazer wieder an, den ich ihm in die Hand drückte. Mit seinem Haar, das noch immer ganz zerzaust war, weil ich mit den Fingern hindurchgefahren war, war er so wunderschön, dass ich kaum atmen konnte.

Als hätte er meine Gedanken gelesen, strich er sein Haar wieder glatt.

Ich starrte ihn noch einen Herzschlag lang an und war mir sicher, dass er die Sehnsucht spüren konnte, die aus mir pulsierte – und dann sank ich innerlich zusammen. Mein Herz knallte so fest zu, dass ich erschauderte.

»Mir tut es auch leid«, sagte ich so unberührt, wie ich konnte. »Das war ganz offensichtlich ein Fehler.«

Er drehte sich wieder um. Seine Augen sagten nicht, dass es ein Fehler gewesen war. »Ich versuche nur, das Richtige zu tun«, erwiderte er. »Das weißt du doch, oder?«

Natürlich wusste ich das. Was immer ich auch sonst noch fühlen mochte, ich wusste, dass er immer versuchte, das Richtige zu tun. Ich wandte mich ab und fasste mein Haar wieder zu einem Pferdeschwanz zusammen. »Und woher weißt du, was das Richtige ist?«, flüsterte ich.

»Genau das ist wohl das Problem, was? Ich weiß es nicht mehr. Das, was sich richtig anfühlt …« Er richtete seine Augen auf mich und wandte den Blick dann ebenso schnell wieder ab. Er ging zum Fuß der Rampe. »Das Einzige, was sich richtig anfühlt, ist so falsch, wie es nur sein kann.«

KAPITEL 29

WIR GINGEN UM das Museum herum zur Rückseite, vorbei an einem Straßenverkäufer, der einen brutzelnden runden Crêpe dick mit Schokolade bestrich. Jack führte uns mehrere Steinstufen hinunter zum Ufer der Seine.

Das Einzige, was sich richtig anfühlt, hatte er gesagt. Was sich für ihn richtig anfühlte, war *ich.*

Er durfte solche Sachen nicht sagen.

Die Sonne stand inzwischen direkt über uns, während wir unter einer Brücke hindurch am Fluss entlangliefen, vorbei an Dutzenden Picknickern beim Sonntagsbrunch. Von allen Seiten umgab uns das Brummen des Verkehrs, das Lachen Fangen spielender Kinder und das Läuten von Fahrradklingeln, aber die Stille zwischen uns wurde allmählich immer lauter. »Was hat es mit den ganzen Vorhängeschlössern auf sich?«, fragte ich schließlich und zeigte auf eine Brücke, an deren Geländer Tausende glitzernder Schlösser hingen.

Jack steckte die Hände in die Hosentaschen. »Das ist die Brücke der Liebesschlösser. Wenn ein Pärchen da ein Schloss dranhängt und den Schlüssel in den Fluss wirft, wird es für immer zusammenbleiben. Angeblich.«

»Haben die denn noch nie was von Bolzenschneidern gehört?«, wunderte ich mich. Jack schielte mich aus dem Augenwinkel an.

Ich entdeckte eine Bank im Schatten, steuerte darauf zu und fegte eine Schicht aus hellrosa Blütenblättern vom Baum darüber weg, bevor ich mich hinsetzte.

Jack ließ sich gut dreißig Zentimeter von mir entfernt nieder, was immer noch zu nahe war. Ich rutschte noch ein paar Zentimeter von ihm weg.

Das Küssen hatte wirklich alles noch schlimmer gemacht.

Ich holte den Lederbeutel aus meiner Handtasche, so als sei er das Einzige, was ich momentan im Sinn hatte. Wenigstens war ich eine gute Lügnerin.

In dem Beutel befand sich ein sehr altes, in Leder eingebundenes Buch. Ich spürte, dass Jack über meine Schulter blickte, als ich es herausgleiten ließ. Vom Buchdeckel rieselten verblasste schwarze Flocken auf mein weißes Kleid. Ich legte es behutsam auf meine Knie und hielt inne. Ich spürte sein Gewicht in meinen Händen, das Gewicht von Dingen, die viel wichtiger waren als irgendein Jungsdrama.

Mr Emerson war viel, viel wichtiger. Das hier – welche Geschichte ich auch immer in Händen halten mochte – war viel, viel wichtiger.

»Wenn hier drin steht, wer der Eine ist, und wir es dem Orden sagen, dann vollstrecken wir damit ein Todesurteil über diesen Menschen«, sagte ich. Es konnte jemand in meinem Alter sein – jemand wie Luc. Oder sogar ein kleines Kind.

»Wenn wir es nicht tun, vollstrecken wir damit *Fitz'* Todesurteil.« Jack schüttelte seinen Blazer ab und krempelte die Ärmel seines Hemds hoch. Es war seit dem Morgen viel wärmer geworden. »Und der Orden bringt sowieso schon alle um, von denen sie denken, sie könnten der Eine sein. Der Sache ein Ende zu setzen, bei dem nur *ein* Mensch stirbt, würde sogar Leben *retten.*«

Ich konnte nicht fassen, dass es wirklich an uns lag, das zu entscheiden.

Die Sonne schillerte auf dem Fluss, während eine Gruppe von Entenbabys ihrer Mutter in einer ordentlichen Reihe hinterherschwamm. Zwei blonde Mädchen warfen ihnen Baguette-Stückchen zu.

»Wir würden damit außerdem die Erfüllung des Mandats verhindern«, gab ich zu bedenken. »Der Kreis würde das Grab niemals finden, falls sich herausstellt, dass das Mandat eine Voraussetzung dafür ist.«

Jack rieb sich den Nasenrücken. Dieser Teil musste ihn beinahe umbringen.

»Aber Mr Emerson hat gesagt, dass wir es *niemandem* erzählen sollen«, fuhr ich fort. »Er hätte dir auch per SMS verraten können, wo er diese ganzen Sachen versteckt hat, oder sie einfach in seinem Safe zurücklassen. Aber er wollte wirklich auf gar keinen Fall, dass irgendjemand außer uns sie sieht.«

Jack stützte sein Kinn auf einer Hand ab und sah mich an. »Willst du mir damit sagen, dass du nicht findest, dass wir den Einen ausliefern sollten, um Fitz zu retten?«

Eine Brise brachte die dunklen Haarsträhnen durcheinander, die sich bereits aus meinem Pferdeschwanz gelöst hatten. »Denkst du, dass sie ihn wirklich töten würden? Das haben sie schon in der Hagia Sophia behauptet und es dann trotzdem nicht getan. Wäre es nicht klüger, ihn für Informationen am Leben zu lassen, bis sie irgendwann haben, was sie wollen?«

»Sind wir bereit, dieses Risiko einzugehen?«

Ich ließ die Schultern sinken. »Nein, ich schätze nicht.« Letzten Endes würde ich für Mr Emerson tun, was immer ich tun musste, auch wenn mich allein der Gedanke, über das Schicksal eines anderen Menschen zu entscheiden, ganz krank machte. »Aber das Ganze gefällt mir überhaupt nicht.«

»Mir auch nicht.« Jack stützte sich mit den Ellenbogen auf den Knien ab und senkte die Schultern. »Aber als Teil des Kreises lernt man, dass das Richtige nicht immer das Angenehmste ist.«

Ich blickte auf das vom Sonnenlicht gesprenkelte Buch hinunter und klappte den Deckel auf. Ein Tagebuch, wie es aussah. Auf Französisch.

Jack streckte eine Hand aus. »Darf ich?«

Ich beobachtete, wie er die Seiten überflog. »Jede Menge über Schlachten.« Er blätterte an eine spätere Stelle. »Und dann scheint es, als sei der Verfasser krank geworden.«

Nichts davon klang, als sei es für uns von Nutzen. Ich sah zu, wie der Menschenstrom auf der aufwendig gestalteten

Brücke über uns vorbeizog, und hoffte, dass der Orden nicht auf die Idee kommen würde, uns hier unten zu suchen.

Jack blickte mit zusammengekniffenen Augen auf eine der Seiten. »Eine Menge dieser Schlachten sind Napoleons.« Er blätterte einmal um, dann noch einmal, und fuhr mit dem Zeigefinger über jede einzelne Seite. »Zuerst dachte ich, es sei von einem seiner Soldaten geschrieben worden, aber die Art, wie er erzählt … das könnte tatsächlich *Napoleons* Tagebuch sein.«

Ich nahm an, nach dem Hinweis mit der »Krönungsstätte« ergab das durchaus Sinn.

Jack blätterte noch ein paar Seiten weiter und schnappte plötzlich scharf nach Luft. Ich setzte mich aufrecht hin und er deutete auf eine Stelle.

Das Symbol des keltischen Knotens von meinem Medaillon war mit Bleistift auf das Blatt an der Innenseite des Buchrückens gezeichnet.

Jack hielt das Buch ganz dicht vor sein Gesicht und untersuchte es.

»Lass mich mal was nachschauen.« Ich nahm ihm das Buch ab, und als meine Finger darüberstrichen, jagten Funken durch meinen Körper. Ich zog die Hand zurück und beugte mich über das Tagebuch. Aus der Nähe konnte ich eine winzige Borte aus Bienen sehen, mit der das Sonnensymbol der Dauphins durchsetzt war. Eindeutig Napoleons. Und genau, wie ich gehofft hatte, war das Leder an der Außenseite des Buches nicht festgeklebt. Es war nur ein Schutzumschlag.

Ich schob den Rückendeckel heraus und eine Ecke des Blatts auf seiner Innenseite stand ab.

Ich löste es noch weiter ab. Schon im nächsten Moment fanden meine Finger etwas, das darin versteckt war. Ich zog es heraus und faltete das einzelne Blatt Papier auseinander. Eine Ecke war ziemlich zerfleddert.

»*Le trésor* …« Ich versuchte, zu übersetzen, reichte es dann jedoch Jack. »Was steht da?« Auf der Seite befanden sich zwei Abschnitte mit Worten. Einer sah aus wie ein normaler Tagebucheintrag, aber darunter war mit zittrigerer Hand eine Nachricht gekritzelt worden, so als hätte der Schreiber Schwierigkeiten gehabt, den Stift festzuhalten.

Wir verstummten beide, während ein älteres Pärchen mit einer gestreiften Picknickdecke eine leere Weinflasche in dem Mülleimer neben unserer Bank entsorgte.

Ich hielt den Atem an, bis Jack wieder das Wort ergriff. »Hier steht: *Der Schatz ist nicht das, was sie glauben. Sie irren sich, was die Vereinigung betrifft.*«

Mein Herz geriet ins Stottern. Jack schaute zu mir hinauf und las dann weiter.

»*Die wahre Identität des Einen wird den Kreis zerstören. Des Einen, des wahren Herrschers, des neuen Achilles'. Den falschen Zwölf überlegen. Um der anderen willen muss ich so tun, als hätte ich nichts von alledem jemals erfahren.*«

»Das klingt irgendwie, als ob da noch mehr zum Mandat hinzukommt«, sagte ich vorsichtig.

»Ja, stimmt.« Jack deutete auf die zittrigere Schrift und ich schaute über seine Schulter. »In diesem Teil steht: *Ich kann das nicht mit in den Tod nehmen. Ich habe Hinweise auf das Grab hinterlassen, und wenn sich einer meiner Nachfahren dazu entschließt, jenem Pfad zu folgen, auf dem unser Schicksal neu verhandelt wird, dann ist er ein mutigerer Mann, als ich es bin.*«

»Spricht er von *dem* Grab?«, hauchte ich.

»Es wurde immer gemunkelt – selbst außerhalb des Kreises, in der normalen Weltgeschichte –, dass Napoleon Alexanders Grab gefunden hat.« Aus Jacks Stimme sprach Ehrfurcht. »Aber er hat es abgestritten und außerdem hat es nie eine Vereinigung zwischen dem Einen und dem Mädchen gegeben. Wie hätte er es also finden können?«

»Er schreibt, dass sie sich irren, was die Vereinigung angeht«, erinnerte ich ihn. »Und selbst wenn das nichts zu bedeuten hat, vielleicht hat er es ja auf die altmodische Weise geschafft. Durch suchen.« Die Sonnenstrahlen trafen meine Füße und wärmten sie. »Mr Emerson hat auch gesagt, ›sie irren sich, was das Mandat angeht‹, und wer immer das hier geschrieben hat – ob es Napoleon war oder nicht –, scheint auch zu glauben, dass es einen Irrtum gab.« Ich streckte die Hand nach dem Blatt Papier aus. »Glaubst du, seine Hinweise zu dem Grab sind dieselben drei Dinge, von denen Mr Emerson wollte, dass wir sie finden? Aber andererseits ist das Tagebuch ja eines dieser drei Dinge. Vielleicht ist ja nur das Armband ein Hinweis von Napoleon?«

Jack rieb sich die Stirn. »Irgendwann müssen wir genauer darüber nachdenken, aber jetzt dürfen wir uns nicht ablenken lassen. Momentan geht es für uns nur um den Einen. Wenn es in diesem Rätsel wirklich um das Mandat geht und es uns mehr darüber verrät, wer der Eine ist …«

Es war unser Schlüssel dazu, Mr Emerson zurückzubekommen. »Der Eine wird darin zwar erwähnt, aber es gibt uns nicht genügend Informationen, um zu verstehen, wer es ist.« Als ich auf der Bank hin und her rutschte und meinen Blazer enger um mich wickelte, fiel mir auf, wie Jack zu verstecken versuchte, dass er mich aus dem Augenwinkel beobachtete.

Ich gab vor, es nicht zu bemerken. »Stand in den anderen Einträgen irgendwas über das Grab oder das Mandat?«

»Ich hab nichts gesehen. Aber ich sehe auch keine herausgerissene Seite.« Er hielt das versteckte Blatt Papier hoch. »Das muss irgendwo hergekommen sein.«

Ich setzte mich aufrecht hin. »Aus einem anderen Tagebuch?«

»Wenn es noch andere Tagebücher von Napoleon gibt, dann sind sie bei den Dauphins.«

Ich blickte über meine Schulter in Richtung Louvre, der sich direkt auf der anderen Seite dieser Mauer befand.

»Ich hab nachgedacht.« Jack stand auf. »Vielleicht sollten wir doch dorthin gehen. Fitz hat auch Stellans Foto zurückgelassen.«

Ich versteifte mich. »Ich bin mir nicht sicher, ob es überhaupt eine gute Idee ist, wenn ich dorthin zurückgehe, und ganz sicher nicht, um mit Stellan zu sprechen.«

»Ich bezweifle, dass er so misstrauisch ist, wie du glaubst …«

»Er hat mich die ganze Nacht über angerufen.« Ich verschränkte die Arme. »Sogar beim Abschlussball – bevor einer von uns beiden wusste, dass ich überhaupt irgendwas bin – hat er schon geglaubt, dass mehr hinter mir stecken muss. Prada hat es nur noch schlimmer gemacht. Und dann bin ich in Istanbul weggelaufen …«

»Er wird es vielleicht seltsam finden«, Jack schnappte sich seine Jacke, »aber da die Dauphins heute Abend den Ball veranstalten, hat er andere Sachen im Kopf. Genau wie alle anderen auch.«

Ich stand immer noch nicht auf. »Ist es nicht verdächtig, wenn wir beide zusammen gesehen werden?«

»Es sind dort jede Menge Familien und Hüter zu Gast. Wahrscheinlich ist das im Moment sogar der sicherste Ort für uns.«

Schließlich erhob ich mich doch. Es gefiel mir nicht, aber es gab noch einen anderen Grund für mich, zu den Dauphins zurückzukehren. Meine Mom war vielleicht dort.

»Na schön«, lenkte ich ein.

Um die Wogen ein wenig zu glätten, wählte ich Lucs Nummer, als wir die Stufen vom Fluss wieder hinaufstiegen und den Vorplatz des Louvre betraten. In der Ferne drehte sich träge das weiße Riesenrad, während sich im Hintergrund Wolken sammelten.

Luc nahm nicht ab, aber ich hinterließ eine Nachricht mit einer kurzen Entschuldigung dafür, dass ich in der vergangenen Nacht einfach weggelaufen war. Jack und ich woben uns schweigend durch die Touristentrauben auf den Gebäudeflügel der Dauphins zu, und erst dann fiel mir der Sicherheitsabstand auf, den er zu mir hielt. Ich war nicht die Einzige, die sich unbehaglich und irgendwie daneben vorkam. Durch diese Erkenntnis fühlte ich mich allerdings auch nicht besser.

Jack hatte recht – im Inneren würdigte uns niemand eines zweiten Blickes. Im Wohnzimmer unterhielten sich Menschen auf edlen Polstermöbeln, während Hüter in Headsets sprachen und Bedienstete Kleidung in Reinigungssäcken durch die Räume trugen. Zu meiner Erleichterung teilte man uns mit, dass Stellan damit beschäftigt war, die Sicherheitsvorkehrungen für den Ball zu treffen.

Wir steuerten direkt auf die Bibliothek zu und hielten nur kurz an, während Jack sich erkundigte, ob eine Amerikanerin eingetroffen war und nach ihrer Tochter gefragt hatte. Das war nicht der Fall, und ich versuchte, mir deswegen keine Sorgen zu machen. Wenn man die Flugverbindungen und Verspätungen sowie die Tatsache in Betracht zog, dass ihr Telefon im Ausland vielleicht nicht funktionierte, war es noch nicht an der Zeit, in Panik zu verfallen.

Die Bibliothek der Dauphins roch zwar nicht nach Zigarrenrauch, aber neben dem warmen dunklen Holz und den tiefen Ledersesseln wäre der Geruch durchaus passend gewesen. Wir durchsuchten schnell die erste Ebene, aber dort befanden sich fast nur Romane und Kunstbücher. Ich stieg eine wackelige Holztreppe zu einer zweiten Ebene mit Büchern hinauf, die sich um den kompletten Raum herum erstreckte, und knipste die Lampe an, die über mir baumelte.

Der modrige Duft von altem Papier hing in der Luft und ich blieb vor einer Ecke mit Geschichtsbüchern stehen. Jack kletterte ebenfalls auf den Balkon und berührte meine Schulter, als er sich an mir vorbeidrückte. Als ich den Kopf drehte, trafen sich unsere Blicke. Hastig wandten wir uns wieder unseren jeweiligen Regalen zu.

»Hier«, sagte er nach ein paar Minuten des Schweigens. Er hockte auf der anderen Seite des Balkons, einen Stapel mit Büchern vor sich. Eines mit eingerissenem schwarzem Deckel hielt er auf der Titelseite geöffnet, auf der unverkennbar *Napoléon Bonaparte* gekritzelt stand, in derselben

Handschrift wie in dem Tagebuch in meiner Tasche. »Sieht aus, als wären das alles seine«, verkündete Jack.

Er reichte mir das Buch, das er in der Hand hielt, und nahm sich die anderen drei. Wir kletterten wieder auf die erste Ebene hinunter und stellten uns an einen schweren Eichentisch.

»Du suchst nach einer herausgerissenen Seite und ich überfliege die Einträge nach irgendwas zu dem Einen«, schlug Jack vor.

Ich nickte. Als ich das erste Buch öffnete, ging die Tür der Bibliothek auf. Instinktiv schob ich die Bücher hinter uns und stellte mich Schulter an Schulter neben Jack, um eine Mauer zu bilden, aber die Frau – ganz in Schwarz und mit einem Staubwedel in der Hand – murmelte nur etwas auf Französisch und huschte dann wieder zur Tür hinaus.

Ich atmete erleichtert aus. »Vielleicht sollten wir irgendwo anders hingehen. Ich hab ein Zimmer hier.«

Jack schürzte die Lippen. »Es ist okay, wenn wir zusammen in der Öffentlichkeit gesehen werden. Aber ich in deinem Zimmer? Keine gute Idee.«

Ich versuchte, sämtliche in mir aufsteigenden Gedanken an ihn in meinem Zimmer und den stechenden Schmerz, von dem sie begleitet wurden, zu verdrängen. »Ein Hüter und irgendeine entfernte Cousine, die mit einem Haufen von Napoleons Tagebüchern erwischt werden und sich darüber unterhalten, wer der Eine ist? Das wäre wohl auch nicht ideal«, fügte ich schnell hinzu.

»Stimmt. Gut, okay.« Jack folgte mir den Flur hinunter.

Ich vergewisserte mich, dass niemand in der Nähe war, ließ ihn dann ins Zimmer und schloss die Tür hinter uns ab.

Ohne das Gemurmel der Unterhaltungen aus dem Flur fühlte sich der Raum viel zu still an. »Gib mir eins«, bat ich ihn.

Ich nahm mir das oberste Tagebuch und setzte mich aufs Bett – mir wurde bewusst, dass ich noch nicht ein einziges Mal darin geschlafen hatte –, während Jack den Rest auf dem Couchtisch ablegte. Als ich vorsichtig durch die hauchdünnen Tagebuchseiten blätterte, fiel mir etwas auf, das eigentlich hätte offensichtlich sein müssen.

Ich sprang auf. »Las mich die rausgerissene Seite noch mal sehen.«

Jack holte den Lederbeutel aus seiner Jacke und reichte ihn mir. Ich faltete die Seite auf. »Lass uns mal gucken, ob das Papier zu einem der anderen Tagebücher passt.«

Jacks Miene hellte sich auf. Zwei der vier Bücher sortierten wir sofort aus – die Größe stimmte nicht. Die letzten beiden waren sich ähnlich, aber als ich die Ecke einer Seite zwischen den Fingern rieb, sah es aus, als würde die Struktur des allem Anschein nach ältesten der Tagebücher genau passen.

Während Jack es durchblätterte, ging ich im Zimmer auf und ab und schaute mich dabei flüchtig im Spiegel an. Mein Cocktailkleid war mit Flecken übersät und am Saum klebte Blut, der Blazer war ganz zerknittert und schmutzig, und ich hätte schwören können, dass die dunklen Ringe unter meinen Augen noch dunkler wurden, während ich sie betrachtete.

»Komm mal her, schau dir das an«, sagte Jack. »Hier fängt er an, über das Mandat zu schreiben. Darüber, dass es gar kein Mädchen mit violetten Augen gibt und dass niemand weiß, wer der Eine ist. Er kommt zu dem Schluss, dass jemand, der so bedeutend ist wie er, nicht dazu gezwungen werden sollte, sich an den allgemein anerkannten Pfad zu halten, der zum Schatz führt, und beschließt, einen direkteren Weg zu wählen.« Jack blätterte nach vorne und las stumm weiter. »Auf den nächsten paar Seiten geht es darum, wohin er Truppen entsandt hat, um nach dem Schatz zu suchen, und dann hört er ohne Vorankündigung plötzlich auf und kehrt wieder zu Schlachten und Strategien zurück. Kein Wort mehr über das Grab oder das Mandat – *nichts.*«

Ich setzte mich neben Jack auf die Chaiselongue. »Wo ist die letzte Seite, auf der er vom Grab spricht?«

Jack blätterte zu der Stelle zurück und ich drückte vorsichtig auf die Bindung. »Da!« Er war zwar gut verborgen, aber ich erkannte eindeutig den abgerissenen Rand einer fehlenden Seite.

»Es ist, als hätte er es gefunden und dann sofort beschlossen, diese Tatsache zu verstecken und nie wieder ein Wort darüber zu verlieren – vielleicht, weil ihm nicht gefallen hat, was er gefunden hat«, sagte Jack stirnrunzelnd.

»Bis er diese Seite in dem Tagebuch versteckt hat, das er auf seinem Sterbebett bei sich hatte«, fügte ich hinzu. »Haben wir uns den Rest *dieses* Tagebuchs denn schon genau angeschaut?«

Jack schüttelte den Kopf. »Noch nicht.«

Während er es tat, erstellte ich auf dem kleinen Notizblock auf dem Frisiertisch eine Liste mit allem, was wir bereits über den Einen wussten. »Der Eine ist ein Mitglied einer der Familien«, sagte ich laut, »und soll das Mädchen heiraten. ›Geht durch Feuer und verbrennt nicht‹, heißt es im Mandat.«

Ich notierte es und schrieb daneben: *(Bedeutet: gut in Krisensituationen?). »Neuer Achilles« – aus Napoleons Tagebuch. (Unverwundbar? Fast unverwundbar, abgesehen von einer Schwachstelle? In der Zeile im Mandat steht, der Eine würde »unverwundbar werden«.)*

Jack stand auf und tigerte im Raum auf und ab, das Tagebuch offen in der einen Hand, während er mit der anderen die Seiten umblätterte. »Oh«, sagte er schließlich. »Ich weiß zwar nicht, ob das *neu* ist, aber es ist immerhin etwas.«

Wir setzten uns beide auf die Bettkante, und er ließ das Buch auf einer Seite offen, die mit beinahe unleserlichen Krakeleien und Zeichnungen gefüllt war. Er zeigte auf eine der französischen Kritzeleien. »Geht unversehrt durch Feuer. Nicht verbrannt. Er lebt.« Darunter waren hastig Flammen gezeichnet worden, die zu den Worten emporzüngelten.

Er deutete auf eine weitere Kritzelei. *»Erbe von Achilles.«*

»Erbe?«

Jack zuckte mit den Schultern. »Wie ›der neue Achilles‹ in dieser einen Zeile? Aber was das bedeutet, weiß ich nicht. Es klingt nach einer Metapher.«

Das stimmte.

»Es klingt, als hätte er auch versucht, herauszufinden, wer der Eine ist. Aber warum sollte ihn das noch interessieren, wenn er das Grab bereits gefunden hatte?«

»Wir dürfen nicht vergessen, dass das die wirren Gedanken eines Mannes sind, der dem Tod bereits sehr nahe ist«, erwiderte Jack. »Aber es scheint unbestreitbar, dass er irgendetwas gefunden hat.«

Ich fügte meiner Liste *Erbe von Achilles* hinzu. Jack klappte das Tagebuch zu und in meinem Magen rumorte es.

»Wenn das alles ist«, sagte ich und riss den Zettel vom Notizblock ab, »dann sind wir jetzt immer noch kein Stück näher dran, herauszufinden, wer der Eine ist.«

Jack fuhr sich mit einer Hand durchs Haar. »Wenn der Orden ihm auch nur ein Haar krümmt, dann bringe ich sie höchstpersönlich um«, sagte er leise und fügte dann lauter hinzu: »Wir müssen mit Stellan reden. Wir müssen auf den Ball gehen und ihn suchen.«

»Auf den Ball?« Ich hatte zwar vorhin darüber nachgedacht, dass mein Vater dort sein würde, aber allmählich kam es mir so vor, als würde ich das Schicksal damit zu sehr herausfordern. »Was glaubst du denn, was er herausfinden könnte, auf das wir nicht gekommen sind?«

Jack stapelte die Tagebücher fein säuberlich übereinander. »Ehrlich gesagt weiß ich das auch nicht. Aber müssen wir es denn nicht versuchen? Ich verspreche dir, dass dich dort überhaupt niemand bemerken wird. Es wird alles gut gehen.«

Ein flüchtiges Bild des winzigen Fotos, das sich früher in meinem Medaillon befunden hatte, huschte vor meinem inneren Auge vorbei. Dunkles Haar, dunkle Augenbrauen, wie meine. Der Grund, warum ich überhaupt nach Frankreich hatte zurückkehren wollen.

»Es wäre besser, ihm zu zeigen, was …«

Wir erstarrten beide, als es an der Tür klopfte.

»Nur eine Sekunde«, rief ich, während Jack zum Fenster sprintete.

»Ich geh zum Lieferanteneingang an der Seite«, flüsterte er. »Versteck die Bücher. Wir treffen uns auf dem Ball. Bitte.«

»Geh einfach!« Er war bereits aus dem Fenster verschwunden, bevor ich die Worte ganz aussprechen konnte.

Ich blickte mich panisch um und schob den Bücherstapel schließlich unters Bett. Dann machte ich die Tür auf, während mein Herz wie wild gegen meinen Brustkorb hämmerte.

Luc stand davor, einen Kleidersack in der Hand. »Hallo, Chérie.« Er beugte sich zu mir und küsste mich auf beide Wangen. »Ich hab deine Nachricht bekommen und dir dein Kleid für den Ball mitgebracht.«

Er reichte es mir, und als ich den Reißverschluss des Kleidersacks oben ein Stückchen aufmachte, entdeckte ich das Prada-Kleid und eine geflügelte, silbern glitzernde Maske, die auf dem Bügel hing. Ich hatte ganz vergessen, dass es sich um einen Maskenball handelte. »Sie haben das Kleid nach all dem trotzdem für mich zurückgelegt?«

Luc lächelte vage, und erst dann fiel mir auf, dass er immer noch dieselben Klamotten trug wie vergangene Nacht. Seine Frisur war platt und seine Augen dunkel. Ich legte den Kleidersack aufs Bett. »Ist alles okay?«

Er schüttelte den Kopf. »Es gab letzte Nacht noch einen Angriff. Colette LeGrands und Liam Blackstones Limousine wurde auf dem Weg zum Flughafen in einen Unfall verwickelt.«

Ich schnappte lautstark nach Luft.

»Colette hat überlebt.« Lucs Stimme brach. »Liam nicht.«

»Was?« Ich ließ mich aufs Bett fallen. Der Orden hatte Liam Blackstone getötet? Ich stellte mir sein leichtes Lachen vor, wie er Luc auf den Rücken geklopft hatte, als sie sich über Fußball unterhielten, und Lucs schüchternes Lächeln.

Im letzten Film mit ihm, den ich gesehen hatte, hatte er einen Vampir gespielt, mit lächerlich schlechtem weißen Make-up.

»Luc«, sagte ich mit erstickter Stimme. »Es tut mir so leid.«

Luc nickte kurz, aber sein Kinn bebte. Ich stand auf und schlang meine Arme um ihn. Er zögerte, drückte mich dann aber ganz fest an sich und vergrub sein Gesicht an meinem Hals.

Nach einer Minute spürte ich, wie er tief Luft holte, bevor er sich von mir löste. »Ich fahr ins Krankenhaus, um nach Colette zu sehen. Ich bin rechtzeitig wieder da, um dich zum Ball zu begleiten.«

Ich sah ihn ungläubig an. »Der Ball findet immer noch statt, obwohl es *letzte Nacht* einen Angriff gab?«

Luc schürzte die Lippen. »Wir können ihrer Abschreckungstaktik nicht nachgeben. Genau das wollen Terroristen doch. Die Show muss weitergehen, Chérie, nur mit zusätzlichen Sicherheitsvorkehrungen. Auch wenn Colette ein Teil unserer Familie ist, werden wir den Ball abhalten, und deshalb werde ich auch dort sein müssen.« Er drückte meine Schulter. »Wir sehen uns heute Abend.«

Nickend schloss ich die Tür hinter ihm und setzte mich wieder aufs Bett. Ich öffnete den Reißverschluss des Kleidersacks, und als ich das Kleid mit einem Finger berührte, transportierte es mich zurück zu jenem Zeitpunkt, als ich noch geglaubt hatte, der unglaubliche Glamour dieser Welt sei das Außergewöhnlichste an ihr.

Ich konnte nicht glauben, dass Liam Blackstone tot war.

Ich konnte nicht glauben, dass Jack und ich mit dem Gedanken spielten, den Leuten, die ihn umgebracht hatten, die Lizenz dafür zu geben, einen weiteren Menschen zu töten.

Ich konnte nicht glauben, dass wir am Ende von Mr Emersons Hinweisen angelangt waren und immer noch keine Ahnung hatten, was sie bedeuteten, und dass uns allmählich die Zeit davonlief, sein Leben doch noch zu retten. Würde es wirklich etwas nützen, wenn ich zum Ball ging?

Ich rieb mir die Augen. Zu allem Überfluss brachten mich meine Kontaktlinsen beinahe um, nachdem ich sie so lange getragen hatte. Ich wollte sie nur noch herausnehmen und schlafen. Aber ich konnte nicht. Es war das Risiko nicht wert, dass jemand meine Augenfarbe entdeckte. Diese eine winzige Kleinigkeit gab mir schließlich den Rest und Tränen der Frustration sammelten sich ganz hinten in meiner Kehle.

Ich schluckte sie wieder hinunter. Heulen würde meinen brennenden Augen auch nicht helfen und Mr Emerson würde es noch weniger nützen. Ich atmete ganz tief ein, träufelte Kontaktlinsentropfen in meine Augen und rollte mich neben dem Prada-Kleid auf dem Bett zusammen, wo ich in einen ruhelosen Schlaf fiel.

KAPITEL 30

OBWOHL LUC EIN Dauphin war, mussten wir in der Schlange vor der Sicherheitskontrolle warten und durch einen Metalldetektor gehen, um ins Innere zu gelangen. Jetzt kam unser voll beladener Fahrstuhl mit einem wackeligen Ruck zum Stehen und die Tür öffnete sich.

»*Alors*, Zeit für einen Ball«, sagte Luc, aber er klang noch weniger begeistert darüber, als ich es war. Er hatte noch immer diesen gejagten Ausdruck in den Augen, die sich als zwei dunkle Flecken von seiner blassen Haut abhoben.

Als ich aufgewacht war, mein Kopf ein wenig klarer nach ein paar Stunden Schlaf, war ich zu der Einsicht gekommen, dass Jack recht hatte. Wir beide hatten alles getan, was wir konnten, aber es hatte nicht gereicht. Wir mussten Stellan alles erzählen, nur für den Fall. Mr Emersons Leben hing davon ab.

Außerdem würde es mich von der Tatsache ablenken, dass es immer noch keine Spur von meiner Mom gab.

Ich rückte die silberne Maske auf meinem Gesicht zurecht, froh über die Anonymität.

»Hab ich dir schon gesagt, wie atemberaubend du aussiehst, Chérie?« Luc drehte mich herum und hielt mich auf Armeslänge Abstand, mein Kleid raschelte um meine Füße. »Diese Seide kleidet dich ganz fantastisch.«

Trotz allem hatte das Kleid auch mir wieder den Atem geraubt, als ich es angezogen hatte, genau wie schon bei Prada. Ich hatte mich wieder daran erinnert, was ich schon beim ersten Mal gedacht hatte: wie anders ich aussah. Und dass das Mädchen, das dieses Kleid trug, vielleicht wirklich finden würde, was es vermisste.

Ich griff nach meinem Medaillon und fand stattdessen den hübschen silbernen Anhänger in Tränenform, den der Laden mitgeschickt hatte. Mein Medaillon war kaputt, verstaut in meiner Handtasche, in meinem Zimmer. Ich wünschte mir, ich hätte es wieder angelegt. Jetzt fühlte ich mich ohne die Kette gar nicht mehr frei. Ich fühlte mich nackt.

»Danke«, erwiderte ich angespannt. »Es ist …«

Wir traten aus dem Fahrstuhl in den Ballsaal und der Anblick raubte mir die Worte. Kronleuchter und tanzendes Kerzenlicht verliehen dem Raum einen geheimnisvollen, romantischen Glanz, und von der Decke hingen Luftschlangen, als würde es Gold regnen. Die Illusion wurde durch die kreuz und quer verlaufenden Metallbalken draußen noch verstärkt, die ebenfalls angestrahlt waren, so als würden wir in einem leuchtenden Netz mehrere Hundert Meter hoch in der Luft schweben. Ich vermutete, dass das sogar fast der Wahrheit entsprach. Der Ball fand auf der dritten Ebene des Eiffelturms statt.

»Es ist ein wundervolles Kleid«, beendete ich meinen Satz. Und es stimmte. Das Kleid war wunderschön. Der Ball war wunderschön. Ich war in Paris, im Eiffelturm, und trug Prada. Ich konnte es immer noch nicht glauben.

Eine Gruppe von Leuten hielt Luc auf, und in den nächsten zehn Minuten plauderte er freundlich und stellte mich als die entfernte Cousine vor, die ich angeblich war. Das Ganze fühlte sich wahnsinnig unpassend an, schließlich war vergangene Nacht jemand gestorben. Es lag zwar eine gedrückte Stimmung über all der Festlichkeit – das Gelächter war nicht so laut, wie es hätte sein können, und alle sprachen Luc ihr Beileid aus –, aber die Gäste verhielten sich ganz sicher nicht so, als seien ihre Familien und Freunde in jüngster Vergangenheit Opfer eines noch immer andauernden Krieges geworden. Vielleicht hatte der Kreis ja schon so viel durchgemacht, dass ein bisschen vergossenes Blut ihnen inzwischen nicht mehr allzu viel bedeutete. Oder vielleicht mussten sie, wie Luc gesagt hatte, auch nur den Schein wahren.

Wenn ich zu lange darüber nachdachte, würde ich wahnsinnig werden. Also ließ ich meinen Blick stattdessen über die Gesichter schweifen. Selbst wenn ich genau gewusst hätte, wie mein Vater aussah, hätte ich ihn niemals gefunden. Und dunkles Haar und violette Augen allein reichten nicht aus, um irgendjemanden zu identifizieren.

Ich hakte mich wieder bei Luc ein. »Sind deine Eltern auch hier?« Ich hoffte, zumindest Monsieur Dauphin ohne Maske zu sehen.

»Für meine Mutter ist es zu gefährlich, herzukommen.« Luc blickte sich geistesabwesend im Festsaal um. »Der Rest von uns kann ein Risiko eingehen, aber eine schwangere Frau, die das Mädchen aus dem Mandat in sich trägt? Dieses Fest ist zwar theoretisch für sie, aber sie bleibt zu Hause. Und ich glaube nicht, dass mein Vater schon hier ist.«

Ich wickelte eine Haarsträhne auf meinem Finger auf. Vielleicht würden ja irgendwann alle ihre Masken abnehmen, dann konnte ich auch wieder über meinen Vater nachdenken. Aber jetzt musste ich Jack finden und dann mussten wir beide nach Stellan suchen.

»Können wir uns später wieder treffen?«, fragte ich Luc.

Er nickte. »Suchst du Jack? Du hast ja viel Zeit mit ihm verbracht.«

Mein ganzer Körper versteifte sich. Wenn Luc es bemerkt hatte, dann war es anderen Leuten ganz sicher auch nicht entgangen. Ich murmelte etwas davon, dass ich mit den Saxons reden wollte.

»Na schön«, erwiderte Luc mit einem übertriebenen Seufzer, strich mit einer Hand über die Spitzen meiner Locken und nahm dann mein Gesicht in seine Hände. »Lasst mich ruhig alle allein.« Er küsste mich auf beide Wangen mit einem Lächeln, das seine Augen nicht erreichte. »Aber vergiss nicht, einen Tanz für mich zu reservieren.«

Ich versprach es, und als ich ihn verließ, begann er ein Gespräch mit ein paar Diplomaten. Ich mischte mich unter die Gäste und bahnte mir einen Weg durch die Menge. Rund um die zentrale Tanzfläche flackerten Dutzende kleiner Tische im Kerzenlicht, und am Ende des Raumes, gegenüber dem Eingang, spielte ein kleines Orchester einen schwungvollen Walzer. Der Klang der Geigen und Cellos vermischte sich mit dem Duft Hunderter rosa Pfingstrosen.

Ich steuerte gerade an der Tanzfläche vorbei auf eine weniger überfüllte Ecke des Raumes zu, von der aus ich vielleicht einen besseren Überblick hatte, als ich Stellan entdeckte. Er stand allein an einer Fensterwand, wo er telefonierte und fast perfekt mit der Dunkelheit verschmolz.

Ich hätte auf ihn zugehen können, aber ich wollte zuerst Jack finden und unseren Plan noch einmal mit ihm durchsprechen. Ich würde Stellan von jetzt an im Auge behalten, dann konnten wir ihn später innerhalb weniger Minuten wiederfinden. Ich wandte mich ab, um weiterzugehen, aber als ich ihn sprechen hörte, blieb ich stehen. Wenn ich es nicht besser gewusst hätte, hätte ich gesagt, dass Stellans Stimme beinahe *zärtlich* klang.

Neugierig schlich ich mich näher heran – und erst dann bemerkte ich Madame Dauphin, die sich seiner ruhigen Ecke aus der entgegengesetzten Richtung näherte, eine Hand auf ihrem dicken Bauch.

Stellan legte auf und stand unwillkürlich stramm, was irgendwie komisch wirkte, wenn man die goldene Maske betrachtete, die auf seiner Stirn saß.

Unglücklicherweise befand ich mich jetzt direkt in seinem Blickfeld. Ich drückte mich mit dem Rücken gegen die Fensterwand und war teilweise hinter einer hervorstehenden Säule verborgen.

»Madame«, sagte Stellan. Er trug einen schmal geschnittenen schwarzen Smoking, der seine Schultern besonders knochig wirken ließ. »Ich dachte, Sie würden heute Abend nicht kommen.«

»Hugo und das Sicherheitspersonal haben beschlossen, dass ich nicht komme«, erwiderte Madame Dauphin. »Aber du weißt, dass ich es vorziehe, die Dinge auf meine Weise zu tun.« Sie trug ein wallendes schwarzes Kleid, und mit ihrem streng frisierten blonden Haar und ihren roten Lippen sah sie gleichzeitig Furcht einflößend und wunderschön aus, wie die böse Königin in einem Disney-Film.

»Also?«, fragte sie ungeduldig. »Was hast du über das Mädchen herausgefunden? Ich hatte schon im Laufe des Tages einen Bericht erwartet.«

Das Mädchen?

Stellan warf einen Blick in die Mitte des Raumes, so als wünschte er sich, er wäre überall, nur nicht hier. Es war seltsam, zu sehen, dass er sich so unbehaglich fühlte. »Ich habe nichts Entscheidendes herausgefunden«, erwiderte er.

Madame Dauphin machte einen Schritt auf ihn zu und Stellan wich zurück. »Du und ich wissen beide, dass hier irgendetwas vor sich geht. Der Orden greift nur Personen an, die von Bedeutung sind. Und du lässt sie einfach davonlaufen, nachdem ich dir ausdrücklich aufgetragen hatte, sie nicht aus den Augen zu lassen. Zu deinem Glück ist sie heute mit diesem Hüter der Saxons zurückgekommen.«

Stellan zuckte zusammen, ebenso wie ich. Ich hatte also recht gehabt. Nicht nur Stellan überwachte mich, sondern auch *Madame Dauphin*. Und sie hatte Jack und mich bemerkt. Ich drückte mich noch weiter in die Schatten zurück.

»Ich habe Ihnen doch gesagt, dass ich Ihnen über alles Bericht erstatten werde, was ich herausfinde.«

»Das will ich hoffen. Du weißt, was es bedeutet, wenn du irgendetwas vor mir geheim hältst.«

Stellan neigte den Kopf nach vorne. »Ja, Madame. Dessen bin ich mir durchaus bewusst.«

»Tatsächlich«, Madame Dauphin schaute sich um und senkte ihre Stimme noch weiter, sodass ich mich richtig anstrengen musste, um sie noch zu verstehen, »frage ich mich, ob wir das Mädchen nicht gefangen nehmen sollten, nur, um ganz sicherzugehen. Wir könnten sie festhalten, bis wir ausführlichere Nachforschungen anstellen konnten.«

Mir wurde eiskalt.

Stellan blickte hinter sich, beinahe direkt zu mir, und ich hielt den Atem an. »Sie gehört zu einer anderen Familie. Ich glaube nicht, dass das auf Wohlwollen stoßen würde.«

Madame Dauphin winkte mit einer schlanken Hand ab. »Die Saxons haben ihre Existenz ja kaum beachtet. Ich will, dass du sie dir schnappst und sie festhältst, nur für den Moment. Und dich vergewisserst, dass nichts Unangemessenes vor sich geht.«

Stellan machte den Mund auf, aber Madame Dauphin schnitt ihm das Wort ab.

»Senator. Hallo.« Madame Dauphins Stimme stieg eine Oktave höher. »Ich freue mich sehr, dass Sie mit uns feiern können.«

Ein Mann in einem Anzug nahm Madame Dauphins Arm und die beiden entfernten sich. Stellan sah ihnen nach, bevor er selbst in der Menge verschwand.

Ich wartete, bis ich ihn nicht mehr sehen konnte, und kroch dann aus meinem Versteck. Ich musste Jack finden, bevor Stellan mich entdeckte. Wir würden aufpassen müssen, was wir ihm erzählten – und dann musste ich von hier verschwinden.

Ich hielt mich in den Schatten am Rand der Tanzfläche. Die Tatsache, dass ich kein peripheres Sehen hatte, machte mich zwar allmählich wahnsinnig, aber jetzt hatte ich noch weniger das Bedürfnis, meine Maske abzunehmen. Madame Dauphin konnte überall ihre Spione haben. Deshalb suchte ich weiter nach Jack, so gut es mit meinem begrenzten Sichtfeld eben möglich war.

Der Geschäftsführer eines der größten Software-Unternehmen der Welt verspeiste ein Kanapee und blickte stirnrunzelnd in die Menge. Ein Model von Victoria's Secret warf sein langes blondes Haar zurück und lehnte sich an die Schulter eines kleinen, rundlichen Mannes mit Turban. Eine winzige Frau mit weißem Haar lächelte zu einem Basketballspieler hinauf, den sogar ich erkannte, dabei interessierte ich mich überhaupt nicht für Basketball. Als die Frau sich umdrehte, um ihr Champagnerglas abzustellen, musste ich zweimal hinschauen. Es war die Königin von England.

Aber immer noch kein Jack.

Die Feder einer aufwendigen Pfauenmaske streifte über meine Schulter. Ich erschrak, aber die Frau, die sie trug, lachte nur betrunken.

Ich atmete langsam durch gespitzte Lippen aus. Ich musste ruhig bleiben. Nachdenken. Wenn Jack hier war, dann würde er auch nach mir suchen. Ich fand ein leeres Fleckchen neben einer Säule, und als ich mir sicher war, dass mich niemand beobachtete, schob ich die Maske auf meine Stirn hoch. Überall im Raum befanden sich Hüter und Sicherheitspersonal, alle in den gleichen schwarzen Smokings, aber trotz der schwarzen Masken wusste ich, dass es sich bei keinem von ihnen um Jack handelte.

Mein Blick huschte durch den kompletten Saal – und dann, keine zehn Meter entfernt, sah ich ihn. Er stand an einer Säule neben den Musikern, mit gespreizten Beinen, die Hände in den Hosentaschen, und suchte genau wie ich.

Meine Augen blieben an seiner perfekt geschneiderten Smokingjacke hängen, die sich an seine Schultern schmiegte und zur Taille hin spitzer zulief. Wie war es nur möglich, dass er jedes Mal, wenn ich ihn sah, noch besser aussah, und dass mir das, sosehr ich es auch zu vermeiden versuchte, immer noch auffiel? Und dass ich immer noch nicht vergessen konnte, wie es sich angefühlt hatte, als er mein Gesicht in seinen Händen gehalten hatte und ich mit den Fingern durch sein Haar gefahren war?

Das Einzige, was sich richtig anfühlt, ist so falsch, wie es nur sein kann, hatte er gesagt.

Es machte mich wahnsinnig, dass ich nicht wütend war. Dass die eine Hälfte von mir am liebsten eine Hand in seine gelegt hätte, damit wir allem gemeinsam begegneten, wieder als ein *Wir*. Aber die andere Hälfte wollte am liebsten vergessen, dass überhaupt jemals etwas zwischen uns passieren könnte. Es zu wollen – und nicht zu bekommen – tat so furchtbar weh, und genau deshalb hatte ich immer versucht, es zu vermeiden.

Ich ging auf Jack zu, und die Musik wurde lauter, je näher ich ihm kam.

Er drehte sich in meine Richtung, und der Ausdruck in seinen Augen, hinter seiner Maske, verwandelte sich von höchster Wachsamkeit in Erleichterung – und dann, das hätte ich schwören können, in etwas vollkommen anderes, als er mein Kleid sah.

Es traf mich bis ins Mark. »Hi«, sagte ich.

»Hi.« Seine Stimme wurde von den anschwellenden Geigen beinahe überdeckt.

Ich wartete, bis die Musik wieder auf eine normale Lautstärke abgeklungen war, und blickte über die Tanzfläche. Jack hatte seinen Standort gut gewählt – niemand schien uns im Augenblick zu beobachten. »Madame Dauphin will, dass Stellan mich versteckt und mich verhört.«

»Was?« Jack schob seine Maske auf den Kopf und führte mich zu einem kleinen Stehtisch in einer dunklen Ecke.

Ich nahm meine Maske ab und entwirrte vorsichtig den Halteriemen aus meinem Haar. »Ich weiß nicht genau, *was* sie vermutet, aber sie weiß, dass irgendetwas vor sich geht.«

Jack tippte mit seiner Maske auf den Tisch und runzelte die Stirn. »Na gut, jetzt, wo du es mir gesagt hast, werden sie damit zwar nicht mehr durchkommen, aber es wäre mir lieber, wenn sie es gar nicht erst versuchen würden. Willst du, dass ich mit Stellan allein über Fitz spreche? Ich sorge dafür, dass einer unserer Sicherheitsleute auf dich aufpasst, bis ich wieder zurück bin.«

Das Orchester stimmte den nächsten Walzer an. Ich steckte eine Locke hinter mein Ohr und blickte erneut hinter mich. »Nein«, erwiderte ich. »Ich will hören, was er sagt. Ich finde, wir sollten beide mit ihm reden. Du bleibst bei mir, damit er nichts unternehmen kann, und anschließend verschwinde ich von hier.«

»Willst du denn nicht versuchen, deinen Vater zu finden?« Die Kerzen in der Mitte des Tischs zeichneten flackernde Schatten auf Jacks Gesicht.

Ich runzelte die Stirn. Mir war nicht klar gewesen, dass er

von meinem Plan wusste. Allerdings sah auch der nach einer Sackgasse aus, sofern nicht alle irgendwann ihre Masken abnahmen. »Ich glaube nicht, dass daraus heute Abend etwas wird.«

Jack holte tief Luft. »Avery, ich sollte dir sagen ...«

»Jack Bishop«, hörte ich die neckende Stimme eines Mädchens. Jack wirbelte herum.

Ein Mädchen, etwa in meinem Alter, stolzierte in einem roten Kleid mit einem Wasserfall aus Rüschen, der in einem Meerjungfrauen-Saum endete, auf uns zu. Sie strich sich ihren zur Seite gekämmten Pony aus einer mit Federn besetzten roten Maske. Jack faltete die Hände auf seinem Rücken.

»Was machst du denn hier hinten?«, fragte sie mit einem hübschen, perfekten britischen Akzent.

Jack schaute sich zu mir um. »Lydia«, sagt er, »ich war ... Lydia, das ist Avery West. Avery, darf ich dir Lydia Saxon vorstellen?«

Meine Finger verkrampften sich um die Maske in meiner Hand. Lydia Saxon. Alistair Saxons Tochter, wie ich annahm.

»Avery West? Du meinst: die Cousine, von der wir so viel gehört, die wir aber noch nie gesehen haben? Wo hattest du sie denn die ganze Zeit versteckt?« Sie knuffte Jack spielerisch in die Seite und wandte sich dann mir zu. »Freut mich, dich endlich kennenzulernen.«

»Freut mich auch.« Dieses Mädchen hatte irgendetwas Beunruhigendes an sich. Ich konnte nicht sagen, was es war, aber ich hätte schwören können, dass sie mich auch komisch ansah.

»Jack«, sagte Lydia und betrachtete mich so blitzschnell

von oben bis unten, dass ich es gar nicht bemerkt hätte, wenn ich sie nicht auch angesehen hätte. »Mein Vater möchte mit dir sprechen. Und ich bin mir sicher, dass er und Cole Avery auch gerne kennenlernen würden.«

»Danke, Lydia.« Jack schenkte ihr ein angespanntes Lächeln. Im Gegensatz zu Stellans und Elodies Verhalten gegenüber Luc schien Jack Lydia tatsächlich wie seine Arbeitgeberin zu behandeln. »Wir sind in einer Minute da.«

Lydia winkte uns mit den Fingern zu und ging wieder zurück auf die Tanzfläche. Als sie so weit entfernt war, dass ich ihr eigentlich nicht mehr hätte nachschauen sollen, warf sie einen letzten Blick über ihre Schulter und runzelte die Stirn.

»Dann sollten wir Stellan lieber schnell finden«, sagte Jack. Er versuchte, Effizienz auszustrahlen, aber die Anspannung war ihm ins Gesicht geschrieben. »Es klingt, als würden die Saxons nach dir suchen. Cole ist Lydias Zwillingsbruder. Sie sind Alistair Saxons Kinder.«

Jack schien immer nur so drauflosuplappern, wenn er nervös war. Ich sah Lydia weiter nach. »Du hast ihr doch nichts von mir erzählt, oder?«

Jack ließ seinen Blick geistesabwesend über die Tanzfläche wandern. »Was?«

»Hast du bemerkt, wie sie mich angesehen hat?«

»Avery.« Jack steckte seine Maske in die Jackentasche und drehte sich zu mir um. »Nein. Ich habe ihr nichts erzählt.«

Ich atmete durch die Zähne aus, als das Orchester mit einem schnelleren Stück begann. Dann deutete ich auf die Stelle, an der ich Stellan vorhin hatte verschwinden sehen, und setzte meine Maske wieder auf. »Als ich ihn das letzte

Mal gesehen habe, war er dort drüben. Wenn wir das wirklich durchziehen wollen, dann los.«

Jack setzte sich ein paar Sekunden vor mir in Bewegung, damit man uns nicht noch einmal zusammen sehen würde. Ich folgte seinem Rücken zur anderen Seite der Tanzfläche, als sich plötzlich ein Mann mittleren Alters vor mich stellte. Er hatte ein rotes Gesicht, eine blaue Maske und einen blonden Lockenkopf, und er packte mich mit einem Grinsen an der Hand und zerrte mich auf die Tanzfläche.

»Oh«, sagte ich und wehrte mich. »Nein. Ich …«

»Was?«, rief der Mann und brachte uns unsanft am Ende einer Reihe von Paaren in Position. Drei Paare weiter hielt eine ältere Dame mit schneeweißem Haar und einer Vogelmaske Jack an beiden Händen. Unsere Blicke trafen sich, aber dann klatschten alle um mich herum zweimal in die Hände, und der blonde Mann wirbelte mich herum und ich verlor Jack in der Menge aus den Augen.

Ich bedankte mich im Stillen bei meiner Mom dafür, dass sie mich vor ein paar Jahren gezwungen hatten, Tanzstunden zu nehmen, und fegte im Foxtrott über die Tanzfläche. Sämtliche Paare bildeten einen Kreis, dann klatschten alle wieder in die Hände und mein Partner reichte mich in der Reihe weiter. Ich versuchte, Jack wiederzufinden, aber die wirbelnden Smokings sahen alle gleich aus. Der Nächste im Kreis, dessen Augen mich hinter einer himmelblauen Maske anlächelten, streckte bereits seine Hand aus, und ich ergriff sie zögernd und suchte die Menge über seine Schulter hinweg ab, während der Tanz weiterging.

Anschließend folgte der nächste neue Partner, dann noch einer, der ein wallendes dunkles Gewand anstelle eines Anzugs trug und meine Hand so fest drückte, dass ich Angst hatte, er würde mir die Finger brechen. Der Nächste war jünger als ich und trat auf den Saum meines Kleides, als wir durch einen Tunnel rannten, den die anderen Paare mit den Händen bildeten. Jedes Mal, wenn wir wieder den Partner wechselten, versuchte ich zu entkommen, wurde aber immer wieder mitgerissen. Wie lange konnte dieser Tanz denn noch dauern?

Beim nächsten Partnerwechsel landete ich in zwei Armen, die mich genauso hielten, wie es sich gehörte, wenn auch vielleicht ein wenig enger als normal. Die Handflächen des Mannes waren noch nicht einmal verschwitzt.

»Du siehst wie immer bezaubernd aus, *kuklachka*«, flüsterte er in mein Ohr.

Mein Blick schoss zu Stellans Augen hinauf, die mich durch seine goldene Maske hindurch anstarrten. Ich widerstand dem Instinkt, mich loszureißen, und erinnerte mich selbst daran, dass ich ihn hatte finden *wollen*. Wenn es mir gelang, ihn von der Tanzfläche zu ziehen, konnte ich Jack ein Zeichen geben und wir konnten die ganze Sache hinter uns bringen.

»Wie gefällt dir der Ball?«, fragte er. Durch das Tanzen und die Aufregung war mein Blut zu sehr in Wallung geraten. Meine Haut kribbelte, als er seine Hand von meiner Taille zum offenen Rücken meines Kleids wandern ließ.

»Es ist wunderschön«, antwortete ich angespannt. Die Menge bildete zwei Reihen, und Stellan führte mich ans Ende der einen und hielt meine Hände zwischen uns fest.

Als wir uns einander wieder näherten, die Hände über

den Köpfen, sagte er: »Nur noch eine Frage.« Er lehnte sich ganz dicht an mein Ohr. »Was hast du vorhin gehört?«

Dann hatte er mich also wirklich gesehen, als er mit Madame Dauphin gesprochen hatte. Er zog mich wieder in eine Walzerstellung. »Ich weiß nicht, wovon du sprichst«, erwiderte ich.

Eine Locke seines blonden Haars fiel in seine Stirn, als er zu mir herunterschaute. »Wer bist du?«

Mein Herz machte einen Satz. Er wusste es gar nicht. Spiel einfach weiter die Dumme, dann wird alles gut. »Was meinst du damit?«

Er legte einen Finger unter mein Kinn. »Ich werde es so oder so herausfinden«, sagte er. »Du kannst es mir also auch gleich verraten.«

»Ich bin nicht …« Er strich mit dem Daumen über meinen Wangenknochen. »Nichts.« Ich biss die Zähne zusammen. »Ich bin niemand. Ich bin gar nichts. *Hör auf.*« Ich drehte mein Gesicht weg und nahm mit einem Mal die Musik ganz deutlich wahr, die in meinen Füßen pochte wie ein Herzschlag.

Ich hörte ein metallisches Schaben, als Stellan seinen Dolch zog und auf Höhe meiner Taille hob.

»Ich hab dich gefragt«, wiederholte er mit leiser, ruhiger Stimme, »wer du bist.«

KAPITEL 31

»WAS TUST DU DA?« Ich konnte nicht schreien. Das hätte nur mehr Aufmerksamkeit erregt, als mir lieb war. »Ist das deine Antwort auf alles? Dass du mich mit einem Messer bedrohst?«

Er schlang seinen messerfreien Arm noch enger um mich, drehte uns schwungvoll von der Menge weg und machte keinerlei Anstalten, mich loszulassen, als alle zum nächsten Partnerwechsel wieder klatschten. »*Qui es-tu, kuklachka?*«

»Was?« Ich blickte mich ein wenig panisch um. Wir waren schon fast nicht mehr auf der Tanzfläche. Wo war Jack?

»*Quién es? Ni shi shui? Kto ty?* Oder brauchst du es noch in einer anderen Sprache?« Der Dolch glänzte im spärlichen Licht. Verschnörkelte Verzierungen liefen an der Klinge hinab wie Rinnsale aus Blut.

Ich zog mich so weit von ihm zurück, wie ich konnte.

Der Stoff meines Kleides spannte unter seinem Arm, der sich noch immer eng um meine Taille schloss. »Ich hab keine Ahnung, wovon du sprichst.«

»Wenn du es mir nicht sagen willst, dann rate ich eben. Ich schätze, du bist eine Spionin.«

»Was?« Mein Blick huschte wieder zu ihm zurück. »Nein.«

Die Klinge berührte meine Haut. Ich schnappte erschrocken nach Luft. Er würde mir nicht wehtun. Das konnte er nicht.

»Zuerst dachte ich, du wärst eine Spionin des Ordens oder sogar eine von ihren Attentätern, die es auf Luc abgesehen hat, aber Prada hat mir gezeigt, dass ich damit falschlag. Also, bist du eine Spionin der Saxons?«

»Nein!« Er hielt mich für eine *Spionin*? Kein Wunder, dass er von Anfang an so misstrauisch gewesen war. »Ich bin nur eine … Verwandte.« Das war nicht wirklich gelogen.

Er drückte so fest mit dem Dolch zu, dass sich eine Delle in meiner Haut bildete, die sich mit meiner fieberhaften Atmung hob und senkte. »Ist dir klar, dass jemand einen *Profi* geschickt hat, um dich zu töten?« Stellan zog das Wort in die Länge.

»Das war nur …«

»Ich weiß, dass das bei Prada kein Irrtum war, und du weißt das auch.« Mit der nächsten Drehung bremste er uns abrupt aus, hielt mich aber immer noch ganz fest. »Und dann rennst du wie eine Irre aus dem Klub weg, nachdem du Lucs betrunkenen Zustand ausgenutzt hast, damit er dir Gott weiß was erzählt.«

»Ich hab Luc nicht ausgenutzt«, blaffte ich ihn an. Jetzt wusste ich, warum er Madame Dauphin nichts erzählt hatte. Er hatte keine Ahnung, wer ich war, und konnte es sich nicht leisten, falschzuliegen.

»Was würde der Kreis tun, wenn sie wüssten, dass du ein Mitglied einer anderen Familie bedrohst?«, fragte ich und funkelte ihn an, während sich meine Finger in das Schulterpolster seines Smokings gruben. »Lass mich los. Sofort.«

Er starrte mich an, seine Augen blitzten auf, und nach ein paar Sekunden ließ er das Messer an meiner Brust sinken.

Ich löste seinen Arm von meiner Taille, drehte mich um und wäre beinahe mit Jack zusammengestoßen, der auf uns zueilte, während die Musik zu einem etwas ruhigeren Stück wechselte und sich die Tänzer wieder zerstreuten. Er nickte, und wir huschten in die Schatten abseits der Tanzfläche. »Was ist los?«, wollte er wissen. »Hast du es ihm gesagt?«

Ich wischte mir mit zitternden Fingern einen winzigen Blutstropfen von der Brust. Ich hatte ganz vergessen, Stellan nach Mr Emerson zu fragen. »Nein. Er hat mich bedroht«, flüsterte ich, und Jack spannte sich an. »Alles okay, mir geht's gut. Ich war nur ein wenig abgelenkt.«

Ich ließ Jack los, und als ich mich umdrehte, sah ich, wie Stellan sich entfernte. »Warte«, rief ich.

Wir holten ihn an einem hohen Stehtisch ein. »Hast du deine Meinung geändert und willst mir doch die Wahrheit sagen?«, fragte er mich. »Oder seid ihr beide nur hier, um mir eine Diashow mit den wichtigsten Sehenswürdigkeiten von Istanbul zu zeigen?«

Mein ganzer Körper versteifte mich. Jack hatte keine Witze gemacht, als er behauptet hatte, sie könnten mich überall aufspüren. »Wenn du mir vorhin ein bisschen Zeit gegeben hättest, um dir alles zu erklären, dann hätte ich dir gesagt, dass ich in dem Klub eine Panikattacke hatte. Ich hab einfach frische Luft gebraucht, aber dann hab ich mich verlaufen, und Jack war auch in Istanbul, also hat er mich abgeholt.«

Ich war stolz auf das fehlende Zittern in meiner Stimme.

»Aber über Istanbul müssen wir trotzdem mit dir sprechen«, fügte Jack hinzu. Ich hielt Ausschau, ob uns jemand beobachtete, doch wir waren allein. »Es geht um Fitz. Ich wollte gerade zu ihm, als ich wegen Avery aufgehalten wurde, also hab ich sie mitgenommen. Aber er war nicht da – wie es aussieht, hat ihn der Orden entführt.«

Stellans Augenbraue hob sich langsam.

»Er hat Fotos von uns dr…«, Jack unterbrach sich, »von dir und mir hinterlassen, und eine Nachricht, dass wir ihm helfen müssen.« Ich biss die Zähne zusammen, als er sich beinahe verplapperte, aber Jack fuhr unbeirrt fort: »Hast du eine Ahnung, warum er das gesagt haben könnte?«

»Natürlich nicht.« Stellan zog seine Maske aus und warf sie auf den Tisch. »Willst du mir ernsthaft erzählen, dass Fitz gekidnappt wurde? Warum um alles in der Welt sollte der Orden einen *Tutor* entführen?«

»Wir sind uns nicht sicher. Wir hatten gehofft, dass du vielleicht mehr weißt.«

»Nein, leider nicht.« Er schaute zwischen Jack und mir hin und her, und seine Augen verengten sich. »Und was hat *sie* mit der ganzen Sache zu tun?«

Mein Herzschlag beschleunigte sich wieder. Das war genau das, was ich nicht wollte. »Ich hab gar nichts damit zu …«

Ich verstummte, als plötzlich eine Million winziger Lichter vor meinen Augen tanzten. Vielleicht hatte ich gerade wirklich eine Panikattacke.

Aber dann zeigten die Gäste alle aus dem Turm hinaus. Natürlich – die Lichtershow des Eiffelturms. Sie glitzerte einmal pro Stunde über Paris. Wenn ich ein normaler Tourist gewesen wäre, hätte ich definitiv herkommen und es mir anschauen wollen, und jetzt sahen wir es sogar von drinnen.

»Was erzählt ihr mir nicht?«, hakte Stellan nach.

»Wir müssen dir was zeigen …« Jack war bereits dabei, das Tagebuch aus seiner Jackentasche zu holen, aber Stellan blickte über meine Schulter. Seine Miene verhärtete sich und ich legte eine Hand auf Jacks Arm. Ein großer Mann in einem Smoking stürmte quer über die Tanzfläche auf uns zu. Jack versteckte das Buch wieder.

»Du und die Sicherheitsleute solltet heute Abend dafür sorgen, dass sie zu Hause bleibt«, bellte der Mann Stellan an, und sein Gesicht und das hellbraune Haar verschwommen in den blinkenden Lichtern. »Und jetzt ist sie hier und tut Gott weiß was.«

»Ja, Monsieur Dauphin«, begann Stellan, und ich hob erschrocken den Blick. Die Lichter brannten sich förmlich in mein Gehirn. »Madame sollte heute Abend nicht hier sein. Aber …«

»Aber sie macht, was sie will.« Monsieur Dauphin knallte eine Faust auf den Tisch und ich zuckte zusammen.

Er sah genauso aus wie Luc, nur doppelt so breit. Und zehnmal so gemein. Er sah mir nicht ähnlich. Nicht mal ein kleines bisschen.

Ich berührte Jacks Arm und schob ihn weg. Wir konnten

das jetzt nicht tun. Monsieur Dauphins Augen huschten zu mir und verengten sich. Ich konnte sehen, wie sich die Rädchen in seinem Kopf drehten – Madame musste ihm ihren Verdacht ebenfalls mitgeteilt haben. Er sagte etwas auf Französisch zu Stellan, der mich daraufhin ebenfalls ansah.

Ich wandte mich ab, zog Jack am Ärmel und war überrascht, als ich sah, dass Lydia Saxon auf uns zukam. Sie hatte einen stirnrunzelnden Jungen mit dunklen Haaren im Schlepptau, bei dem es sich um ihren Bruder Cole handeln musste. Und hinter ihnen folgte ein Mann mit einer Karnevalsmaske. Jetzt war Jack derjenige, der stramm stand. Meine Hand fiel von seinem Arm.

Die Lichter blitzten immer weiter. Blitz, blitz, blitz. Sie schienen mit jeder Sekunde greller zu werden.

Blitz. Ich drehte mich zu Jack um und sah, dass sich seine Augenbrauen und seine Stirn zu einem Wirrwarr aus unlesbaren Emotionen verzerrt hatten. Er nickte dem Mann zu, der nach vorne trat und seine Maske abnahm.

Blitz. Die Lichter flackerten schneller, aber vielleicht war das jetzt alles *wirklich* nur in meinem Kopf.

Blitz. Ich blickte starr geradeaus, ohne zu blinzeln, unfähig, mich zu bewegen. Das Gesicht des Mannes wurde von einer Million winziger Glühbirnen angestrahlt – hell, dunkel, hell, dunkel.

Blitz. Ich konnte meinen Blick einfach nicht abwenden, und auch der Mann bewegte sich nicht, als meine Welt in sich zusammenstürzte.

Und ich in ein Spiegelbild meiner eigenen Augen starrte.

KAPITEL 32

MEINE AUGEN.

Und nicht nur dieselbe Farbe wie Lucs. Dasselbe *alles*. Intensiv dunkelviolette Augen, die ein wenig zu weit auseinanderlagen. Umrahmt von dichten schwarzen Wimpern und darüber dunkle Brauen. Der Rest seines Gesichts sah jedoch ganz anders aus – die Kieferlinie war kantig, die Wangenknochen sehr ausgeprägt –, und wenn ich nicht danach gesucht hätte, hätte ich sonst nur schwache Ähnlichkeiten festgestellt, wie man sie bei entfernten Verwandten erwarten würde. Aber ich *wusste* es. Das waren meine Augen.

Lydia stellte sich neben ihn und legte eine Hand auf seinen Arm. Auch sie hatte ihre Maske abgenommen. Sie hatte zwar nicht dieselbe Augenfarbe, aber jetzt konnte ich erkennen, dass auch ihre weit auseinanderliegenden Augen – und die ihres Zwillingsbruders – meine widerspiegelten.

Das war es, was mich an ihr gestört hatte. Selbst hinter der Maske hatte ich Andeutungen meines eigenen Gesichts erkannt. Lydia und Cole Saxon. Das bedeutete …

Etwas lenkte meinen Blick zu Alistair Saxons Jackett hinunter und zu dem auf ein Taschentuch gestickten Symbol, das aus seiner Brusttasche hervorguckte. Ein Kompass. Genau wie Jacks Tattoo, das mir schon die ganze Zeit so vertraut vorgekommen war. Und dann fiel mir plötzlich wieder ein, wo ich es schon einmal gesehen hatte.

Ich war sechs Jahre alt und durchsuchte die Kommodenschubladen im Schlafzimmer meiner Mom nach etwas, mit dem ich spielen konnte. In einer von ihnen lag das Medaillon auf einem Stapel Papiere. Briefe. Liebesbriefe, soweit ich es lesen konnte. Auf jedem von ihnen war wie bei personalisiertem Briefpapier ein Kompass eingeprägt.

Mein Kopf schwenkte zwischen den dreien hin und her und die plötzliche Gewissheit riss mir die Atemluft aus den Lungen.

Dieser Mann war mein Vater, und außerdem war er Jacks Boss: Alistair Saxon.

Jack steckte die Hände in die Hosentaschen. Er sah kein bisschen überrascht aus. Offensichtlich hatte er es nicht eben erst herausgefunden. Schließlich warf er mir einen flüchtigen Blick zu und schaute dann wieder auf seine Füße. »Tut mir leid«, formte er stumm mit den Lippen.

Jack hatte gelogen. Er wusste ganz genau, wer mein Vater war.

Mein *Vater*.

Jack brach das Schweigen, das wahrscheinlich nur ein

paar Sekunden gedauert, sich aber wie ein ganzes Leben angefühlt hatte. »Sir, das ist Avery West. Sie ist die *Cousine,* die wir in den Staaten gefunden haben.« Er sah demonstrativ zu Stellan und Monsieur Dauphin hinüber, die sich nur ein paar Meter entfernt unterhielten und immer wieder Blicke in unsere Richtung warfen.

Saxon, mein Vater, ging einen Schritt auf mich zu. Er wusste, dass ich keine Cousine war. Das konnte ich sehen. Ich beobachtete, wie auch er nach und nach erkannte, wer ich war. Die Stupsnase und die runden Wangen meiner Mom. Seine eigenen Augen. Seine Tochter.

Ich fragte mich, wobei Jack mich sonst noch angelogen hatte – und was er Saxon erzählt hatte. Ob er wusste, dass ich das Mädchen mit den violetten Augen war, auf das sie alle gewartet hatten.

»Ja«, sagte meine Vater mit ausdruckslosem Lächeln. »Sehr gut. Schön, dich kennenzulernen, junge Dame.«

Und dann wandte er sich ab, so als sei er bereits gelangweilt.

Ich taumelte, als hätte man mir eine Ohrfeige verpasst, und musste mich an der Lehne eines Stuhls festhalten. Die Lichter draußen hörten auf zu blinken. Mein Vater machte sich nicht die Mühe, noch einmal in meine Richtung zu schauen.

Dann hatte Jack ihm also nichts von meinen Augen erzählt. Er wusste nicht, wie mächtig ich ihn machen könnte, deshalb war es ihm egal, dass ich sein Kind war. Letzten Endes war er auch nicht besser als jeder andere Vater, der seinen Verpflichtungen nicht nachkam. Vielleicht tummelten sich ja ein Dutzend uneheliche Kinder von ihm auf dieser Welt, und es war keine große Sache für ihn, wieder mal eins von ihnen zu treffen.

»Es war ein langer Abend, Hugo«, sagte mein Vater zu Monsieur Dauphin. »Ich weiß, dass unser Gast bei dir untergekommen ist, aber ich denke, wir nehmen sie jetzt mit in unser Hotel, da wir noch gar keine Gelegenheit hatten, uns zu unterhalten …«

Ich hob den Blick und ein Funken Hoffnung flammte in mir auf.

»Unsinn«, schnitt ihm Monsieur Dauphin das Wort ab. »Es ist fast Mitternacht. Übernachtet nicht ohnehin der Großteil deiner Familie bei uns? Das reicht auch morgen früh noch. Apropos: Hast du meine Frau gesehen? Diese eigenwillige …« Er brach ab und murmelte etwas vor sich hin.

Mein Vater sah zu mir, dann zu Jack, und die Hoffnung spannte sich in mir an wie eine Sprungfeder. Dann zuckte er unverbindlich mit den Schultern. »Sicher. Wunderbar. Sehr schön.«

Die Feder riss. Meine Hand flatterte zu meiner Brust hinauf, so als wollte sie versuchen, zu verhindern, dass die einzelnen Teile meines zerbrochenen Herzens herausströmten. Mein Vater wusste, dass es mich gab, aber es interessierte ihn kein bisschen.

Das Letzte, was ich wollte, war, vor ihm zu weinen. »Ich bin jetzt bereit, zu gehen«, sagte ich leise. Meine Stimme zitterte noch nicht einmal.

Jack machte einen Schritt nach vorne. »Ich bringe dich …«

»Nein.« Ich riss mich los. Mein Atem rasselte in meiner Brust. »Jemand anders fährt wahrscheinlich sowieso zurück.«

»Ich.«

Ich schloss die Augen, als Stellan sich neben mich stellte. Welches war das Kleinere der beiden Übel?

Jack hatte mich angelogen. Ich hatte ihn immer wieder wegen meines Vaters gefragt. Er wusste genau, wie viel mir das Ganze bedeutete. Ich hatte ihm unglaublich peinliche, persönliche Dinge erzählt. Und er hatte die ganze Zeit gewusst, dass sein Arbeitgeber mein Vater war, und es mir nicht gesagt. Der Verrat brannte in meinen Adern wie Säure.

Und ja, Stellan sollte mich verhören, aber jetzt, wo ich die Saxons kennengelernt hatte und Jack Madame Dauphins Plan kannte, konnte er mich nicht mehr einsperren und den Schlüssel wegwerfen. Außerdem sah es sowieso nicht so aus, als würde ich heute Abend irgendwo anders landen als bei den Dauphins.

Ich sah weder Jack noch meinen Vater an, als ich Stellan aus dem Ballsaal folgte und wir schweigend im Fahrstuhl ins Erdgeschoss fuhren.

Danke, Welt, dass du mich wieder einmal ganz genau daran erinnert hast, warum ich niemals zulasse, dass mir jemand etwas bedeutet.

Wir steuerten auf eine Reihe langer, schwarzer wartender Autos zu, und ich blickte an dem strahlenden Turm hinauf, der gut dreihundert schillernde Meter in den grauvioletten Nachthimmel emporragte.

Stellan beobachtete mich. »Was ist deine Geschichte, *kuklachka?*«, fragte er schließlich.

Ich blinzelte und der orange Glanz des Eiffelturms verschwamm wie Wasserfarben.

✵

Stellan blieb vor meinem Zimmer stehen.

»Also«, sagte er, »du erzählst mir, du seist niemand, wirst dann in einer Boutique beinahe getötet, rennst aus einem Klub in Istanbul weg und jetzt stehst du da in einem Ballkleid und heulst. Bist du sicher, dass du mir nicht doch irgendwas erzählen willst?«

»Es gibt nichts zu erzählen.« Meine Stimme klang wie ein Krächzen. »Glaubst du mir das wirklich immer noch nicht?«

Stellan schloss meine Zimmertür auf. »Ich habe schon vor langer Zeit gelernt, dass ich selbst der einzige Mensch bin, dem ich vertrauen kann, also: nein. Ich glaube dir nicht. Ich komme nur einfach nicht dahinter, was du zu verheimlichen versuchst.«

Ich drängte mich an ihm vorbei. »Und ich komme einfach nicht dahinter, warum du so launisch bist. Vor ein paar Stunden hast du noch gedroht, mich umzubringen, und jetzt tust du so, als wärst du mein Freund.«

Stellan folgte mir ins Zimmer. »Wenn ich wirklich ernsthaft gedroht hätte, dich umzubringen, dann wärst du jetzt tot.«

»Ich leg mich schlafen. Bitte, geh.« Ich stakste ins Badezimmer.

Im Spiegel kam Stellan wieder in mein Blickfeld und lehnte sich gegen den Türrahmen. Ich drehte den Wasserhahn auf und wusch mir die Hände.

»Weißt du, Spione sind für gewöhnlich gute Lügner. Genau wie hübsche Mädchen«, bemerkte er.

Ich schleuderte die Lavendelseife so schwungvoll in die Seifenschale, dass sie wieder heraushüpfte und im Waschbecken landete. Ich wirbelte zu ihm herum.

»Ach, wirklich?« Das Wasser triefte an meinen Unterarmen hinunter und ich schnappte mir ein Handtuch. »Manchmal weiß ich nicht, ob du versuchst, mich auszuhorchen oder mich zu töten oder mit mir zu schlafen.« Ich klappte den Mund wieder zu und spürte, wie ich am ganzen Körper zu glühen begann.

Einer seiner Mundwinkel bog sich nach oben. »Um ehrlich zu sein, weiß ich es selbst nicht.«

»Verschwinde.«

Langsam drückte er sich vom Türrahmen ab und versperrte mir den Weg aus dem Raum. »Weißt du, wenn du wirklich eine Spionin wärst, dann wäre ich echt beeindruckt. Nichts ist heißer als ein talentiertes Mädchen. Ich meine, ich müsste dich umbringen, aber bevor ich es täte …«

»Hau. Ab.« Wieder bildeten sich Tränen in meinen Augen, eine Mischung aus Frustration, Erschöpfung und tiefster Traurigkeit. Ich warf das Handtuch ins Waschbecken und wischte mir mit dem Handrücken übers Gesicht. »Ernsthaft, verschwinde.«

Stellan betrachtete mich eindringlich. »Was ist es nur, das dich so aufgewühlt hat? Prada?«

Plötzlich musste ich wieder an diesen ersten Morgen denken, vor Prada, als ich nur einen Bademantel anhatte und mein größtes Problem darin bestand, dass ich vergessen wollte, wie attraktiv Stellan war. Es kam mir vor, als läge es ein ganzes Leben zurück.

»Es ist nichts. Mir geht's gut. Ich will nur, dass du gehst, damit ich endlich schlafen kann.« Ich musste mich an ihm vorbeizwängen, um durch die Tür zu kommen, aber er versperrte mir mit einer Hand den Weg.

»Du reibst dir ziemlich oft die Augen für jemanden, dem es gut geht«, erwiderte er und klang dabei sogar ein bisschen freundlich. Seine Hand fühlte sich warm auf meiner Hüfte an.

Die Tränen schwammen noch dichter an die Oberfläche. Ich zwang sie mit schierer Willenskraft wieder hinunter und schob mich auch das letzte Stück an ihm vorbei. »Mir geht's wirklich gut. Meine Kontaktlinsen brennen, das ist alles.«

Es folgte Schweigen. »Du trägst Kontaktlinsen?«

Ich spürte, wie der finstere Ausdruck aus meinem Gesicht fiel. Oh, Gott. Ich zwang mich, mich noch einmal zu ihm umzudrehen und ihn erneut böse anzufunkeln, aber ich konnte den kurzen Moment des Zögerns nicht verbergen. »Ich hab ziemlich schlechte Augen.«

Er schürzte die Lippen, und dann klopfte es an der Tür. Elodie steckte den Kopf ins Zimmer und sagte auf Französisch etwas zu Stellan, ohne mich auch nur eines Blickes zu würdigen.

Stellan seufzte. »Wie es scheint, werde ich gebraucht. Schlaf gut, Püppchen. Draußen stehen Wachleute, die dafür sorgen werden, dass dir heute Nacht nichts *passiert.*«

Ich überspielte mein erleichtertes Seufzen mit einem Gähnen. Ich konnte nur hoffen, dass ein weiteres Mädchen mit violetten Augen so weit außerhalb seiner Vorstellungskraft lag, dass er meine Kontaktlinsen nicht mit seinen Vermutungen in Verbindung bringen würde.

Er machte keinerlei Anstalten, sich zu beeilen, also schob ich ihn das restliche Stück aus der Tür. Ich machte sie hinter ihm zu, schloss sie ab und lehnte meine Stirn gegen das kühle Holz, während ich lauschte, wie sich die Schritte der beiden auf dem Flur entfernten.

Ich ließ mich auf die blaue Samtdecke fallen und der Stoff meines Kleids zerknitterte unter mir.

Eine Sekunde lang lag ich einfach nur da, bevor ich mein Telefon herausholte und noch einmal meine Mom anrief. Nichts.

Ich steckte das Handy wieder in die Tasche und kramte nach meinem Medaillon. Ich warf die Prada-Halskette auf den Nachttisch, legte die beiden Enden der kaputten Kette des Medaillons um meinen Hals, verknotete sie miteinander und vergrub mein Gesicht in der Bettdecke. Ich fühlte mich ungefähr hundert Jahre älter als noch vor ein paar Tagen. Ich wusste so vieles, das ich niemals hatte wissen wollen. Und gleichzeitig fühlte ich mich wie ein kleines Kind. So viel unsicherer in Bezug auf die Welt, mich selbst und alles andere.

Mein Vater interessierte sich nicht für mich. Früher oder später würde ich wohl akzeptieren müssen, dass meine Mom tatsächlich *vermisst* war. Und Jack hatte mich angelogen. Ich hatte ihm vertraut – hatte ihm *endlich* vertraut – und er hatte gelogen. Nach allem, was wir durchgemacht hatten. Und ich wusste noch nicht einmal, was das bedeutete. Wann hatte er es Saxon erzählt? Hatten sie irgendeinen Plan, der vorsah, dass sie mich im Dunkeln tappen ließen? Ich hatte nicht den Eindruck, als würde sich mein Vater genügend für mich interessieren, um einen solchen Plan zu schmieden.

Ich rollte mich auf den Rücken und starrte zu dem Himmel über dem Bett hinauf.

Es kam mir albern vor, dass ich ausgerechnet jetzt wegen eines Jungen so traurig war. Dass Jack mich angelogen hatte, sollte mir nicht so wehtun, vor allem im Vergleich zu allem anderen. Wie zum Beispiel Mr Emerson. Ich griff erneut in meine Handtasche und fand das Stück Papier mit der Telefonnummer des Ordens. Ironischerweise hatte ich sie auf der Rückseite der Skizze von Jacks Tattoo notiert, die ich damals im Kurs über antike Zivilisationen gezeichnet hatte. Ich fuhr mit dem Finger über die Zeichnung. Beinahe wünschte ich mir, ich hätte auch einen Kompass tätowiert. Eine Orientierungshilfe hätte ich gut gebrauchen können.

Mit Schrecken wurde mir bewusst, dass ich an meinem siebzehnten Geburtstag tatsächlich ein Tattoo bekommen konnte, wenn ich wirklich wollte. Schließlich war ich eine Saxon.

Ich schüttelte den Kopf. Wir hatten nur noch zwölf Stunden, bis das Ultimatum des Ordens ablief. Ich drehte das Blatt Papier wieder um und starrte auf die Telefonnummer, bis ich zu schielen begann. Wir befanden uns in einer Sackgasse, was die Hinweise betraf. Vielleicht konnte mein Vater uns helfen, den Orden zu finden und Mr Emerson mit Gewalt zurückzuholen, wenn ich ihn dazu bringen konnte, sich genügend für mich zu interessieren, um sich diese Mühe zu machen.

Ich rollte vom Bett und ging quer durch das Zimmer zum Fenster. Sollte ich einfach alles hinunterschlucken, Jack anrufen und ihm sagen, dass er Saxon dazu bringen sollte, mit der Suche zu beginnen? Aber ich wollte im Augenblick absolut nicht mit ihm reden.

Ich schob das Fenster auf und ließ den Geruch des Sturms

über mich hinwegwehen, der schon den ganzen Nachmittag mit einem Ausbruch gedroht hatte. Ein tiefes Donnergrollen ertönte in der Ferne, und ich lehnte mich auf die Fensterbank und blickte auf den Vorhof des Louvre hinaus.

»Da bist du ja«, sagte eine tiefe Stimme neben mir.

Ich drehte mich um. Dort, auf dem Balkon, gegen die Wand vor meinem Fenster gelehnt, hockte Jack.

KAPITEL 33

»WAS MACHST DU HIER?«, fragte ich. Es klang teils wütend, teils erleichtert und sehr besorgt.

Er stellte sich aufrecht hin. »Bitte, lass es mich erklären.«

»Du kommst mitten in der Nacht zu meinem Zimmer? Bist du wahnsinnig?«, flüsterte ich, deutete auf meine Zimmertür und legte einen Finger auf meine Lippen. Ich kickte meine Schuhe weg und stieg durch das Fenster auf den schmalen Balkon hinaus. Ich weigerte mich, Jacks Hand zu nehmen, die er mir hinstreckte, und schob das Fenster vorsichtig wieder hinter mir zu.

Ich funkelte ihn böse an. »Warum hast du mich angelogen?« Der Wind ließ mein Kleid flattern.

»Es tut mir leid, Avery.« Und er sah auch so aus. Er sah genauso kaputt aus, wie ich mich fühlte, von seinen flehenden Augen bis zu der gelockerten Fliege um den Hals, die er ganz offensichtlich vergessen hatte. »Ich hab einen Fehler gemacht. Ich wollte es dir sagen, so oft.«

»Wie lange weißt du es schon?«

Ich sah ihm an, dass er am liebsten den Blick abgewandt hätte, aber er tat es nicht. »Seit Prada. Du siehst ihm zwar nicht unbedingt ähnlich, aber ich habe es sofort gesehen, als mir klar geworden ist, dass dein Vater einer der Zwölf sein muss.«

Ich schluckte. »Dann habt du und die Saxons mich die ganze Zeit über hingehalten? Warum?«

»Er wusste es bis heute Abend überhaupt nicht.«

»Was?« Ich hob den Blick und sah alles ganz verschwommen durch meine Tränen.

»Er hat es erst auf dem Ball herausgefunden, und ich war nicht derjenige, der es ihm gesagt hat«, fuhr Jack fort. »Lydia ist dahintergekommen. Sie hat dich irgendwie erkannt.«

Genauso, wie ich sie erkannt hatte. Sie sah aus wie meine *Schwester*. Ich hatte das immer noch nicht verarbeitet.

Ich stellte mich ans Geländer. Obwohl das Museum längst geschlossen war, tummelten sich noch immer Menschen unten auf dem Vorplatz und machten Fotos von der Pyramide, die vor den sanfteren Lichtern an der steinernen Fassade des Louvre glänzte.

»Ich hatte nie die Absicht, dir wehzutun«, sagte Jack leise. »Was das betrifft, kannst du mir vertrauen.«

»Das kann ich *nicht*!« Ich wirbelte herum. »Genau das ist doch der Punkt. Ich kann dir nicht vertrauen. Du wusstest, wie viel mir das bedeutet, und du hast mich immer wieder angelogen und behauptet, du hättest keine Ahnung, wer er ist.«

Er machte ein paar Schritte über den Balkon. »Ich hab es dir nicht gesagt, weil ich erst wissen wollte, was Fitz gemeint hat, bevor ich zulasse, dass du dich in Gefahr begibst. Oder weil du sonst vielleicht weggelaufen wärst. Oder … ich weiß auch nicht. Ich hätte es dir sagen sollen.« Sein dunkles Haar fiel in seine Stirn, so als würde es sich ebenfalls geschlagen geben. »Ich dachte, es wäre für alle am besten, wenn ich es dir erst sage, wenn ihr euch beide am selben Ort befindet und du selbst auf ihn zugehen kannst. Wir waren so beschäftigt, dass der Ball die erste Gelegenheit dazu war.«

Das war es, was er mir hatte sagen wollen, bevor Lydia uns unterbrochen hatte, das wurde mir jetzt klar. »Und was, wenn ich nicht mit ihm hätte sprechen wollen?«

»Dann hätte ich dich gehen lassen.«

»Du hättest mich wieder abhauen lassen? Dafür hätten sie dich umgebracht. Vor allem, wenn sie herausgefunden hätten, dass du wusstest, wer ich wirklich bin«, erwiderte ich halb im Scherz und blickte auf die Stelle an seinem Arm, von der ich wusste, dass sich dort sein Tattoo befand. Wunderschön. Tödlich.

»Ich weiß«, sagte er, kein bisschen im Scherz.

Ich lehnte mich ans Geländer und war mir nicht sicher, ob ich mich seinetwegen jetzt besser fühlte oder schlimmer. »Du kannst nicht einfach solche Sachen sagen, dann was ganz anderes machen und erwarten, dass ich dir glaube. Dass ich dir *vertraue.*«

Wenn ich jetzt noch einmal zusammenbrach, dann würde ich es vielleicht nicht mehr schaffen, die einzelnen Teile wieder zusammenzusetzen.

»Ich weiß. Es tut mir leid«, wiederholte Jack leise. »Deshalb bin ich hergekommen, um dir das zu sagen.« Er griff in die Brusttasche seiner Jacke und zog einen Umschlag heraus, auf dem mein Name stand. »Saxon hat dir einen Brief geschrieben. Das war meine Ausrede, herzukommen und dich sehen zu können.«

Avery,

ich verstehe, dass das ein Schock sein muss. Für mich ist es das auch, aber ein willkommener. Ich wünschte, ich könnte mich heute Abend schon mit Dir unterhalten, aber ich glaube, es ist am besten, nicht unnötig Verdacht zu erwecken. Ich komme Dich morgen früh holen. Die Sicherheitsvorkehrungen der Dauphins sind sehr gut – Du bist dort gut aufgehoben.
Viele Grüße,
Alistair Saxon

Ich las die Nachricht noch einmal. »Und, will er mich morgen früh mit jemandem zwangsverheiraten?«

Jack schüttelte den Kopf. »Er weiß nichts von den violetten Augen. Ich hätte es ihm sagen müssen, aber ich wollte wenigstens *das* dir selbst überlassen.«

Ich hielt die Nachricht so fest, dass sie zwischen meinen Fingern zerknitterte. Ich wandte mich wieder Jack zu, der sich unbehaglich mit einer Hand den Nacken rieb.

»Warum konntest du es mir nicht einfach sagen?«, fragte ich noch einmal. Meine Stimme brach.

Noch immer durchströmten mich Verwirrung, Ungewissheit und Erleichterung darüber, Jack wiederzusehen.

Mein Herz hüpfte euphorisch, seit es wusste, dass sich mein Vater *doch* für mich interessierte. Dann hörte ich wieder, wie der Kopf des Killers bei Prada auf den Boden knallte. Erinnerte mich an das Letzte, was ich zu meiner Mom gesagt hatte – eine Lüge darüber, dass ich nicht zum Abschlussball gehen, sondern stattdessen zu Hause bleiben und packen würde.

Ich fiel. Fiel, fiel, fiel. Ich schlug mir die Hand auf den Mund, um ein Schluchzen zu unterdrücken, das trotzdem entwich.

Jacks Kiefer spannte sich an. Er überquerte den Balkon mit einem einzigen langen Schritt und schlang die Arme um mich.

Ich stieß ihn weg, aber er ließ es nicht zu. Er klemmte meinen Kopf unter sein Kinn und drückte mich ganz fest an sich. Und dann brach ich zusammen. Ich klammerte mich, so fest ich konnte, an ihn, ballte den Stoff seines Hemds in meinen Fäusten zusammen und weinte heftige, erstickende Schluchzer, die ich tagelang unterdrückt hatte.

Ich hatte das Gefühl, die Tränen würden niemals versiegen.

Jack hielt mich einfach fest, und ich konnte seinen Herzschlag spüren und fühlen, wie sich seine Brust unter meiner Wange hob und senkte. Ich atmete die unerklärbare, moschusartige Süße seiner Haut ein – Äpfel, erkannte ich durch den Schleier der Tränen. Er roch wie der Herbst, nach Herbstsonne und reifen Äpfeln. Schließlich spürte ich, wie sich meine Schultern wieder entspannten und die Schluchzer verebbten.

Ich schmiegte den Kopf an seine Brust und er vergrub

seine Finger in meinem Haar. »Es tut mir leid«, flüsterte er, aber das waren nicht die richtigen Worte. »Danke«, entgegnete ich, aber das war auch nicht ganz richtig. Ich löste mich ein wenig von ihm und schaute auf seine Brust, wo meine Tränen einen nassen, mascaraverschmierten Fleck hinterlassen hatten.

»Ich kann die Saxons und den Kreis nicht verraten«, murmelte er in meine Kopfhaut. »Aber ich kann auch nicht … ich werde auch dich nicht verraten. Das verspreche ich.«

Ihn das sagen zu hören, fühlte sich an, als würde ich an der äußersten Kante der Schwelle stehen, auf der wir schon seit unserer ersten Begegnung getanzt hatten.

»Schließen sich diese beiden Dinge denn gegenseitig aus?«, fragte ich flüsternd.

»Ich hoffe nicht«, antwortete er. »Ich glaube nicht.«

Ich wünschte, ich würde mich nicht so von ihm angezogen fühlen. Ich wollte mich nicht danach sehnen, noch einmal mit den Fingern durch sein Haar fahren und die neue Wunde an seiner Wange berühren zu können. Ich wollte ihm nicht verzeihen, aber gleichzeitig wollte ich es unbedingt.

»Du hast mich nicht im Stich gelassen«, sagte ich. Ich fuhr mit der Fingerspitze über einen der Knöpfe an seinem Hemd, sah ihm jedoch nicht in die Augen. »Du hast mich nicht im Stich gelassen und dich selbst gerettet, auf Mr Emersons Feuertreppe. Du hast mich nicht ausgeliefert, um es dir leichter zu machen. Und du hast mich heute Abend nicht allein gelassen, obwohl du wusstest, dass ich wütend auf dich sein würde.« Ich schluckte einen Kloß in meinem Hals hinunter.

Seine Finger hörten auf, mein Haar zu streicheln. »Natürlich hab ich das nicht.«

So fehlgeleitet es auch gewesen sein mochte, Jack hatte getan, was er konnte, um mich zu beschützen. Wie war es möglich, dass bei einem Tauziehen um seine Loyalität zwischen den Saxons – seiner einzigen Familie seit Jahren – und mir *ich* gewann?

Schließlich löste ich mich doch aus seiner Umarmung, hielt die Hände aber weiter unter seiner Smokingjacke. Ich ließ meine Handflächen an seinen Hüften hinuntergleiten und sein gestärktes weißes Hemd zerknitterte unter meinen Fingerspitzen.

Er schnappte heftig nach Luft und jagte damit einen Schauer durch meinen Körper. Sein Blick wanderte über die Kurven meines silbernen Prada-Kleids. Es hatte wirklich dieselbe Farbe wie seine Augen. Wie Mondlicht und Stürme.

Ich zog die Hände zurück und setzte mich im Schneidersitz hin, wobei sich das Kleid um mich herum auf dem Balkon ausbreitete. Ich wischte mir die Wangen mit den Handballen ab, und die steifer werdende Brise trocknete auch den Rest. Der Sturm schien sich jetzt tatsächlich zusammenzubrauen. Jack zog seine Smokingjacke aus und legte sie über meine Schultern, bevor er sich ebenfalls hinsetzte.

»Hast du meinem … Hast du Saxon sonst noch was erzählt? Von Mr Emerson oder den Hinweisen oder so?«

»Ich hab ihm erzählt, dass Fitz weg ist, aber das ist erst mal alles. Er hat mir versichert, dass er sofort jemanden vom Sicherheitspersonal darauf ansetzt, sich darum zu kümmern. Wir können ihn auch bitten, nach deiner Mom zu suchen, falls du sie immer noch nicht erreichen kannst.«

Eine große Last hob sich von meiner Brust. In der Ferne glitzerte die stündliche goldene Lichtershow des Eiffelturms wieder vor den Wolken.

»Bin ich ihm ähnlich?« Die Worte waren mir schon über die Lippen gekommen, bevor mir überhaupt bewusst gewesen war, dass ich sie dachte.

Jack kickte mit der Spitze seines Schuhs einen Kieselstein weg. »Wenn überhaupt, dann seid ihr eher wie zwei Seiten einer Münze«, antwortete er. »Ihr habt beide dieses Funkeln in den Augen. Aber seins ist … Ich weiß nicht. Düsterer? Deins ist hell.«

Ich schluckte den nächsten Kloß in meinem Hals hinunter. »Durch kitschige Komplimente bringst du mich auch nicht dazu, zu vergessen, dass ich wütend auf dich war.«

»Ich hab nicht versucht …«

»Schon okay«, unterbrach ich ihn.

Ich fragte mich, ob Jack es wirklich so gemeint hatte, als er gesagt hatte, küssen hätte alles nur noch schlimmer gemacht. Oder ob er es doch gemeint hatte, es ihn aber nach allem, was er heute Abend gesagt und getan hatte, nicht mehr interessierte. Oder ob er nur hier war, um mir ein guter Freund zu sein, nicht mehr. Ich fragte mich, ob er genauso sehr an meine Hände dachte, die ihn berührt hatten, wie ich daran dachte, dass mich seine berührt hatten.

Jack räusperte sich. »An meinem zweiten Tag in Lakehaven«, sagte er, »das war ein Montag …«

Ein Blitz erleuchtete den gesamten Himmel taghell. Ich schaute erwartungsvoll zu Jack hinauf, aber er hielt seinen Blick auf den Horizont gerichtet.

»Da hab ich aufgehört, dich nur zu beobachten, weil es mein Job war«, fuhr er fort.

Ich bohrte die Fingernägel in meine Handflächen. Ich nahm an, ich hatte meine Antwort.

»Die Saxons wählen mich nicht jedes Mal für Aufklärungsmissionen wie diese aus, aber sie brauchten jemanden, der in eine Schule passen würde. Ich hatte dieses Bild von dir und ich dachte, es könnte vielleicht schwer werden, dich zu finden. Aber als ich ankam, strömte die komplette Schule in die eine Richtung – und da warst du und bist in die andere spaziert, ganz allein, und hast dich nach draußen gesetzt und gelesen. Du hast mich fasziniert.«

Ich starrte ihn an. »Weil ich keine Freunde hatte, zu denen ich mich beim Mittagessen setzen konnte?«

Er verzog den Mund. »Alle im Kreis … Sie tun, was man ihnen sagt. Auch ich tue, was man mir sagt. Ich weiß, dass das für dich wahrscheinlich verrückt klingt, aber ich hab nie darüber nachgedacht, irgendwas anderes zu tun. Und da warst du und hast einfach gemacht, was du wolltest.«

Ich zog die Knie an die Brust, drapierte das Kleid um mich herum und ordnete in meinem Kopf alles, was in der Schule passiert war, vor dem Hintergrund seiner Worte noch einmal neu ein.

Jack zog sich die Fliege aus und rollte sie zu einer engen Spirale zusammen. »Ich sollte herausfinden, ob du wirklich ein Familienmitglied bist, und dich dann sofort zu ihnen bringen, aber das hab ich nicht getan. Es hat mir gefallen, zum Unterricht zu gehen und dich besser kennenzulernen. Ich wusste, dass das in derselben Sekunde aufhören würde, in der ich mit dir zurück zu den Saxons gehe, zurück ins wahre Leben, aber das Ganze hat sich allein für die kurze Zeit, die ich dort war, mehr als gelohnt.« Er fuhr sich mit einer Hand durchs Haar. »Es war total verantwortungslos von mir, aber ich hatte sogar schon geplant, dich zu fragen, ob du mit mir zum Abschlussball gehen willst, bevor Stellan aufgetaucht ist.«

Ich konnte das Lächeln nicht zurückhalten, das sich auf meinem Gesicht ausbreitete.

»Und durch all das, was passiert ist, hast du mich dazu gebracht, alles infrage zu stellen, was ich wusste. Du hast dich immer wieder in Gefahr gebracht, aber nicht, weil man es dir gesagt hat, sondern für jemanden, den du liebst, weil du ganz fest daran geglaubt hast, dass es das Richtige war.« Er unterbrach sich und spielte mit dem Daumen am Ende der Fliege herum. »Du weißt doch, dass die Tätowierungen ein Loyalitätsschwur gegenüber den Familien sind?«

Ich nickte. »Bis in den Tod.« Wie hätte ich das vergessen können?

Jack nickte kaum merklich und berührte seinen Unterarm. »Ich hab vorher nie auch nur in Erwägung gezogen, diesen Schwur jemals zu brechen. Niemals. Aber ich habe es getan, für dich. Um dich zu beschützen. Alles – von dem Moment beim Abschlussball, als ich dich habe gehen lassen, bis zum Ball heute Abend –, das war alles für dich. Sosehr ich auch versucht habe, mir einzureden, dass es für die Saxons war – das ist nicht wahr. Und sosehr ich auch behauptet habe, dass ich wegen Fitz nach Istanbul fliege – es stimmte nicht. Jede Sekunde, in der ich nicht bei dir war, hab ich nur an dich gedacht. Mir Sorgen um dich gemacht. Es war nicht ihretwegen.« Er richtete seinen Blick auf mich und senkte seine Stimme. »Es war alles nur für dich.«

Plötzlich war mir trotz der Brise viel zu heiß hier draußen. Ich presste die Handflächen auf die kühlen Kacheln.

»Warum hast du mir das alles nicht schon viel früher gesagt?«, flüsterte ich. Die ganze Welt war verblasst, es gab nur noch uns beide und den Sturm, und alles, was ich zu wissen geglaubt hatte, zerfiel mal wieder in tausend Stücke. »Ich bin mir sicher, dass offensichtlich war, was ich gefühlt habe. Was ich fühle.«

Mein Gesicht glühte noch heißer, und ich war froh, dass es dunkel war.

Der Anflug eines Lächelns huschte über sein Gesicht. »Nein, ich … ich meine, nachdem ich dich geküsst hatte und du mich gelassen hast, dachte ich, vielleicht … aber ich war mir nicht sicher.«

Ein Lachen stieg in mir auf, wie Champagnerbläschen, die an dem Schmerz in meiner Brust vorbeischwebten.

»Ich hab mir gesagt, dass du unmöglich dasselbe fühlen kannst. Ich bin nur ein Hüter. Selbst wenn du nur eine *Cousine* gewesen wärst, wäre es unmöglich gewesen, aber als uns klar geworden ist, wer du wirklich bist …«

Er verstummte. Ich dachte an den Hüter der Emirs, dessen sie sich entledigt hatten, nachdem sie herausgefunden hatten, dass er eine Beziehung mit einem Familienmitglied hatte.

Ich lehnte meinen Kopf an die Wand zurück. Mein Vater würde nicht so hart sein, oder? Und überhaupt, wir konnten schließlich ein Geheimnis bewahren. Wenn wir jetzt etwas miteinander anfingen, mussten wir es später vielleicht wieder beenden, um nicht erwischt zu werden. Aber darüber konnte ich mir immer noch Gedanken machen, wenn und falls es passierte. Für Jack war das Risiko größer, aber auch wenn ich ihn nicht in Gefahr bringen wollte, war ich mir ziemlich sicher, dass er genauso dachte wie ich. Manche Dinge waren das Risiko einfach wert.

Und plötzlich, zumindest für den Moment, wusste ich, wonach ich mich sehnte. Ich würde es verstehen, wenn er ablehnte, aber ich musste es wenigstens aussprechen.

»Ich möchte, dass du bleibst«, platzte ich heraus.

Genau im selben Moment fragte er: »Ist es okay, wenn ich bleibe?«

»Ich will nicht allein sein, und wir könnten ganz vorsichtig sein und niemand würde davon erfahren …«

»Ich will dich jetzt nicht allein lassen. Es könnte alles Mögliche passieren …«

»Richtig«, sagte ich, und unzählige Schmetterlinge flatterten in meinem Bauch. Ich konnte nicht fassen, dass ich das wirklich gesagt hatte. Ich konnte nicht fassen, dass es funktioniert hatte. Ich stand auf. »Ja. Ähm. Komm rein.«

Jack sah mich verwirrt an. »Ich …« Er schüttelte den Kopf. »Ich kann nicht riskieren, in deinem Zimmer erwischt zu werden.«

»Oh.« Ich versuchte, nicht so furchtbar enttäuscht auszusehen, wie ich mich fühlte. Natürlich hatte er nur gemeint, dass er hierbleiben wollte, um auf mich aufzupassen. Nichts weiter. Natürlich war das zu gefährlich. Mein Urteilsvermögen war getrübt.

Und dann brach der Himmel mit einem Krachen auf.

Blitze zerrissen die Luft, und die Wolken, die den ganzen Tag so bedrohlich gewirkt hatten, wurden zerfetzt.

Ich kletterte durch das Fenster zurück und schüttelte den Regen aus meinen Augen. Jack sprang auf.

»Du kannst reinkommen«, flüsterte ich. »Außer uns ist niemand hier.«

Er zögerte, kletterte dann aber doch ins Zimmer und blieb direkt hinter dem Fenster stehen. Er schaute noch einmal hinaus, so als sollte er doch besser wieder gehen, und sah dann wieder mich an, als sei das das Letzte, was er wollte.

Ich stellte mich ein wenig verlegen vor ihn. Ich hatte die letzten achtundvierzig Stunden damit verbracht, quer durch Europa zu rennen, man hatte auf mich geschossen und ich hatte Antiquitäten gestohlen, aber ich wusste immer noch nicht, wie ich mit einem einzigen Jungen klarkommen sollte. Ich wusste, dass es falsch war, und ich wusste, dass es gefährlich war, aber ich wollte nicht, dass er ging.

Ich schlich durchs Zimmer zur Tür, die in den Flur hinausführte, vergewisserte mich, dass sie abgeschlossen war, und klemmte den Stuhl vom Frisiertisch unter den Türknauf. Der Regen trommelte auf das Dach, begleitet vom Prasseln der Tropfen auf dem Metallgeländer. Ich bildete mir ein, in der Dunkelheit ein Lächeln auf Jacks Gesicht zu erkennen.

»Komm rein«, flüsterte ich.

Durch das Wasser war mein Kleid ganz schwer und sperrig, und im spärlichen Licht, das von draußen hereindrang, konnte ich sehen, dass Jacks Hemd tropfte und an den wohldefinierten Linien seines Körpers klebte, und danach konnte ich erst recht nicht mehr klar denken.

»Klamotten!« Das Wort flog förmlich aus meinem Mund. Niemand konnte uns hören. Der Regen war inzwischen so laut, dass ich mein eigenes Wort kaum verstehen konnte. »Trockene Klamotten! Ich kann dir welche besorgen.«

»Ja, das wäre großartig. Danke.« Ich hörte ein Lächeln in seiner Stimme. Ich hoffte, er konnte aus meiner nicht heraushören, wie aufgeregt ich war.

Ich spürte seinen Blick auf mir, während ich die Lampe im Schrank anknipste und nach irgendetwas suchte, das ihm passen würde. Schließlich fand ich eine Flanellhose. Ich konnte kein T-Shirt finden, das groß genug für ihn gewesen wäre, deshalb würde er sich selbst überlegen müssen, wie er dieses Problem lösen wollte.

Ich warf ihm die Hose zu, gestikulierte in Richtung Badezimmer und drehte mich dann wieder zu der Pyjama-Schublade um. Nachthemden, lavendelfarbene Seiden-Shorts, schwarze Spitzenwäsche …

Mein Gesicht glühte allein beim Anblick der Wäsche ganz heiß. Ich zog die Shorts und ein Tanktop aus der Schublade und knallte sie dann wieder zu.

Als ich mich umgezogen und das nasse Kleid auf einen Bügel gehängt hatte, betrachtete ich mich im Spiegel. Im blassen Lampenlicht sah ich ganz sanft und romantisch aus. Mein feuchtes Haar fiel in Wellen über meine dunkle Haut, und meine Augen wirkten größer und dunkler als gewöhnlich. Mein Herz war gleichzeitig zu leer und zu voll.

Ich trat im selben Moment aus dem begehbaren Kleiderschrank, in dem Jack die Badezimmertür öffnete. Er trug nur die Hose, die ich ihm gegeben hatte, und die Silhouette seines nackten Oberkörpers zeichnete sich vor dem Badezimmerlicht ab. Eine kühle, nach Regen riechende Brise wehte durch das offene Balkonfenster herein und ich bekam eine Gänsehaut.

Wir konnten einfach nebeneinander schlafen. Nur, damit ich nicht allein war.

Jack fasste hinter sich, um das Licht im Bad auszuschalten.

»Du kannst mit mir im Bett schlafen. Wenn du willst.« Die Worte sprudelten aus meinem Mund, bevor ich sie zurückhalten konnte. »Ich meine, ich weiß, dass das gefährlich ist. Und es ist deine Entscheidung. Aber niemand weiß, dass du hier bist. Und das Bett ist wirklich … groß.«

Als er den Schalter umlegte, ließ ein Blitz das ganze Zimmer taghell erstrahlen, erhellte ihn, seinen offenen Mund und seine großen Augen.

Ein Donnergrollen folgte direkt auf den Blitz, so laut, dass es den Boden erschütterte. Mein Herz, das ohnehin schon doppelt so schnell schlug wie gewöhnlich, hämmerte so wild, dass meine Hände zitterten.

Jack trat aus der Badezimmertür. »Ich glaube, das bedeutet Ja«, sagte er.

KAPITEL 34

ICH SCHLÜPFTE UNTER die Bettdecke und zitterte, als die frischen, kühlen Laken meine Haut berührten. Als ich spürte, wie Jack auf der anderen Seite ins Bett stieg, zitterte ich erneut. Ich lag mit Jack im Bett. Ich hatte ihn gebeten, sich in mein Bett zu legen. Und er hatte es getan, trotz der Tatsache, dass es wirklich schlimme, schlimme Konsequenzen haben konnte, wenn er hier erwischt wurde. Ich hätte niemals geglaubt, dass es um Leben oder Tod gehen würde, wenn mal ein Junge in meinem Bett übernachtete.

Keiner von uns hatte das Fenster geschlossen und der Regen prasselte noch immer kräftig. Eine Windböe erfasste den Kronleuchter, die Kristalle klirrten.

»Gute Nacht?«, flüsterte ich. Ich hatte nicht beabsichtigt, es wie eine Frage klingen zu lassen.

»Nacht«, erwiderte er nach einer Sekunde. Er klang nicht

enttäuscht, was dazu führte, dass ich ein wenig enttäuscht war.

Wenn ich bei Lara übernachtete, bemerkte ich kaum, dass noch jemand mit mir im Bett lag. Jetzt konnte ich jedoch die Wärme spüren, die Jacks Körper ausstrahlte, und nahm jede einzelne Bewegung der Bettdecke wahr.

Jack schob sich näher zu mir. Wenn der Regen nicht gewesen wäre, hätte er inzwischen womöglich hören können, dass mein ganzer Körper vibrierte. Ich rutschte ebenfalls ein Stück näher, eine winzige Bewegung zur Mitte des Betts. Und dann berührte mein kleiner Finger einen Körperteil, der nicht zu mir gehörte, und mein Vibrieren überhitzte mit einem Kurzschluss. Jacks Finger schoben sich zwischen meine, bis ich dort, wo sie sich mit meinen verflochten, seinen Puls fühlen konnte.

Ich versuchte, mein rasendes Herz zu beruhigen. Seine Hand zu halten – selbst in meinem Bett – war gar nichts. Aber es fühlte sich nicht wie gar nichts an. Die Wärme seines nackten Arms auf meinem überlagerte die Kühle der Laken und die Anspannung in meiner Brust löste sich allmählich. Es war, als hätte Jack, obwohl ich draußen nur die falschen Sachen gesagt hatte, genau verstanden, was ich gemeint hatte.

Und dann raschelten die Laken und bewegten sich, und ein Blitzschlag erleuchtete alles in grellem Neon. Ich konnte die Umrisse von Jacks Schultern sehen, als er auf die Seite rollte. Im nächsten Moment umfassten seine Finger meine Hüfte, und er zog auch mich sanft auf die Seite, damit ich ihn ansehen konnte. Er hob das dünne Laken unter der Bettdecke hoch und zog es über unsere Köpfe. Mein unregelmäßiger Atem hallte von den Laken und unseren Körpern wider, lauter als der hämmernde Regen draußen.

Ich lag nicht nur mit Jack im Bett, ich lag im Bett, unter der Decke, so nahe bei ihm, dass sich meine Knie an seine pressten. Ich spürte, wie sich sein Gesicht zu meinem neigte, und ließ meine Lippen näher zu seinen wandern.

Aber er küsste mich nicht. Stattdessen legte er unsere ineinander verschlungenen Hände zwischen uns. Er streckte meine Finger mit seinen und strich mit den Fingerspitzen über meine Handfläche.

Ich hätte nie geglaubt, dass ich das Küssen jemals vergessen würde, aber in diesem Moment tat ich es. Ich wollte, dass er für den Rest meines Lebens nichts anderes tat, als meine Hand genau so zu berühren. Und dann wanderten seine Finger über mein Handgelenk und an der Innenseite meines Arms hinunter.

Ich presste die Lippen ganz fest zusammen. Luft. Ich brauchte Luft. Aber ich klappte das Laken nicht zurück. Wenn ich mich bewegte, würde es vielleicht aufhören. Atmen war das nicht wert.

Jack nahm seine Finger von meinem Arm. Bevor ich mich noch darüber wundern konnte, warum er aufhörte, nahm er meine Hand, in der jetzt sämtliche Nervenenden hellwach waren, und drückte sie fest auf seine Brust.

Es hatte etwas Schwindelerregendes, nichts sehen zu können, nur die Wärme zu spüren, die sein Körper ausströmte, sein leises Ein- und Ausatmen zu hören und den Regen durch das offene Fenster und auf seiner Haut zu riechen. Er vermischte sich mit seinem eigenen Geruch, warm, erdig und heimelig wie ein Herbststurm, und am liebsten hätte ich mein Gesicht an seinem Hals vergraben. Meine Finger legten sich auf die Wölbung über seinem Herzen, und als er mein Haar von meiner Schulter strich, kitzelten die Strähnen auf meiner Haut. Seine Berührungen waren langsam, vorsichtig.

Oh. Ich hatte nicht bedacht, dass er womöglich unsicher war, wie ich reagieren würde. Als er die weiche Haut hinter meinem Ohr streichelte, wölbte ich meinen Hals in seine Richtung, um ihm zu zeigen, wie okay das war.

Ich hatte schon fast vergessen, wo sich meine eigene Hand befand, bis ich spürte, wie sich sein Herzschlag beschleunigte. Und dann traf es mich wie ein Blitz: Nach allem, worüber wir draußen gesprochen hatten, glaubte er, mir beweisen zu müssen, dass ich ihm vertrauen konnte. Dass das, was er für mich fühlte, echt war. Er wusste nicht, wie er es mit Worten ausdrücken sollte, deshalb zeigte er es mir stattdessen. Den hämmernden Pulsschlag unter meiner Handfläche konnte er nicht vortäuschen.

Und gleichzeitig brachte er mich dazu, mich selbst zu öffnen. Ich ließ es zu. Hier, in der Dunkelheit, hatte ich alle Vorsicht fallen lassen, ohne es überhaupt zu bemerken.

Ich hatte nur einen Wunsch: dasselbe für ihn zu tun.

Zaghaft ließ ich meine Fingerspitzen weiterwandern. Noch nie zuvor hatte ich die nackte Brust eines Jungen berührt. Sie fühlte sich gleichzeitig hart und weich an, glatte Haut über straffen Muskeln.

Meine Finger wurden selbstbewusster, als sie über seine Seite streiften, wo mehrere kleine, runde Narben seine Haut bedeckten. Als ich an einer von ihnen innehielt, spannte er sich an, so als fühlte er sich zu entblößt, weil ich diese kleine

Unvollkommenheit entdeckt hatte. Vielleicht hätte ich meine Finger weiterwandern lassen sollen, aber ich fand es schön, zu wissen, dass es an ihm auch nicht perfekte Stellen gab. Ich streichelte die Narbe mit einer Fingerspitze. Es dauerte eine Minute, aber schließlich spürte ich, wie sich seine Anspannung löste.

Dieser winzige Moment fühlte sich intimer an als alle Küsse der Welt.

Alle küssten sich. Ich hatte schon andere Typen geküsst. Er hatte wahrscheinlich schon viel mehr mit anderen Mädchen gemacht, als sie nur zu küssen. Aber das hier war anders. Mehr. Ich hatte die Risse in seiner Rüstung gesehen. Jetzt spürte ich, dass er sie ablegte.

Ich strich mit meiner Hand über seinen Unterarm, über die Stelle, an der sich meiner Erinnerung nach seine Tätowierung befand, auch wenn meine Augen es nicht bestätigen konnten. Über seinen Hals, wo sein Blut unter der überraschend zarten Haut an seiner Kehle das Leben in ihm pulsieren ließ. Ich schob eine Locke seines noch immer feuchten Haars beiseite, die an seiner Stirn klebte. Es war unter den Laken wärmer geworden, aber jede neue Stelle seiner Haut fühlte sich wunderbar kühl an.

Ich sank immer tiefer in diese Trance, aus der ich nie wieder aufwachen wollte, zugleich schläfrig und hellwach.

Jack fuhr mit dem Finger über meine Nase und die Mulde über meiner Oberlippe. Dann folgte er der Kette meines Medaillons zu meiner Schulter. Unsere Lippen berührten sich immer noch nicht, aber ich atmete seine Luft und er meine.

Aus meinem Unterbewusstsein meldete sich eine Warnung: Es wäre in dieser Trance aus unserem Atem und unseren Fingern und dem Regen, der draußen immer weiterprasselte, viel zu leicht, schlafwandelnd in etwas hineinzustolpern, bei dem ich mir nicht sicher war, dass ich wirklich bereit dazu war. Jack strich über meinen Unterarm.

Ja, es war zu leicht.

Eine Fingerspitze streichelte meine Handfläche. Mein Körper fühlte sich unvertraut an, unruhig.

Seine Hand ruhte auf der Rundung meiner Hüfte.

Mit unglaublicher Anstrengung zwang ich mich dazu, sein Handgelenk zu packen. Er erstarrte. Meine Augen öffneten sich flatternd und blinzelten in der Dunkelheit. Ich hoffte, dass er nicht glaubte, irgendetwas stimmte nicht. Denn so war es ganz und gar nicht.

Schon nach einer Sekunde atmete er entspannt aus. Er streckte meine Finger noch einmal und drückte zuerst einen Kuss auf meine Handfläche und dann auf jede einzelne meiner Fingerspitzen. Ich spürte, wie ein Lächeln um meine Lippen zuckte.

Schließlich klappte er das Laken von unseren Köpfen und kühle Luft umwehte uns. Ich zitterte, und Jack zog mich ganz nahe zu sich heran, bis ich mich in seine Armbeuge kuschelte. Seine Lippen streiften über meine Stirn und kamen auf meinem Haar zur Ruhe, und als ich meine Handfläche wieder auf seine Brust legte, verfiel seine Atmung schon nach wenigen Minuten wieder in einen gleichmäßigen Rhythmus, ein und aus.

Ich hauchte ein leises, zufriedenes Seufzen in seine Brust. Nach allem, was passiert war, wie war es da nur möglich, dass ich mich in diesem Augenblick so glücklich fühlte?

Ich wusste nicht, ob ich überhaupt würde einschlafen können und ein Teil von mir wollte das auch gar nicht. Ich war noch nicht bereit dazu, die heutige Nacht an die Bewusstlosigkeit zu verlieren, war noch nicht bereit, am Morgen wieder der realen Welt zu begegnen. Aber mit Jacks gleichmäßigem Herzschlag unter meiner Hand und seiner warmen Haut an meiner Wange glitt ich schließlich doch ins Reich der Träume.

KAPITEL 35

ICH DACHTE, ich wüsste, wie es sich anfühlt, aufzuwachen, aber so war ich noch nie aufgewacht. Als ich die Augen aufmachte, nahm ich sofort das fremdartige, aber unglaublich angenehme Gefühl wahr, wie sich mein Kopf zum Atemrhythmus eines anderen Menschen hob und senkte.

Eine Sekunde lang konnte ich mich nicht mehr erinnern, wo ich war.

Mein Kopf schmiegte sich noch immer an Jacks Brust. Einer seiner Arme hielt mich ganz eng an seiner Seite, während seine andere Hand auf meiner über seinem Herzen ruhte. Nur unsere Beine hatten sich bewegt und waren ineinander verflochten. Die vergangene Nacht war mir wie ein Traum vorgekommen, aber hier war er, seine Haut angenehm kühl unter meinen Fingern, während sein sanfter Atem durch mein Haar blies.

Ich betrachtete ihn und sah, dass er die Augenbrauen zusammengekniffen hatte und sich seine Augen unter den Lidern hin und her bewegten, so als hätte er einen bösen Traum. Ich strich mit einer Fingerspitze über seine Brust. Er rührte sich und seine Augen öffneten sich flatternd.

Sein Herzschlag beschleunigte sich unter meiner Handfläche und wir schauten einander schweigend an. Wir waren beide immer noch angezogen und eigentlich hatten wir auch gar nichts gemacht. Aber warum fühlte es sich dann an, als hätten wir alles gemacht?

Das Morgenlicht, das den Raum durchflutete, kam mir mit einem Mal ganz falsch vor. So als würde es uns in die reale Welt zurückzwingen, eine Welt, in der außer uns beiden noch mehr existierte. In der wir noch etwas anderes tun mussten, als uns nur in die Augen zu schauen – in der wir uns entweder eingestehen mussten, was in der vergangenen Nacht passiert war, oder so tun mussten, als sei gar nichts passiert. Wir hatten schon genug anderes zu tun.

Vielleicht wäre es ja am besten, die Dinge nicht noch weiter zu verkomplizieren.

Trotzdem bewegte keiner von uns auch nur den kleinen Zeh. Warum war das so schwer?

Schließlich rebellierten meine Finger gegen die Stille und spannten sich auf Jacks Brust an.

Seine Mundwinkel wanderten nach oben. »Hi«, formte er stumm mit den Lippen.

Ein Grinsen breitete sich auf meinem Gesicht aus. »Hi«, gab ich stumm zurück.

Jacks Lächeln wurde breiter, und ich ließ zu, dass auch meines die Kontrolle übernahm. Zum ersten Mal, vielleicht in meinem ganzen Leben, fühlte sich meine Brust überhaupt nicht leer und schmerzhaft und kalt an. Im Gegenteil, sie fühlte sich so voll an, dass sie jeden Moment platzen konnte. Das war es eine Million Mal wert, möglicherweise verletzt zu werden.

Hatte ich es früher nicht verstanden, weil ich es nie zugelassen hatte oder weil ich nie jemanden gehabt hatte, mit dem ich es verstehen konnte? Wie sich herausstellte, fühlte es sich gar nicht so an, als würde man die Kontrolle abgeben, wenn man sich in jemanden verliebte.

Jack blickte zu dem Stuhl hinüber, der noch immer unter dem Türknauf klemmte, drehte sich dann wieder zu mir um und strich eine Haarsträhne hinter mein Ohr.

»Wie hast du geschlafen?«, flüsterte er.

»Richtig gut.« Trotz allem hatte ich seit Ewigkeiten nicht mehr so gut geschlafen. »Du?« Ich fragte mich, ob er überhaupt geschlafen hatte oder ob er die ganze Nacht über so wachsam gewesen war, wie ich es hätte sein sollen.

Er flocht seine Finger zwischen meine. »So gut wie seit Jahren nicht«, murmelte er. Der Anflug von Verlegenheit auf seinem Gesicht wirkte fehl am Platz. »Aber ich sollte jetzt wahrscheinlich besser gehen.«

Ich wollte protestieren. Ich wollte nicht, dass er jemals wieder ging. Aber ich wusste, dass er recht hatte.

Er zog das Laken zurück und setzte sich auf, und jetzt kam mir der Sonnenschein gar nicht mehr falsch vor. Jetzt war er genau richtig und tauchte den wunderschönen, halb nackten Jungen in meinem Bett in strahlendes Licht.

Er nahm seine Klamotten mit ins Badezimmer, während ich mein Telefon aus der Handtasche fischte. Zuerst rief ich noch mal meine Mom an – sie nahm nicht ab. Aber irgendwo in diesem verschwommenen Zustand zwischen schlafen und wach sein war mir noch etwas anderes eingefallen.

Während ich die Nummer wählte, um Moms Mailbox abzuhören, drückte ich das Kissen ganz fest an mich, das schwindelerregend nach Jack roch. Ich blickte aus dem Fenster und sah einen klareren Morgen, so als seien die Umrisse der Welt über Nacht schärfer geworden. Die Sonne schien auf die Spitze der Pyramide und die Musik des Verkehrs darunter drang leise durchs Fenster herein. Ich hätte beinahe vergessen können, dass Jack und ich – anscheinend waren Jack und ich jetzt ein *Wir* – alles nur noch komplizierter gemacht hatten. Und unendlich viel gefährlicher. Aber trotzdem konnte ich nicht aufhören zu grinsen.

Ich tippte den Code meiner Mom ein und klickte mich von einer immer panischer klingenden Nachricht von mir selbst zur nächsten – und dann gefror alles in mir zu Eis.

Jack kam aus dem Bad und knöpfte sein noch immer feuchtes Hemd zu. »Ich komme in einer Stunde mit den Saxons und unseren Wachleuten wieder …«

Ich hielt einen Finger hoch und lauschte, mit jeder Sekunde noch verwirrter. Schließlich endete die Nachricht.

»Was ist denn?«, fragte Jack und setzte sich neben mich auf die Bettkante.

»Ich dachte, ich hör mal die Mailbox meiner Mom ab, nur für den Fall, dass eine der Fluglinien irgendeine Nachricht wegen einer Verspätung oder so hinterlassen hat, aber … Ich glaube, die hier ist von Mr Emerson.«

Ich drückte auf die Taste, um sie erneut abzuspielen, und machte den Lautsprecher an:

»Ich bin's. Ich werde beobachtet. Sie sind hier. Wenn ich es nicht schaffe, musst du finden, was ich hinterlassen habe.« Mr Emerson atmete abgehackt und seine Worte wirkten gehetzt. »Das Grab. Seit Jahren suche ich danach. Napoleon hat es gefunden und wieder versteckt. Ich habe drei Hinweise, die er hinterlassen hat, aber da ist noch mehr. Ich habe sie versteckt, und du musst sie finden, bevor der Kreis es tut. Fang in meinem … in dem Büro an, von dem aus ich dich manchmal anrufe. Folge den Hinweisen von dort. Es tut mir leid, dass ich es dir nie erzählt habe. Es geht um die Vereinigung – Napoleon hat einige verstörende Dinge entdeckt. Und das ist noch nicht alles. Ich habe nach Informationen über den Einen gesucht und … du wirst es nicht glauben, Carol. Ich kann dir jetzt nicht mehr sagen, aber ich glaube, ich habe einen von ihnen gefunden … und hergebracht … versucht, ihn zu beschützen … aber egal. Sie sind beide in großer Gefahr. Du musst sie finden …«

An dieser Stelle brach die Nachricht abrupt ab.

Mir blieb der Mund offen stehen. »Was …?«

Jack spielte die Nachricht erneut ab. »Einen Teil davon hat er uns auch in der Nachricht hinterlassen. Aber ihr hat er noch viel mehr erzählt. Deiner *Mom*. Was hat das zu bedeuten?«

Ich schüttelte den Kopf. »Ich weiß es nicht.« Ich starrte auf das Telefon, auf dem die Sekunden immer weitertickten, während mich die mechanische Stimme vom Band fragte, ob ich die Nachricht speichern oder löschen wollte. Ich drückte auf Speichern. »Vielleicht sollten wir uns das Tagebuch noch mal anschauen und sehen, ob wir eine Verbindung finden?«

»Unbedingt.« Jack klappte seinen Hemdkragen nach unten und erhob sich. »Aber zuerst will ich dich hier wegbringen. Wir können das alles noch besprechen, wenn du sicher bei den Saxons bist.«

Ich stieg aus dem Bett und schaute zu unseren Füßen hinunter: Seine steckten in seinen Schuhen, während meine nackt und kalt waren.

»Ich komme so schnell zurück, wie ich kann.« Er hielt inne und streichelte mit den Fingern über meinen Arm. »Und, ähm … Danke. Letzte Nacht. Danke, dass ich reinkommen durfte und du mich nicht im Regen hast stehen lassen.« Er schnappte sich seine Jacke, kletterte aus dem Fenster und eilte über den langen Balkon.

Ich sah ihm nach, bis er verschwunden war, und verschloss dann das Fenster hinter ihm. Ich ließ mich aufs Bett fallen und in meinem Kopf drehte sich alles. Was glaubte Mr Emerson bloß, was meine Mom mit den Hinweisen anfangen konnte? Wie war sie in diese ganze Sache verstrickt?

Ich hörte ein Klopfen am Fenster und hätte vor Schreck fast einen Herzinfarkt bekommen. Durch die Scheibe sah ich Jack draußen stehen. Ich sprang vom Bett und riss das Fenster auf.

»Ich hab was vergessen«, sagte er. Er lehnte sich durchs Fenster, nahm mein Gesicht in seine Hände und küsste mich.

Eigentlich wollte ich den Kuss nur für eine Sekunde erwidern, aber dann schlangen sich meine Hände um seinen Hals, meine Finger vergruben sich in seinem Haar und mein Körper presste sich gegen das Fensterbrett zwischen uns. Er roch immer noch ein ganz kleines bisschen nach dem Regen von letzter Nacht. Dann kletterte er über das Fensterbrett zurück ins Zimmer und warf seine Jacke aufs Bett, seine Lippen verließen meine dabei nicht eine Sekunde lang.

»Warum hast du das nicht schon gestern Nacht gemacht?«, murmelte ich in seinen Mund.

Er ließ seine Finger über meine Schultern und zu meinen Hüften hinuntergleiten. Er löste sich weit genug von mir, um mit seinen Augen verfolgen zu können, wie sie Feuerspuren auf meine Haut zeichneten. »Avery, wenn ich das gestern Nacht schon zugelassen hätte …« Seine Daumen schoben sich unter den Saum meines Tops. »Dann hätte ich womöglich auch noch das letzte bisschen Selbstkontrolle verloren, das ich noch hatte.«

»Oh«, flüsterte ich, und meine eigene Selbstkontrolle flog zum Fenster hinaus.

Ich wartete darauf, dass er mir sagte, dass wir das hier nicht tun konnten, nicht jetzt, dass er gehen musste – wartete darauf, dass ich selbst wieder zur Vernunft kam und ihm sagte, dass es zu gefährlich war. Dass wir Wichtigeres zu tun hatten. Dass wir das einfach nicht tun konnten. Aber er tat es nicht. Und ich tat es auch nicht.

Wir stolperten rückwärts auf die Chaiselongue, und dann saß ich auf seinem Schoß und er küsste meine Wangen, meine Augenlider, meine Nasenspitze und wanderte immer wieder zu meinen Lippen zurück.

Schließlich löste er sich doch von mir. »Wir sollten das nicht tun«, hauchte er. Ich wusste, dass er sich verantwortungsbewusst verhalten würde. Mit einem resignierten Seufzen zog ich mich zurück. »Aber das ist mir egal«, fügte er mit einem Grinsen hinzu.

Ich vergaß, wo wir waren, die Gefahr, in der wir uns vielleicht befanden oder auch nicht, oder warum das überhaupt jemals eine Rolle gespielt hatte. All das verblasste, während mein Körper mit seinem verschmolz und das Tageslicht durchs Fenster hereinströmte und uns umhüllte.

Ein Summen erschreckte mich. Ich brauchte einen Moment, um zu kapieren, dass es Jacks Telefon war.

»Ich muss das jetzt nicht lesen«, sagte er, aber ich sah, wie sein Blick zu seiner Hosentasche huschte.

»Doch, das solltest du.« Ich rutschte ein Stück auf seinem Schoß zur Seite, damit er das Telefon herausholen konnte.

Er runzelte die Stirn, als er die SMS las, und sein Griff um meine Taille wurde fester. »Anscheinend gibt es einen Notfall. Und ...« Er fluchte. »Da sind noch mehr Nachrichten, von ganz früh heute Morgen. Wir müssen sie alle verschlafen haben. Hier steht nicht, worum es geht. Aber ich muss gehen.«

Ich blieb auf seinem Schoß sitzen, so lange ich konnte, und fuhr mit den Fingern über sein Hemd. Trotz seiner Besorgnis erhellte ein Lächeln seine Augen und er lehnte sich für einen letzten, langen Kuss zu mir herunter.

Als wir Lärm auf dem Flur hörten, erstarrten wir beide, sein Arm noch immer ganz fest um meine Taille geschlungen. Jack legte einen Finger auf seine Lippen. Wir hielten beide den Atem an und ich lehnte mich in Richtung des Lärms.

Und dann folgte das Furcht einflößendste Geräusch, das ich jemals gehört hatte.

Ein Schlüssel, der sich im Schloss meiner Zimmertür drehte.

KAPITEL 36

WIR SPRANGEN BEIDE auf. Die Tür öffnete sich ein paar Zentimeter und wurde dann von dem Stuhl ausgebremst, den ich unter den Türknauf geklemmt hatte. Jack stürmte zum Fenster und schnappte sich auf dem Weg ein belastendes Beweisstück: seine Smokingjacke. Jemand trat die Tür auf und zertrümmerte den kleinen goldenen Stuhl in seine Einzelteile.

Monsieur Dauphin stolzierte ins Zimmer. Er nickte in Jacks Richtung, der bereits halb zum Fenster hinausgeklettert war, und ein Dutzend Wachmänner strömten herein und richteten ihre Waffen auf ihn. Jack blieb wie erstarrt stehen und hob die Hände über den Kopf, wobei das Jackett von seinen Fingern baumelte. Die Wachmänner umringten ihn und zerrten ihn wieder nach innen.

Hinter Monsieur Dauphin schlüpfte Stellan ins Zimmer.

Woher hatten sie es gewusst? Sie legten Jack hinter seinem Rücken Handschellen an. Ich hatte das Gefühl, mich übergeben zu müssen. Aber es oblag nicht den Dauphins, ihn zu bestrafen. Sie würden ihn an die Saxons ausliefern müssen. Ich konnte doch bestimmt vernünftig mit meinem Vater darüber sprechen. Oder?

Einer der Wachleute presste eine Pistole in Jacks Seite. »Das ist nicht das, wonach es aussieht«, flehte ich, obwohl es ganz offensichtlich genau das war, wonach es aussah. »Er hat mir nur geholfen, ähm …«

»Es interessiert mich nicht im Geringsten, was er bei dir gemacht hat.« Monsieur Dauphins kalte, tiefe Stimme jagte mir einen Schauer über den Rücken. »Er wird nicht lange genug leben, um es noch einmal zu tun.«

»Nein!« Ich stürzte mich auf Jack, aber ein anderer Wachmann packte mich und drehte mich zu Monsieur Dauphin um. Zwischen ihm und Stellan sah Luc mich an. Seine Augen hatten rote Ränder und er wirkte völlig durcheinander.

»Was mich hingegen interessiert«, fuhr Monsieur Dauphin mit derselben unheimlichen, ruhigen Stimme fort, »ist, was du vor uns versteckt hast.«

Mir rutschte der Magen bis zu den Zehen hinunter. Monsieur Dauphin kam durch den Raum auf mich zu. »Ich weiß nicht, wovon Sie sprechen.« Ich wehrte mich gegen den eisernen Griff des Wachmanns.

»Fasst sie nicht an«, knurrte Jack hinter mir, verstummte dann jedoch abrupt, und als ich mich umdrehte, sah ich ein Messer an seiner Kehle.

Monsieur Dauphin türmte sich über mir auf und packte mein Gesicht mit einer seiner riesigen Hände. Er lehnte sich nach unten und sah mir direkt in die Augen, so nah, dass ich zurückwich, als ich seinen heißen Atem auf meinem Gesicht spürte.

Ich kniff die Augen zusammen, aber dann zwang mich eine Hand von hinten, sie wieder aufzumachen, und hielt meine Augenlider offen.

»Aufhören!«, versuchte ich zu schreien, aber Monsieur Dauphin drückte mein Gesicht so fest, dass das Wort nur als Wimmern herauskam. Als seine andere Hand zu meinem Auge hinaufwanderte, wusste ich genau, was er vorhatte.

Seine dicken Finger fuhren über meinen Augapfel, und ich spürte, wie meine Kontaktlinse, die sich ganz trocken und klebrig anfühlte, weil ich sie über Nacht getragen hatte, von meinem Auge gerissen wurde. Die Hälfte meines Blickfelds verschwamm, und plötzlich sah die Welt ganz irreal aus.

Monsieur Dauphin ließ mein Gesicht wieder los. Ich blinzelte unwillkürlich und der ganze Raum atmete hörbar ein.

»Es ist wahr«, sagte Luc leise. »Warum hast du es mir nicht gesagt?«

Neben ihm beobachtete Stellan alles mit unbeteiligter Miene, aber ich konnte sehen, wie sein Kiefer zuckte. Er war es. Er hatte es herausgefunden und mich verraten.

»Sie hat es dir nicht gesagt, weil Saxon irgendeinen Plan für sie hat.« Monsieur Dauphin sah mich immer noch neugierig an. »Aber jetzt wird sie stattdessen uns helfen.«

»Nein.« Ich schüttelte verzweifelt den Kopf. »Es gibt keinen Plan. Saxon weiß noch nicht mal von meinen Augen«, sagte ich, und dann kam mir plötzlich ein Geistesblitz. »Brauchen Sie nicht sowieso seine Erlaubnis, um irgendwas mit mir zu machen? Er wird jede Minute hier sein. Er wird dieser Sache ein Ende bereiten.«

»Oh, aber man hat ihm erzählt, du seist weggelaufen. Er sucht gerade nach dir. Unglücklicherweise wird er dich aber erst finden, wenn du längst uns gehörst. Er wird nicht glücklich darüber sein, aber es wird sich nicht mehr ändern lassen.« Monsieur Dauphin wischte sich die Hände an einem Taschentuch ab.

»Aber Sie sind sich doch noch nicht mal sicher, wer der Eine ist«, widersprach ich mit erstickter Stimme. »Sie wissen nicht, ob es funktionieren wird.«

Er reichte das Taschentuch einem der Wachmänner. »Und wir werden es auch nicht mehr herausfinden. Deshalb ist es an der Zeit, dass wir die Sache selbst in die Hand nehmen.«

Das Zimmer wirkte verschwommen, falsch. »Sie brauchen mich nicht«, entgegnete ich verzweifelt. »Sie haben das Baby.«

Ich sah nur eine aufblitzende Bewegung, bevor Monsieur Dauphins Handrücken mit einem ohrenbetäubenden Knall auf meine Wange klatschte. Ich fiel auf die Knie und erstickte beinahe an einem Schluchzer.

Luc trat hinter seinem Vater hervor und half mir wieder auf. Ich wischte mir die Tränen aus den Augen und konnte aus der Nähe erkennen, dass auch Luc geweint hatte. Ich sah wieder zu den anderen hinüber. Auf die ungewohnten schwarzen Ringe unter Stellans Augen. Auf die Wut in Monsieur Dauphins.

»Luc?«, flüsterte ich.

»Der Orden hat meine Mutter letzte Nacht auf dem Nachhauseweg vom Ball angegriffen«, sagte er. Sein Adamsapfel hüpfte, als er schwer schluckte. »Sie wird es überleben. Und dem kleinen Jungen geht es auch gut.«

Er sagte nichts weiter, und dann traf es mich wie ein Schlag. Dem kleinen Mädchen ging es nicht gut. »Oh, Luc …«, flüsterte ich.

Monsieur Dauphin winkte kurz, und die Wachleute, die Jack festhielten, schleppten ihn zur Tür hinaus. Vor meinen Augen verschwamm alles.

Monsieur Dauphin wandte sich an Luc. »Der Schneider wartet auf dich, mein Sohn«, sagte er. »Ich habe dir einen neuen Anzug für deine Hochzeit bestellt.«

Die harte Holzpritsche war meilenweit von der wunderbar weichen Matratze auf dem Bett oben entfernt. Ich verlagerte mein Gewicht und versuchte, eine Position zu finden, in der sie sich nicht in meine Schultern oder Hüftknochen bohrte, während ich an die Decke emporstarrte. Ich befand mich schon seit ein paar Stunden in dieser Zelle und hatte keine Ahnung, wie lange ich noch hier sein würde.

Wir hatten eine ganze Halle mit diesen spärlichen Räumen durchquert – wahrscheinlich eine Art Dienstbotenquartier –, und sobald sie weg waren, hatte ich lauthals nach Jack gerufen, jedoch keine Antwort erhalten. Ich konnte nur hoffen, dass mein Vater uns fand, bevor irgendetwas passierte.

Ich starrte auf das Kleid, das an der Wand hing. Es war

elfenbeinfarben, hatte einen V-Ausschnitt und eine filigrane Deckschicht aus Spitze. Es war wunderschön. Am liebsten hätte ich mich übergeben.

Draußen in der wirklichen Welt gab es bestimmt einige Mädchen, die beim Anblick dieses Ortes an all die Kleider und Bälle und an die Tatsache dachten, dass sie im wahrsten Sinne des Wortes die Welt regieren würden, und sofort auf der gestrichelten Linie unterschrieben hätten.

Ich hob meinen Blick zu den Eisengittern vor den Fenstern. Der Kreis mochte vielleicht ein wunderschöner goldener Käfig sein, aber er war trotzdem ein Käfig. Noch bevor ich überhaupt von ihnen gewusst hatte, war ich mein ganzes Leben lang vor ihnen weggerannt. Sie hatten mir meine Vergangenheit genommen und jetzt wollten sie auch noch meine Zukunft.

Und zu allem Überfluss hatte ich keine Ahnung, was mit Mr Emerson passieren würde, wenn das Mandat erfüllt wurde und es tatsächlich zu der Vereinigung kam. Was nützten Geiseln, wenn das Lösegeld keine Rolle mehr spielte? Außerdem war es unwahrscheinlich, dass mein Vater noch immer nach ihm suchte, wenn Jack und ich vermisst wurden.

Als es an der Tür klopfte, schoss ich kerzengerade hoch.

Stellan steckte den Kopf herein.

»Stellan, bitte. Lass mich gehen.« Ich sprang auf. »Ich versuche nicht, den Dauphins zu schaden. Ich schwöre es.«

Er blickte mich finster an. »Hier.«

Er hielt mir eine Schachtel hin. Ich hatte darauf bestanden, dass sie mir farblose Kontaktlinsen brachten, wenn sie mich schon zwangen, meine herauszunehmen. Ich riss die

Schachtel auf und platzierte die Kontaktlinsen erst in das eine Auge, dann in das andere. Ich blinzelte und die Welt rückte wieder an ihren Platz.

Stellan konnte seine leise Verwunderung nicht verbergen, als er mich beobachtete. Aber dann verhärtete sich seine Miene wieder. »Du hättest es mir sagen sollen. Immer wieder hab ich dich gefragt, was du bist, und du hast mich angelogen.«

»Dann hättest du mich doch nur ein bisschen früher ausgeliefert«, sagte ich und verschränkte die Arme über der Brust. Ich zitterte, weil ich immer noch den Schlafanzug trug, denn sie hatten mir keine Zeit gegeben, mich umzuziehen.

»Aber wenn ich es gewusst hätte ... wenn ich dich letzte Nacht nicht beobachtet hätte, sondern bei Madame geblieben wäre ...« Ein gequälter Ausdruck verzerrte sein Gesicht, und eine angespannte Sekunde lang ballten sich seine Hände an seinen Seiten zu Fäusten. Ich zuckte zusammen. Im selben Moment wurde mir jedoch bewusst, dass sich seine Wut nicht gegen mich richtete.

»Es tut mir wirklich leid, was mit Madame Dauphin passiert ist, aber das war nicht meine Schuld. Und es war auch nicht deine«, fügte ich hinzu. Er wollte mir widersprechen, aber ich fuhr fort: »Madame Dauphin hat dich angewiesen, mir zu folgen. Ich hab sie gehört, schon vergessen? Ehrlich gesagt, wenn ich richtig gehört habe, klang es, als würde sie dich erpressen oder so.«

»Das geht dich gar nichts an«, sagte er leise. Er wandte sich zum Gehen.

»Warte«, rief ich. »Ist Jack ...?«

Stellan blieb stehen, eine Hand auf dem Türrahmen. »Er ist in einer Zelle. Es wird sich später jemand um ihn kümmern.«

Erleichterung breitete sich in meiner Brust aus. Ich stand auf. »Woher wusstest du es?«

Er wandte sich halb zur Seite. Er trug ein schlichtes weißes T-Shirt und eine graue Jeans, wie damals in Lakehaven, als ich ihn zum ersten Mal gesehen hatte. »Spielt das eine Rolle?«

»Dann kannst du es mir ja auch sagen.« Er musste sich besonders niedergeschlagen fühlen. Normalerweise hätte er die Gelegenheit beim Schopf ergriffen, mir zu erzählen, wie er mich erwischt hatte.

Er seufzte. »Ich hab gesehen, wie du mit den Saxons gesprochen hast. Mir ist aufgefallen, dass ihr euch ähnlich seht, aber da du ja angeblich selbst eine Saxon warst, hab ich mir nichts weiter dabei gedacht. Dann hast du die Kontaktlinsen erwähnt. Und ich hab mich wieder daran erinnert, wie du Alistair Saxon angeschaut hast. Da haben sich alle Puzzleteile zusammengefügt.«

Er hob seine gespreizten Hände und wandte sich wieder zum Gehen. »Warte«, sagte ich. Es gab nichts mehr, was Stellan mir hätte antun können. Wenn ich auch nur den Hauch einer Chance hatte, Mr Emerson zu helfen, dann musste ich ihm die *ganze* Wahrheit erzählen. Ich stand von der Kante der Pritsche auf. »Fitz weiß irgendwas über das Mandat, und über das Grab.« Stellan blieb abrupt stehen und ich preschte weiter voran. »Das ist der Grund, warum ihn der Orden entführt hat. Er hat uns Hinweise hinterlassen, unter anderem ein Tagebuch von Napoleon, in dem er über alles schreibt: das Grab, das Mandat, den Einen. Der Orden will wissen, wer der Eine ist, sonst bringen sie ihn um.«

Stellan drehte sich wieder zu mir, die Hand noch immer am Türknauf. »Du hast gerade eine Menge Sachen behauptet, die überhaupt keinen Sinn ergeben. Der Orden hält Fitz als Geisel gefangen? Und sprichst du etwa von *dem* Grab?«

»Ja. Wir werden dir alles erzählen. Lass uns mit Jack sprechen.«

Stellan trat wieder ganz in den Raum. »Warum sollte Fitz irgendetwas über das Grab und den Einen wissen?«

»Ich hab keine Ahnung, aber so ist es. Und er wollte, dass wir die Hinweise finden. Er hat uns eine Nachricht hinterlassen, mit Fotos. Von Jack, dir … und mir.«

Stellan hob die Augenbrauen, aber ich sprach sofort weiter. »Ich kenne Fitz, von zu Hause. Lange Geschichte«, sagte ich, bevor er mir die offensichtlichste Frage stellen konnte.

Stellans Augen verengten sich. »Und du erwartest, dass ich dir das glaube? Du hast mich immer wieder angelogen.«

Schritte gingen draußen vorbei, und französisch sprechende Stimmen hallten im Flur wider. Ich wartete und fuhr dann mit leiserer Stimme fort: »Ich hab dich angelogen, weil du mich sonst an die Dauphins ausgeliefert hättest, was du ja auch getan hast. Aber jetzt sage ich dir die Wahrheit.« Mit einem Schlag wurde mir bewusst, dass Jack genau dasselbe zu mir gesagt hatte, vor dem Klub in Istanbul, als ich ihm genauso wenig vertraut hatte, wie Stellan in diesem Moment mir vertraute. Es war seltsam, auf der anderen Seite zu stehen.

Stellan schüttelte den Kopf. »Ich bezweifle, dass Fitz etwas für *mich* hinterlassen hätte. Er … hat Jack immer lieber gemocht.«

Ein flüchtiges Gefühl der Traurigkeit durchzuckte mich. Zumindest wusste Jack, dass er Fitz auf seiner Seite hatte. »Anscheinend hat er dir in dieser Sache auch vertraut.«

Stellan schloss vorsichtig die Tür. »Willst du sagen, dass Jack dieses Tagebuch gerade bei sich hat?«

»Sofern sie es ihm nicht abgenommen haben. Schau es dir doch einfach mal an. Bitte. Für Fitz. Und wenn das nicht reicht, können wir dir auch noch die anderen Sachen zeigen, die wir rausgefunden haben. Die Sache mit dem Grab könnte auch für die Dauphins interessant sein.«

Er zögerte, und ich nutzte es aus und drängte mich zwischen ihn und die Tür. »Wir haben nur noch bis Mittag Zeit, um den Orden zu kontaktieren, und es ist ja nicht so, als könnte ich fliehen.«

Er fuhr sich mit einer Hand durchs Haar. »Ich hole es mir von Jack und gebe dir Bescheid, falls ich irgendwas finde.«

»Nein!« Im Tagebuch stand auch etwas über die Vereinigung. Es war zwar weit hergeholt und Mr Emerson hatte uns davor gewarnt, es dem Kreis zu erzählen, aber wenn die Chance bestand, dass wir etwas fanden und ich dadurch aus dieser Hochzeitsnummer rauskam, dann musste ich es versuchen. Für Mr Emerson, für meine Mom und für mich selbst. »Wir drei sollten das zusammen besprechen, wie Fitz es wollte. Wir müssen irgendetwas übersehen haben.« Ich sah zu ihm hoch. »Du hast mein Leben sowieso schon ruiniert, indem du mich ausgeliefert hast. Zumindest das schuldest du mir.«

Stellan verzog die Lippen. »Okay, aber nur für Fitz. Es dauert noch Stunden bis zur Hochzeit, aber sie werden mich schon bald wieder an die Arbeit schicken. Ich gebe dir …«, er schaute auf seine Uhr, »zehn Minuten. Gehen wir.«

KAPITEL 37

JACK WAR UNVERLETZT und saß auf einer Metallpritsche. Ich war so erleichtert, dass ich beinahe losheulte. Er sprang auf und blickte von mir zu Stellan, und seine Augen weiteten sich, als Stellan verlangte, das Tagebuch zu sehen. Jack zog es aus seinem Jackett.

Stellan blätterte es durch. »Okay. Ich muss mir eine Ausrede einfallen lassen, damit uns niemand stört. Versucht bloß nichts.«

Er verschwand und ich stürzte mich in Jacks Arme.

»Können wir ihm vertrauen?«, murmelte Jack in mein Haar. »Er hat dich verraten.«

»Haben wir denn eine andere Wahl? Wir müssen irgendetwas übersehen haben. Und selbst wenn nicht, können wir ihn wenigstens dazu bringen, den Orden anzurufen und um mehr Zeit zu bitten. *Irgendwas.*«

Ich spürte, wie sich Jacks Kinn auf meinem Kopf bewegte, als er nickte.

»Ich nehme an, sie haben dir dein Telefon abgenommen?«, fragte ich. Ich war mir sicher, dass er Saxon bereits angerufen hätte, falls nicht.

»Ja.«

Es war kälter hier unten. Ich zitterte und Jack rubbelte meine Arme. »Wenigstens haben sie das Tagebuch nicht gefunden.«

»Sie haben mir meine Pistole und mein Telefon abgenommen, aber das Buch haben sie gar nicht richtig angeguckt«, sagte er. »Eigentlich hatten wir sogar Glück, dass wir so erwischt worden sind. Sie sind gar nicht auf die Idee gekommen, dass mehr dahinterstecken könnte als nur die Tatsache, dass ich das hübsche neue Familienmitglied ausnutzen will.«

Ich konnte nicht fassen, dass sich meine Mundwinkel bei dieser Aussage tatsächlich hoben, aber so war es. Doch dann fielen sie genauso schnell wieder herunter. »Was werden sie mit dir machen?«

Es folgte Schweigen. »Das ist momentan nicht unsere größte Sorge.«

Jack löste sich von mir und schaute mir in die Augen. Ein süßes, trauriges Lächeln zuckte um seine Mundwinkel. »Schau sie nicht an«, sagte ich und wandte mich ab. Das Violett fühlte sich wie ein Verrat an. »Sie machen alles kaputt.«

Er nahm mein Gesicht in seine Hände und drehte es zärtlich zu sich. »Aber sie sind dein wahres Ich«, erwiderte er. »Sie sind wunderschön. *Du* bist wunderschön, so oder so.«

Er streichelte mit dem Daumen über meine Wange, und ich schmiegte mich in seine Hand und wünschte mir, wir hätten heute Morgen einfach unter der Bettdecke bleiben und die ganze Welt aussperren können.

Eine Stimme, die nicht Stellan gehörte, hallte im Flur wider, und ich löste mich erschrocken von Jack. Er schirmte mich mit seinem Körper ab, und ich schnappte mir das Tagebuch und suchte panisch nach meiner Handtasche, bis mir einfiel, dass sie sie mir abgenommen hatten. Die Tür öffnete sich einen Spalt, und ich tat das Einzige, was mir einfiel – ich schob das Buch hinten in mein Pyjama-Oberteil und klemmte es unter das eingenähte Bustier, damit es nicht runterrutschte.

Die Tür ging ganz auf und Stellan kam herein. »Ich hab der Wache draußen gesagt, dass sie mich geschickt haben, um euch zu verhören. Ihr solltet vielleicht hin und wieder mal schreien.«

Ich atmete erleichtert aus, angelte das Buch wieder unter dem Gummiband des Bustiers hervor und zuckte zusammen, als ich dabei ein Stück von meiner Haut einklemmte.

Stellan beobachtete die Hand unter meinem Top und hob eine Augenbraue. »Möglicherweise hat man mich falsch informiert, was den Grund dieses Treffens betrifft. Ich bin mir nicht sicher, ob ich auf so was stehe«, sagte er und warf Jack einen finsteren Blick zu.

Jack funkelte zurück.

Ich richtete mich zwischen den beiden auf und umklammerte das Tagebuch. »Aufhören, alle beide«, sagte ich. »Wie du schon gesagt hast: Wir haben nur zehn Minuten.« Ich drückte Stellan das Buch auf die Brust.

Wir erzählten ihm alles, was wir wussten, von dem Armband, dem Wasserspeier und dem Tagebuch. Dass die Zeilen in dem Tagebuch – *Der Eine, der wahre Herrscher, der neue Achilles. Den falschen Zwölf überlegen* – klangen, als könnte es darin um das Mandat gehen, dass wir aber nicht wussten, was sie wirklich zu bedeuten hatten. Und auch, dass sich Napoleon in seinem Tagebuch Sorgen über den Kreis machte, wegen der Vereinigung und wegen des Einen. Wir wiederholten alles, woran wir uns von Mr Emersons Nachricht an meine Mom noch erinnern konnten, und erzählten ihm von der Erpressung durch den Orden und dem schon bald ablaufenden Ultimatum.

Stellan lehnte sich gegen die Wand und blätterte in dem Tagebuch. »Dann wollt ihr mir also sagen, dass ihr mich von meinen Pflichten weggerissen habt, damit ich mit euch Rätselstunde spiele?«

»Wir haben uns das nicht unbedingt so ausgesucht«, erwiderte ich.

Ich musste Stellan zugutehalten, dass er uns eine abfällige Bemerkung dazu ersparte. Ich sah zu, wie er die Stelle überprüfte, an der wir die Nachricht unter dem Blatt auf der Innenseite des Rückendeckels hervorgezogen hatten, und sich die Worte ganz genau durchlas. Dann blätterte er wieder durch das Buch.

Während er las, tigerte ich in der Zelle auf und ab. Fünf Schritte in die eine Richtung, bei denen meine nackten Füße – sie hatten mir auch keine Zeit gelassen, mir ein paar Schuhe anzuziehen – über den Betonboden tappten. Dann fünf Schritte wieder zurück.

Ich schaute zu der niedrigen Betondecke hinauf. Den

Zwölf überlegen. Der Kreis der Zwölf. Zwölf. Ein Dutzend. Ein Dutzend Eier. Zwölf Monate. Mir fiel einfach nichts ein, wobei einer von zwölf *überlegen* war.

Ich spielte mit meinem Medaillon. Das Symbol darauf musste irgendetwas mit dem Kreis zu tun haben. Es hatte auf den Briefen von meinem Vater gelegen.

Mit einem Mal war ich mir sicher, dass irgendwo darin eine Zwölf war. Zwölf Schleifen im Design des Knotens vielleicht. Ich zählte sie geistesabwesend durch und hielt plötzlich inne. Zählte noch einmal. Meine Finger erstarrten auf der Halskette. Das Design bestand nicht aus zwölf Schlingen, sondern aus *dreizehn*.

Ich zählte sie noch einmal. Das Muster des verschlungenen keltischen Knotens bildete zwölf Schleifen um eine zentrale Schleife. Insgesamt … »Dreizehn«, sagte ich laut. Jack sah mich fragend an und plötzlich kam mir ein Geistesblitz.

Ich setzte mich neben Jack auf die Pritsche. »Lass mich mal dein Tattoo sehen.« Ich schob seinen Ärmel nach oben. Ich hatte die zwölf Kompassspitzen gezählt, aber ich hatte nicht an den Kreis gedacht, der die zwölf Punkte miteinander verband. Das dreizehnte Element. Ich ging durch den Raum zu Stellan. »Zieh dein T-Shirt aus.« Er warf mir einen seltsamen Blick zu, zog dann aber sein Shirt aus und warf es auf den Stuhl. Ich bat ihn, sich umzudrehen.

Ich berührte die zwölf Strahlen seines Sonnen-Tattoos und dann den Kreis in der Mitte, der sie alle verband.

»Die Tätowierungen repräsentieren die zwölf Familien, richtig?«, murmelte ich vor mich hin. »Haben die Familien ihre Symbole selbst gestaltet oder hat das jemand anders getan?«

»Aristoteles hat ihnen die Symbole kurz nach Alexanders Tod zugeteilt«, antwortete Stellan.

Ich versuchte, mir die anderen Symbole auf den Buchrücken oben ins Gedächtnis zurückzurufen. Es gab einen Olivenzweig mit höchstwahrscheinlich zwölf Blättern – und der Zweig an sich war das dreizehnte Element. Ein Rad mit zwölf Speichen – und die Felge drumherum.

Dann wanderten meine Gedanken in eine andere Richtung. Zwölf plus das eine zusätzliche, das sie miteinander verband. Mein Hirn war so durcheinander, dass ich es ganz falsch betrachtet hatte. Da stand nicht »der Beste« der Zwölf. *Überlegen* bedeutete *Übergeordnet.*

Ein übergeordnetes dreizehntes Element: das *eine* zusätzliche, das die anderen zwölf zusammenhielt.

»Was?«, fragte Jack und sah mich an.

Ich versuchte, ihnen meinen Gedankengang zu erklären.

»Willst du damit sagen, dass ›den Zwölf übergeordnet‹ auf jemanden anspielen könnte, der nicht zu den zwölf gehört?« Jack lehnte sich wieder an die Wand zurück und schob den Ärmel seines Smokinghemds nach unten.

»Zwölf plus ein weiteres Element, das sie alle verbindet«, antwortete ich. »Es ist auf allen Tätowierungen.«

»Zwölf plus ein zusätzliches.« Stellan blickte von dem Blatt Papier in seiner Hand auf. »Der *Eine,* der wahre Herrscher.«

Ich schnappte nach Luft.

Jack sprang urplötzlich auf. »In all den Legenden über das Mandat hab ich nie gehört, dass der Eine jemand außerhalb des Kreises sein könnte. Das kann es nicht bedeuten. Das würde keinen Sinn ergeben.«

»Es würde bedeuten, dass *sie irren sich, was das Mandat angeht,* noch stark untertrieben ist.« Ich setzte mich auf seinen Platz auf der Pritsche und zog die Knie an die Brust. »Aber es ist nicht unmöglich.«

»Es ist nicht unmöglich.« Jetzt tigerte Jack auf und ab. »Aber im Mandat geht es um die zwölf Diadochen. Irgendeine x-beliebige Person würde einfach keinen Sinn ergeben.«

Er hatte recht. Das würde es nicht.

Stellan hatte die ganze Zeit über am Türrahmen gelehnt, aber nun stieß er sich ab. »Es sei denn, es ist gar keine x-beliebige Person. Vielleicht war der Dreizehnte der Diadochen ja Alexander der Große selbst.«

Meine Füße landeten mit einem dumpfen Schlag auf dem Boden. Keine x-beliebige dreizehnte Person. Der *Herrscher* der Zwölf. Der Eine, der sie alle zusammenhielt. Wie die zwölf Ritter der Tafelrunde und König Artus. Die zwölf Apostel und Jesus.

Aber wenn Alexander für die Diadochen wirklich der Dreizehnte gewesen war, wenn seine Familie die *dreizehnte* des Kreises war, dann musste Mr Emerson gemeint haben, dass der Eine, nach dem wir nun suchten ... von Alexanders Blutlinie abstammte?

»Aber er hatte keinen Erben«, gab Jack zu bedenken, als hätte er gerade genau denselben Gedanken verfolgt. »Alexanders Blutlinie ist sofort ausgestorben.«

»Bist du sicher?«, fragte ich, und in meinem Kopf überschlugen sich die Ideen. »Vielleicht ist das ja das fehlende Puzzleteil. Und deshalb hat bisher noch nichts zusammengepasst.«

Wenn jemand aus der eigenen Blutlinie von Alexander

dem Großen der Eine war, wie sollte ihn dann irgendjemand finden? Und würde der Kreis ihn überhaupt jemals akzeptieren?

Wahrscheinlich nicht. Er wäre in *großer Gefahr* … genau wie Mr Emerson es gesagt hatte.

»Mr Emerson hat in seiner Nachricht gesagt, dass er etwas über den Einen herausgefunden hat. Vielleicht hat er ja von einer *Person* gesprochen?«, vermutete ich vorsichtig. Mein Blick huschte zu Jack, der immer blasser wurde. »Und dass er ihn beschützt hat.«

Stellan schnaubte. »Nicht mal ihr zwei könnt so dämlich sein.«

Genauso schnell verschwand der schockierte Ausdruck wieder aus Jacks Gesicht. »Ich erinnere mich noch an diesen Teil der Nachricht. Er hat gesagt, dass er denjenigen, wer immer das auch gewesen ist, *hergebracht* hat«, sagte er an mich gewandt, Stellan ignorierte er. »Ich hab Fitz erst kennengelernt, nachdem ich schon ein paar Jahre bei den Saxons war.«

Ich nickte. »Ja. Natürlich. Okay. War sowieso eine dumme Idee. Wenn das überhaupt das ist, was er gemeint hat, was ja gar nicht gesagt ist, dann hat er ihn wahrscheinlich irgendwo ganz weit weg versteckt.« Trotzdem hatte sich mein Herzschlag immer noch nicht wieder beruhigt. Ich hatte das Gefühl, dass wir ganz nahe dran waren. Ich presste die Handballen auf meine Augen.

… der Eine, der durch Feuer geht und nicht verbrennt … der neue Achilles … der Eine, der wahre Herrscher …

Ich kam immer wieder auf *der durch Feuer geht* zurück. Wenn wir herausfanden, was das bedeutete, würde es uns vielleicht zu weiteren Ideen führen. Jack hatte vermutet, dass es wahrscheinlich auf eine »Feuerprobe« hindeutete, und dass derjenige gut mit Krisen umgehen konnte. Aber was für eine Art von Krise?

Ich lehnte mich wieder zurück und schloss die Augen. Feuer. Feuerprobe. *Er lebt,* hatte Napoleon geschrieben, mit einer Zeichnung von Flammen. *Der Eine, der durch Feuer geht und nicht verbrennt* ... Verbrennt.

Als ich meine Augen wieder öffnete, wanderte mein Blick nicht zu Jack, sondern zu Stellan, der an der Wand lehnte, mit dem Rücken zu uns, und wieder in dem Tagebuch las. Er hatte sein T-Shirt noch nicht wieder angezogen. Diesmal betrachtete ich jedoch nicht die Linien seiner Muskeln an seinem Arm. Stattdessen wurde mein Blick wieder von seinem Tattoo angezogen, und von den Narben darunter.

Narben von einem Feuer.

Ich hatte als Kind viele Fantasyromane gelesen. In einigen dieser Geschichten war der Begriff *Feuerprobe* nicht metaphorisch gemeint. Um den nächsten Herrscher zu wählen, mussten die Kandidaten durch ein Feuer gehen, und derjenige, der dabei nicht umkam, war etwas Besonderes.

Er war der Eine, der im wahrsten Sinne des Wortes durch Feuer ging und nicht verbrannte.

Ich erwachte aus meiner Trance und sah, dass Jack mich anstarrte, weil ich Stellan anstarrte. »Die Zeile aus dem neuen Mandat«, sagte ich. »Wiederhol sie noch mal für mich.«

»Der Eine, der wahre Herrscher, der neue Achilles«, sagte er.

Achilles war unverwundbar, abgesehen von einer Stelle

an seiner Ferse. Wenn er dort getroffen wurde, konnte er verletzt oder sogar getötet werden. Daher stammte der Begriff *Achillesferse*, weil das seine einzige Schwachstelle war.

Und wenn ich jetzt über Alexanders Blutlinie nachdachte, erinnerte ich mich wieder daran, was ich in einer der Legenden über Alexander den Großen gehört hatte: In der Nacht, bevor er geboren worden war, hatte seine Mutter einen Traum gehabt, in dem ihr Baby vom Feuer verschlungen worden war und es unversehrt überstanden hatte. *Geht durch Feuer und verbrennt nicht.* Sein ganzes Leben lang hatte Alexander dem Tod so oft ein Schnippchen geschlagen, dass die Leute anfingen, zu behaupten, er sei unverwundbar. Sogar, dass er von Achilles abstamme. Tatsächlich nannten ihn einige seiner Gefolgsleute sogar Achilles.

Der neue Achilles. Alexanders Blutlinie. *Der nicht verbrennt.*

Ich betrachtete wieder Stellans Narben. Seltsame Narben, ganz anders als alle anderen Brandnarben, die ich sonst gesehen hatte. Weil sie gar keine wirklichen Verbrennungen waren.

All die schreienden Stimmen in meinem Kopf verschmolzen zu einem perfekt harmonischen Chor und sangen ein Lied, das keinen Sinn ergab.

Ich musste es trotzdem überprüfen, und sei es nur, um meine absurde Hypothese zu widerlegen.

»Zieh mal kurz deine Schuhe aus«, sagte ich zu Stellan. »Und deine Socken.«

Jetzt sahen sie mich beide an, als hätte ich den Verstand verloren, und vielleicht war es ja tatsächlich so.

»Wenn du versuchst, mich nackt zu machen, dann gibt's da einfachere Möglichkeiten«, scherzte Stellan und fügte dann mit einem Seitenblick auf Jack hinzu: »Und angemessenere Augenblicke …«

»Würdest du bitte die Klappe halten und deine Schuhe ausziehen?« Ich musste ziemlich ernst geklungen haben, denn er setzte sich auf die Pritsche und tat es. Ich bedeutete ihm, seine Füße hochzulegen.

Heilige Maria, Mutter … zur Hölle, verdammt … oh, wow, oh, nein …

»Oh, mein Gott«, sagte ich laut.

Stellan hatte eine Verbrennung. Keine Quasi-Narbe wie die durchsichtigen auf seinem Rücken, sondern schreiend rote Haut und eine hervortretende Narbe, genau wie bei all den anderen Brandnarben, die ich früher schon gesehen hatte. Und sie befand sich an seiner rechten Ferse.

KAPITEL 38

»DAS GLAUBE ICH keine Sekunde lang.« Jack ging im Raum auf und ab.

Zu jedem anderen Zeitpunkt hätte ich die Ironie vielleicht sogar zu schätzen gewusst. Ich hatte die vergangenen Tage damit verbracht, alles über eine Geheimgesellschaft zu lernen, die die Welt kontrollierte, und *er* glaubte *mir* nicht?

Stellan starrte auf seinen Fuß. »Nach dem Feuer haben die Ärzte es als Wunder bezeichnet, dass ich überlebt habe«, sagte er langsam. »Und meine Schwester auch. So etwas wie unsere Narben hatten sie noch nie gesehen.«

Mir fiel etwas ein. »Deine Eltern: Wenn es mit der Blutlinie zu tun hat, dann muss es auch einer deiner Eltern haben. Einer von ihnen hätte auch nicht sterben dürfen.«

»Meine Mutter hat das Feuer nicht überlebt. Mein Vater

ist schon früher gestorben. Ein Autounfall«, fügte er leise hinzu.

»Ihr scheint beide die Gesetze der Realität außer Acht zu lassen.« Jack tigerte immer noch hin und her. »Wie ist es möglich, dass die Angehörigen einer bestimmten Blutlinie körperlich nicht verbrennen?«

Ich sah Stellan an. »Ich habe keine Ahnung. Vielleicht finden wir ja in dem Grab eine Erklärung, wenn wir die Chance bekommen, danach zu suchen. Wie es scheint, hat auch Napoleon dort seine Informationen her.«

»Fitz war derjenige, der mich nach dem Feuer gefunden hat. Er hat mich zum Kreis gebracht«, fuhr Stellan leise fort. Er berührte die Narben an seiner Schulter.

Jack schüttelte den Kopf.

»Wenn es wirklich wahr ist und Mr Emerson es wusste, warum hat er es dir dann nicht gesagt?«, fragte ich.

»Sieht aus, als hätte er zuerst nach weiteren Informationen gesucht. Darüber, ob der Rest auch wahr ist, vielleicht.« Stellan nickte in meine Richtung.

Die Anspannung in Jacks Schultern breitete sich auf seine Arme aus. Er beäugte Stellan mit noch größerer Feindseligkeit als gewöhnlich, und mit einem Mal erkannte ich das Wichtigste, das ich bisher übersehen hatte.

»Oh«, sagte ich leise.

Das Mädchen und der Eine. Der Eine sollte sich mit einem Mädchen der Blutlinie vereinen.

Mit anderen Worten, mit mir.

»Napoleon hat erwähnt, dass sie sich bei der Vereinigung irren. Sie bedeutet nicht notwendigerweise …« Ich konnte es nicht aussprechen.

Stellan lehnte sich wieder gegen die Tür und verschränkte die Arme über der Brust. Er blickte von dem Buch auf, das er immer noch in der Hand hielt, und schaute zuerst zu Jack und dann zu mir. Dann runzelte er die Stirn.

»Vergiss es. Nehmen wir mal für einen Moment an, dass wir recht haben und dass wir es hier mit einer Verschwörung innerhalb der Verschwörung zu tun haben. Dass der Eine ein Dreizehnter ist. Dass er möglicherweise sogar Stellan ist«, sagte ich. »Ich weiß, dass das verrückt klingt, aber nur um der Diskussion willen, um *Mr Emersons* willen, müssen wir darüber nachdenken. Was würde es bedeuten?«

Stellan erwiderte nichts. Er klappte das Buch zu und seine Augen verengten sich.

»Es würde bedeuten, dass Luc nicht der Eine ist«, sagte Jack.

»Die Dauphins müssten mich gehen lassen, und dann könnten wir den Orden kontaktieren ...« Und ihnen sagen, dass Stellan derjenige war, nach dem sie suchten. Ich sah Jack in die Augen. Das konnten wir nicht tun.

Ich fing noch mal von vorne an. »Es würde zumindest bedeuten, dass sie die Hochzeit abblasen müssten. Und wir könnten rechtzeitig von hier verschwinden, um dem Orden wenigstens *irgendwas* zu erzählen.«

Stellan richtete sich abrupt auf. »Natürlich würde es bedeuten, dass es keine Hochzeit gibt. Am Ende läuft alles darauf hinaus, was?«

»Na ja, so ist es doch ...«

»Wie unglaublich praktisch«, sagte Stellan höhnisch. »Ihr habt wirklich geglaubt, ihr könntet mich mit dieser lächerlichen Theorie eines Dreizehnten auf eure Seite ziehen?«

Ich schaute von ihm zu Jack und wieder zurück. »Was?«

Stellan zog seine Socken und Schuhe wieder an. »Das reicht jetzt. Ich bin doch nicht blöd. Wie lange habt ihr zwei schon diese erbärmliche Scharade geplant, bevor ihr unausweichlich erwischt wurdet?«

»Nein!«, widersprach ich. »Es ist nicht …«

»Ich fass es nicht, dass ich mich wirklich von dir habe überreden lassen, so lange mitzuspielen. Ich bring dich jetzt zurück in deine Zelle.« Stellan streifte sich sein T-Shirt wieder über, packte mich am Arm und zerrte mich zur Tür hinaus.

»Danke«, sagte Stellan und öffnete die Tür zu meiner Zelle. »Dass du dich so gewehrt und geheult hast, war wirklich nett, sonst hätte vielleicht noch jemand geglaubt, du hättest mich wirklich in deine Intrigen mit hineingezogen.«

»Arrrrgh!« Ich ließ mich auf die harte Holzpritsche fallen. »Das sind keine Intrigen. Ja, ich will aus dieser ganzen Sache rauskommen, aber wir haben dich nicht angelogen.«

Stellan blieb im Türrahmen stehen. »Selbst wenn diese Theorie mit dem Dreizehnten wahr wäre – diese ganze Verschwörung von … uns …« Er betrachtete mich stirnrunzelnd. »Glaubst du wirklich, dass das irgendjemand akzeptieren würde?«

Ich lehnte mich zurück an die Wand und meine nackten Füße baumelten über der Kante der Pritsche. »Sie würden es akzeptieren müssen, wenn wir Beweise hätten. Wenn du mir nicht glaubst, vielleicht erzähle ich es dann jemand anders.«

Stellan verschränkte die Arme. »Wenn Monsieur Dauphin erfährt, dass du das irgendjemandem erzählt hast, dann schneidet er dir die Zunge ab, damit du es nicht noch mal tun kannst. Er ist kein netter Mensch.«

Ich zuckte zusammen.

»Wenn du versuchen würdest, diese Geschichte zu verbreiten, würden die Dauphins deine ›Beweise‹ sofort vernichten. Und dann würden sie Jack und mich töten, weil wir davon wussten.« Er schüttelte den Kopf. »Du hältst dich für so schlau, aber du hast eine total naive Vorstellung davon, wie diese Welt funktioniert. Diese Leute spielen um sehr viel mehr, als du dir vorstellen kannst.«

»Ich könnte abhauen.« Zu kämpfen würde offensichtlich nicht funktionieren, also war eine Flucht das Einzige, was mir noch blieb. »Lass mich wenigstens abhauen. Tu so, als sei ich entkommen.«

»Nein.« Er knallte eine Handfläche auf den Türpfosten. »Hör mir zu. Du kannst nicht weglaufen. Wenn Monsieur Dauphin dich nicht haben kann, glaubst du dann wirklich, er würde zulassen, dass dich jemand anders bekommt?«

Ich schluckte schwer.

»Und wie sich herausstellt, möchte ich nicht miterleben, dass man dich tötet, *kuklachka*. Also tu bloß nichts Dummes.«

Mein Mund fühlte sich ganz trocken an. Stellan wandte sich zum Gehen.

»Wie alt ist deine Schwester?«, fragte ich verzweifelt. Ich wollte es zwar nicht zugeben, aber Stellan war mir sehr ähnlich. Er hatte uns angehört, weil Mr Emerson ihm etwas bedeutete. Der einzige Weg, an ihn zu appellieren, führte über die Menschen, die er liebte.

Stellan machte die Tür einen Spalt auf, zögerte dann jedoch.

»Wie heißt sie?«, fuhr ich fort.

Er blieb an der Tür stehen. »Anya. Sie ist sieben.«

Ich biss mir auf die Lippe. »Wie ist sie so?«

Seine Schultern hoben und senkten sich, als er tief einatmete, und dann schob er die Tür wieder zu. Er zog ein zerschlissenes Foto aus seiner Brieftasche. Ein kleines blondes Mädchen mit riesigen blauen Augen saß unter einem Baum und lachte. Dieselben Narben, die keine Narben waren, bedeckten die komplette rechte Hälfte ihres Gesichts. Sieben Jahre alt. Sie musste noch ein ganz kleines Baby gewesen sein, als sie das Feuer überlebt hatten.

»Warum gehst du nicht von hier weg, damit du in ihrer Nähe sein kannst?« Schmerz flackerte in seinen Augen auf, und mir fiel wieder ein, dass genau das der Grund war, warum er versuchte, nach Russland versetzt zu werden. Ich gab ihm das Foto zurück und er steckte es vorsichtig wieder in seine Brieftasche.

»Selbst wenn ich einen anderen Job finden würde, bei dem ich mich um sie kümmern kann – man verlässt den Kreis nicht einfach so. Das ist kein Job, den man einfach so kündigen kann, falls du das noch nicht bemerkt haben solltest.«

Ich blickte auf seinen Hals, wo ich den Anfang seines Tattoos erkennen konnte.

»Vielleicht hätte ich alles anders gemacht, wenn ich gewusst hätte, worauf ich mich einlasse, aber ich war noch ein Kind. Meine Eltern waren tot. Ich hatte die Wahl: Entweder das und die Gewissheit, dass Anya gut versorgt sein wird, oder wir wären beide in Russland in ein Heim oder zu Pflegeeltern gekommen, was nicht wirklich eine Option war.« Er brach einen Holzsplitter vom Türrahmen ab und zupfte daran herum. »Deshalb tue ich mein Bestes, damit ich irgendwann wieder in ihre Nähe ziehen kann. Aber das bedeutet auch, dass ich mir keine Fehler erlauben kann. Zum Beispiel, dass mir jemand ein amerikanisches Mädchen vor der Nase wegschnappt, für das ich ganz spezielle Anweisungen habe.«

Er sah mich vielsagend an, aber der Sarkasmus hatte sich bereits wieder in seine Stimme geschlichen und jede Verletzlichkeit verdrängt. Es spielte keine Rolle. Irgendwie hatte er es innerhalb von nur dreißig Sekunden geschafft, dass ich mich ganz mies fühlte, weil ich ihm meine Entführung und mein Verhör so schwergemacht hatte.

Er räusperte sich. »Du solltest besser das Kleid anziehen und dich fertig machen. Sie werden nicht glücklich sein, wenn sich deinetwegen die Zeremonie verzögert.«

Mein Blick wurde wieder von seinem Hals angezogen, von den Ranken des Narbengewebes. »Es gibt eine Möglichkeit, es herauszufinden«, sagte ich, als mir mit einem Schlag das Offensichtliche bewusst wurde. »Zumindest, was die Verbrennungen betrifft. Es wird keinen Spaß machen, aber wenn du ein Feuerzeug hast …«

Er fasste in seine Hosentasche und zog ein Feuerzeug heraus. Die Erkenntnis zeichnete sich auf seinem Gesicht ab.

»Du weißt, dass es nicht wahr ist«, sagte er und starrte auf das Feuerzeug. »Es wird gar nichts beweisen.«

Er machte das Feuerzeug an, und eine zwei Zentimeter hohe, blau-orange Flamme züngelte heraus. Im selben Moment zuckte er zusammen, eine so winzige Bewegung, dass ich sie gar nicht bemerkt hätte, wenn ich ihn nicht so genau beobachtet hätte.

Er ließ die Flamme erlöschen, und sein Adamsapfel hüpfte, als er schwer schluckte. Dann warf er mir einen finsteren Blick zu und machte das Feuerzeug trotzig wieder an. Wir blickten beide eine Sekunde lang darauf und sahen zu, wie die Flamme in dem zugigen Raum tanzte.

Mit einer schnellen Bewegung hielt er es an die Innenseite seines Unterarms und fauchte durch zusammengebissene Zähne. Er verzerrte das Gesicht und wandte den Blick ab, hielt die Flamme jedoch für unglaublich lange fünf Sekunden an derselben Stelle.

Als er zu zittern begann, schlug ich seine Hand weg. »Hör auf. Das reicht.«

Stellan ließ das Feuerzeug auf den Boden fallen und drückte den Arm an die Brust.

Ich griff danach und er legte seinen Unterarm in meine Hände. Ich suchte nach der Verbrennung.

Aber da war nichts.

Ich starrte stumm darauf und nahm dann seinen anderen Arm. Er schüttelte den Kopf. »Hier ist es. Genau da.« Er zeigte auf die Stelle und schnitt eine Grimasse. »Tut höllisch weh.«

Ich hatte mich vor ein paar Monaten mit einem Lockenstab verbrannt. Die Stelle hatte sich sofort rot entzündet, und nach ein paar Minuten hatte sich eine Blase gebildet. Ich tastete mit den Fingern nach meinem Nacken. Selbst jetzt konnte ich die Narbe noch fühlen, dabei hatte der Lockenstab nur für einen Sekundenbruchteil meine Haut berührt.

Auf Stellans Arm war überhaupt nichts zu sehen. Ich berührte die Haut vorsichtig mit dem Daumen. Sie war warm, aber nicht gerötet, gar nichts. »Nicht mal wie bei denen auf deinem Rücken«, flüsterte ich.

»Die Verbrennungen waren ja auch viel schlimmer.« Er klang genauso ehrfürchtig und erschrocken, wie ich mich fühlte. »Ich hab sie mir geholt, als ich Anya gerettet habe. Ein brennender Balken ist auf uns draufgefallen. Es hat eine ganze Minute gedauert, bis ich mich darunter befreien konnte, und …«

Er blickte auf und ich konnte die Zweifel in seinen Augen schimmern sehen.

Ich nutzte seine Unsicherheit aus. »Denk doch mal nach. Wenn wir recht haben und du wirklich der Eine bist … Wenn wir alle von hier fliehen könnten, bevor die Dauphins uns wieder einfangen können, und wir all diese Hinweise auf das Grab haben? Vielleicht könnten wir den Schatz dann ja selbst finden. Du müsstest dich nicht mehr auf den Kreis verlassen. Du könntest mit Anya hingehen, wohin du willst.«

Er sah immer noch nicht überzeugt aus. Ich nahm seine Hände. »Bitte«, flehte ich und änderte noch einmal meine Taktik. »Lass mich einfach hier raus, damit wir noch mehr Zeit haben, um nachzuforschen. Wenn du mich hier rausschmuggelst, bevor Monsieur Dauphin etwas merkt …«

Er zog seine Hände weg und meine fielen schlaff an meinen Seiten hinunter. »Ich kann das nicht riskieren – nein. Es tut mir leid, *kuklachka,* aber: nein.«

Ich schloss die Augen. Ich hatte verloren. »Dann ruf wenigstens den Orden an«, bat ich ihn.

Stellan fuhr sich mit einer Hand durchs Haar. »Hast du überhaupt noch die Telefonnummer?«

»Ich hab sie gestern Nacht auswendig gelernt.« Ich rieb mir die Augen. »Gib mir dein Telefon.«

Er holte zögerlich sein Handy aus der Hosentasche. »Wenn ich dabei erwischt werde, wie ich mit dem Orden spreche …«

»Fitz wird sonst *sterben*!« Ich schnappte mir das Telefon und tippte die Nummer ein. »Sag ihnen, dass wir immer noch versuchen, den Einen zu finden. Sie können uns nur weiter erpressen, wenn sie ihn am Leben lassen. Hoffe ich.«

Stellan nahm sein Handy wieder an sich. »Es tut mir leid«, wiederholte er. Und dann war er verschwunden.

KAPITEL 39

OHNE FENSTER, durch die ich sehen konnte, wie der Tag vorbeizog, war ich mir nicht sicher, wie viele Stunden vergangen waren, aber es musste inzwischen Abend sein und es war niemand mehr zu mir in die Zelle gekommen. Vielleicht hatten sie es sich anders überlegt und sagten die ganze Sache ab. Oder vielleicht bedeutete es auch nur, dass es länger dauerte als ein paar Stunden, eine Hochzeit zu planen, selbst für den Kreis. Ich betrachtete mich in dem kleinen, zweckmäßigen Spiegel. Dieses Badezimmer wirkte im Vergleich zu all dem Marmor und Gold auf den oberen Etagen eher rustikal, und auch die Version von mir, die mir aus dem Spiegel entgegenblickte, war eine ganz andere Avery.

Selbst wenn Stellan den Orden angerufen und eine Gnadenfrist für Mr Emerson erwirkt hatte, wurde mir allmählich bewusst, dass ich wirklich kurz davorstand, zu *heiraten*. Konnten sie das ohne meine Einwilligung überhaupt machen? Wäre es rechtlich bindend? Ich würde mich einfach weigern, die Papiere zu unterschreiben. Und später würde ich weglaufen.

Aber wenn sie mich schon als irgendein x-beliebiges Mädchen in Istanbul aufspüren konnten, dann würde es mir als Ehefrau nie im Leben gelingen, vor ihnen zu fliehen.

Ehefrau. Das Wort jagte mir einen heftigen Schauer über den Rücken.

Wie aufs Stichwort öffnete sich die Tür. Ich erschrak und drückte mich flach an die Badezimmerwand. Elodie kam herein, zusammen mit vier Dienstmädchen, die sofort in schnellem Französisch auf mich einplapperten. So viel dazu, dass sie es verschieben würden.

»Setz dich«, befahl Elodie und strich sich den Pony aus den Augen. Sie zog den einzigen Stuhl im Raum vor den Spiegel und schubste mich darauf, bevor sie an einer schlaffen Strähne meines Haars zog. »Das ist ja widerlich. Hast du heute überhaupt schon geduscht?«

Ich funkelte sie an. »Ich Dummerchen. Ich muss das Spa in dieser Zelle übersehen haben.«

Sie rollte mit den Augen, betrachtete mich im Spiegel und schob das Haar aus meinem Gesicht zurück. Es erinnerte mich auf unheimliche Weise an das Flugzeug nach Istanbul, als sie mich in das Hervé-Léger-Kleid gesteckt hatte.

»Steh auf«, sagte Elodie. »Wir haben jetzt keine Zeit mehr, dir noch die Haare zu waschen. Zieh dich erst mal an, dann werde ich sehen, was ich hier noch retten kann …« Sie fuchtelte mit der Hand über meinem Kopf herum.

Ich sagte kein Wort, während mir eines der älteren Dienstmädchen das Kleid über den Kopf zog und die Taille zurechtrückte, damit es sich in einer eleganten A-Linie über meine Hüften ergoss. Die Flügelärmel breiteten sich über meinen Schultern aus, und sie schnürte das Korsett so fest zu, dass ich nach Luft schnappte. Als Zugabe zog sie noch ein letztes Mal kräftig daran, und dann deutete Elodie wieder auf den Stuhl. Ich setzte mich vorsichtig darauf, mein Rücken war in dem Korsett kerzengerade.

Elodie machte sich an meinem Haar zu schaffen.

»Will Luc das überhaupt alles?« Ich erinnerte mich wieder daran, wie er diesen Jungen in dem Klub angelächelt hatte. Aus diesem und zahlreichen anderen Gründen war ich mir ziemlich sicher, dass er kein Interesse an einer Beziehung mit mir hatte, aber die politischen Auswirkungen standen natürlich auf einem ganz anderen Blatt. Im Spiegel konnte ich sehen, wie die älteren Frauen hinter mir flüsterten, während eine von ihnen ein Paar zartrosa Schuhe aus einer Schachtel nahm.

»Ich kann dir versichern, dass Luc genauso aufgeregt über die Hochzeit ist wie du.« Elodie zog etwas stärker als nötig an meiner Haarsträhne, bevor sie sie mit einer Klammer feststeckte.

»Können wir es nicht verschieben, bis wir miteinander darüber sprechen konnten?«

»Nein.«

»Weil es *Schicksal* ist?«, fragte ich sarkastisch. »Unsere Schicksale sind miteinander verknüpft, wie es im Mandat heißt.«

»Weißt du, was eine Schicksalskarte in der Biologie ist?«

Elodie steckte die Hälfte meines Haars hoch und machte sich dann daran, die andere Hälfte aufzudrehen. »Das ist eine Karte, die zeigt, welche Zellen eines Embryos sich zu welchem spezifischen Gewebe des erwachsenen Menschen entwickeln sollten. Aber das, wozu sie sich entwickeln *sollten*, ist nicht notwendigerweise das, wozu sie sich tatsächlich entwickeln. Sie können manipuliert werden oder sich von selbst verändern und am Ende etwas ganz anderes werden als das, was das Schicksal für sie vorherbestimmt hatte.«

Ich drehte mich um und starrte sie an. Das war wirklich eine seltsame Aussage.

Sie riss meinen Kopf wieder nach vorne, ihre honigdunklen Augen noch immer auf mein Haar gerichtet. »Ich habe Wissenschaft schon immer geliebt«, säuselte sie.

Dann quälte sie mich also nur. Ich saß schweigend da, während sie meine Frisur zu Ende stylte. Eines der Dienstmädchen reichte ihr einen ganzen Wasserfall aus weißer Spitze, und Elodie legte ihn über ihren Arm.

»Unglaublich, dass du es geschafft hast, deine Augenfarbe geheim zu halten«, bemerkte sie und strich mit den Fingern die Spitze glatt. »Und selbst jetzt wissen es nur die Dauphins und ein paar ihrer Angestellten. Bloß gut, dass du hiermit deine Augen verdecken kannst.« Sie steckte den weißen Stoff mit einem Kamm in meinem Haar fest. »Dein Vater wäre nicht der Einzige, der wütend werden würde, wenn der Plan der Dauphins *entschleiert* würde. Wenn auch alle anderen bei der Hochzeit deine Augenfarbe sehen könnten, bevor die Vereinigung offiziell vollzogen wurde … gäbe es einen Aufstand.«

Ich warf ihr einen scharfen Blick zu. So war das also.

Ich beobachtete Elodie genau, während sie ihren Blick weiter auf meine Haare richtete. Vielleicht wollte sie, dass ich eine Szene machte, damit Monsieur Dauphin eine Entschuldigung hatte, mich zu töten.

Elodie zog mich von dem Stuhl hoch. Dort, aus dem Spiegel, blickte mich eine Braut an.

»Kommt es dir nicht auch falsch vor, dass ein Mädchen so viel Macht hat, aber kein Mitspracherecht, was mit ihm passiert?«, fragte ich und starrte weiter auf mein Spiegelbild. Die vergangenen Tage – oder eigentlich mein ganzes Leben – konnten doch unmöglich hierhergeführt haben. »Das ist absolut mittelalterlich.«

»Oh, Chérie, es ist sogar noch viel älter.« Elodie fuhr mit den Fingern unter den Schleier und zum Rücken meines Kleids. »Gut, dann wollen wir mal sichergehen, dass das hier auch eng genug sitzt.«

Sie löste die Schnüre des Korsetts, und ich wollte schon protestieren, aber anstatt sie fester zu ziehen, lockerte sie sie weit genug, dass ich atmen konnte. Ich sah sie noch einmal im Spiegel an, aber sie wich meinem Blick immer noch aus.

War es tatsächlich möglich, dass sie mir *half?* Warum?

»So«, sagte sie. »Jetzt bring bloß nichts mehr durcheinander, bevor die Wachen kommen, um dich zur Kirche zu bringen. Und nimm den hier.« Sie drückte mir einen großen schwarzen Regenschirm in die Hand. »Es regnet, aber sei deswegen nicht traurig. Man sagt, Regen am Hochzeitstag bringt Glück.«

KAPITEL 40

NIEMAND SAGTE MIR, wo die Hochzeit stattfand, aber ich hätte es mir denken können. Die Fahrt nach Notre-Dame fühlte sich an wie die längsten paar Minuten meines Lebens. Ich nahm die Lichter kaum wahr, die sich auf der Seine spiegelten, oder den goldenen Glanz der aufwendig verzierten Brücken, die sich darüber wölbten und in der Abenddämmerung glänzten. Als wir aus dem Auto stiegen, hielten die Wachmänner der Dauphins genügend Abstand, damit ich meinen Regenschirm aufspannen konnte, bevor ich durch die Pfützen schlurfte. Der Saum meines Kleids würde völlig ruiniert werden, aber das war mir egal.

Auf der anderen Seite des Platzes lachte eine laute Touristengruppe und jubelte uns zu. Einen Moment lang spielte ich mit dem Gedanken, um Hilfe zu schreien, aber ich wusste, dass das keine gute Idee wäre.

Ich drückte den Griff von Elodies Regenschirm an meine Brust, in der Hoffnung, das Rauschen der Regentropfen auf dem Schirm würde das Rauschen in meinem Kopf übertönen. Und dann spürte ich ein Klicken. Wo sich der Griff noch vor einer Sekunde glatt angefühlt hatte, war das jetzt nicht mehr der Fall. Ein dünnes, schimmerndes Stück Metall lugte daraus hervor.

Ich spielte mit den Fingern daran herum und zog auch den Rest des Gegenstands heraus.

Ein Messer.

Mit einer kleinen, dünnen Klinge, rund zehn Zentimeter lang, der Griff in den Regenschirmgriff eingearbeitet.

Ob Elodie das nun getan hatte, weil Luc ihr bester Freund war und sie ihm das Ganze ersparen wollte, oder weil sie es noch lieber sähe, wenn ich für immer aus Frankreich verschwand – ich würde sicher nicht Nein sagen. Ich war viel kleiner als die Wachen und der Regenschirm versteckte mich komplett, deshalb konnte ich das kleine Messer in das Korsett meines Kleides stecken, unter meinen Arm. Seine Spitze bohrte sich in meine Seite, aber es sollte gehen, wenn ich mich ganz aufrecht hielt.

Jetzt musste ich nur noch herausfinden, wann ich es benutzen sollte.

Vielleicht hatte mir diese kleine List die Augen geöffnet, denn mit einem Mal bemerkte ich ein Telefon am Gürtel eines der Wachmänner vor mir. Ich kannte die Nummer meines Vaters nicht, aber vielleicht gelang es mir, den Orden anzurufen, nur für den Fall, dass Stellan es nicht schon getan hatte. Außerdem konnte ich es noch einmal bei meiner Mom versuchen.

Ich wartete, bis wir auf eine Bordsteinkante stiegen, schrie dann auf und fiel auf den Wachmann, wobei ich darauf achtete, mich so weit aufrecht zu halten, dass ich mich nicht selbst erstach. Als er herumwirbelte, zog ich das Telefon aus der Halterung und klemmte es unter meinen Arm. »Tut mir leid«, sagte ich und richtete mich wieder auf. »Ich bin gestolpert.«

Der Wachmann schaute mich böse an, sagte jedoch nichts. Ich schob das Telefon auf die andere Seite meines Korsetts.

Als wir Notre-Dame erreichten, erinnerte ich mich wieder daran, was Jack mir erzählt hatte: Die linke Tür mit dem Dreieck darüber symbolisierte, dass der Kreis *über die gewöhnlichen Leute wachte.* Ich schniefte. Anders als noch gestern, als Touristen zum Haupteingang hinein- und herausgeströmt waren, stand nun nur diese linke Tür offen. Wir traten hindurch.

Nach dem donnernden Regen auf meinem Schirm war es im Inneren von Notre-Dame so still und hallend wie in einer Höhle. Stabkerzen säumten den Eingangsbereich, deren Flammen lange Schatten warfen, und Dutzende Kronleuchter tauchten die hohen Bogengänge entlang des Kirchenschiffs in warmes Licht. Als meine Ohren sich an die Stille gewöhnt hatten, hörte ich das Geflüster der Menge und sah, wie sich der eine oder andere Kopf drehte, um einen Blick auf uns zu erhaschen. Eine Sekunde lang gab ich der Hoffnung nach, dass mein Vater von dieser überraschenden Hochzeit gehört hatte und doch noch auftauchte, um sie zu verhindern, aber es rannte kein wutentbrannter Saxon auf uns zu. Welch Ironie. Die Tatsache, dass ich ihm doch wichtig genug war, dass er nach mir suchte, bedeutete, dass er nicht hier sein würde, wenn ich ihn wirklich brauchte.

Die Wachleute führten mich in einen kleinen Raum in der Nähe des Eingangs, wo ich warten sollte. Ich schloss die Tür ab, holte das Telefon hervor und wählte die Nummer des Ordens.

Doch ich hörte nichts als Stille im Äther. Kein Netz. Ich fluchte leise.

Ich blickte mich in dem Raum um. Ein kleines Fenster, hoch oben in der Wand. Ein Beichtstuhl. Das war alles.

Ich klappte meinen Schleier zurück und suchte das Zimmer nach etwas ab, auf das ich klettern konnte. In einer Ecke sah ich einen wackeligen Hocker, aber er war nicht sehr hoch. Als ich die Tür des Beichtstuhls öffnete, fand ich einen Stuhl. Ich zog ihn durch den Raum, kletterte darauf und versuchte, das Fensterbrett zu erreichen.

Ich beugte mich ein Stück zu weit hinüber und das Messer in meinem Korsett stach mir in die Seite. Ich schluckte ein Wimmern hinunter und ließ mich keuchend wieder auf den Stuhl fallen. Das Fenster war zu hoch. Ich würde es niemals erreichen und wahrscheinlich hätte ich sowieso nicht durch die Gitterstäbe gepasst. Was dann?

Warten.

Ich sprang von dem Stuhl auf. In dem Beichtstuhl, hinter der Stelle, an der dieser Stuhl gestanden hatte, entdeckte ich eine winzige Tür.

Die Stimmen vor dem Raum wurden lauter. Die Wachen kehrten zurück.

Ich sprintete in den Beichtstuhl und drückte gegen die kleine Tür. Nichts. Ich rüttelte an der Klinke und zerrte daran. Sie blieb fest verschlossen. Es klopfte laut an der Tür. Ich ließ meine Schulter sinken, warf mich gegen die Tür – und sie flog auf. Dahinter war es rabenschwarz.

Der Knauf der Zimmertür wackelte.

Ich trat vorsichtig hinein – und meine Füße fanden Treppenstufen. Ich streckte einen Arm nach hinten aus, um zuerst die Tür des Beichtstuhls und dann die kleine innere Tür zuzuziehen, dann tastete ich mich die Treppe hinauf.

Ich konnte die kühle, nach Regen riechende Luft spüren, die durch winzige Löcher hereinwehte, die in die Wand gehauen waren, aber es führte kein Weg aus dem Dunkel, deshalb eilte ich immer weiter und weiter und weiter nach oben, so schnell ich konnte, und war wirklich froh, dass Elodie mein Korsett gelockert hatte. Entgegen aller Wahrscheinlichkeit hoffte ich, dass diese Treppe zu irgendeinem Ausgang führen würde. Seltsamerweise folgte mir bislang noch niemand.

Schließlich erkannte ich die Umrisse einer Tür. Ich hielt den Atem an und schob sie vorsichtig auf, nicht sicher, was mich dahinter erwartete. Leer.

Zögerlich trat ich hinaus, und erst in dem Moment wurde mir bewusst, dass ich mich gar nicht in einem Raum befand. Ich war nur auf den Balkon gelangt, der die Mitte des Schiffs umrahmte, auf einer Ebene mit den farbenprächtigen Buntglasfenstern.

Ich stellte mich hinter eine Säule und atmete angestrengt. Als ich hinunterblickte, sah ich, dass Monsieur Dauphin und Luc vor dem Altar standen, der gestern noch abgesperrt gewesen war. Kurz darauf näherte sich ihnen einer der Wachmänner. Er flüsterte Monsieur Dauphin etwas ins

Ohr, der sich daraufhin sofort versteifte. Er hob den Blick, beinahe genau in meine Richtung, und ließ ihn über den Rest des Balkons schweifen.

Er sagte etwas zu dem Wachmann und dieser verschwand wieder.

Wie sollte ich bloß hier rauskommen?

Ich schlüpfte aus meinen viel zu lauten Stöckelschuhen und versuchte, nicht über den schweren, klatschnassen Saum meines Kleides zu stolpern, als ich den Balkon entlangeilte, mich dabei, so dicht ich konnte, an die Wand drängte und jede Tür zu öffnen versuchte, an der ich vorbeikam. Es musste noch eine weitere Treppe geben. Die ganze Zeit erwartete ich, das Stampfen der Stiefel der Wachmänner zu hören, aber der Balkon blieb geradezu unheimlich still.

Als sich jemand räusperte, wanderte meine Aufmerksamkeit wieder nach unten. Dann erklang Monsieur Dauphins Stimme.

»Ich möchte Ihnen allen danken, dass Sie heute Abend gekommen sind. Wie Sie wissen, ist die Tragödie unserer Familie nur die jüngste im Plan unserer Widersacher, den Kreis auszulöschen, eine Familie nach der anderen.« Gemurmel wurde in der Menge laut. »Ich weiß, dass einige von Ihnen, genau wie ich, der Ansicht sind, die Informationen des Ordens seien zu detailliert, um sie reinen Zufällen zuschreiben zu können. Ich freue mich daher, Ihnen mitteilen zu können, dass wir den Verräter geschnappt haben, der unseren Feinden schon seit Monaten Informationen zuspielt.«

Was?

Ein lautes Raunen ging durch die Menge.

»Bringt ihn her«, befahl Monsieur Dauphin, und ich musste einfach aus meinem Versteck hervorlugen.

Unter mir schleppte ein Wachmann einen Gefangenen in den vorderen Bereich der Kathedrale. Alle Augen waren auf ihn gerichtet, als er, mit Handschellen und an den Fußgelenken gefesselt, an ihnen vorbeitrottete. Eine dunkle Kapuze verbarg sein Gesicht.

Als er vorne stand, riss ihm Monsieur Dauphin die Kapuze vom Kopf.

Die Zuschauer schnappten einstimmig nach Luft.

Ich ebenso.

Der Gefangene, den die Wachen festhielten, war Jack.

KAPITEL 41

»DIESER JUNGE HAT seine Position als Hüter missbraucht, um uns zu verraten.« Während Monsieur Dauphin das sagte, blickte er zu dem Balkon empor, der das Schiff umgab. »Und jetzt werden Sie alle Zeuge werden, wie er für seine Verbrechen bestraft wird.«

Einer der Wachmänner zog ein riesiges Messer. Monsieur Dauphin warf Jack auf den Boden und hob dann wieder den Blick.

Er wusste, dass ich hier oben war. Er benutzte Jack, um mich herauszulocken. Oh, nein. Oh, nein, nein, nein. Wenn ich mich jetzt zeigte, dann würden wir niemals hier rauskommen.

Aber ich dachte an Jack und daran, dass er gesagt hatte, die Saxons und Mr Emerson seien alles, was er auf der Welt hatte. Die einzigen Menschen, denen er etwas bedeutete.

Aber das stimmte nicht, nicht mehr. Sie waren nicht alles, was er hatte, und Monsieur Dauphin wusste das.

Er hob eine Hand in Richtung der Wache.

»Aufhören!«, schrie ich.

Der Wachmann hielt inne. Die komplette Gemeinde wirbelte herum und starrte zum Balkon hinauf. Ich trat vor bis ans Geländer.

»Ich bin hier.« Meine Stimme hallte leise in der nun völlig stillen Kathedrale wider.

Monsieur Dauphin winkte mit der Hand und eine Gruppe von Wachleuten setzte sich in Bewegung. Ich blieb genau dort, wo ich war, und sah zu Jack hinunter. Er hielt meinen Blick fest, und es half mir dabei, die verzweifelten Gedanken zu beruhigen, die mir durch den Kopf schossen. Wir würden einen anderen Weg hier raus finden. Wir würden einen anderen Weg finden müssen. Keine Minute später platzten die Wachen durch die Tür auf der anderen Seite des Balkons.

Sie zerrten mich die Stufen wieder hinunter. Einer von ihnen legte den Schleier über mein Gesicht, während mir ein zweiter meine weggeworfenen Schuhe vor die Füße schleuderte, damit ich wieder hineinschlüpfte. Wir betraten das Kirchenschiff. Meine Absätze klapperten laut auf dem schwarz-weißen Marmorboden. Ein kleiner Blutfleck von dem Messer breitete sich an meiner Seite aus und färbte mein Hochzeitskleid rot. Die Gemeinde starrte mich an.

»Es tut mir leid«, formte Jack stumm mit den Lippen, als ich mich ihm näherte. Ich schüttelte den Kopf.

»Lassen Sie ihn gehen«, flüsterte ich Monsieur Dauphin zu. »Sonst mache ich das hier nicht.«

Monsieur Dauphin ließ den Blick über seine Gäste schweifen – der französische Präsident saß nur wenige Reihen entfernt und funkelte Jack böse an. Padraig Harrington, der Golfspieler, hatte ein amüsiertes Grinsen im Gesicht, so als sei diese ganze Sache das Lustigste, was an diesem Tag hätte passieren können. »Du hast mein Wort«, versicherte er mir.

Er zog Jack auf die Beine und versetzte mir einen kräftigen Stoß in Lucs Richtung, der vor dem Altar stand und beinahe ebenso verloren aussah, wie ich mich fühlte. Aber für ihn war das Mandat Schicksal. *Destin.* Vor allem, seit sie seine kleine Schwester verloren hatten. Ich wusste, dass er diese Hochzeit, sosehr er es vielleicht auch wollte, nicht verhindern würde.

Luc packte mich am Ellenbogen, um mich aufzufangen, und ich wirbelte herum und sah Jack nach, der den Gang hinunterstolperte, noch immer an den Fußgelenken gefesselt. Nur gut fünf Meter entfernt sprangen ein paar Wachen auf und packten ihn, und ein Mann mit einem weißen Turban gab ihnen mit einer schnellen Bewegung seines Handgelenks zu verstehen, dass sie ihn zur Seite schleppen sollten.

»Halt …«, schrie ich.

Monsieur Dauphin lehnte sich ganz dicht zu mir. »Ich habe gesagt, *wir* würden ihn uns nicht schnappen. Ich habe nicht versprochen, dass es auch sonst niemand tun würde.«

Ich schluckte ein Wimmern hinunter. Ich hatte geglaubt, er würde mich nicht töten, wenn ich vor all diesen Menschen enthüllte, was er vorhatte, aber mit einem Mal war ich mir da nicht mehr so sicher. Aber selbst wenn es lächerlich war – ich gegen den gesamten Kreis –, würde ich es versuchen müssen, und nicht nur für mich selbst. Wir befanden uns an einem halbwegs offenen Ort. Es war möglich, dass eine dieser Türen nach draußen führte. Wenn ich für einen ausreichend großen Aufruhr sorgte, konnte ich versuchen, Jack zu befreien und zu fliehen.

Monsieur Dauphin stellte sich vor uns. »Ich muss mich für dieses Drama entschuldigen«, begann er. »Wir wenden uns nun dem eigentlichen Sinn dieses Tages zu. Der Hochzeit meines Sohnes Lucien.«

Ich erschauderte und spürte, wie sich Luc neben mir anspannte. In einem Nebengang stand Jack zwischen zwei Wachen, die ihn festhielten.

Ich blinzelte durch den Schleier und hätte ihn mir am liebsten vom Gesicht gerissen. Aber das konnte ich jetzt noch nicht tun. Wenn ich eine Chance haben wollte, dann musste ich den richtigen Moment abpassen.

Ein Priester trat vor und nahm meine und Lucs Hand. Er band sie mit einem Seil zusammen und holte dann ein Messer hervor. »Herrschaft durch Blut«, sagte er, und ich erinnerte mich daran, dass ich diesen Spruch an meinem ersten Tag auf den Büchern gesehen hatte. Er ritzte einen oberflächlichen Schnitt in unsere Handflächen. Ich zischte, als ich das scharfe Brennen spürte, versuchte jedoch, stillzuhalten, mich nicht zu wehren und die Wachen so dazu zu verführen, sich noch weiter zurückzuziehen.

Der Priester presste unsere beiden Handflächen aneinander und zog das Seil noch fester. Dann hielt er eine Kerze hoch. »Licht in der Dunkelheit«, sagte er, führte die Flamme unter unsere Hände und versiegelte den Knoten. Luc schob seine Finger zwischen meine und drückte sie, und ich drückte zurück. Das hier war nicht seine Schuld.

Der Priester beugte sich über unsere Hände und begann, beschwörend etwas in einer Sprache zu beten, die ich nicht verstand. Während er das tat, näherte sich uns ein weiterer Priester, der zu meiner Überraschung den Schleier von meinem Rücken schob und meine Schultern entblößte. Ich hörte ein Schnippeln und spürte, wie der Priester meinen Kopf berührte. Dann hielt er eine dicke, dunkle Locke in die Höhe.

Meine freie Hand flog an meinen Kopf. Sie hatten mir einen Teil von meinem Haar *abgeschnitten?*

»In der *gamos*-Zeremonie symbolisieren das Blutritual und das Opfer einer Haarlocke die Reinheit und die Bereitschaft zur Ehe«, fuhr der Priester fort, wieder auf Englisch, nachdem er das Gebet beendet hatte. »Und nun das Ehegelübde.«

Der Zeitpunkt passte zwar immer noch nicht, aber das hier war meine letzte Chance.

Mit meiner freien Hand riss ich mir den Schleier vom Kopf und warf ihn weg, und er fiel in einem Häuflein zu Boden. »Wisst ihr, was die Dauphins vorhaben?«, brüllte ich. »Seht euch meine Augen an!«

Ein Murmeln schwappte durch die Menge, und ein paar Leute in den hinteren Reihen standen auf, um besser sehen zu können. Auch Monsieur Dauphin erhob sich von seinem Stuhl.

»Ich habe violette Augen«, sagte ich. Ich riss so fest an meiner Hand, wie ich konnte, und schließlich gelang es mir, sie aus Lucs zu befreien. Blut spritzte auf mein weißes Kleid, und mein Handgelenk brannte von dem straff darum gewickelten Seil. Luc klappte die Kinnlade herunter, aber er hielt mich nicht auf. »Ich bin Alistair Saxons Tochter, und die Dauphins wollen mich zwingen, in ihre Familie einzuheiraten, ohne es euch zu sagen.«

Mit einem Mal herrschte großer Aufruhr in der Kirche. Monsieur Dauphin stürzte sich auf mich, aber ich sprang vom Altar und duckte mich hinter das riesige goldene Kreuz. Aus dem Augenwinkel sah ich, wie sich Wachleute zwischen Monsieur Dauphin und die Menge warfen.

In all dem Chaos gelang es mir, in eine Nische zu schlüpfen und das Messer aus meinem Kleid zu angeln. Ich hatte mehr Glück gehabt, als ich zu hoffen gewagt hatte – die komplette Gästeschar schien sich gegen Monsieur Dauphin zu wenden. Nur ein paar Leute und noch weniger Wachen eilten in meine Richtung. Ich wartete noch ein paar Sekunden ab, schlich mich dann seitlich um den Altar herum und rannte zu Jack. Ich wappnete mich dafür, gegen die Wachen kämpfen zu müssen, aber als ich mich ihnen von hinten näherte, stießen sie Jack gegen eine Wand und stürzten sich ebenfalls ins Getümmel.

Jack riss die Augen auf, als er mich sah. »Nein, Avery«, sagte er. »Du kannst ihnen vielleicht entkommen. Lass mich einfach hier!«

»Bist du irre?« Ich fiel auf die Knie und begann, das Seil an seinen Fußgelenken durchzuschneiden, aber durch das Blut war der Griff ganz rutschig. »Ich lasse dich nicht hier.« Ich sägte noch kräftiger, aber ich war einfach nicht schnell genug.

Neben mir fiel noch jemand zu Boden und ich wirbelte mit dem Messer in der Hand herum.

Luc hielt bereits seinen eigenen Dolch bereit. Aber anstatt sich auf mich zu stürzen, machte er sich an den Seilen zu schaffen. »Beeilt euch«, sagte er.

Ich drückte kurz seinen Arm und Jack riss mich wieder auf die Beine.

Wir drehten uns um, blieben jedoch sofort stehen, als wir beinahe ein kleines dunkelhäutiges Mädchen umrannten. Sie musste ungefähr acht sein und starrte mich mit riesigen, ehrfürchtigen Augen an. Ihre Mom eilte zu der Kleinen, packte sie an der Schulter – und dann sah sie mich ebenfalls und blieb wie erstarrt stehen. Sie fiel auf die Knie.

»Meine Dame«, sagte sie mit starkem Akzent und hob ihre Hände an die Stirn, die Handflächen nach außen. »Blut rettet Sie.«

Ich sah Jack an. Er wirkte ebenso überrascht, wie ich mich fühlte. Ich wich einen Schritt vor der Frau zurück, aber dann fiel ein Mann neben ihr auf die Knie und machte dieselbe Geste mit seinen Händen. »Darf ich Ihnen meinen Sohn anbieten?«, sagte er ehrerbietig. »Um den Kreis zu erheben. Um uns alle zu retten.«

»Was zur …« Ich schnappte nach Luft, als uns ein weiterer Mann von einer nahen Kirchenbank aus bemerkte und ebenfalls zu uns rannte.

Er fiel jedoch nicht mit derselben Geste auf die Knie. »Wachen!«, rief er. »Ergreift sie!«

Ich machte einen weiteren Schritt rückwärts. Blut tropfte von meiner Handfläche auf den Marmorboden.

Ich hatte ganz vergessen, dass Luc immer noch da war, bis er sich vor mich stellte. »Freunde. Brüder«, begann er, warf mir einen flüchtigen Blick zu und nickte dann in Richtung des hinteren Bereichs der Kirche. »Wir wissen alle, dass dies eine Zeit der Wunder ist.« Er umkreiste die Anwesenden geschickt, bis sie sich alle von mir abwandten. Hinter seinem Rücken winkte er uns kaum merklich zu. *Geht.*

Ich zog an Jacks Hand, und wir wichen zurück, direkt auf eine breite Säule zu. »Hört mir zu«, fuhr Luc fort. Ich sah, wie er auf den Altar deutete. »Dort ist sie.«

Ich zog Jack ganz hinter die Säule. Als sie anderen bemerkten, dass ich nicht mehr hinter ihnen stand, riefen sie wild durcheinander und sprangen auf, um Luc zu folgen.

»Was war das denn?«, flüsterte ich Jack zu, aber der schüttelte nur den Kopf. Wir rannten zu der Stelle, von der ich glaubte, dort vorhin ein Ausgangsschild gesehen zu haben.

Auf halber Strecke stellte sich uns Stellan in den Weg.

Ich hätte meine Frustration beinahe herausgebrüllt. Jack versuchte, ihm auszuweichen, aber Stellan packte mich am Arm und zog mich hinter eine weitere Säule, die uns völlig vor dem Rest der Kirche verbarg.

»Versprichst du mir, dass du die Wahrheit gesagt hast?«, flüsterte Stellan. Ich riss an Jacks Hand und zwang ihn, stehen zu bleiben.

»Was …?«

»Und dass du hinter mir stehst, falls wir wirklich recht hatten und ich der Dreizehnte bin? Ganz egal, was wir am Ende tun müssen?«

Ich starrte ihn mit offenem Mund an. Neben mir tat Jack dasselbe.

»Sie weint sich jede Nacht, in der ich nicht bei ihr bin, in den Schlaf.« Stellan drückte meinen Arm. »Jede einzelne Nacht.«

Ich dachte an das hübsche, blonde kleine Mädchen. Anya.

»Und du darfst dem Orden nichts von mir erzählen. Du musst irgendwas erfinden«, sagte Stellan. »Versprich es mir.«

»Ja«, erwiderte ich. »Ja!«

Von der anderen Seite der Säule ertönte Geschrei. Wachen. Sie hatten uns noch nicht entdeckt, aber das würden sie bald.

Stellan fluchte leise. »Ich halte sie auf. Die zweite Tür links. Sie führt nach oben, aber alle Ausgänge auf diesem Stockwerk sind verschlossen. Ich finde euch später schon wieder.«

»Wie …?«

»Schlag zu«, sagte er an Jack gewandt. »Beeil dich. Sorg dafür, dass es überzeugend aussieht, sonst wissen sie, dass ich euch habe gehen lassen.«

Jack ließ sich das nicht zweimal sagen. Er verpasste Stellan einen schnellen rechten Haken.

Stellan taumelte einen Schritt rückwärts. »Komm schon, ein bisschen überzeugender als so ein harmloser Schlag.«

Bevor Jack nachlegen konnte, hielt ich das Messer hoch.

Stellan riss die Augen auf, eher anerkennend als verängstigt.

Ich biss die Zähne zusammen und bohrte die Spitze des Messers in Stellans Arm.

Er fluchte leise auf Französisch. »Mehr«, zischte er.

Mehr? Ich zögerte zu lange. Stellan nahm meine Hand und rammte das Messer in seine Schulter.

Ich schrie lauter auf als er, aber er ließ mich los und Jack und ich sprinteten zur zweiten Tür auf der linken Seite, knallten sie hinter uns zu und tauchten in die schwarze Dunkelheit ein.

»Gib mir deinen Schuh«, sagte Jack. Ich zog beide Stöckelschuhe aus und schob einen blind in seine Richtung. Im spärlichen Lichtschein, der unter der Tür durchdrang, sah ich, wie er den dünnen Absatz als provisorischen Türstopper darunterklemmte und anschließend auf die Treppe deutete.

Meine Augen hätten noch mehr Zeit gebraucht, um sich an die Dunkelheit zu gewöhnen, aber Zeit war etwas, das wir nicht hatten. Blind stürzte ich die schmale Wendeltreppe hinter ihm hinauf und raffte mein Hochzeitskleid so hoch, wie ich konnte. Einige Stufen weiter oben stolperte ich trotzdem und spürte, wie die Wunde von der Feuerleiter an meinem Oberschenkel wieder aufplatzte. Ich hatte keine Zeit, aufzuschreien, bevor Jack mir bereits wieder hochhalf und mich weiterdrängte.

Wir waren erst auf dem dritten Treppenabsatz angekommen, als wir hörten, wie sich die Tür mit einem Quietschen und einem lauten Krachen öffnete. Die Stille explodierte mit dem Echo mehrerer Stimmen und donnernder Schritte. Ich schnappte nach Luft und konzentrierte mich auf den helleren Fleck in der Dunkelheit: Jacks graues Sweatshirt direkt vor mir.

Schließlich erreichten wir einen winzigen Raum, der einen Hauch heller war als das Treppenhaus, und ich stützte mich mit den Händen auf den Knien ab und keuchte heftig. Es roch nach Holz und Feuchtigkeit. Blumenförmige Fenster ließen das wenige Mondlicht herein, das einen Weg zwischen den Wolken hindurch fand und eine Reihe von Dachsparren erleuchtete.

»Wir sind im Glockenturm«, sagte Jack. Und tatsächlich erkannte ich die vagen Umrisse einer mächtigen Glocke.

Die Schritte der Wachen, und ihre Rufe, kamen näher.

»Wenn wir im Glockenturm sind, dann befinden wir uns im vorderen Teil der Kathedrale«, sagte Jack, duckte uns unter quer verlaufenden Holzbalken hindurch und zerrte mich auf die Fensterwand zu. »Ich glaube, da ist eine Tür.«

Wir tasteten beide hektisch die Wand ab.

»Hier!« Jacks Ausruf wurde von einer Tür in Kindergröße begleitet, die in die Nacht aufschwang.

Wir sprangen hindurch und in den Regen hinaus und schlossen sie hinter uns wieder, so leise wir konnten. Ich blickte mich überrascht um. Wir befanden uns auf dem Wasserspeier-Balkon von gestern.

»Wohin jetzt?«, keuchte ich und wischte mir den Regen aus den Augen. Wir hatten nicht mehr viel Zeit, bevor sie herausfinden würden, wohin wir verschwunden waren.

Er rannte zur Seite und lugte durch das Metallgeländer. Ich schluckte.

»Hier verläuft an der kompletten Seite ein Baugerüst«, erwiderte er. »Sie würden niemals vermuten, dass wir darüber entkommen sind.« Er drehte sich zu mir um. »Ich halte dich fest. Ich helfe dir. Ich weiß, dass du Angst hast, runterzufallen, aber …«

Ich nahm die Hand, die er mir anbot. »Schon okay«, versicherte ich. »Ich hab keine Angst mehr.« Mir wurde bewusst, dass das tatsächlich stimmte. Ob ich die Angst tatsächlich überwunden hatte oder ob es daran lag, dass ich entdeckt hatte, dass mir andere Dinge noch mehr Angst machten als Höhen, wusste ich selbst nicht genau, aber ich hatte keine Angst mehr, hinunterzufallen.

Ich raffte das Kleid bis zu den Knien hoch, und Jack half mir über das Geländer, hinter dem wir auch nur relativ sicher gewesen waren, auf das wackelige, rutschige Baugerüst. Ich klammerte mich einen Moment lang an ihn, griff dann nach dem Geländer und bewegte mich vorwärts.

Eine schmale Leiter führte von einer Ebene auf die nächste. Glücklicherweise kam ich mit meinem Kleid auf dem Weg nach unten besser zurecht als nach oben, und wir flohen an der steinernen Fassade der Kathedrale vorbei, immer tiefer, tiefer, tiefer. Über das Geräusch unserer Schritte und die Regentropfen hinweg, die auf das Gerüst prasselten, konnte ich nicht hören, ob die Wachen den Balkon bereits erreicht hatten. Die Schnittwunde an meinem Oberschenkel und die neue Verletzung an meiner Seite schrien förmlich vor Schmerz. Ich konnte kaum noch atmen. Als ich mir schließlich sicher war, dass ich keinen Meter mehr weitergehen konnte, landeten meine Füße auf festem Boden. Wir befanden uns im Innenhof einer Art Pförtnerhaus, das sich neben der Kirche befand. Ich schnappte verzweifelt nach Luft und wir rannten in den Schutz einer kleinen Baumgruppe.

Ich ließ mich gegen den Zaun fallen. »Haben sie uns gesehen?«, keuchte ich.

Obwohl wir an der Seite des Glockenturms und nicht an der vorderen Fassade hinabgestiegen waren, war ein Mädchen in einem Hochzeitskleid, das an Notre-Dame herunterkletterte, nicht gerade unauffällig. Zum Glück sah es jedoch so aus, als hätte der Regen die meisten Touristen ferngehalten, und der Großteil des Kreises befand sich in der Kathedrale.

Ich versuchte, mich aufzurichten, stolperte jedoch wieder über mein Kleid. Ich riss frustriert daran, doch dann erinnerte ich mich wieder an das Messer in meiner Hand.

Ich tauchte es auf Höhe meines Oberschenkels in die Spitze, den Satin und den Reifrock darunter ein und riss ein Loch in den Stoff. Als Jack sah, was ich vorhatte, half er mir, das Kleid rundherum abzureißen, bis der Großteil des Rocks zu meinen Knöcheln hinunterfiel und meine Beine endlich wieder frei waren. Ich stieg aus dem überflüssigen Stoffhaufen und Jack stopfte ihn in einen Mülleimer ganz in der Nähe.

»Ich hab ein Telefon«, sagte ich und zog es unter meinem Kleid hervor. »Wir müssen den Orden anrufen.«

»Erst mal müssen wir von hier abhauen.«

Das mussten wir tatsächlich. Sobald sie bemerkten, dass wir aus der Kirche entkommen waren, würde eine riesige Menschenjagd beginnen. Aber wir konnten nicht einfach planlos davonrennen.

Im selben Moment, in dem ich das dachte, steuerte eine tapfere Touristengruppe unter Dutzenden roter Regenschirme auf uns zu. Auf der Straße am gegenüberliegenden Seine-Ufer konnte ich den dazugehörigen roten Doppeldeckerbus sehen, der unter einer Straßenlaterne wartete.

»Zeit für eine Tour«, sagte Jack. Er nahm meine Hand, und als sie an unserem Versteck vorbeikamen, schlüpften wir mitten in die Gruppe. Wir verließen sie auf der anderen Seite des Flusses an ihrem Bus wieder und duckten uns in eine Seitenstraße und unter die Markise einer winzigen Imbissbude.

Ein Auto fuhr vorbei und platschte durch eine Pfütze auf dem Kopfsteinpflaster. Ich holte das Telefon heraus und hielt inne.

Jack schien meine Gedanken lesen zu können. »Sollen wir ihnen von Stellan erzählen?«

»Wir haben ihm versprochen, dass wir das nicht tun. Und wir sind uns ja noch nicht mal sicher, ob es wahr ist.« Ich verstummte, als der Ladenbesitzer herausschaute, aber Jack gab ihm mit einem Winken zu verstehen, dass er wieder hineingehen sollte. »Aber egal, ob es wahr ist oder nicht, sie würden ihn umbringen«, fügte ich hinzu.

Jack fuhr sich mit den Fingern durchs Haar. Der schlabberige Kapuzenpulli sah an ihm so deplatziert aus. »Sie werden Fitz umbringen, wenn wir es nicht tun.«

Die Vorstellung, jemanden dem Orden auszuliefern, war schlimm genug, wenn ich denjenigen nicht kannte. Ich dachte daran, wie Stellan im Flugzeug die Klammern aus meinem Haar gezogen hatte. Wie er am Telefon mit seiner Schwester gesprochen hatte – seiner Schwester, die sonst niemanden auf der Welt hatte. »Wenn wir ihnen sagen, dass wir Hinweise haben, aber immer noch versuchen, sie zu entschlüsseln, geben sie uns vielleicht noch etwas mehr Zeit«, schlug ich vor. »Genügend Zeit, damit sich die Saxons um sie kümmern können. Wir könnten ihnen sogar sagen, dass wir Hinweise auf das Grab haben, wenn es sein muss.«

Jack runzelte die Stirn und schaute zu der Kathedrale zurück. Der Regen war stärker geworden und trommelte auf das Plastik der Markise über uns. »Okay, versuchen wir es. Du hast recht: Wenn sie Fitz so lange am Leben gelassen haben, dann muss er ihr einziges Ass im Ärmel sein, wenn sie weiter mit uns verhandeln wollen.«

Ich wählte die Nummer und machte den Lautsprecher an.

Narbengesicht nahm schon nach dem ersten Klingeln ab. »Ihr seid zu spät.«

Ich knüllte den Stoff von Jacks Sweatshirt in meiner Faust zusammen.

»Wir wurden ein wenig aufgehalten«, sagte Jack über das Rauschen eines vorbeifahrenden Autos hinweg.

»Und?«, erwiderte Narbengesicht. »Habt ihr es?«

»Wir müssen zuerst sicher sein, dass es ihm gut geht.«

Ich tastete nach Jacks Hand und er nahm meine und drückte sie. Ein Windstoß besprühte uns mit kalten Regentropfen.

Narbengesicht schnaubte verächtlich. »Na schön«, sagte er. Dann hörten wir Mr Emersons Stimme durchs Telefon und vor meinen Augen verschwamm alles vor erleichterten Tränen.

»Avery. Jack. Meine lieben Kinder. Ich liebe euch beide so sehr. Ihr dürft nicht …«

Das Telefon wurde ihm offensichtlich sofort wieder weggerissen, und Mr Emersons Stimme verschwand im Hintergrund. Ich klammerte mich an Jacks Arm fest und spürte, wie sich ein Lächeln auf meinem Gesicht ausbreitete. Er war am Leben. Er war immer noch am Leben. Wir waren nicht zu spät.

»Zufrieden?«, fragte Narbengesicht. »Euer Großvater, oder wer immer er ist, lebt noch. Für den Moment. Wir hätten euch beinahe keinen Aufschub mehr genehmigt, als euer

Freund angerufen und uns gesagt hat, dass ihr noch mehr Zeit braucht, aber zu eurem Glück hat er mich in einem großzügigen Moment erwischt.«

Stellan. Er hatte sie tatsächlich angerufen und uns dann sogar geholfen, zu entkommen. Jetzt konnten wir ihn auf keinen Fall mehr ausliefern.

»Na schön.« Jack nahm mir das Telefon aus der Hand. Seine Stimme klang aufgewühlt. »Wir haben Informationen, aber wir wissen immer noch nicht, wer der Eine ist.«

»Das war nicht unsere Abmachung«, unterbrach ihn Narbengesicht.

»Warte«, bat Jack. »Hör mir zu. Wir wissen nicht, wer er ist, aber wir haben Hinweise. Wir brauchen nur noch mehr Zeit. Immerhin wisst ihr jetzt, dass wir euch nicht anlügen und nur irgendeinen Namen erfinden.«

»Die Abmachung lautete, der Name des Einen für das Leben eures Opas.«

»Das wissen wir. Wir brauchen nur noch ein paar Tage.« Jack sah mich mit großen Augen an. Das lief gar nicht gut. »Das Grab«, murmelte ich. Jack nickte. »Und wir wissen noch mehr. Wir haben Informationen zu …«

Mr Emersons Stimme war wieder im Hintergrund zu hören. »Nein! Sagt ihm nichts über …«

Eine Explosion schnitt ihm das Wort ab.

Ich klammerte mich mit beiden Händen an Jack fest. Sein Gesicht war leichenblass, und die Hand, in der er das Telefon hielt, wurde ganz schlaff. Nein. Da war nicht gerade das passiert, was ich glaubte. Das konnte nicht …

»Ich hoffe, ihr seid jetzt zufrieden«, sagte Narbengesicht. »Dein Schnitzer hat den Mann gerade das Leben gekostet.«

»Nein«, sagte ich. Es war, als würde ich unter Wasser sprechen. Zu langsam. Zu weit weg. »Nein. Nein!«

»Wenn ihr es mal mit der Wahrheit versuchen wollt, dann hab ich hier noch jemanden, von dem ich gehört hab, dass er euch vielleicht interessieren könnte.«

Ein ersticktes Schluchzen entwich meiner Kehle. »Nein!«, schrie ich und konnte einfach nicht glauben, dass das wirklich passiert war. Unseretwegen war er jetzt tot. Sie hatten Mr Emerson *getötet*. Sie hatten …

»Avery?«, hörte ich eine neue Stimme.

Ich riss mich von Jack los, mitten in einem neuerlichen Schluchzen, und starrte auf das Telefon. »Mom?«

»Na«, sagte Narbengesicht fröhlich, »was für eine reizende Wiedervereinigung. Möchtet ihr uns jetzt vielleicht erzählen, was wir wissen wollen?«

Das Flugzeug meiner Mutter hatte keine Verspätung. Und ihr Handy war auch nicht tot.

Meine Mom war vom Orden gekidnappt worden.

Ich riss Jack das Telefon aus der Hand. »Wir wissen, wer der Eine ist«, sagte ich panisch. »Wir sagen es euch. Es ist niemand aus dem Kreis. Es ist jemand anders …«

»Falsch!«, unterbrach mich Narbengesicht.

»Nein!«, schrie ich, aber es ertönte kein Schuss.

»Lüg mich noch mal an, und deine Mutter stirbt«, drohte er. »Wenn du willst, dass sie am Leben bleibt, solltest du besser rausfinden, wer er wirklich ist. Wir merken es, falls du uns noch mal anlügst. Wir melden uns wieder.«

»Ich lüge nicht!«, brüllte ich. »Fasst sie nicht an! Mom!« Das Telefon klickte, und ich hörte nur noch totes Rauschen. Ich starrte darauf, völlig hilflos, und meine Hand zitterte.

»Nein«, schluchzte ich. »Nein.«

Jack ließ sich schwer auf einen Stuhl an dem kleinen Cafétisch sinken. Er streckte blind eine Hand nach mir aus, und ich brach schluchzend auf seinem Schoß zusammen. In diesem Moment spielte es auch keine Rolle mehr, dass wir nun auf der Flucht vor den mächtigsten Menschen der Welt waren.

KAPITEL 42

AM NÄCHSTEN TAG kam die Sonne heraus, obwohl sie dazu kein Recht hatte.

Jack schob sein letztes Falafel-Bällchen mit einem dreieckigen Stückchen Pita-Brot hin und her, während die Stille um uns herum allmählich ohrenbetäubend wurde.

»Bist du sicher, dass er uns hier finden wird?«, fragte ich. Wir konnten Stellan nicht anrufen, weil wir Angst hatten, dass der Kreis das Gespräch zurückverfolgen würde, aber Jack hatte behauptet, wenn wir hierherkämen, zu diesem kleinen Falafel-Imbiss in einer Seitengasse am Montmartre, heute um 18 Uhr, einen Tag, nachdem wir von der Hochzeit geflohen waren, dann würde Stellan uns finden. Wir waren seit 17:30 Uhr hier. Inzwischen war es 18:13 Uhr.

»Ich bin mir sicher«, antwortete er. »Bist du dir denn sicher, dass wir überhaupt mit ihm sprechen müssen?«

Ich riss eine Ecke von einem Stück Pita-Brot ab, das in unserem beinahe unangetasteten Brotkorb lag, nur, um etwas zu tun zu haben. Ich schmeckte es kaum. »Wenn wir recht haben und er wirklich der Eine ist, dann werden wir ihn wahrscheinlich brauchen. Und er hat uns geholfen, zu entkommen. Er wird nicht glücklich sein, wenn wir einfach so abhauen.«

Ich verstummte wieder, als der Kellner meine kleine, gesprungene Teetasse nachfüllte. Im Restaurant war so viel los, dass sie uns mehr oder weniger in Ruhe ließen. Außerdem hatten wir uns den miesesten Tisch des ganzen Ladens ausgesucht, eingepfercht in eine Nische bei den Toiletten auf dem oberen Balkon, der über den Rest des Restaurants blickte.

Letzte Nacht hatten wir uns zu einem winzigen, schäbigen Hotel durchgeschlagen, von dem wir wussten, dass sie dort nicht nach unseren Ausweisen fragen würden. Jack hatte uns zwei Einzelzimmer besorgt und ich hatte nicht protestiert. Alles andere hätte sich nach dem, was passiert war, falsch angefühlt.

Wir hatten mit dem Gedanken gespielt, meinen Vater anzurufen, uns dann aber dagegen entschieden. Wir wussten nicht, was er mit mir machen würde, jetzt, wo er von meiner Augenfarbe wusste, und wir waren uns auch nicht sicher, ob er Jack begnadigen würde, der immerhin davon gewusst hatte. Nach dem, was kurz zuvor passiert war, waren wir nicht gewillt, irgendein Risiko einzugehen.

Und dabei hatten wir noch nicht einmal in Betracht gezogen, dass Jack und ich nun die beiden meistgesuchten Menschen des Kreises der Zwölf waren, und damit auf der ganzen Welt. Einen von uns hielt der Kreis für die schlimmste Art von Verräter, den anderen hielten sie für ihre Rettung.

Ich drehte eine kurze Locke meines Haars im Nacken auf. Ich konnte einfach nicht damit aufhören, es anzufassen, seit sie mir bei der Hochzeit ein Stück abgeschnitten hatten.

Unten klingelte die Tür. Stellan. Er schlenderte zwischen den mit Plastiktüchern gedeckten Tischen herein. Er wirkte so fehl am Platz in diesem etwas heruntergekommenen Falafel-Laden, dass die Gäste aufhörten zu essen und ihn anstarrten. Ich fragte mich erneut, welche Beziehung er und Jack zu diesem Laden hatten. Und zueinander.

Stellan kam die Treppe herauf und zog einen dritten Stuhl an unseren Tisch. »Entweder habt ihr euer Versprechen gehalten und mich beim Orden nicht verraten, oder sie sind noch unfähiger, als ich dachte.« Er pflückte ein Pita-Brot aus dem Korb und dippte es mit einem leisen Grinsen in den Hummus auf meinem Teller.

Jack legte eine Hand auf mein Knie.

»Wir haben dich nicht verraten«, sagte ich.

Jacks Finger krallten sich enger um mein Knie. Ich legte eine Hand auf seine. »Sie haben ihn umgebracht«, sagte er durch zusammengebissene Zähne. »Er ist tot, weil wir dich nicht verraten haben.«

Stellan erstarrte, das Pita-Brot auf halbem Weg zu seinem Mund. Sein Gesicht fiel in sich zusammen. »Was?«

Jack schob seinen Stuhl vom Tisch weg. Er war schon den ganzen Tag angespannt gewesen, und es war, als würde er jetzt, wo er Stellan vor sich sah, doch noch durchdrehen. Ich packte seinen Arm.

»Nicht«, sagte ich. »Hör auf.«

Jack zitterte. »Wenn wir dich verraten hätten …«

Ich drückte seinen Arm und versuchte, dabei nicht selbst zu zittern. »Schaust du mal nach, ob draußen alles in Ordnung ist?«, bat ich ihn leise. »Bitte?«

Mit einem letzten mörderischen Blick stampfte Jack die Treppe hinunter. Ich wandte mich wieder Stellan zu. Er sah gleichermaßen verwirrt und wütend aus. Es verlieh seinem beinahe zu hübschen Gesicht eine wilde Note.

»Sie haben Fitz getötet.« Ich knibbelte eine Flocke des abblätternden Lacks von der Tischkante. »Und sie haben meine Mom, werden sie umbringen, wenn wir ihnen keinen Namen geben. Sie sind sich sicher, dass es jemand aus einer der zwölf Familien ist, deshalb würden sie uns sowieso nicht glauben, wenn wir ihnen sagen würden, dass du es bist. Aber wir können ihnen auch nicht irgendeine Lüge präsentieren, die sie eventuell durchschauen. Ich weiß nicht, ob ihnen das wirklich gelingen würde, aber ich bin auf keinen Fall bereit, das Leben meiner Mom aufs Spiel zu setzen.«

Stellan räusperte sich. »Und was willst du jetzt tun?«

»*Wir* werden die Hinweise, die Napoleon hinterlassen hat, dazu benutzen, das Grab zu finden.« Ich fuhr mit dem Finger über den Rand meines Tellers. »Entweder werden wir dem Orden dann davon erzählen und ihnen den Schatz oder was auch immer im Austausch für meine Mom überlassen, oder wir werden ihn gegen sie benutzen, falls es wirklich eine Art Waffe ist. Sofern Jack sie nicht zuerst findet und sie tötet.« Als ich unseren Plan laut aussprach, klang er beinahe zu einfach.

Stellan kniff die Augen zusammen. »Und du glaubst, es wird funktionieren, mithilfe … Was hast du noch mal gesagt, was ihr habt? Dieses Tagebuch und ein Armband? Du glaubst, ihr könnt damit dieses Grab finden, nach dem der Kreis schon seit Jahrhunderten sucht?«

Ich schob mich vom Tisch weg. »Hast du vielleicht eine bessere Idee?«

»Zunächst mal hab ich euch nicht nur entkommen lassen, weil ich so ein gutes Herz habe.«

Ich verschränkte die Arme. Wir steckten jetzt gemeinsam in dieser Sache, und er wollte wahrscheinlich, dass wir auch etwas für seine Schwester taten. Das war in Ordnung. »Was willst du?«

Stellans Stimme hallte in meinem Kopf wider. *Du wolltest eine Veränderung. Einen Weg hinaus aus diesem Schmerz deines Daseins,* hatte er gesagt. *Toska. Etwas fehlt, und du sehnst dich danach, bis tief in dein Mark.* Ich verstand nun, was das bedeutete. In so vielerlei Hinsicht.

Er stützte sich mit den Ellenbogen auf dem Tisch ab. Die letzten Strahlen der Nachmittagssonne drangen durch die vorderen Fenster herein und zeichneten ein goldenes Band auf seine Unterarme. »Ich bin mir nicht sicher, ob du die Situation mit dem Grab wirklich ganz verstehst. Es steckt mehr dahinter als der Orden und seine …« Er unterbrach sich und presste die Lippen zusammen. »Für euch stehen noch andere Dinge auf dem Spiel, als nur das Leben von Geiseln zu retten. Der Kreis ist im Begriff, zu zerfallen.«

»Das bezweifle ich.« Ich lehnte mich ebenfalls auf den Tisch. »Sie sind die reichsten und …«

Er hielt eine Hand hoch. »Du kannst das von außen vielleicht nicht sehen, aber hast du dich noch nie gefragt, wie sie diese Macht, die sie schon seit Hunderten von Jahren haben, in modernen Zeiten aufrechterhalten können? Die Antwort ist: Sie können es nicht. In den vergangenen Jahrzehnten hat sich das immer deutlicher gezeigt – die Welt verändert sich schneller als jemals zuvor, und sie können nicht mehr mit ihr Schritt halten, wie sie es früher noch konnten. Es macht den Menschen Angst. Schon bald werden sie nichts weiter sein als nutzlose reiche Leute, deren Vorfahren die Könige der Welt waren.«

Ich schluckte.

»Hast du all die Leute gesehen, die sich in der Kirche vor dir verbeugt haben?«, fuhr Stellan fort.

Wie hätte ich das vergessen können? Sie oder diejenigen, die mich hatte schnappen wollen?

»Ja, sie wollen Reichtum. Ja, sie wollen die magische Kraft, die sie in dem Grab zu finden hoffen.« Er lehnte sich nach vorne, bis sich unsere Gesichter so nahe waren, dass es sich unangenehm anfühlte, aber aus irgendeinem Grund konnte ich nicht zurückweichen. »Aber sie wollen noch mehr als das. Durch all den Stress der vergangenen Jahrzehnte ist es zu Kämpfen gekommen, wie sie sie seit ihren Anfangszeiten nicht mehr erlebt haben. Sie brauchen irgendetwas – irgend*jemanden* –, der sich hinter sie stellt. Du symbolisierst genau diese eine Sache, die sie sich schon seit so langer Zeit wünschen.« Er lächelte schief. »Verstehst du denn nicht? Ganz egal, was sich in dem Grab befindet, *du* bist ihr Schatz.«

Ein flaues Gefühl breitete sich in meinem Magen aus. Das Donnern von Jacks Stiefeln war wieder auf der Treppe zu hören und ich zuckte vor Stellan zurück.

»Wenn du das Grab finden willst«, fuhr Stellan fort, ohne Jack zu beachten, »dann machst du es dir viel schwerer, als es sein müsste.«

Mein Herz pochte unregelmäßig. Jack setzte sich zu uns.

»Denk doch mal nach. Sie alle wollen dich als ihre Königin gewinnen. Die Dauphins haben bereits gezeigt, dass zumindest ein paar von ihnen nicht mehr warten wollen, bis die Identität des Einen bestätigt ist. Wenn jemand anders dich findet«, fuhr er fort und rollte eine Serviette zwischen den Fingern auf, »könnten sie dich schnappen und dich zwangsverheiraten, bevor du überhaupt mitbekommst, was passiert ist. Vielleicht würden sie dich obendrein auch noch schwängern, damit du nicht mehr so einfach abhauen kannst.«

Ich ließ mich nach hinten fallen. Selbst Jack sah aus, als sei ihm übel. »Das würden sie nicht …«

»Doch, das würden sie. Noch bevor sie tatsächlich das Grab finden, erlangt derjenige, der die Vereinigung erfüllt, unglaubliche Macht. Eine Macht, für die Menschen töten würden – und werden.«

Ich schluckte die Galle wieder hinunter, die in meiner Kehle aufstieg. »Und?«

»Und deshalb tun wir das Einzige, was Sinn ergibt.« Stellan lehnte sich zurück und legte einen Fuß mit dem Knöchel auf seinem anderen Knie ab. »Du willst das Grab finden. Du verfügst über große Macht. Du hast gesagt, dass du hinter mir als dem Dreizehnten stehen wirst.«

Ich drehte meinen Stuhl in seine Richtung. Jack tat es mir nach und legte eine Hand auf mein Knie. »Was willst du damit sagen?«

»Ich will damit sagen, dass es um *uns beide* geht, Püppchen. Du magst vielleicht der Schatz sein, aber *wir* sind die Antwort.« Stellan zeigte zwischen uns hin und her. Neben mir spannte sich Jacks ganzer Körper an. »Ich weiß, dass Napoleon erwähnt hat, dass mit der Vereinigung irgendetwas nicht stimmt, aber er sagt nicht, dass die Interpretation des Kreises notwendigerweise *falsch* ist. Es könnte immer noch bedeuten, dass du und ich gemeinsam eine regelrechte Schatzkarte sind. Und selbst wenn das alles nur erfundener Unsinn ist, würde es dich davor beschützen, von anderen gefangen genommen zu werden. Und wir könnten damit einigen Einfluss und Druck auf sie ausüben, falls das jemals nötig sein sollte.«

Er verstummte und verzog eine Augenbraue.

Ich schüttelte den Kopf. Er meinte ganz sicher nicht das, wonach es klang. »Stellan …«

Ein Lächeln zuckte um seine Mundwinkel. »Du hast richtig gehört, *kuklachka*. Wir können einander gratulieren. Wie es scheint, werden wir beide heiraten.«